DER BLÜTENSTAUBMÖRDER

ÜBER DAS BUCH

Gleich der erste Fall der sympathischen Polizistin Jenny Biber hat es in sich: Ein Serienmörder geht um im sonst so idyllischen bayerischen Fünfseenland. Der Täter stellt die Polizei vor ein Rätsel: Warum verziert er seine Opfer mit goldgelbem Puder, sodass sie fast magisch in der Sonne glitzern? Klar ist: Es kann sich nur um Tage handeln, bis der Blütenstaubmörder sich sein nächstes Opfer sucht. Doch da ist bereits eine Freundin Jennys wie von Erdboden verschwunden. Jenny ahnt, was andere nicht wahrhaben wollen: Der Blütenstaubmörder hat wieder zugeschlagen! Jenny riskiert alles, um ihre Freundin zu retten. Ehe sie es bemerkt, gerät sie selbst ins Visier des Täters. Ein Wettlauf um Leben und Tod beginnt.

ÜBER DEN AUTOR

Markus Ridder ist Schriftsteller und Kommunikationsberater in München. Zuvor arbeitete er als Journalist und schrieb unter anderem für die „Süddeutsche Zeitung", „Die Zeit", „Horizont" und „abenteuer & reisen". Schreiben ist seit frühen Kindheitstagen seine Leidenschaft, mit „Die drei !!!" (in Anlehnung an „Die drei ???") verfasste er schon mit 12 Jahren seinen ersten „Krimi".

www.markusridder.com
www.facebook.de/ridderkrimis

© Markus Ridder, 2016

Korrektorat: Eike Birck, Vanessa Vogt
Umschlag: Momir Borocki
Herstellung und Verlag: BoD – Books on Demand, Norderstedt
ISBN: 9783741298967

MARKUS RIDDER

DER BLÜTEN STAUB MÖRDER

Der 1. Fall für Jenny Biber und Heiko Plossila

1

Lieber Rune,

hier ist er also: mein erster Brief! Mit der Hand geschrieben, mit Füller und Tinte und auf echtem Papier. Ich fühle mich schon sehr „geerdet" hierdurch, wie du prophezeit hast. Ich habe es gut angetroffen hier in Landsberg, bin im Alten Hasen abgestiegen, einer kleinen Pension mit Restaurant. Ich habe sie früher bei meinen Recherchen in der Gegend gar nicht wahrgenommen, dabei liegt sie fast am Hauptplatz, man kann sie gar nicht verfehlen. Und das Restaurant mit gleichem Namen – eher eine Art gutbürgerliches „Stüberl", wenn du weißt, was ich meine – ist die Klatsch- und Tratschbörse Nummer eins in Landsberg. Interessante Leute verkehren hier, das örtliche Kirchenoberhaupt, Unternehmer, Bauern, Handwerker, aber auch zwielichtige Gestalten, von denen man nicht weiß, was man von ihnen halten soll. Ich sehe dich lachen, mein Lieber, aber solche Leute sind genau die richtige Inspiration für einen wie mich. Einige kennen mich sogar noch, wegen meines letzten Krimis, der ja hier spielt, allerdings ist deshalb nicht jeder gut auf mich zu sprechen, aber das berührt mich nicht wirklich. Hauptsache, ich finde hier wieder zum Schreiben, und genug Abstand sollte ich eigentlich haben.

Drei Monate ist es jetzt her, seit es definitiv zu Ende ist. Und doch bleibt mein Problem das immer gleiche: Meine Gedanken lassen sich einfach nicht mehr auf ein Ziel ausrichten. Sie wollen die Geschichte rund um Lisa durchdenken, durchdenken und noch mal durchdenken. Als hätten sie das nicht in den vergangenen Monaten ausschließlich getan. Dabei will ich mich doch nur auf meine Arbeit konzentrieren!

Lisa. Wie oft habe ich mir einfach gewünscht, sie wäre tot, dann wäre es auch für mich – für uns! – endgültig vorbei gewesen. Ein kleiner Autounfall vielleicht, ein falscher Schritt in den

Alpen oder was auch immer. Aber so konnte ich hoffen und immer wieder hoffen, dass sie sich doch für mich entscheidet und gegen ihn, ja ... Ach, Rune, du weißt, dass das Unsinn ist, was ich hier von mir gebe, aber es war dein Vorschlag, dir mit Tinte auf Papier zu schreiben – und jetzt kann ich den geschriebenen Absatz nicht einfach wie bei einer E-Mail löschen. Ich hoffe, du ordnest ihn deshalb richtig ein: als verzweifelten Ausruf eines Autors, der nicht mehr arbeiten, nicht mehr schreiben kann, weil seine Herzensangelegenheiten ungeordnet sind.

Tatsächlich wird sich eine gute Gelegenheit ergeben, endgültig Abschied von Lisa zu nehmen: Ihre Mutter ist vor Kurzem gestorben und sie will sich hier mit einem Makler treffen, um das alte Bauernhaus zu verkaufen, in dem die alte Dame bis zum Schluss gelebt hat. Du weißt, dass ich meinen letzten Krimi nur deshalb in dieser Gegend habe spielen lassen, weil sie von hier stammt und ich ihr imponieren wollte – Kindereien, natürlich! Auf jeden Fall hat sie um ein letztes Treffen gebeten, „auf rein freundschaftlicher Basis". Wir haben uns also für kommenden Freitag am Ammersee auf einen Kaffee verabredet und ich bin fest entschlossen, mich nicht wieder auf ihre Spielchen einzulassen. Ich hoffe, du glaubst an mich, mein Freund.

Alles Gute nach München
Konrad

Die letzten Meter ließ sie den Wagen ausrollen. Erst als er unmittelbar vor dem Tor der alten Scheune angekommen war, trat sie leicht auf die Bremse, um ihn zum Stehen zu bringen. Sie drehte den Zündschlüssel um und betrachtete das alte Holz, das feucht und morsch war und an den oberen Enden der Latten mit Moos überzogen. Es gab unendlich viele Facetten von Braun, stellte sie fest, mehr als sich die Menschen Namen dafür ausgedacht hatten und die Oberflächenstruktur der Tür war mit ihren Einkerbungen, Absplitterungen und den Spuren, welche die Witterung auf ihr hinterlassen hatten, vielfältiger als irgendein Kunstwerk, das sie sich vorstellen konnte. Wäre sie Objektkünstlerin, sie würde diese alte Holztür nehmen, ihre Unterschrift mit einem Balleisen in das untere Eck hineinhauen und sie als *Ready-made* für viel Geld an ein Museum verkaufen. Doch sie fertigte Plastiken und das seit einigen Jahren ausschließlich aus Draht, dafür stand sie, stand ihr Name: Lisa Lyotard. Ihren Nachnamen hatte sie sich vor einiger Zeit selbst zugelegt, aber als Lisa Huber hätte sie wohl keine Chance gehabt auf dem oberflächlichen internationalen Kunstmarkt. Lisa Huber war einfach zu unglamourös, zu ländlich, zu deutsch, zu bayerisch. Am Anfang glaubte sie, ihre Mutter zu kränken, indem sie ihren Namen ablegte, doch waren ihre Sorgen unbegründet. Ihre Mutter hielt ohnehin nichts von der „Brotlosen Kunst", entsprechend wenig konnte sie den Plastiken ihrer Tochter abgewinnen. Einmal hatte es eine Ausstellung von ihr im Penzinger Pfarrheim gegeben, der Lisa Huber nicht zuletzt deshalb zugestimmt hatte, um ihrer Mutter eine Freude zu bereiten. Irgendwie dachte sie wohl, es würde sie glücklich, würde sie vielleicht stolz machen – sie, die in ihrem Leben so hart arbeiten musste, nachdem ihr Mann, Lisas Vater, viel zu früh gestorben war. Doch dann kam Lisa Huber nicht umhin zu denken, dass ihr das Ganze peinlich war. Die Aufmerksamkeit. Das Interesse der lokalen Medien. Die Bauern, die hinter vorgehaltener Hand wohl lachten, über das von Strahlern illuminierte „Altmetall" auf den weißen Podesten. Und vielleicht war ihr auch die Tochter selbst peinlich mit ihren hohen Stiefeln und den hautengen schwarzen Leggins und dem taillierten japanischen Seidentop. Eine Exotin, die durch ihr aufreizendes Äußeres mehr Blicke auf sich zog als die Kunst, für die sie stand. Hatte sie mit ihrer Mutter schon davor nur losen Kontakt gehabt, war er nach der Ausstellung fast komplett zum Erliegen gekommen.

Lisa Huber versuchte sich zu erinnern, wann sie das letzte Mal in ihrem Elternhaus gewesen war, doch sie konnte sich keine Situation vergegenwärtigen. Gut, da war dieser Tag vor sechs Wochen, als das Krankenhaus angerufen und sie von dem Schlaganfall ihrer Mutter unterrichtet hatte. Lisa Huber hatte alles stehen und liegen lassen und war sofort ins Krankenhaus gefahren und danach zu ihrem Elternhaus, hierher, um einige Sachen für die Mutter zusammenzupacken. Doch sie hatte kaum Zeit gehabt, sich umzusehen, ihre Fremdheit abzulegen, Vertrauen aufzubauen zu einem Ort, den sie doch eigentlich kannte, an dem sie aufgewachsen war, der ein Teil von ihr war.

Lisa Huber atmete tief ein, um einen inneren Schlussstrich zu ziehen: Bis hierher durften ihre Gedanken und Gefühle gehen, beschloss sie, aber keinen Schritt weiter. Sie ergriff die Handtasche auf dem Beifahrersitz und begann darin zu kramen, bis ihre Finger auf das silberne Puderdöschen trafen. Dann klappte sie in einer mechanischen Geste die Sonnenblende herunter und betrachtete sich im Spiegel. Mit Mitte dreißig hatte sie noch kaum eine Falte, doch seit einigen Monaten hatte sich eine Armada kleiner roter Punkte über ihre Wangen gelegt, wie kleine Pickelchen sahen sie aus, aber es waren keine. Die Ärzte sagten das, was sie immer sagten, wenn sie keine Lösung für das Problem fanden: dass es die Umwelteinflüsse waren, dass es vom Stress kam. Vielleicht hatten sie recht, nur dieses eine Mal natürlich, denn Stress, den hatte sie ja gehabt in den vergangenen Monaten. Die Affäre mit Konrad, die durch sein bescheuertes Verhalten aufflog und das Ende ihrer sechsjährigen Beziehung mit Lukas zur Folge hatte. Schließlich der plötzliche Tod ihrer Mutter, der sie aus dem Gleichgewicht brachte. Hinzu kam die Planung für ihre erste Vernissage in London, ein Ziel, auf das sie so lange hingearbeitet hatte und das sie trotz ihrer persönlichen Probleme keinesfalls gefährden wollte. Sie fuhr sich mit dem braunen Puderpad über ihre Nasenflügel und ihre Wangen, die Konrad einmal ihre Audrey-Hepburn-Wangen genannt hatte. Dann klappte sie das Etui wieder zu und verstaute es in der Handtasche. Sie blickte nach draußen und hatte plötzlich Lust, das alte Stalltor zu berühren und daran zu riechen.

Als der Makler gegangen war, schaute sie noch eine Weile aus dem Schlafzimmerfenster ihrer Mutter nach draußen, über die Felder, die in der untergehenden Abendsonne glühten. Das Haus stand einsam, abseits vom Dorf, war eine ehemalige Landwirtschaft, umringt von

Äckern, die mit mannshohen Maispflanzen bewachsen waren. Hindurch schlängelte sich eine gedrungene Straße aus altem, aufgeplatztem Asphalt, aus dessen Ritzen sich die Pusteblumen kämpften. Nur einen Steinwurf weit vom Anwesen entfernt hatte man einen Schotterplatz mit einer Wasser-Füllstation errichtet: Ein unterarmdicker Schlauch hing an einem Kran, damit die Tanks, die von den Traktoren über die Felder gezogen wurden, auch von oben befüllt werden konnten. Die Station und die Straße waren das Einzige, was daran erinnerte, dass so etwas wie Chemie, Dünger und Dieselmotoren bereits erfunden worden waren.

Lisa Huber konnte sich nicht erinnern, jemals als Kind an diesem Fenster gestanden und diese herrliche Aussicht genossen zu haben, die freie Sicht durch die sämige Luft bis hinüber zum Waldrand, der jetzt nur noch ein amorpher graugrüner Streifen war. *Aber auch das gehört zum Erwachsenwerden,* dachte sie, *dass sich der Blick schärft und für die Formen und Farben öffnet, an denen man als Kind achtlos vorbei gelaufen ist. Älter werden heißt, sich ein Stück weit aus der Welt zurückziehen, das zum Objekt zu machen und das als Objekt zu genießen, dessen lebendiger Teil man früher einmal selbst gewesen ist. Ein kleiner Tod, den man sterben muss, um die Welt aus einer höheren Warte zu begreifen und ganz sicher, um künstlerisch tätig zu sein.* Sie fragte sich, ob ihre Mutter in all der Zeit, die sie alleine in diesem Haus gelebt hatte, einmal an dieser Stelle gestanden und ähnlichen Gedanken nachgehangen hatte. Doch noch während sie sich die Frage stellte, wusste sie auch schon die Antwort und zog in einer trotzigen Geste die weißen Gardinen vor das Fenster.

Sie ging die knirschenden Stufen hinab ins Erdgeschoss und fand ihren braunen Sechzigerjahre-Lederkoffer auf den kalten Fliesen im Flur. Sie hatte Wäsche für eine Woche eingepackt. Nächsten Donnerstag wollte der Makler erneut bei ihr vorbeischauen, um mit ihr ein Preisziel für das Haus zu vereinbaren, am Freitag würde sie wieder zurück nach München fahren. Sie hätte natürlich auch heute Abend zurückreisen können und am Freitag wieder hierher: Es waren nur fünfzig Kilometer bis nach München, doch wollte sie unbedingt vertrauter mit ihrem Elternhaus werden, bevor sie es verkaufen würde. Sie empfand es wie das Wiedersehen mit einem alten Freund, mit dem man noch ein wenig Zeit verbringen will, bevor man ihn auf eine Reise ohne Wiederkehr schickt. Außerdem war sie in den vergangenen Monaten so verwirrt gewesen, dass sie sich in gewisser Weise auf ihre Ursprünge zurückbesinnen wollte. Sie hatte zwischen zwei Männern gestanden, zwischen denen sie sich nicht entscheiden konnte, für beide empfand sie „eine Form von Liebe", wie sie es nannte, mit beiden ging sie ins Bett. Doch erst als die Dreiecksgeschichte mit einem riesigen Knall explodierte, hatte sie wieder gewusst, wohin sie gehörte. Doch es war zu spät, ihre Beziehung mit Lukas noch zu retten.

Der offizielle Grund für den Aufenthalt in ihrem Elternhaus, der Grund, den sie Freunden und Kollegen unterbreitete, war ein anderer. „Ich brauche Zeit für neue Entwürfe und will die nötige Ruhe hierfür auf dem Land finden", sagte sie. Das stimmte auch, doch teilte sie sich mit Max ein herrliches Atelier in München, in dem sie hervorragend arbeiten konnte. Es gab im Grunde keinen Kreativitätsstau. *Aber wer weiß*, dachte sie. *Vielleicht bringt mich die Magie des Landes ja doch auf etwas ganz Neues.* Sie ergriff ihren Koffer und ging zurück über die knarzenden Stufen, hinauf in den ersten Stock. Sie würde im Schlafzimmer ihrer Mutter übernachten, da ihr ehemaliges Kinderzimmer vollkommen umgestaltet worden war. Zwar stand ihr altes Bett noch darin, doch hatte ihre Mutter alle persönlichen Gegenstände ihrer Tochter entfernt und durch allerlei Nippes ersetzt: gehäkelte Deckchen, Tonpuppen aus den Fünfzigerjahren, Dritte-Welt-Kalender aus mehreren Jahrzehnten, geschnitzte Holzfiguren aus dem Erzgebirge und dergleichen.

Als sie den Kleiderschrank öffnete, wusste sie, was auf sie zukam, und sie versuchte ihre Gedanken und Gefühle erneut zu kontrollieren. Ohne nachzudenken griff sie die Wäsche ihrer Mutter, hauptsächlich Nachthemden und Unterwäsche, legte sie auf einen Haufen und brachte sie anschließend in ein Gästezimmer, von dem sie nicht wusste, ob es jemals als solches genutzt worden war. Dann stapelte sie ihre eigene Kleidung ordentlich in die ausgeräumte Schrankhälfte, legte ihr Nachthemd aufs Bett. Einem unbestimmten Gefühl folgend, trat sie erneut ans Fenster. Es war bereits dunkel geworden.

Nirgendwo war die Nacht so sehr bei sich selbst wie auf dem Land, dachte Lisa Huber, nirgendwo war sie so schwarz, so undurchdringlich, so geheimnisvoll. Als sie die Vorhänge wieder zuziehen wollte, fiel ihr ein Lichtpunkt auf, ein gelber Pinselstrich, der sich über das Grau der kleinen Straße und das Grün der sie flankierenden Maispflanzen legte. Er stammte von einem Auto, das sich mühsam und irgendwie schwerfällig näherte, vielleicht war es ein Traktor. Erst als der Wagen auf den Schotterplatz der Füllstation fuhr, erkannte sie, dass einer der beiden Scheinwerfer defekt war und nur mit halber Kraft leuchtete. Der Wagen blieb einige Zeit mit laufendem Motor stehen, dann erloschen die Lichter. Lisa Huber zog die Vorhänge wieder zu und ging hinab in die Küche, mit schnellen Schritten, als gäbe es dort etwas Wichtiges zu erledigen. Sie wusste nicht warum, aber eine eigenartige Kälte bemächtigte sich ihrer. Zuerst dachte sie, es komme von den kalten Flurfliesen, auf denen sie lediglich in Socken umherhuschte. Doch auch als sie längst gegessen hatte, mit ihrem Zeichenblock im Wohnzimmer saß und ihre Füße in eine dicke Wolldecke geschlungen hatte, war die Kälte nicht gewichen. Sie war lediglich von ihren Füßen nach oben gewandert, hatte sich in ihrer Brust eingenistet. Es war Angst, erkannte Lisa Huber, eine unbestimmte Form der Angst. Es fühlte sich an, als würde sie beobachtet werden, dachte sie. Doch ging sie dem Gedanken nicht weiter nach, versuchte ihn zu blockieren. Sie wollte sich jetzt nicht schon wieder in irgendein Gefühl hineinsteigern, das sie beherrschte. Sicherlich resultierte es doch nur aus der Tatsache, dass sie sich in einem Haus aufhielt, das ihr eigenartig vertraut und fremd zugleich vorkam, in dem eine andere Person hunderte von Gegenständen hinterlassen hatte, die sie gewissermaßen anstarrten. *Ja, das ist es*, dachte sie, *die Gegenstände einer fremden Frau, die zufällig meine Mutter war, starren mich an, der rote Nussknacker mit dem weißen Bart, das alte balkenförmige Radio, in dessen Ritzen der Staub lungert, die Vase vor dem Fenster, hinter dem die ungezähmte Nacht lauert.* Ein Schauer überkam sie und sie zog die Decke noch ein Stück weit nach oben.

„Stop", sagte sie laut. „Stop thinking!"

Sie atmete ein, sie atmete aus, ruhig und ohne zu denken. Dann konzentrierte sie sich wieder auf ihre Zeichnung, verlieh ihrer Drahtkonstruktion eine weitere Ebene, indem sie sie mit einer leichten Schattierung hinterlegte. Und sie dachte an etwas anderes, dachte an heute Nachmittag, an Konrad. War es richtig gewesen, ihn noch einmal zu treffen? Nach alldem, was er ihr angetan hatte? Er begrüßte sie wie eine alte Freundin – und sie ging darauf ein. Er sah anders aus, trug einen alten Pullover und abgetragene Jeans, so als wolle er ihr zeigen, dass er sich nicht mehr für sie schick machen wolle – wenn er das je getan hatte, aber doch, korrigierte sie sich, das hatte er wohl … Er sah natürlich immer noch gut aus mit seinen vollen Lippen, seinem dichten, dunklen Haar, in dem sich einige graue Flocken abzeichneten. „Pigmentflecken", wie er einmal sagte. „Je älter ich werde, umso größer werden sie, aber mich stören sie nicht, mir sind sie egal." Ja, sie waren egal, oder besser: Sie standen ihm, machten etwas Besonderes aus ihm und die Souveränität, mit der er damit umging, adelten ihn, so empfand sie es jedenfalls. Aber er war nicht mehr so charmant, nicht mehr so zuvorkommend wie zu „ihrer Zeit". Er gab sich auch weniger Mühe, das Gespräch zu lenken, neue Themen aufzugreifen, wenn der natürliche Fluss von Rede und Gegenrede einmal unterbrochen wurde. Er warb nicht mehr um sie, sie fühlte es ganz deutlich, ihr Band war zerrissen.

Sie schreckte von ihren Gedanken auf. Ein dumpfer Laut – das Metallfass, das draußen im Hof hinter dem Haus stand, und in dem sich der Regen sammelte. Etwas musste daran gestoßen sein. Dann Schabegeräusche auf der Terrasse. An der Terrassentür? Sie schlug die Decke zurück und erschrak erneut. Ein Poltern, direkt neben ihr.

„Was …?"

Sie atmete aus: Der Block, der Stift waren auf den Boden gefallen. „Beruhige dich", wollte sie sich laut zurufen, doch sie unterdrückte den Impuls, machte stattdessen eine ausladende Bewegung mit beiden Armen, die sie beim Yoga gelernt hatte. Sie machte sich klar, dass sie die Geräusche des Hauses einfach nicht kannte. Es konnte ein Tier gewesen sein, da draußen, es konnte ein Ast sein, der von einem Baum gefallen war, es konnte irgendetwas sein, das sie sich als Stadtmensch gar nicht vorstellen konnte.

In ihren Augenwinkeln bewegte sich etwas. Die Vase! Nein, nicht die Vase, das Fenster dahinter. Da war etwas, ganz sicher. Einen Augenblick hatte sie das Gefühl, als hätte sie jemand von draußen angestarrt, zwei weiße Augenpaare, die sich aus dem Schwarz der Nacht schälten. Schon im gleichen Moment war sie sich nicht mehr sicher, ob es nicht doch Einbildung war. *Ja, ich bilde mir etwas ein, ganz sicher*, sagte sie sich, *was denn sonst?* Sie zog die Beine an, bis ihre Füße auf der Sitzfläche standen, und drückte ihren Körper fest an die Rückenlehne des Sofas. Sie blickte auf die Handtasche, die vor ihr auf einem Glastisch mit goldenen Füßen stand, und dachte an das Handy, das sich darin befand.

„Das ist Unsinn, das machst du nicht, du rufst niemanden an, weil du nicht allein zu Hause sein kannst."

Hatte sie vor sich hingesprochen? Oder hatte sie das gerade nur gedacht? Sie wusste es nicht, sie war verwirrt, ihr war eiskalt, ihr war schwindlig. *Du musst ruhig sein*, dachte sie. *Hör genau hin, da ist niemand, es ist Einbildung ...!*

Ein plötzliches Klirren aus dem Flur. Laut und deutlich. Glas zersprang, Scherben fielen auf die Fliesen. Sie sprang auf, starrte auf die geschlossene Flurtür. Nichts war Einbildung, jetzt wusste sie es. Nicht sie war der Psycho, der Psycho war ... Oh Gott, sie hörte das Türschloss schnappen. Die Klinke. Das Quietschen der Tür. Poltern, Schritte knirschten über die Glasscherben, die auf den Fliesen liegen mussten. Panisch sprang sie zu ihrer Handtasche, fingerte zittrig den Reißverschluss auf. In einem ersten Impuls griff sie hinein, doch dann drehte sie die Tasche einfach um. Lippenstift, ihr Puderdöschen, ein kleiner Block fielen auf den Tisch. Einkaufszettel, ein zusammengerollter Ausstellungskatalog, Taschentücher und da – das Handy! – rollten auf den Teppich. Sie sprang hinterher, schnappte sich das Telefon. Auf dem Boden kniend hörte sie, wie sich hinter ihr die Tür öffnete. Tränen liefen ihr über die Audrey-Hepburn-Wangen, sie sah alles verschwommen, tippte wahllos auf die Tastatur des Handys. Dann wurde sie von hinten umgriffen und sie spürte etwas Warmes, Fleischiges auf ihrem Mund.

Sie wurde in den Flur gezogen und durch die Haustür. Sie wusste, sie würde ihr Elternhaus nie mehr wiedersehen.

2

„O.K., wer möchte vortragen?"

Helen Bechmann wollte, aber sie wusste, dass es nicht ging. Was sie geschrieben hatte, konnte man nicht vortragen. Nicht hier. Aber sicherlich würde Edda Mayr sich gleich melden, sie sah es an ihrem Gesichtsausdruck. Die nervös wogenden Wangen, der Biss auf die fettigglänzende Unterlippe, der Daumen, den sie an der Innenseite ihres Zeigefingers rieb – die typischen Anzeichen, dass ihr Strebertum gleich aus ihr herausbrechen würde. Edda! Damit hatte sie nun wirklich nicht gerechnet, dass sie ausgerechnet neben ihr sitzen würde. Sie waren schon zusammen auf der Realschule gewesen und in den letzten Jahren tatsächlich auch als Banknachbarn. Nicht freiwillig, natürlich nicht. Helen Bechmann lachte bei dem Gedanken in sich hinein. Strafumgesetzt hatte man sie! Weg von ihrer besten Freundin Marion Schütz, mit der sie damals ganze Stunden durchgequatscht hatte. Und mit der sie einen geheimen Code ausgearbeitet hatte, der anzeigte, was man mit welchem Jungen schon so alles gemacht hatte. „1" war küssen, „2" war Zungenkuss, „3" war obenrum streicheln, „4" untenrum, „5", „6", „7" gab es nicht, sie wusste auch nicht warum. Und dann folgten die etwas härteren Sachen. Als sie Marion in der neunten Klasse von ihrer ersten „10" erzählt hatte, kreischte die vor Entzückung so laut auf, dass sie Helen Bechmann neben Edda Mayr gesetzt hatten, die Klassenstreberin.

Edda Mary meldete sich.

„Frau Mayr, lassen Sie hören!"

Am liebsten hätte Helen Bechmann sich die Ohren zugehalten, um diesen Dünnschiss von „Frau Mayr" nicht ertragen zu müssen. Stattdessen lächelte sie und sah sie an. Sie konnte einfach nicht verstehen, warum manche Frauen um die vierzig plötzlich ihre komplette Weiblichkeit vergaßen. Auf einmal ließ man sich einen unmodernen Pagenschnitt schneiden, trug nur noch Bequemzeug und entdeckte eine neue Natürlichkeit – ganz ohne Schminke. Da machte Helen Bechmann nicht mit. Wozu auch? Sie fühlte sich noch genau so attraktiv wie mit dreißig. Viele in ihrem Freundeskreis hatten ihr versichert, dass sie ihre Figur über die Jahre hinübergerettet hatte. Helen Bechmann fand, ihre Freunde hatten recht, auch wenn sie heute natürlich wesentlich mehr dafür tun musste, um so auszusehen wie damals.

Edda Mayr fabulierte von feuchten Wiesen am Morgen und dem Tau, der an den Blättern leckt. Helen Bechmann wurde schlecht. Konrad Kister hatte ihnen die Aufgabe gestellt, fünf Minuten über das Thema „Regen" zu brainstormen und „einfach so niederzuschreiben, was Ihnen dabei in den Sinn kommt". Und was kam Edda Mayr in den Sinn? Der Tau auf irgendwelchen Halmen.

Helen Bechmann hatte an Sex gedacht. An Sex im Regen, warmen Regen. An einen verregneten Strand, der einsam war, und an ein frisch verliebtes Paar, das vom Regen überrascht wurde und dessen Kleider nass wurden bis auf die Haut, sodass sie dadurch angeregt halb im Meer liegend über sich herfielen.

„… und recken die kleinen weißen Köpfchen ihm zu, als sei er ein von Gott gespendeter Segen, der sie wachsen und gedeihen lässt, und die Natur stimmt ein gemeinsames Dankeslied an für ihren Schöpfer …"

Helen Bechmann verdrehte die Augen und wandte sich ab. Sie schlug die Beine übereinander und konnte sich des Gefühls nicht erwehren, dass ihrem Dozenten nicht entgangen war, dass sie als Einzige im Kurs einen Minirock trug. Sie musste zugeben, dass sie durchaus an sich dachte in ihrer Sex-am-Strand-Prosa und wieso sollte nicht Konrad Kister den männlichen Part übernehmen? Er sah nicht schlecht aus: war groß und dunkelhaarig, auch wenn er ein paar eigenartige helle Streifen im Haar hatte. Aber das konnte sie beheben, schließlich war sie eine der besten Friseurinnen der Stadt. Er war etwas jünger als sie, fünf, sechs Jahre vielleicht. Aber jüngere Männer passten hervorragend zu erfahrenen Frauen, vor allem wenn es um Sex ging, wusste sie.

Sie räkelte sich, drückte die Wirbelsäule leicht durch, so als sei sie verspannt. Sie atmete ein und schob ihre Brust dabei ein wenig nach vorn, täuschte ein unterdrücktes Gähnen an. Sie spürte, wie sein

Blick auf sie fiel, wie er an ihrem trainierten Körper entlangstrich. Sie ließ sich ein leichtes Lächeln entlocken, das eine Form von Einverständnis signalisierte, wenn man es so auffassen wollte.

Plötzlich brandete Applaus auf und holte sie wieder zurück in die Realität, in den kleinen Raum der Volkshochschule Landsberg, der irgendwie nach Gummi roch und in dem zwei Dutzend Frauen saßen, um „kreativ Schreiben" zu lernen.

„Sehr schön Frau Mayr", sagte Konrad Kister und blickte in die Runde, „ich denke wir konnten sehen, wohin einen die Kraft der spontanen Assoziation tragen kann. In Ihrem Fall also in die Natur und zu einem spirituellen Erleben, wenn man so will."

Helen Bechmann blickte in das strahlende Gesicht Edda Mayrs. Sie musste daran denken, wie ihre Lehrer damals die Halbjahresnoten aus ihren mit rotem Kunstleder umschlungenen Büchlein vortrugen. Während Helen Bechmann in den meisten Fächern um eine Vier kämpfte, hatte ihre Banknachbarin Edda Mayr natürlich immer eine Eins. Und mit genau diesem dümmlichen Lächeln erwartete sie immer die Bekanntgabe ihrer Note: „Edda Mayr – Eins." *Arschloch*, dachte Helen Bechmann.

„Wer will uns noch an seiner Gedankenwelt teilhaben lassen? Vielleicht Sie – Frau Bechmann?"

Helen Bechmann schluckte, blickte irritiert nach vorne zum Pult, an das Konrad Kister lässig angelehnt stand. Hatte er gerade tatsächlich ihren Namen aufgerufen?

„Was meinen Sie, Frau Bechmann? Es würde mich wirklich interessieren, was Ihr Brainstorming ergeben hat. Wollen Sie …?"

„Nein ich …" – Helen Bechmann spürte, wie ihr Körper in sich zusammensank, und sie spürte eine plötzliche Hitze in ihren Ohren, spürte, wie ihr die Röte ins Gesicht stieg bei dem Gedanken, ihre Assoziationen vorzutragen. „Nein, ich – jetzt nicht, vielleicht nächstes Mal, wenn das in Ordnung ist."

Konrad Kister lächelte. „Natürlich ist das in Ordnung. Keiner wird gezwungen, aus seiner Dichterhöhle hinauszutreten. Vielleicht Sie, Frau Laumen?"

Sylvia Laumen begann zu lesen, doch Helen Bechmann hörte gar nicht zu. Rote Ohren, dachte sie. Der Typ hatte es tatsächlich geschafft, dass sie rote Ohren bekam – Sie! *Den will ich haben*, sagte sie sich. *Und ich will eine „8", eine „9" und eine „10".*

Er war froh, als er die Tür hinter sich zugezogen hatte. Als er endlich für sich war, allein, nicht mehr im Mittelpunkt stand. Dabei gab er den Kurs doch hauptsächlich aus diesem Grund: um unter Leute zu kommen, nicht zu sehr zu vereinsamen, nicht zu sehr in sein Eigenbrötlertum zu verfallen. Es war nicht gut für ihn, immer nur mit den Gedanken allein zu sein, auch wenn daran natürlich kein Weg vorbeiführte. Schreiben war eine einsame Tätigkeit. Und das konnte er ja auch gut: allein arbeiten. Wenn ihm denn nur endlich eine Story einfiele, aber das war eine andere Baustelle. Nur neunzig Minuten dauerte er, der Kurs, und dennoch hatte er jetzt das Gefühl, den ganzen Tag Steine geschleppt zu haben. Was strengte ihn nur so an? Die Fassade aufrecht zu erhalten vielleicht. Immer gut gelaunt zu sein, immer souverän, charmant, Herr der Lage. So erwarteten sie es doch von ihm. So hatte es jedenfalls *sie* immer von ihm erwartet. Und das glaubte er schon: dass er sie überzeugt hatte, mit dem Bild, das er nach außen von sich abgab, seiner Maske, wenn man so wollte. Vielleicht war es bei ihrem gestrigen Treffen das erste Mal gewesen, dass er wirklich bei sich war, dachte er, dass er nicht versuchte, für sie zu funktionieren. *Das erste Mal ich selbst – und das bei unserem letzten Treffen*, ging es ihm durch den Kopf – das Leben konnte einen schon gehörig mit Spot überschütten.

Es klopfte.

Das fehlte noch, dachte er. Noch nicht einmal die Jacke hatte er ausgezogen und schon wollte wieder jemand etwas von ihm.

„Ja?"

Die Klinke wurde heruntergedrückt, doch die Tür bewegte sich nicht.

„Moment!"

Er ging zur Tür, drehte den Schlüssel um, öffnete. Monika strahlte ihn an, die Tochter des Gastwirts beziehungsweise die Stieftochter, wie er gestern erfahren hatte. Sie trug ein blaues Dirndl mit einer rosa Schürze, eine weiße Bluse mit Spitzenrand hatte sie sich schützend über ihr üppiges Dekolleté gelegt. Sie hatte ihre Arme hinter dem Rücken verschränkt und trat einen Schritt zurück, als er sie anblickte.

„Ich störe hoffentlich nicht …? Ich wollte nur sagen: Der Ludwig hat ein Holzfass angeschlagen, falls Sie möchten. Und ich bin gerade in der Küche mit dem Schweinsbraten fertig."

Er überlegte, doch der Blick in ihr feistes, ausdrucksloses Gesicht machte ihn vollkommen ratlos. Einen Moment fühlte er sich einfach nur leer.

„Oder haben Sie schon gegessen? Dann ist's auch gut." Nein, hatte er nicht, dachte er. Und ja, er sollte etwas essen. Zwar hatte er keinen Hunger, aber der würde kommen, er hatte nur gefrühstückt heute.

„Nein", sagte er, „nein, habe ich nicht. Ich will nur kurz …" Er zog die Jacke aus, warf sie auf das frischgemachte Bett. Einen Atemzug blieb er mit zum Zimmer gewandten Blick stehen. Erst jetzt registrierte er, dass aufgeräumt worden war: Nicht nur das Bett war frisch bezogen und sein Pyjama gefaltet und aufs Kopfkissen gelegt worden. Auch die Unterlagen auf dem kleinen an die Wand geschmiegten Nussholztisch lagen nicht mehr durcheinander, sondern waren säuberlich übereinander gestapelt. Der Koffer, aus dem er die vergangenen Tage gelebt hatte, war verschwunden und ein Blick in das offen Regal am Fußende des Bettes verriet ihm, dass seine Unterwäsche aus ihm hinaus genommen und dort eingeräumt worden war. Das Chaos aus Büchern, Taschentüchern, Plastikflaschen und Gläsern auf dem Nachttisch war in eine ordentliche, rechtwinklige Welt verwandelt worden.

Er blickte sich zu Monika um: „Sie haben aufgeräumt!"

„Sagen wir doch ruhig Du, oder?"

Ihre Antwort verwirrte ihn.

„Ja, habe ich", durchbrach sie sein Schweigen. „Ich will, dass du dich ausschließlich auf deine Arbeit konzentrieren kannst. Es ist dir doch recht, oder?"

„Ja", sagte er noch halb abwesend, „das heißt, die Unterlagen ..."
Er machte einen Schritt darauf zu, fuhr mit dem Daumen über einen der Stapel. „Es mag chaotisch aussehen, aber es ist eine komplexe Ordnung, weißt du?"

Sie schaute betroffen. „Es ist nur, weil du gestern gesagt hast, dass du hier seist, um Konzentration zu finden. Und wir wollen, dass dir das hier gelingt, das sieht auch mein Vater so."

Er fühlte sich mit einem mal mies, mit Dreck bespritzt: Jemand bemühte sich, damit er seiner Arbeit besser nachgehen konnte, und er hatte nichts anderes im Sinn, als zu nörgeln und zu kritisieren. Er trat auf sie zu. „Nein, nein, das ist ... das ist perfekt. Alles ist prima" – er machte eine ausladende Geste in Richtung des Raums – „es geht ja nur um die Unterlagen. Ansonsten ... das ist doch herrlich, dass ihr mir das hier abnehmt." Er lächelte: „Und jetzt freue ich mich auf den Schweinsbraten!"

Ihre Miene hellte sich auf. Plötzlich löste sie einen Arm von ihrem Rücken, ließ ihn herumschnellen und hielt ihm etwas vor die Nase. „Signierst du es mir?"

Es war der Krimi, den er vergangenes Jahr veröffentlicht hatte. Er nahm das zerlesene Buch, setzte sich an den Schreibtisch und schrieb: „Für Monika, die mein neues Buch erst möglich macht."

Die Gastwirtschaft wirkte wie ein dunkler, rauchiger Keller mit wenig Licht. Sie bestand aus einer Bar, die sich hufeisenförmig in den Raum schob, und ein paar Tischen, die wie provisorisch aneinandergestellt worden waren. Stühle gab es nur vereinzelt, man saß auf Bänken. Alles war auf Gruppen ausgerichtet, nicht auf Typen wie Konrad Kister, die fremd waren in der Stadt und alleine bei ihrem Bier saßen. Man kannte einander, man rottete sich zusammen und allein zu sein, bedeutete, einen Makel zu haben. Nur an der Bar wurden hin und wieder ein paar Gestrandete angespült, doch wollte Konrad Kister dort nicht sitzen.

Monika wartete, bis er sich einen Platz gesucht hatte, brachte ihm dann die Karte und stellte sich neben ihn, wartend, lächelnd. Ohne hineinzuschauen, bestellte er einen Schweinebraten und ein Bier aus dem Holzfass.

Als Monika hinter dem Tresen verschwunden war, ärgerte er sich über sich selbst. Auf das Bier freute er sich, aber auf etwas, das so fettig war wie ein Schweinebraten, hatte er keine rechte Lust. Im Grunde hatte er ihn bestellt, weil er das Gefühl hatte, sie würde sich darüber freuen, dass er sich für ihre Empfehlung entschieden hatte. Er beschloss, nicht weiter darüber nachzudenken, und nickte dann den Schwarzer-Brüdern zu, die ihm von der Bar aus zuprosteten. Er hatte sie vor einigen Tagen kennen gelernt, als sie genau an der gleichen Stelle über ihr Bier gebeugt saßen. Sie betrieben eine Landschaftsgärtnerei, die hauptsächlich von öffentlichen Aufträgen in der Region lebte. Zwar hatten die Schwarzers einige Angestellte, doch war das Unternehmen darauf angewiesen, dass die beiden Chefs ebenfalls die Ärmel hochkrempelten. Während Reinhard, der Ältere, sich hierbei hauptsächlich um den Bürokram und die Ausschreibungen kümmerte, packte der jüngere Bruder Hagen vor Ort mit an. Die Aufgabenteilung war den beiden anzusehen: Reinhard war groß, stämmig, ein wenig untersetzt, er trug den gemütlichen Bart eines Büromenschen und strahlte in seinem braunen Wollpullover und seiner anthrazitfarbenen Buntfaltenhose eine grundlegende Zufriedenheit mit sich und seiner Umgebung aus. Hagen war drahtiger, war muskulöser, und sein Blick war eigenartig stechend, auch wenn er immer nur kurz auf einem ruhte, bevor er auswich, kurzzeitig ziellos umherzuwandern schien und dann wieder begann, sein Gegenüber linkisch zu fixieren. Jetzt stand er neben seinem Bruder, das blaue Hemd über den adrigen Bizeps hochgekrempelt, mit der rechten Hand sein Glas umschlossen, mit der anderen riss er kleine Papierfitzelchen aus einem Bierdeckel. Er hörte seinem Bruder zu, doch mit scheinbarem Widerwillen, als bereite ihm das Gesagte eine körperliche Pein.

„Und? Wie weit bist du?", fragte Monika und stellte das Bier auf den Tisch.

Konrad Kister schreckte hoch, wie aus einem Traum gerissen. Er blickte zu Monika auf, die sich schräg über ihn beugte und die noch immer das Glas Bier fest umschlossen hielt, obwohl es bereits auf dem Tisch stand. Er sammelte sich, wusste aber nicht, auf was sie hinauswollte.

„Wie weit ich bin?"

„Mit dem neuen Buch, das du hier bei uns schreibst, meine ich."

Das fehlte ihm noch, dass er jetzt jeden Abend über seinen Schreibfortschritt Auskunft geben musste. Vor allem, da er weder angefangen noch eine grundlegende Idee hatte. Vielleicht fand er nach alledem, was ihm in der letzten Zeit passiert war, auch heraus, dass er gar nicht mehr schreiben konnte.

„Ehrlich gesagt, habe ich mich in den letzten Tagen erst mal auf meinen Kreativ-Schreiben-Kurs konzentriert. Ich habe so etwas noch nie gemacht und da muss jede Stunde vorbereitet werden."

„Aber du hast schon eine Idee?"

„Ehrlich gesagt: nein."

Sie ließ das Glas los, zog sich die Schürze zurecht. „Vielleicht fällt dir in deinem Kurs etwas ein. Das kann ja inspirierend sein, wenn man mit anderen nachdenkt und arbeitet."

Er zuckte mit den Schultern. Irgendetwas verärgerte ihn, doch er konnte den Grund nicht benennen. Er versuchte, nicht weiter darüber nachzudenken, schließlich hatte er beschlossen, dankbar zu sein, dass man versuchte, es ihm hier so angenehm zu machen, wie nur möglich.

„Aber ein Krimi wird es schon wieder, oder?" „Monika!"

Sie zuckte leicht zusammen, wandte sich um. Es war Ludwig Esch, ihr Stiefvater, der sie gerufen hatte. Er wies mit nickendem Kopf in Richtung Bar, an der zwei weitere Gäste Platz genommen hatten und offenbar darauf warteten, ihre Bestellung aufzugeben. Monika legte Konrad Kister für einen Wimpernschlag die Hand auf die Schulter und verschwand dann wortlos hinter der Zapfanlage.

Als er ihr hinterhersah, stieß er auf Ludwig Eschs Gesicht. Es sah noch immer so besorgt aus, wie er es in den vergangenen Tagen kennen gelernt hatte, so, als halte es eine bittere Wahrheit zurück, die jetzt endlich ausgesprochen werden musste. Offenbar war es sein Standardblick. Als Ludwig Esch bemerkte, dass Konrad Kister ihn anstarrte, verzog er leicht den rechten Mundwinkel, versuchte eine entschuldigende Geste, doch die gerade Linie seiner dünnen Lippen schien sich nicht zu bewegen. Dann wandte er sich ab und kümmerte sich wieder um das zu säubernde Geschirr, das vor ihm stand. Konrad Kister beobachtete, wie er dabei seine Hände unter das vor Hitze dampfende Wasser hielt. Ludwig Esch verzog keine Miene.

„Unheimlich, der Alte, was?"

Konrad Kister blickte auf das Gesicht eines Rothaarigen mit Sommersprossen und Pausbacken, der im Begriff war, sich zu setzen.

„Sie erlauben doch?"

Konrad Kister nickte mechanisch – und hatte sofort das Gefühl, diese Geste zu bereuen.

„Moment …!" Der Pausbackige stand erneut auf, ging einen Schritt hinüber zu dem Tisch, an dem er vorher gesessen hatte. Er griff nach einem halbvollen Bierglas, wandte sich wieder um. Im Gehen setzte er das Bierglas an, leerte es bis zur Neige. Noch bevor er sich wieder auf der Bank gegenüber von Konrad Kister niederließ, hielt er das Glas in die Luft, in Richtung Bar. Ludwig Esch nickte, der Pausbackige setzte sich.

„War mal Bestatter, der Alte", sagte er und wischte sich mit dem Unterarm den Bierschaum vom Mund. „Hat immer noch diesen unheimlichen Blick. Von einem, der ganz nah bei dem da unten ist."

„Bei dem da unten?"

„Na bei dem hier …" Er formte mit den Zeigefingern zwei Teufelshörner und legte sie sich grinsend auf die Stirn.

Konrad Kister atmete aus, versuchte ein Lächeln. Einen Augenblick wurde er abgelenkt, da sich die Eingangstür öffnete. Ein Mann, der auf eine unerfindliche Art und Weise jünger aussah, als er es zu sein schien, kam herein. Vielleicht lag es an seinem ordentlichen Seitenscheitel, der nicht zu der Figur eines Rugby-Spielers passte, über die der Mann verfügte, ging es Konrad Kister durch den Kopf. Als wäre es das Leichteste der Welt, trug er ein Holzfass auf seinem Rücken in die Gaststube hinein.

„Hat den Ex von der Anna noch selbst unter die Erde gebracht. Und dann die Witwe persönlich betreut, geheiratet und alles. Bis sie dann den Rappel gekriegt hat. Jetzt kümmert sich die Monika um sie und er spielt hier den harten Hund. Aber hätte ja gar nicht besser laufen können für den Alten."

Konrad Kister hörte, wie das Holzfass auf den Boden knallte. Danach ein unzufriedenes Brummen von der Theke. Der gut frisierte Hüne ging wieder hinaus und kam einen Atemzug später mit einem weiteren Holzfass auf den Schultern zurück in die Stube.

„Monikas Mutter hat was …?"

Der Pausbackige grinste, offenbar weil Konrad Kister angebissen, weil er Interesse gezeigt hatte. „Hat 'nen Affen gekriegt. Ist verrückt geworden." Er machte mit der Hand einen Scheibenwischer und beugte sich dann über den Tisch zu Konrad Kister herüber. „Geistige Umnachtung." Er grinste, als hätte er einen ironischen Witz gemacht. „Redet keiner drüber, weiß wohl auch keiner, warum das Ganze. Monika pflegt sie jetzt und wenn die alte Dame hops geht, hat Ludwig den Laden hier. Cleverer Bursche, was?"

Vor Konrad Kister wurde ein dampfender Teller auf den Tisch gestellt und über ihn hinweg ein Bier gereicht. „Du redest zu viel, Götz!"

Der Pausbackige ergriff das Bier. „Nur ein kleiner Plausch, Ludwig, nichts weiter."

Ludwig Esch wandte sich Konrad Kister zu: „Wenn Sie sich belästigt fühlen …"

Konrad Kister schüttelte den Kopf. „Nein, nein …"

Der Pausbackige grinste triumphierend und prostete Ludwig Esch zu. „Ein Gespräch unter Freunden – kann man doch nichts gegen haben, oder?"

Konrad Kister fühlte sich unwohl und beschloss, sich auf seinen Schweinebraten zu konzentrieren. Aus dem Augenwinkel beobachtete er, wie Ludwig Esch begann, einen der Nachbartische mit einem gelben Tuch abzuwischen. Penibel beseitigte er alle Glasränder und schob jedes Krümelchen zusammen. Dann schnellte sein Oberkörper plötzlich wieder nach oben, seine Augen fixierten irgendetwas auf der Höhe der Theke. Ludwig Esch schrie: „Behalt deine Finger bei dir, Eugen! Ich sag's dir nicht zweimal!"

Konrad Kister schaute auf, sah, wie sich Monika gerade an dem Bierlieferanten vorbeischob. Sie blickte erst mit Unverständnis zu Eugen, dann mit bösen Blicken zu Ludwig Esch.

„Besser *du* behältst deine Finger bei dir, Ludwig. Und lass mir den Eugen in Ruh", kam es plötzlich von der anderen Ecke. Es war Hagen, der jüngere der beiden Schwarzer-Brüder.

„Was willst du damit sagen, Hagen? Was willst du sagen, hm? Los, raus damit!" Ludwig Eschs Gesicht hatte plötzlich den Ausdruck der Besorgnis abgelegt, zwei senkrechte Zornesfalten zeichneten sich stattdessen auf seine Stirn. Er presste sein gelbes Wischtuch mit einer fleischigen Faust zusammen.

Hagen Schwarzer rutschte vom Stuhl, fixierte den Wirt mit stechendem Blick, sein Bizeps zuckte. Er drückte die Brust raus und ging auf Ludwig Esch zu. Obwohl der Wirt deutlich größer und wuchtiger war, lag keine Angst in Hagen Schwarzers Blick, er schien voll und ganz auf seinen durchtrainierten Körper zu vertrauen.

„Hagen, lass es gut sein", beruhigte sein Bruder und hielt ihn an der Schulter fest.

Von der Theke stieß der bärige Eugen einen dunklen, unverständlichen Laut aus. Konrad Kister schob sich eine Gabel mit Braten in den Mund, vergaß dann aber das Kauen.

„Die beiden waren mal zusammen auf dem katholischen Internat", flüsterte Götz Konrad Kister verschwörerisch zu und blickte erst zu Hagen Schwarzer und dann zu Eugen. „Die schwulen Brüder halten halt zusammen. Außerdem geht das Gerücht, der Wirt habe sich, nachdem die Mutter ausfiel, an die Tochter gehalten. Gab wohl sogar mal 'ne Anzeige. Wurde dann aber zurückgezogen. Nichts Genaues weiß man nicht."

Eugen gab sich plötzlich einen Ruck und trottete, den Blick zum Boden gewandt, wortlos aus der Gaststätte. Nur der Trotz mit dem er die Tür zuschlug, machte seine innere Aufwallung fassbar. Der laute Knall schien alle anderen mit einem Mal zu beruhigen. Konrad Kister begann wieder zu kauen.

„Der ist auch ein bisschen ballaballa", erklärte Götz. „Ist ein Nest hier." Er lachte, er war offenbar der Einzige, der seine wahre Freude an der Eskalation hatte.

Konrad Kister war heilfroh, als er wieder in seinem Zimmer war. Er drehte den Schlüssel von innen um und beschloss, heute nicht mehr zu öffnen, komme was wolle. Nicht, dass ihm die Geschichte im Restaurant noch weiter nachhing. Er war im Grunde froh über ein wenig Aufregung, ein wenig Ablenkung. Wenigstens musste er so nicht wieder die ganze Zeit an *sie* denken. Doch steckte ihm der Tag nach wie vor bleischwer in den Gliedern und er war jetzt einfach nur noch hundemüde. Er würde sofort ins Bett gehen, beschloss er. Heute hatte es keinen Sinn mehr, sich noch mal an den Schreibtisch zu setzen und über den Ideen für die neue Story zu brüten. Er zog sich aus und nahm anschließend den von Monika mütterlich gefalteten Pyjama vom Bett. Er musste unwillkürlich lächeln, als er hineinschlüpfte. Dann ging er ins Badezimmer. Als er den Lichtschalter anknipste, erschrak er fast. Sein kompletter Kosmetikbeutel war ausgeräumt worden. Rasierzeug, Duschbad und Shampoo, eine Hautcreme, die er benutzte, sein Deo, eine Schachtel mit Kondomen, sein Maniküre-Set – einfach alles war ordentlich auf die Ablage unter den Spiegel gestellt worden. Konrad Kister wusste nicht, ob er lachen oder weinen sollte.

3

Jenny Biber sah es kommen. Schon als sie die oberste Treppenstufe betrat, zeichnete es sich ab, und jetzt, wo sie um die Ecke bog, schien es unvermeidlich zu werden. Weder konnte sie den braunen Umzugskarton irgendwo abstellen, noch konnte sie Tobias um Hilfe rufen, schließlich hielt sie den dritten Karton mit dem Kinn fest. Und wenn alles gut ging, dann konnte sie wenigstens diesen Karton, den obersten, noch vor dem Sturz in die Tiefe bewahren. Der mittlere Karton aber schien verloren. Kaum hatte sie zu Ende gedacht, war es schon so weit: Der mittlere Karton entglitt ihr, fiel seitlich auf die Stufen, dann auf die Fliesen im Flur. Es gab einen lauten Schlag, irgendetwas zerplatzte wie Glas. Der Karton riss an der Oberkante auf, spuckte Bilderrahmen und Scherben aus. Tobias' Asienbilder, wurde Jenny Biber klar.

Einen Augenblick stand sie da, wie angewurzelt. Dann öffnete sich die Flurtür, Tobias trat auf die Schwelle. Selbst wenn er einen Umzug vorbereitete, sah er noch so geschniegelt aus wie auf einem Cocktailempfang, ging es Jenny Biber durch den Kopf: kariertes Hemd, gebügelte Hose, die Haare zurückgegelt und die eine dunkle Locke stilsicher in die Stirn gelegt, wie immer. Kein Schweißtröpfchen zeichnete sich auf seinen majestätischen Schläfen ab, kein Schmutzfleck verunstalte sein Outfit. Wie machte er das nur? Ihr weißes T-Shirt sah bereits aus wie nach einem Footballmatch, ihre Nägel konnte sie vergessen und sie spürte, wie ihr einzelne Haarsträhnen auf den feuchten Wangen klebten. Tobias blickte auf seine zerschmetterten Rahmen, atmete dann einmal tief ein und warf ihr einen müden Blick über die Brille zu. Seine Lippen öffneten sich, als wolle er etwas sagen, doch im nächsten Moment entschied er sich dagegen. Er schloss erst seinen Mund, dann trat er zurück ins Wohnzimmer und drückte wortlos die Tür hinter sich zu.

Es war Resignation, dachte Jenny Biber, oder besser: Selbstbestätigung. Er wollte sagen, dass das, was sie hier taten, schon in Ordnung ging, trotz allem. Dass er es ja gewusst hatte, dass er richtig lag mit seinem Urteil über seine Chaosfreundin. Seine Exchaosfreundin. Jenny Biber zuckte mit den Schultern. Dann schleppte sie die beiden verbliebenen Kartons nach unten, stellte sie im Flur nebeneinander ab. Sie setzte sich auf den braunen Umzugskarton und betrachtete die Scherben vor sich. Irgendwie war es ein Abbild ihrer Beziehung, dachte sie. Vier Jahre waren sie zusammen gewesen, zwei davon hatten sie zusammen gelebt. Und was hatten sie jetzt davon? Einen Scherbenhaufen! Jenny Biber hatte sich in die Arbeit gestürzt, als er ihr vor vier Wochen eröffnet hatte, dass es für ihn vorbei war, dass es aus war. Aus! Das Abschlusspraktikum war ihr gerade recht gekommen. Zwar hatten sie bisher kaum interessante Fälle gehabt, ein paar kleine Ladendiebstähle, ein paar unbedeutende Gewaltdelikte, aber ihr Chef hatte sie immerhin arbeiten lassen. Sie wusste, dass das nicht immer der Fall war bei Praktika. Aber sie machte sich auch nichts vor: Sie durfte arbeiten, weil ihr Chef nicht gerade vor Engagement sprühte und froh war, einen Teil seiner Aufgaben an sie abgeben zu können. Zumindest empfand sie es so. Immerhin hatte sie so nicht grübeln müssen, nicht an den Tag X zu denken brauchen. Aber er rückte näher, das wusste sie. In ein paar Tagen war es so weit: Tobias würde gehen. Organisiert wie er war, packte er schon jetzt, damit später alles reibungslos verlaufen würde. So war er, dachte sie. So ganz anders als sie.

„Jenny?"

Sie stand auf, öffnete die Tür. „Was is?"

Er hielt die goldene Buddha-Figur hoch. „Ist dir das recht, dass *ich* die nehme?"

Jenny Biber stutzte, trat ins Wohnzimmer. In den Schränken waren zwei Drittel der Sachen verschwunden. Die Feininger-Drucke waren abgehängt, der Shiraz-Teppich lehnte an der Wand und in der Mitte des Raums standen zwei Dutzend sorgsam beschriftete Umzugskartons. Alles, was irgendwie Kultur in dieses Haus gebracht hatte, war verschwunden, musste sich Jenny Biber eingestehen. Nur ihre „Mädchensachen", die er immer so gehasst hatte, standen noch in den Regalen. Die Freundinnen-Fotos, die silberne Bärchen-Spardose, die Sektflasche für den besten Schützen beim Scharfschützenturnier. Und jetzt wollte er auch noch den Buddha einpacken?

„Kommt gar nicht in Frage, den hast du mir *geschenkt*!" „Ich weiß, dass ich ihn dir geschenkt habe, sonst würde ich dich nicht fragen. Aber er bedeutet dir doch gar nichts."

„Als ob du einschätzen könntest, was mir etwas bedeutet! Wieso sollte er dir denn bitteschön mehr bedeuten als mir? Das ist doch absurd."

„Er bedeutet mir mehr als dir, weil ich ihn in Vietnam gekauft habe. Er ist für mich ein Erinnerungsstück an eine schöne Urlaubszeit. Für dich ist er … ist er nichts."

Er begann damit, die Figur in Umzugspapier einzuwickeln. „Und warum hast du ihn mir dann geschenkt, wenn er *dir* so viel bedeutet?"

„Ich habe ihn dir geschenkt, weil ich davon ausging, dass wir zusammenziehen – was wir ja dann auch getan haben – und dass auch ich ihn dann in der gemeinsamen Wohnung um mich haben würde."

Jenny Biber schluckte. Sie spürte, wie sie ärgerlich wurde. „Das heißt, du hast ihn mir geschenkt, um ihn quasi dir zu schenken." Sie ging in energischen Schritten auf ihn zu. Der Aufprall ihrer Füße auf dem nackten Boden hallte auf eine unbekannte, kalte Art von den kahlen Wänden wider.

„Jenny! Sei doch vernünf…"

Sie riss ihm die Figur aus der Hand und dann das Packpapier von der Figur. Anschließend stellte sie die Statue wieder auf ihren Platz im Regal. „Er bleibt da, wo er hingehört!"

Sie hörte sein schweres Atmen. Wieder diese resignative Bestätigung. Er machte es extra, sie wusste es. Das war seine Art der Kommunikation. Er sagte ihr nicht offen, was er dachte. Er machte Gesten.

Jenny Biber drehte sich um, wollte hinaus in den Flur, die Scherben zusammenkehren. Sie wollte gar nicht erst über all das nachdenken, das brachte nichts. Man musste nach vorne schauen. Und vorne hieß: Scherben. Packen. Umzug. Sie legte die Hand auf die Klinke.

„Weißt du, dass wir noch nie wirklich darüber gesprochen haben, warum es nicht funktioniert hat mit uns beiden?"

Sie drehte sich halb um, ließ aber die Hand auf der Klinke. „Haben wir doch. Du hast es doch gesagt: Die Krümel auf dem Frühstückstisch, hast du gesagt, die Tropfen auf der Spüle, das Geschirr, das liegenbleibt, der Müll der überquillt. Das ganze Chaos, das angeblich nur ich anrichte!"

Er atmete ein.

Oh nein, dachte Jenny Biber, wenn er es dabei belässt, bekomme ich einen Anfall, das ertrage ich einfach nicht. Sie ballte die Faust um die Klinke.

„Jenny, das ist die Oberfläche. Das ist die Spitze des Eisbergs. Das eine sichtbare Sechstel, das über die Wasseroberfläche ragt. Aber es geht in der Hauptsache um die subkutanen fünf Sechstel."

Sie stieß einen Seufzer aus. Sie hasste dieses Geschwafel. Aber Geschwafel war besser als Gesten. „Und was sollen diese *subkutanen* fünf Sechstel sein, bitte sehr?"

Er trat einen Schritt auf sie zu. Sie kam nicht umhin zu bemerken, dass er seine braunen Wildleder-Slipper trug. Beim Packen! Immer hatte er im Haus Schuhe getragen, sie hatte es gehasst.

„Es geht um Grundlegendes. Wir haben einfach andere Vorstellungen davon, was wichtig ist im Leben, wir haben einen vollkommen unterschiedlichen Rhythmus. Es geht um Werte, wie …" Er hob seine Hand, streckte sie nach oben aus, als würde er einen plötzlichen Segen erwarten. Dann klingelte sein Handy.

„Telefon", sagte Jenny Biber trocken.

„Das höre ich … Hallo?" Er kniff die Augen zusammen, als müsse er sich plötzlich konzentrieren, als rede jemand in einer unverständlichen Sprache auf ihn ein. „Moment …" Er schaute Jenny verwirrt an. „Für dich."

Sie riss ihm das Gerät aus der Hand. „Jenny Biber?!" Es war Dollerschell. Es gebe Arbeit, sie solle sofort kommen. „Bin unterwegs!", rief Jenny Biber und warf Tobias das Handy zu. Er schaute verdutzt. „Wieso rufen die *dich* auf *meinem* Handy an?"

„Du hast das Festnetz-Telefon schon abgemeldet. Erinnerst du dich? Und ich habe hier draußen mit meinem Handy keinen Empfang. Also habe ich deine Nummer hinterlassen. Für Notfälle, versteht sich."

Sie öffnete die Flurtür, griff ihre Jacke und schlüpfte in ihre Stiefel, die, wie sie zum wiederholten Mal feststellte, ein bisschen Schuhcreme dringend nötig hatten.

„Kannst du dir vorstellen, dass es mir vielleicht nicht recht ist, dass die Kriminalpolizei meine Nummer hat?"

Sie blickte ihn an. „Klar, kann ich ..."

Er schaute mit bösen Blicken durch seine Brillengläser. „Siehst du? Das meine ich!"

Sie schritt zur Haustür, die Scherben des zersplitterten Glases knirschten unter ihren Schuhsohlen. „Oberes Sechstel oder unteres Sechstel?"

Er atmete tief ein.

Zum zweiten Mal an diesem Tag lenkte sie ihren Fiesta von Landsberg nach Fürstenfeldbruck. Als sie heute Morgen zur Arbeit gefahren war, konnte man schon den herannahenden Winter spüren. Der erste Frost hatte Wiesen und Felder leicht bepudert und grauweiße Nebelschwaden waren aus den Wäldern gedrungen, hatten sich in die Senken der Felder gelegt. Jetzt, als die Sonne schon halb versunken war, spürte man eine spätsommerliche Wärme und das noch kraftvolle Licht des ausklingenden Tages brachte die Farben des Herbstes zum Leuchten.

Jenny Biber wandte den Blick von der Landschaft ab, setzte den Blinker und überholte eine Auto-Kolonne, die von einem schweren LKW angeführt wurde. Sie musste kein schlechtes Gewissen haben, beschloss sie, als sie wieder auf ihre Spur einbog. Ja, sie hatte Tobias versprochen, dass sie ihm beim Packen helfen würde, aber er wusste auch, was ihr der Beruf bedeutete. Es war ganz einfach Teil ihres Jobs, dass die Arbeit getan werden musste, wenn sie anfiel. Verbrechen wurden halt nicht nur zur Kernarbeitszeit verübt. Dass Tobias das als Chorleiter nicht verstehen würde, war klar: Er hatte feste Termine für die Proben, für die Aufführungen und geregelte Arbeitszeiten für den Bürokram. Auch sein Privatleben war klar durchstrukturiert wie eine Bachsche Fuge. Und heute standen halt die Umzugsvorbereitungen im Terminkalender. Sie hatte sofort zugesagt, ihm zu helfen. „Das ist doch selbstverständlich, dass ich da bin", hatte sie beteuert. Sie wollten Freunde bleiben und es war wichtig für Jenny Biber, dass sie das auch schafften. Sie wusste, dass sie einen Hang zum Sprunghaften hatte und dass ihr Tobias in dieser Beziehung eine Stütze gewesen war. Als fester Halt, als ordnendes Element. Als jemand, auf den man sich verlassen konnte, wenn die Welt um einen herum zusammenbrach. Sie wollte, dass er sich auch auf *sie* verlassen konnte – und wenn es nur im Rahmen ihrer neuen Freundschaft war.

Als sie den Wagen in die Ortseinfahrt Fürstenfeldbruck lenkte, kam ihr ein anthrazitfarbener BMW entgegen, der sie für einen Moment aus den Gedanken riss. Sie hätte schwören können, dass Dollerschell am Steuer gesessen hatte, aber das konnte ja nicht sein, sie sollte doch ins Präsidium kommen. Sie gab Gas, fuhr mit achtzig Stundenkilometern von der Bundesstraße ab. Sie dachte noch einmal an Tobias zurück. Ihre „neue Freundschaft", wie sich das anhörte. Sie sprach es laut vor sich hin: „unsere Freundschaft". Lange hatte sie nicht über das Ende ihrer Beziehung geweint, das musste sie sich eingestehen. Vielleicht war ihre Liebe ja tatsächlich vorbei, sie wusste es nicht. Nur vor dem Tag, an dem er ausziehen würde, hatte sie Angst.

Als Jenny Biber im Büro ankam, waren weder Dollerschell noch Plossila zugegen. Sie blickte auf zwei leere Stühle und zwei verlassene Schreibtische, auf denen sich die Akten türmten. Auf Dollerschells Seite stand ein Bild, das ihn mit seiner Verlobten zeigte, das ihr bisher noch nie aufgefallen war – es gab ihr einen leichten Stich.

„Frau Biber?"

Sie drehte sich um, blickte in das Gesicht von … ach, sie konnte sich seinen Namen nie merken. Er wirkte so duckmäuserisch in seinen graugrünen Kapuzenpullis, dabei sah er im Grunde gar nicht so schlecht aus. „Hallo!", sagte Jenny Biber.

„Ich soll Ihnen von Hauptkommissar Plossila ausrichten, dass sie schon losgefahren sind."

„Wohin?"

„Zum Tatort, wenn ich es richtig sehe. Es liegt wohl ein ..." „Was für ein ... wo ist das?"

„Es liegt ein Zettel an Ihrem Arbeitsplatz." Es hörte sich an wie eine Entschuldigung.

„Danke", sagte Jenny Biber und hastete in das Praktikantenbüro, das alle nur „das Aquarium" nannten, weil es von einer dreiseitigen Glasfassade eingenommen wurde. Der Zettel war ein Post-it und klebte am PC-Bildschirm. Es war nicht zu fassen, dachte Jenny Biber: eine Penzinger Adresse, fünf Fahrminuten von Landsberg entfernt. Wieso konnte dieser scheiß Dollerschell ihr nicht sagen, dass sie direkt dorthin kommen sollte? Sie wäre die Erste vor Ort gewesen!

Sie zerknüllte das Post-it und steckte es in ihre Jeans. Beim Rausgehen traf sie erneut auf den unscheinbaren Kollegen. Lieberknecht, dachte sie, er hieß Lieberknecht. Das passte doch irgendwie, dachte Jenny Biber. Sie warf ihm ein Lächeln zu.

Sie fand das Haus nicht sofort: Man musste durch Penzing hindurch, bog dann rechts auf eine schlecht asphaltierte Straße ein und fuhr anschließend durch einen Korridor aus Maispflanzen. Als sie das Blaulicht sah, das sich irgendwie romantisch in der Dämmerung verlor, wusste sie, dass sie richtig war. Obwohl es einen großen Hof gab, fand sie zunächst keinen Parkplatz. Schließlich stellte sie den Wagen in zweiter Reihe hinter einem knallroten Mini vor einem alten Scheunentor ab.

Die Haustür war durch mehrere Kollegen versperrt, die in ihren weißen Schutzanzügen auf dem Boden knieten. Da sie die Kollegen nicht kannte, hielt sie ihren Ausweis in die Luft. „Jenny Biber, Kripo Fürstenfeldbruck. Lassen Sie mich durch?"

Einer der Kollegen wandte sich ihr mit verärgerter Miene zu. „Hinten rum!"

Jenny Biber steckte den Ausweis ein, ging an einer grauen, dreckigen und mit Spinnweben verhangenen Hauswand vorbei um das

Gebäude herum. Sie kam sich komisch vor, als hätte sie einen Fehler gemacht, sie wusste auch nicht warum. Gleichzeitig spürte sie eine Spannung in sich aufsteigen, ihr Puls schlug merklich höher, ihre Hände waren feucht. *Spurensicherung*, dachte Jenny Biber, *hier kann es sich nicht nur um einen kleinen Diebstahl handeln.*

Ein kleiner, verwilderter Garten öffnete sich, angrenzend eine Terrasse aus alten Steinplatten, aus deren Fugen lange Halme ragten. Eine rote, rostige Tonne stand unterhalb der Dachrinne, voll gefüllt mit algengrünem Regenwasser. Auch am Hintereingang hatte ein Kollege Stellung bezogen und untersuchte in der Hocke die offen stehende Tür. Jenny Biber wollte erneut ihren Ausweis ziehen, entschied sich dann aber dafür, eine selbstverständliche Miene aufzusetzen und grußlos ins Haus zu gehen.

Sie fand sich in einem kleinen Wohnzimmer mit niedriger Decke wieder. Auf dem Boden waren verschiedene Spuren markiert: Ein Handy, eine Tasche, ein Prospekt, eine Puderdose und dergleichen. Eine Kollegin, die sie schon einmal gesehen hatte, packte gerade ihre Kamera ein. Als sie Jenny Biber bemerkte, nickte sie ihr zu, sodass Jenny Biber sich mit einem Mal besser fühlte, beruhigter.

Sie blickte in den Flur und auf die geöffnete Haustür, vor der sie eben gestanden hatte. Als sie in den Gang trat, hörte sie die Stimme Dollerschells aus einem angrenzenden Raum. Sie ging hinein, es war die Küche. Dollerschell saß mit einem schwitzenden Mann im Anzug an einem schmalen mit hell-blauem Lack überzogenenTisch. „Ah, gut!", sagte er, als sie eintrat. „Meine Kollegin nimmt Ihre Personalien auf, wir melden uns dann noch mal bei Ihnen." Er wandte sich Jenny Biber zu. „Kannst du kurz …?" Er wartete keine Antwort ab, stand auf, verließ den Raum und hastete die Treppe hinauf.

Jenny Biber blickte den Mann an, der fast nur aus einer feuchten Glatze zu bestehen schien. Sie kontrastierte auf eine eigenartige Weise mit den vertrockneten Pflanzen, die hinter ihm auf dem Fensterbrett aufgereiht waren. „Was ist passiert?"

Er fuhr mit der Hand zu seinem Krawattenknoten, stellte dann fest, dass er sich diesen bereits gelockert hatte und dass der obere Knopf ebenfalls offen stand. „Ich habe es Ihrem Kollegen bereits erzählt, aber bitte ... Ich war verabredet mit Frau Huber. Wir wollten über den Kaufpreis für das Haus reden. Ich habe geläutet, aber es hat keiner aufgemacht. Dann habe ich es auf ihrem Handy versucht. Ich habe es von innen klingeln hören, aber sie nahm nicht ab. Ich habe eine Weile gewartet, weil ich dachte, sie ist vielleicht irgendwo, im Badezimmer oder so, oder sie hört es nicht, das Klingeln. Ich habe noch mal angerufen, aber wieder nichts. Ich wollte schon gehen, aber das Fenster war ja kaputt ..." Er zeigte mit zittriger Hand in Richtung Haustür, durch die Wand, als wäre sie unsichtbar. „Ich habe also noch mal geklopft und geläutet und da habe ich gemerkt, dass die Tür offen war. Ich wusste erst nicht, was tun, dann bin ich aber doch reingegangen. Ich habe sie gerufen und das Handy dort liegen sehen. Dann dachte ich mir schon, kann sein, dass was passiert ist. Also bin ich im Haus umher gelaufen und auch in das obere Stockwerk gegangen. Und da war sie auch. Zuerst dachte ich, sie schläft, weil sie ja so ... weil sie so ... aber dann sah man es doch, dass es etwas anderes war, dass da einer Gewalt angewandt hatte. Als mir klar wurde, dass sie tot war, hab ich einen Riesenschreck gekriegt. Ich bin runter gerannt und direkt in den Wagen, hab alles verriegelt und bin erst mal los. Ich meine, der Mörder hätte ja immer noch da sein können, woher soll ich das wissen?" Er machte eine Pause, musterte Jenny Biber, nahm sie das erste Mal richtig wahr. Im Anschluss schien er sich zusammenreißen zu wollen, setzte sich aufrecht hin, faltete die Hände auf der Tischplatte. „Hören Sie, ich bin Makler, es ist nicht meine Aufgabe hier ... hier ..." Seine Hände begannen erneut zu flattern, er rutschte die Stuhllehne wieder ein Stück hinunter.

„Sie müssen sich nicht rechtfertigen", sagte Jenny Biber. Der Makler schluckte und fuhr fort: „Ich bin ein Stück gefahren, bis zu dieser komischen Wasserstation da hinten und hab von dort die Polizei gerufen. Als die kamen, haben sie das Haus gesichert und ich bin dann wieder rein und hab alles erzählt. Jetzt erzähle ich alles zum dritten Mal. Ich weiß gar nicht, warum ich noch mal ins Präsidium kommen soll. Ich habe auch zu tun. Können wir nicht ...?"

„Jenny?"

Es war Dollerschell, der sie aus dem oberen Stockwerk zu sich rief.

„Augenblick!"

Sie notierte sich die Anschrift des Maklers und ging die Stufen hinauf.

„Nichts ist safe", sagte Gunther Isenbarth, „aber ich würde sagen, dass die Gute bereits achtundvierzig Stunden tot ist, wir werden sehen, ob wir die Prognose im Labor halten können."

„Wie ist sie gestorben?"

„Die Druckstellen am Hals weisen eindeutig auf eine Strangulation hin."

„Safe?"

„Ziemlich safe, sagen wir achtzig Prozent. Aber natürlich muss die Strangulation nicht zwingend die Todesursache gewesen sein."

„Vergewaltigung?"

„Davon ist auszugehen, nach allem, was ich hier sagen kann, die Unterleibsverletzungen sprechen eine ziemlich deutliche Sprache. Ebenfalls achtzig Prozent ... sagen wir neunzig Prozent, ich will nicht kleinlich sein."

„Kann das alles *hier* passiert sein?"

„Plossila, ich würde sagen, *das* herauszufinden, ist *deine* Aufgabe."

Plossila blähte die Backen. „Und du weißt gar nicht, was sie da hat?"

Gunther Isenbarth wandte sich der Leiche zu, lief einmal um das Bett herum, blickte auf ihren Hals. „Ich würde sagen, Babypuder ist das eine, aber warum er so golden glitzert? Vielleicht eine bestimmte Marke. Warten wir auf die Ergebnisse."

„Wo hat sie es überall?"

„Überall dort, wo Verletzungen aufgetreten sind. Am Hals natürlich. Hier, an der Schläfe ..." Er hob mit seinem behandschuhten Finger eine nussbraune Strähne nach oben. „An den Hand- und an den Fußgelenken – Einwirkungen, die sicherlich einer Fessel geschuldet sind. Ein Seil würde ich sagen – siebzig Prozent safe. Im Gesicht: unter dem linken Auge und an der Unterlippe, die aufgeplatzt ist. Am großflächigsten verteilt wurde das Zeug am Unterleib: vom After und dem Schambereich bis hin zu den Innenseiten der Oberschenkel. Gib mir noch ein paar Minuten, vielleicht finde ich noch etwas vor Ort, die restlichen Infos bekommst du dann nach der Laboruntersuchung."

„Tu, was du nicht lassen kannst", sagte Plossila. Er blickte auf die Tote, die vor ihm lag. Eine junge Frau, Mitte dreißig. Attraktiv war sie gewesen, das konnte man nicht anders sagen. Eine Figur wie ein Model. Sie lag auf dem Bett wie auf einem Schrein, wie eine Opfergabe, ging es Plossila durch den Kopf. Auf den ersten Blick sah man noch nicht einmal ihre Verletzungen. Ihr Mörder hatte sie sorgsam mit einer goldgelb schimmernden Substanz abgepudert. Warum tat er das? Glaubte er so die Gewalteinwirkungen vertuschen zu können? Oder hatten ihn die Verletzungen bei seinen sexuellen Ambitionen gebremst?

Plossila trat einen Schritt zurück, betrachtete die tote Frau. Möglicherweise wäre sie sogar sein Typ gewesen, ein bisschen zu dünn vielleicht. Er wandte sich ab, blickte aus dem Fenster, beobachtete einen Augenblick, wie die Nacht nach dem Wald, den Feldern griff. Warum empfand er kein Mitleid, fragte er sich? Warum war er nicht traurig über den Tod dieses Menschen? *Der Tod gehört zum Leben dazu*, hörte er seinen Vater sagen. *Es ist der Lauf der Dinge. Nur wenn ein junger Mensch stirbt, ist es ein Drama.* Es war ein junger Mensch. Eine junge Frau. Eine attraktive Frau. Sein Typ. Wenn er jetzt nichts spürte, wenn ihn der Tod dieser Frau nicht aus seiner Lethargie riss, was dann?

„Mein Gott!"

Plossila wandte sich um. Es war Jenny Biber, die neue Praktikantin.

„Entschuldigung – es ist nur, es ist mein erster Mord ... Es ist doch ein Mord?"

„Sie müssen sich nicht entschuldigen", sagte Plossila und dachte, dass er es war, der sich entschuldigen müsste. Für seine Gleichgültigkeit. „Und ja. Ja, es ist ein Mord."

„Was riecht denn hier so?"

Gunther Isenbarth hob den Kopf. „Ja, es riecht eigenartig, nicht wahr? Zitronig, würde ich sagen, und noch nach etwas anderem. Wenn ich nur wüsste, woher ich es kenne."

„Bergamotte", sagte Jenny Biber.

„Ja, genau – das ist es! Wie sind Sie drauf gekommen?" „Ich hatte da mal so ein ätherisches Öl. Schon länger her ... Woher kommt es? Kommt es von diesem komischen Zeug?" Sie fuhr sich mit der Hand über den Körper, fast sah es so aus, als würde sie sich bekreuzigen.

„Daher kommt es, ja." Er trat einen Schritt auf sie zu. „Isenbarth. Vom Labor."

„Jenny Biber." Sie blickte schräg zu Plossila auf. „Polizeianwärterin im Abschlusspraktikum."

Das gab es selten, dachte Plossila, dass sich Isenbarth einer neuen Praktikantin vorstellte. Es lag an ihrem aufrichtigen Interesse, an ihrer Betroffenheit, auch Plossila sah es. Das Funkeln in ihren Augen, der ehrliche Wunsch, ihren Teil dazu beizutragen, dass das Rätsel gelöst werden konnte. Isenbarth hatte sie erkannt, als eine der seinen. Isenbarth musste schon auf die sechzig zugehen, aber er brannte noch immer, konnte immer noch die halbe Nacht über eine Leiche gebeugt zubringen, auf der Suche nach dem letzten Puzzlestück. Wie konnte das sein, fragte sich Plossila, dass man vierzig Jahre lang ein und derselben Tätigkeit nachging und sich jeden Tag aufs Neue entzündete?

„Er muss sie woanders präpariert haben", sagte Jenny Biber. Isenbarth blickte sie interessiert an. „Wieso meinen Sie?" Sie trat einen Schritt vor, musterte die Tote. Die Angst und das Entsetzen, welche die Präsenz der Leiche in ihre Miene gelegt hatte, waren jetzt aus ihrem Blick gewichen. „Es befindet sich kaum etwas von der Substanz auf dem Kissen und auf dem Laken. Hätte er sie hier damit abgepudert, wäre sicherlich mehr davon aufs Bett gefallen."

Plossila trat einen Schritt auf die Leiche zu, schaute über Jenny Bibers Schulter auf sie hinab. Als er wieder aufsah, begegnete er dem funkelnden Augenpaar Isenbarths, fast wie ein stolzer Vater blickte er ihn an.

„Ich bin sicher, wir werden die Substanz auch auf dem Boden und auf den Stufen finden. Sie wird heruntergerieselt sein, als der Täter sie hinaufbrachte."

Isenbarth nickte.

Dollerschell, der bisher in das Gespräch mit einem Kollegen vertieft gewesen war und abseits gestanden hatte, kam herüber. „Wir sind fast fertig mit der Sichtung der Spuren. Offenbar wollte der Täter zuerst durch den Hintereingang eindringen, es gab Kratzspuren am Schloss der Terrassentür. Als das nicht geklappt hat, ist er vorne herein. Hat einfach das kleine Fenster neben der Tür eingeschlagen, dann hineingegriffen und von innen die Türklinke geöffnet. Auf den ersten Blick hat er kein DNA-fähiges Material hinterlassen. Aber vielleicht kommen wir ja hier weiter." Er zeigte mit dem Kinn auf den Schoß der Leiche und zuckte mit den Achseln. Er machte einen leicht nervösen Eindruck, sicherlich, weil er schon eine Stunde keine Zigarette mehr geraucht hatte. „Jenny, kannst du den Kollegen helfen, die Beweisstücke einzuräumen, sind bereits verpackt, liegen unten."

Das liebte er: delegieren. Er konnte einem Neuling eine stundenlange Einweisung geben, nur damit er sich ein paar kurze Handgriffe erspare. Plossila wollte das gar nicht bewerten, schließlich lernten die Neuen so etwas und Dollerschell schulte seine Führungskompetenz. Aber manchmal gingen ihm die seit Kurzem entflammten Ambitionen seines ihm untergeordneten Kollegen einfach auf die Nerven.

„Ach", sagte Plossila, „mach du das doch kurz, Dollar! Frau Biber muss ja auch mal etwas lernen."

Er konnte aus dem Augenwinkel sehen, wie Isenbarth ihm zuzwinkerte.

„Aber sie lernt doch auch, wenn sie ..."

Ein stoischer Blick Plossilas brachte ihn zum Schweigen. Dollerschell brummte etwas in sich hinein, machte sich dann auf den Weg.

„Ach, Dollar!", rief ihm Plossila hinterher. „Und die Jungs sollen mal gucken, ob sie noch mehr von dem Zeug hier finden." Er zeigte auf den Puder am Hals der Leiche, der golden glänzte und der Toten eine majestätische Aura verlieh.

Dollerschell sah ihn irritiert an.

„Wir können dann sehen, ob die Leiche schon gepudert hereingetragen wurde", begründete Plossila.

Dollerschell nickte und verschwand aus dem Schlafzimmer.

Während sich Jenny Biber und Gunther Isenbarth noch einmal der Leiche zuwendeten, trat Plossila einen Schritt zurück und sah sich im Raum um. Es war offenbar das Schlafzimmer der Mutter der Toten gewesen, nichts sagte etwas über die Tochter aus. Nicht die weiße Kommode, nicht die Häkelarbeiten, die darauf lagen, nicht der alte Bauernschrank, nicht die Lampe mit dem Schirm aus blauem brokatartigem Stoff und den goldenen Fransen. Er öffnete die Türen der Kommode und des Schranks, betrachtete die Mode einer Achtzigjährigen. Nur die linke Seite des Schranks war ausgeräumt und enthielt Lisa Hubers Kleidungsstücke. Er suchte in den Taschen von Hosen und in einer Jacke nach etwas Verwertbarem, fand aber nichts. Dann strich er mit dem Daumen über einen kleinen Stapel Spitzenunterwäsche. Er nahm den obersten Slip und hielt ihn an seinen Zeigefingern in die Höhe. Er spürte, wie ihn der Blick Jenny Bibers traf und er stellte sich vor, was sie denken musste, als sie ihn hier stehen sah: Ein alter Sack von fünfundvierzig, mit erstem weißem Haar, unrasiert und leicht übergewichtig, betrachtete diesen Hauch von Nichts. Er hielt den Slip an seine Nase, roch daran, roch den frisch gewaschenen Stoff, der jetzt nie mehr den einzigartigen Geruch der Toten annehmen würde. Er legte ihn zurück auf den Stapel, ließ seine Hand einen Atemzug darauf liegen. Wann hatte er das letzte Mal den Geruch der Frauen gerochen, fragte er sich, wann?

Er wusste es nicht.

4

Lieber Rune,

wieder ist über eine Woche vergangen – und ich habe immer noch nicht mit dem Schreiben begonnen! Wie ist das nur möglich, dass ich meine Tage so vertändele? Dabei habe ich hier die denkbar besten Bedingungen. Man versucht mir jeden Schritt, jeden Handgriff abzunehmen. Ich kann hier, in meiner kleinen Pension, frühstücken, zu Mittag und zu Abend essen. Monika, die Tochter des Gastwirts, wischt jeden Tag durch mein Zimmer, macht mir das Bett, räumt auf. Nicht einmal die Briefe, die ich dir schreibe, muss ich selbst zur Post bringen. Ich stecke sie lediglich in einen Umschlag und werfe diesen in ein kleines Postausgangs-Kästchen an der Rezeption (die gleichzeitig der Tresen ist). Du wirst sagen, dass das Standard ist, bei guten Hotels. Doch ich zahle für diese Serviceleistungen keinen Cent extra – Monika hat sich als eine meiner treuesten Fans herausgestellt und hat es zu ihrer Aufgabe gemacht, mir so viel Schreibzeit freizuschaufeln, wie es irgendwie geht. Dass sie hierbei nicht davor zurückschreckt, auch meine privatesten Dinge zu ordnen, ist eine andere Geschichte, doch was kümmert es mich? Was kümmert es mich jetzt?

Das Treffen mit Lisa war unspektakulär. Wir waren in einem Biergarten in Utting, am Westufer des Ammersees. Wirklich schön war es: ein milder Herbsttag mit stahlblauem Wasser unter prächtigen Schwänen. Wir haben geplaudert, nichts weiter, haben über dies und das geredet, von ihrer Mutter hauptsächlich und dem Haus, das sie verkaufen will. Auch über meine Arbeit, doch habe ich ihr nichts von meiner Blockade erzählt. Stattdessen habe ich ihr meine Vorstellung von dem zu schreibenden Buch erläutert. Dass es ein Krimi mit aktuellem Bezug werden soll, der aber auch das geschichtliche Erbe der Region reflektiert. Sie war sehr angetan von der Idee, das muss man sagen, vor allem von der Vorstellung, dass die Nazi-Zeit eine Rolle spielen solle. Das komme sicherlich gut an, hat sie gesagt.

Natürlich hätte es mich interessiert, wie es gewesen ist, als sie mit ihrem Freund über uns gesprochen hat. Ich weiß ja noch nicht Mal, ob sie sich getrennt haben oder ob unsere Affäre nur eine Krise ausgelöst hat. Aber es wird mir mehr und mehr egal. Ich habe gespürt, dass sie keine Macht mehr über mich hat. Oder sagen wir: keine so große Macht mehr.

Heute Abend treffe ich mich mit einer Schülerin aus meinem Kurs. Einer ganz attraktiven Blonden, nicht wirklich mein Typ zwar, aber vielleicht eine willkommene Abwechslung. Und, ganz sicher, eine gute Möglichkeit, Lisa endgültig zu vergessen. Dass ich mich jetzt schon wieder verlieben kann, scheint mir relativ unwahrscheinlich zu sein, aber warum sollte ich jetzt schon alle Eventualitäten ausschließen? Nur eins darf mir nicht passieren: dass mich eine andere Frau wieder so aufhält auf meinem Weg, wie es Lisa getan hat. Dann, mein lieber Rune, verzichte ich lieber ganz auf die Wonnen des Eros. Doch bevor ich die Flagge des Lebens jetzt auf halbmast setze, schaue ich erst einmal, was der Abend bringt.

Alles Gute nach München
Konrad

Helen Bechmann hasste den *Alten Hasen*. Sie war mit ihrem Exmann ein paar Mal hier gewesen, doch seit der Scheidung vor zwei Jahren hatte sie das Restaurant gemieden. Der *Hase* war etwas für alte Leute, fand Helen Bechmann, steckte ja schon irgendwie im Namen. Und er war etwas für Männer. Sie stutzte bei dem Gedanken. *Wenn er etwas für Männer ist, dann ist er vielleicht doch genau das Richtige für mich.* Sie lachte in sich hinein und stieß die Tür auf.

Er saß allein an einem langen Tisch und hob sofort die Hand, als sie eintrat. Er begrüßte sie mit Küssen auf die Wange, als wären sie alte Freunde oder als gehörten sie zur Münchner Schicki-Micki-Kultur. Es war wunderbar, dachte Helen Bechmann. Noch wunderbarer war es, dass er ihre Jacke nahm und ihr den Stuhl leicht anschob, als sie sich setzte – das kannte sie von ihrem Exmann nur vom Hochzeitstag.

„Helen", sagte sie, als auch er sich gesetzt hatte. „Konrad", entgegnete er lächelnd und nahm ihre ausgestreckte Hand. Er hielt sie einen Augenblick zu lange fest, um nur das „Du" zu besiegeln, fast so, als würde er ihre Berührung genießen. Er sah gut aus, trug eine schwarze Hose und ein schwarzes Nadelstreifenhemd, dazu braune Schuhe und einen braunen Gürtel. Helen Bechmann fühlte sich sofort wohl. Nur ein Glas Rotwein fehlte noch zu ihrem Glück.

„Ein Glas Rotwein vielleicht?", fragte er.

Auch das noch – er konnte ihre Gedanken lesen. „Ja, gerne", flüsterte sie und war fast erschrocken darüber, wie lasziv ihre Stimme dabei geklungen hatte.

Er lächelte und bestellte bei einer missmutig dreinschauenden Kellnerin im Dirndl. Helen Bechmann sah sich währenddessen in der Gaststätte um. Ludwig Esch, ein Bekannter ihres Exmannes, stand hinter der Theke. Sie nahm nicht an, dass er sie erkennen würde. Sie war nur wenige Male mit ihrem Ex hier gewesen und er hatte sich irgendwann mit Ludwig Esch überworfen. Es hatte ihn nicht daran gehindert, weiter hierher zu kommen, doch redete er nur noch das Nötigste mit dem Wirt. Es waren nur wenige Tische besetzt, stellte sie fest, und an der Bar saßen zwei, drei Gestalten, die ihr den Rücken zugewandt hatten. Einige der Herren kannte sie sporadisch, doch niemanden wirklich näher, wenn sie das richtig sah. Noch während sie die Lage sondierte, wurde sie eines Besseren belehrt: Pater Thomas trat zu ihnen an den Tisch und legte ihr die Hand auf die Schulter. Sie zuckte leicht zusammen, wegen der unerwarteten Berührung.

„Frau Bechmann! Ich habe Sie lange nicht mehr gesehen …" Nach der Trennung ihres Mannes war sie tatsächlich ein paar Mal in der Kirche gewesen, nicht zuletzt wegen des sozialen Aspekts. Da sie das Ganze aber im Grunde für Hokuspokus hielt, war sie nicht lange dabei geblieben.

„Schön Sie zu sehen", flunkerte sie, „ja, man kommt tatsächlich zu nichts."

„Und im Chor waren Sie auch nicht mehr, habe ich mir sagen lassen?"

Diese Popen, immer mussten sie einem ein schlechtes Gewissen machen. Ihr Exmann hatte schon recht: Fernhalten sollte man sich von denen. Sie lächelte. „Leider nein. Ich habe eine neue Leidenschaft entdeckt: das Schreiben. Darf ich Ihnen Konrad Kister vorstellen. Er ist der Autor des Buchs ,Tod am Lech'."

„Ach, Sie sind das!" Sie gaben sich die Hand. Aus dem Rückraum näherten sich endlich die zwei Gläser Wein. „Ein Werk, das, wenn ich so sagen darf, nicht nur unbegrenzte Zustimmung ausgelöst hat."

„Wie die Bibel, nicht wahr?", konterte Konrad und legte plötzlich die Hand auf den Zimmerschlüssel, der vor ihm auf dem Tisch lag. Auf seinem klobigen Holz-Anhänger war eine schwarze drei eingeschnitzt, wie Helen Bechmann schon zuvor aufgefallen war. Fast sah es so aus, als wolle Konrad nicht, dass der Pater wusste, in welchem Zimmer er untergekommen war.

„Durchaus, durchaus", sagte Pater Thomas säuerlich und nahm die Hand von Helen Bechmanns Schulter.

Die Kellnerin schob Pater Thomas leicht mit dem Ellenbogen zur Seite und stellte erst ihr Tablett und dann zwei Gläser Merlot auf den Tisch.

„Na, dann will ich mal wieder", sagte der Pater und verschwand im Schlepptau der Bedienung.

Nach einer kurzen Pause fragte Konrad Kister: „Du singst?" „Na ja, ich habe das ungefähr ein Jahr lang gemacht und es dann wieder aufgegeben. Zugunsten des Schreibens."

Konrad Kister nickte. „Dann hast du relativ spät mit dem Singen begonnen?"

Sie ergriff den Schaft des Weinglases und blickte einen Wimpernschlag auf ihre frischlackierten roten Nägel. „Ich wollte das eigentlich immer machen, aber als ich dann damit begonnen habe, hat sich herausgestellt, dass es mir doch keinen wirklichen Spaß macht. Und mit so etwas noch relativ spät anzufangen, ist auch nicht gut. Ich war ja im Chor und die anderen waren alle so viel weiter als ich."

„Warum hast du nicht schon früher damit angefangen?" Sie dachte nach. Dann hob sie spontan das Weinglas. „Erst mal prost!"

Sie stießen an, tranken. Er steckte sogar vorher seine Nase ins Glas, um das Bukett zu genießen, ziemlich lang sogar, und sie musste einen Moment denken, dass sie das ein wenig aufgesetzt fand. Eine kurze Stille entstand, dann sagte sie: „Mein Exmann wollte nicht, dass ich in den Kirchenchor gehe. Er hat kein Problem mit dem Singen, nur mit der Kirche. Hält das für einen Verein von Perversen. Das ist übertrieben, natürlich, aber er war auf einem kirchlichen Internat und hat keine guten Erinnerungen daran."

„Und beim Schreiben fühlst du dich jetzt wohler?"

„Na ja, sagen wir, es gibt keine Mannschaftswertung. Wenn man etwas schreibt, das vielleicht nicht so toll ist, kann das den anderen egal sein. Beim gemeinsamen Singen ist das anders."

„Hast du dir irgendwann einmal die Frage gestellt, was dein Impuls für das Schreiben ist? Warum du Schreiben willst?"

„Habe ich eigentlich immer schon gemacht, Tagebücher und so weiter. Allerdings immer nur dann, wenn es mir schlecht ging. Das ist dann so eine Art Verarbeitung. Man kann seine Gedanken sortieren und wieder in die richtige Reihenfolge bringen."

Er sah sie verständnisvoll an. Aber hatte er wirklich Verständnis? Oder war es nur eine Masche? Sie redete immerhin über sein Spezialgebiet, das musste sich doch in seinen Ohren alles total dumm anhören. Wenn er über Frisuren reden würde, würde sie ihm doch sicher korrigierend ins Wort fallen. Außerdem stellte er andauernd Fragen und gab selbst nichts von sich preis.

Sie beschloss zum Gegenangriff überzugehen und sagte: „Wie läuft es denn bei dir? Du hast in der ersten Kursstunde gesagt, du wolltest hier in Landsberg an deinem neuen Krimi arbeiten."

Er legte die Stirn in Falten. „Ehrlich gesagt, bin ich bisher noch nicht dazu gekommen. Zurzeit schreibe ich eigentlich nur Briefe an einen Freund. Er ist Buchhändler, hat in München einen Laden, der nur auf Krimis spezialisiert ist, *Krimieck* heißt der, vielleicht kennst du den ja."

„Ja, ich glaube schon. Sitzt da nicht immer so ein Typ mit langen schlohweißen Haaren an der Kasse?"

Konrad Kister lachte. „Ja, das ist Rune. Er ist Däne und war in seiner Heimat einmal Mitglied einer Rockergang, hat auch das ein oder andere auf dem Kerbholz. Mit dem Laden in München hat er dann ein anderes Leben begonnen, sich einen Traum erfüllt. Er ist ganz anders, als er aussieht, musst du wissen. Ein total sensibler Mensch, der Literatur liebt und vor allem Krimis, eine richtige Leidenschaft ist das bei ihm. Wir haben uns bei einer seiner berühmten *Münchner Krimilesungen* kennengelernt, die er einmal im Jahr veranstaltet und zu der er mich als Autor eingeladen hat. Und dort haben wir festgestellt, dass uns so einiges verbindet." Er nickte nachdenklich, schien einen Moment woanders zu sein. Dann sah er sie wieder an und sagte: „Und das Singen? Hat das einen ähnlichen Stellenwert für dich wie das Schreiben?"

„Nein, das kann man nicht sagen, das ist doch etwas ganz anderes. Ich war damals in einer, na, sagen wir, schwierigen Situation. Mein Mann und ich hatten uns getrennt, er ist ausgezogen. Im Grunde waren wir schon vorher getrennt, vor der eigentlichen Scheidung. Getrennt, was diese Sache mit Mann und Frau betrifft – wenn du weißt, was ich meine ..." *Oh Gott, was rede ich*, dachte sie. Sie suchte eine Reaktion in seinem Blick, doch er lächelte sie nur weiterhin mit dem Verständnis eines beleibten Arztes an. Sie nahm einen schnellen Schluck und fuhr fort. „Es stimmt schon, dass ich immer singen wollte. Aber nach meiner Scheidung bin ich in erster Linie in den Chor eingetreten, um ein paar neue Kontakte zu knüpfen."

Er unterbrach zwinkernd: „Zu Männern, nehme ich an." *Ganz schön forsch, unser Herr Autor – und allemal zu neugierig, aber gut, warum nicht.* „Oh ja, in jedem Fall zu Männern – ärgerlich nur, dass der Chor zu zwei Dritteln aus Frauen bestand."

Er lachte. „Deshalb bist du dann auch nicht mehr hingegangen!"

Sie fiel in sein Lachen ein – er las wirklich in ihr wie in einem offenen Buch. Wie machte er das nur?

„Ich hätte gerne deine Geschichte von letzter Stunde gehört. Das Brainstorming zum Thema ‚Regen'. Warum hast du es nicht vorgetragen?"

Die Erinnerung an die Sex-im-Regen-Geschichte ließ ihre Zweifel über sein Verhalten in den Hintergrund treten. Sie war auf einmal wieder mitten drin in ihrer Geschichte, spürte den Sand unter ihren Füßen, den warmen Regen auf ihrer Haut, spürte ... *Oh Gott!* Sie hatte das Gefühl, dass sich plötzlich wieder eine gewisse Röte auf ihren Wangen breitmachte. Jedenfalls wurde ihr plötzlich ganz warm – und das konnte wohl noch nicht an dem wenigen Rotwein liegen, den sie bisher getrunken hatte. „Ich würde sagen: Die Geschichte war nicht ganz jugendfrei."

„Umso spannender wäre es gewesen, sie zu hören." „Vielleicht findet sich ja noch eine Gelegenheit, sie dir vorzulesen."

Er hob das Glas, blickte ihr in die Augen.

Als sie ihr Glas ebenfalls erhob, sah sie, wie sich im Hintergrund eine Gestalt von der Bar löste. Sie kannte die Silhouette und auch der Gang, der leicht torkelig war, kam ihr vertraut vor.

Sie stießen an, es gab ein waberndes Geräusch, das sich wie eine entschwebende Seifenblase nach und nach im Raum zu verlieren schien. „Hey, ihr zwei da!", rief die Gestalt von hinten und trat ins Licht.

„Wer ist das?", fragte Konrad Kister und drehte sich um. „Das", sagte Helen Bechmann und nahm einen weiteren, tiefen Schluck, „ist mein Exmann."

„Der? Hagen Schwarzer – der Landschaftsgärtner?"

„Ja, der."

Als Jenny Biber nach Hause kam, fand sie Tobias vor dem Fernseher sitzend. Er sah sich eine Dokumentation auf *arte* über irgendwelche Urwaldeinwohner am Amazonas an, die Beine übereinander geschlagen und immer noch in seinen Wildleder-Slippern. Komisch, dachte sie, was sie vor drei Stunden noch lächerlich gefunden hatte, empfand sie jetzt als etwas Schönes, Vertrautes. Wieso nur hatte sie seine Marotten nie zu lieben gelernt, als noch Zeit dazu war?

Er wandte sich um: „Etwas Wichtiges? Ist schon ziemlich spät."

Sie bahnte sich den Weg durch die Kisten bis zur Couch und ließ sich hineinfallen. Als wäre alles wie immer, kuschelte sie sich an Tobias' Schulter.

„Also? Was ist passiert?"

Er nahm die Fernbedienung und schaltete den Ton aus. Sie sah einen Indianer am Fluss mit Pagenschnitt und Penisfutteral, der in ein Blasrohr pustete. Ihre Augen füllten sich mit Tränen. „Eine junge Frau", sagte sie stockend, „tot in dem Haus ihrer Mutter aufgefunden."

„Ist doch eigentlich ein spannender Fall. Das wolltest du doch immer."

„Ja, natürlich ist das spannend. Aber sie sah noch so lebendig aus. Und wir haben so wenig Anhaltspunkte. Es sieht aus, als hätte der Täter nur die Spuren hinterlassen, die er hinterlassen wollte. Wir haben nichts. Ich sollte eigentlich gar nicht hier sitzen, weißt du? Ich sollte irgendwo da draußen sein, keine Zeit vergeuden, jetzt nach ihm suchen."

„Wenn's doch keine Spuren gibt. Nach was willst du suchen?"

„Ach, du verstehst das nicht, Tobias. Es gibt schon Spuren, wir haben sie nur nicht gesehen oder wir interpretieren die Spuren, die wir haben, falsch."

„Dann schaut euch doch alles noch mal gründlich an!" Seine Nullachtfünfzehn-Ratschläge gingen ihr langsam auf die Nerven. Als ob sie daran nicht schon gedacht hätte!

„Klar, schauen wir uns das alles noch mal an. Ich hätte das auch heute schon gemacht, aber mein Chef war der Meinung, das machen wir morgen im Präsidium."

„Na ja ..."

„Er ist so ... weißt du, da liegt eine Leiche und was macht er? Geilt sich an der Unterwäsche der toten Frau auf. Das ist doch ... Man hat einfach das Gefühl, das ist denen alles egal. Eine Leiche. Ein Mord. Der Täter läuft frei rum. Und was machen die? Lachen, plaudern über die letzten Fußballergebnisse. Und verschieben die Ermittlungen auf morgen."

„Jenny, das ist halt für die auch Routine. Soll der Chefarzt mit zwanzig Jahren Berufserfahrung jedes Mal einen Heulkrampf kriegen, wenn er ein neues Unfallopfer auf den OP-Tisch bekommt?"

Das war einfach zu viel. Ein bisschen Verständnis wollte sie, nichts weiter. Analysieren konnte sie sich auch selbst. Sie sprang auf. „O.K., du verstehst es nicht, das ist in Ordnung. Das ist halt keine Chorprobe. Das ist Polizeiarbeit. Und da gibt es keine Routine. Wenn du es nicht verstehst, akzeptier es halt."

„Ich akzeptiere, was immer du willst", sagte er betont beherrscht.

„Gut", sagte Jenny Biber, „gut ... Gut so."

Sie ging aus dem Wohnzimmer und gab sich Mühe, die Tür nicht hinter sich zuzuschlagen. *Was mache ich nur?*, fragte sie sich. *Was mache ich nur?*

Sie lehnte sich von außen gegen die Wohnzimmertür, ließ den Kopf hängen und sich die langen, blonden Haare ins Gesicht fallen. Einen Moment dachte sie an nichts. Dann hörte sie, wie der Ton des Fernsehers wieder eingeschaltet wurde.

Das war übertrieben, dachte Plossila. Motivation in allen Ehren, aber dass sie um sieben Uhr schon in ihrem Aquarium rumschwimmen musste ... Was machte sie denn jetzt schon hier? Eigentlich hatte er fest damit gerechnet, heute als Erster im Büro zu sein. Er war der Chef, hin und wieder *musste* er als Erster kommen. Na gut, sie hatte ihm einen Strich durch die Rechnung gemacht. Er klopfte mit dem Schlüssel an die Scheibe und nickte ihr zu. Dann schloss er sein Büro auf. Freiwillig war er natürlich nicht um sechs Uhr aufgestanden. Die Diskussion mit Rebecca gestern Abend hatte ihn unruhig schlafen lassen. Er wusste gar nicht, warum das schon wieder sein musste. Er hatte doch gesagt „vielleicht".

„Ich kenne deine Vielleichts", hatte sie geantwortet und wütend aufgelegt. Er war gar nicht vom Telefon weggegangen, er wusste, dass sie schon eine Minute später wieder anrufen würde.

Als es so weit war, sagte sie: „Du weißt, dass es hier nicht um mich geht. Mir ist es gleich. Aber vielleicht kannst du ja auch einmal an deine Tochter denken. Carla hat sich schon die ganze Woche gefreut. Und wer überbringt ihr jetzt die schlechte Botschaft?"

Am liebsten hätte er ihr gesagt, dass sie doch bloß sauer sei, weil sie keine sturmfreie Bude mit ihrem Boy-Toy hatte, ihrem fünfundzwanzigjährigen Lover, den sie sich seit Neuestem hielt. Na ja, sie konnte mit ihrer Immobilien-Kohle machen, was sie wollte. Er war froh, dass er nichts mehr damit zu tun hatte. Aber statt ihr das zu sagen, hatte er einfach noch einmal sachlich seine Argumente wiederholt: „Es ist ein Mord, Rebecca, das erfordert nun mal äußerste Priorität. Ich sage ja auch nicht, dass ich *nicht* komme, es geht nur nicht das *komplette* Wochenende. Ich hole sie für ein paar Stunden. Ich melde mich." Dann hatte *er* aufgelegt. Einfach so. Das war mal was Neues. Er hatte sich gut gefühlt. Bis sechs Uhr morgens.

Er schaltete den Computer ein, brauchte Kaffee. In einer Stunde würde Dollerschell kommen, darauf war Verlass. Acht Uhr. Bis dahin musste er sein Gehirn hochgefahren haben.

Als er von der Kaffeemaschine zurück in sein Büro kam, realisierte er, dass die Gleitzeit für sein Hirn heute gestrichen wurde.

„Ich habe schon mal die Adresse recherchiert. Es gibt zwei Wohnsitze, beide in München. Verwandte hat sie keine, ihre Eltern sind beide gestorben. Ihre Mutter erst vor einem Monat, ihr Vater ist schon seit zwanzig Jahren tot."

„Das ist ja vorbildlich, Frau Biber, vielen Dank!" Er ließ sich in seinen Arbeitsstuhl fallen und gab zweimal das falsche und einmal das richtige Kennwort in den PC ein.

„War sie denn verheiratet? Was hat sie beruflich gemacht?" Er nippte an seinem Kaffee.

„Gute Frage, ich find's raus!"

Sie wollte schon wieder aus dem Raum springen, doch Plossila sagte: „Wir fahren um neun Uhr mal zu diesen Adressen in München. Sie, Dollar und ich. Früher zu fahren, wäre Wahnsinn, wegen des Berufsverkehrs. Bereiten sie doch ein kleines Memo vor, für unsere Autofahrt."

„Das ist in zwei Stunden – so lange brauche ich nicht." Plossila sah ihr fest und wortlos in die Augen.

„O.K., für die Autofahrt, geht ... geht klar!"
Er nickte.
Als Dollerschell eintraf, war Plossila gerade mit den wichtigsten Meldungen auf Spiegel-Online durch.
„Der frühe Vogel, was?", fragte Dollerschell und legte seine Tasche in das Regal, dorthin, wo sie immer lag, auf *ihren* Platz.
Plossila sah automatisch auf den Boden, rechts und links neben den Schreibtisch. Er musste seine Tasche heute wohl vergessen oder im Auto liegen gelassen haben. „Scheiß auf den frühen Vogel", sagte er und blickte geschäftig auf den PC-Bildschirm, „aber manchmal geht es halt nicht anders."
Dollerschell hängte seinen kastanienbraunen Trenchcoat an den Kleiderhaken und verbreitete seinen ihm eigenen Duft aus billigem Aftershave und kaltem Zigarettenrauch im Büro. „Eben schon wieder eine Diskussion mit dem Bauingenieur gehabt. Sind sich nicht sicher, ob sie den Termin halten können, wegen dem schlechten Wetter."
Plossila sah vom Bildschirm auf. „Ist doch strahlender Sonnenschein draußen. War die letzten Tage auch nicht anders."
„Ja, aber der Sommer war überdurchschnittlich verregnet und Wände und Böden sind deshalb später getrocknet, sodass wohl alles etwas in Verzug geraten ist."
„Wann kommt der Kleine noch mal?"
„Vierzehnter Januar ist Termin. November wollten wir einziehen. Aber wenn der Winter früher kommt, schaffen sie es nicht mehr und wir müssen bis zum Frühjahr warten."
Er setzte sich, holte irgendwelche Unterlagen aus seiner Tasche, legte sie auf *ihren* Platz neben der Tastatur. „Und? Wie weit sind wir?"
„Hmm", brummte Plossila und sah seinen Kollegen an. In letzter Zeit musste er sich immer häufiger über ihn wundern. Spätestens seit Dollerschell wusste, dass er Vater wurde, war er sichtlich um Seriosität bemüht: Er trug neuerdings Bundfaltenhosen, Hemden, hin und wieder kam er sogar im Anzug. Er wirkte nicht mehr so flapsig und fahrig, setzte sich aufrecht in seinen Stuhl, räumte seinen

Schreibtisch auf, bevor er ging. Plossila fragte sich zudem, welche Unterlagen sein Kollege da immer mit nach Hause nahm? Aber vielleicht fragte sich Dollerschell ja auch, welche PC-Recherche er um diese Uhrzeit schon vorgenommen hatte? Er beschloss ihm eine Antwort auf seine ungestellte Frage zu geben, indem er kurz den von Jenny Biber recherchierten Stand referierte. „Wir fahren um neun", schloss er.

Dollerschell nickte anerkennend. „Was ich mich frage: In welcher Beziehung stand der Mörder zu seinem Opfer? Kannte er es überhaupt? Oder war es Zufall? Wollte der Täter vielleicht in das Haus einbrechen, weil er dachte, es stehe leer und wurde dann überrascht?"

„Unwahrscheinlich: Es wurde ja nichts gestohlen. Und dann diese Bepuderung – sieht doch eher aus, als sei er vorbereitet gewesen, als habe er gewusst, was er tut."

„Aber woher wusste er dann, dass Lisa Huber sich zu dieser Zeit in dem Haus befand? Laut Aussage des Maklers …" Dollerschell stockte und fischte einen Zettel mit handgeschriebenen Notizen aus dem Stapel mit Unterlagen neben seiner Tastatur. „Laut Aussage des Maklers lebte sie in München und war nur sehr selten in Penzing gewesen. Sie habe sich kaum noch in dem Haus aufgehalten, hat er zu Protokoll gegeben, dabei sei es ihr Elternhaus gewesen. Woher wusste der Mörder dann also, dass sie genau zu diesem Zeitpunkt dort sein würde?"

Es war die richtige Frage, die sein Kollege da stellte, wusste Plossila. Und die richtige Frage würde sie auch zur richtigen Antwort führen. Sie mussten in Erfahrung bringen, wer von Lisa Hubers kleinem Ausflug aufs Land wusste. Und sie mussten die letzten Stunden rekonstruieren. Die Zeit zwischen der Abfahrt des Maklers und der Ankunft des Mörders. Plossila war überzeugt davon, dass sie bereits in der ersten Nacht in ihrem Elternhaus entführt worden war. Sollte sie tatsächlich erst achtundvierzig Stunden tot gewesen sein, als sie sie fanden, hätte sie demnach vier Tage in seiner Gewalt verbracht. Vier dunkle Tage, vier schreckliche Tage. Die Angst, der Schmerz, die Verzweiflung. Die Schreie. Er musste ein Versteck haben, ein abgeschiedenes, dachte Plossila. Er hatte sie vergewaltigt. Sie suchten einen Mann. Der goldene Puder. Er hatte irgendein Ritual, irgendein Problem, ein Trauma vielleicht. Er musste schon früher auffällig geworden sein.

„Was ist eigentlich mit dem Makler?", fragte Plossila. „Ist verdächtig, natürlich. Sobald wir wissen, wann die Tat verübt wurde, werden wir überprüfen, was er in diesem Zeitraum gemacht hat."

Dollerschell legte den Zettel wieder auf sein Fleißstäpelchen.

Er begann irgendetwas in seinen PC zu tippen.

„Es war der erste Abend", sagte Plossila.

Dollerschell nahm augenblicklich die Finger von der Tastatur und schaute ihn kritisch an. „Ach. Erzähl mehr!"

„Sie wollte eine Woche bleiben, hat der Makler ausgesagt, wenn ich das richtig in Erinnerung habe."

Dollerschell nickte.

„Sie hat genau sieben Slips in den Kleiderschrank ihrer Mutter gestapelt. Einen für jeden Tag. Sie waren alle unbenutzt, frisch gewaschen. Sie ist also nicht mehr dazu gekommen, auch nur eines der Höschen am kommenden Tag anzuziehen. Und ihr Bett war frisch gemacht, die Bettdecke noch umgeschlagen. Sie hat noch keine Nacht darin geschlafen. Der Mörder war Donnerstagabend oder am frühen Freitagmorgen bei ihr, Dollar. Und wenn wir annehmen, dass Isenbarth recht hat, und sie erst zwei Tage tot war ..." Er machte eine kurze Pause, sah in das bleiche Gesicht seines Kollegen. „Du weißt, was das bedeutet."

Dollerschell nickte. Er lehnte sich zurück, griff zu seiner Jacke und zog ein Päckchen Zigaretten aus der Innentasche.

Plötzlich wurde die Bürotür aufgestoßen. Jenny Biber erschien, lächelnd und mit einer Mappe unter dem Arm. „Wollen wir?"

Plossila sah auf die Uhr. Es war Punkt neun.

5

Als Plossila den BMW auf hundertachtzig hochgejagt hatte, schnallte sich Jenny Biber ab. Sie beugte sich vor und sah auf der Rückbank sitzend zwischen den Vordersitzen hindurch. „Also, Lisa Huber: fünfunddreißig Jahre alt, geboren in Landsberg am Lech, wohnhaft in München. Unverheiratet, kinderlos, keine Vorstrafen. Wir haben zwei Adressen, eine in der Friedensstraße, hinter dem Ostbahnhof, eine in der Baaderstraße, das ist im Glockenbach-Viertel. Schaun wir mal, ob wir da irgendwie reinkommen …"

Dollerschell hielt einen Schlüsselbund auf der Höhe des Rückspiegels in die Luft und klimperte damit, aufreizend, wie mit etwas Kostbarem.

Jenny Biber stutze. „Die Wohnungsschlüssel?"

„Nehme ich an."

„Woher hast du die?"

„Lagen im Wohnzimmer auf dem Boden."

„Hm", sagte Jenny Biber. Sie spürte, dass sie unzufrieden wurde. Irgendwie hielt man sie auf Abstand, Dollerschell vor allem. Während sie offen ihre Erkenntnisse referierte, schienen die anderen ihr den Stand der Ermittlungen vorzuenthalten. Warum taten sie das? Und vor allem: Was hatten sie neben den Schlüsseln noch gefunden? Gab es schon aktuelle Erkenntnisse der Spurensicherung? Wussten die beiden nicht bereits mehr über Lisa Huber, als sie in der vergangenen Stunde recherchiert hatte?

„Was mich wundert, ist, dass es da *zwei* Wohnungen gibt", brummte Plossila vom Fahrersitz. Als keine Replik kam, fügte er hinzu: „Fangen wir also mit der am Ostbahnhof an!"

O.K., das hatten sie also noch nicht gewusst, dachte Jenny Biber. Oder vielleicht hatte es Plossila nicht gewusst, aber Dollerschell sehr wohl? Er hatte den Schlüsselbund und es war doch offensichtlich, dass mehrere Wohnungsschlüssel daran hingen. „Darf ich mal?", fragte Jenny Biber.

„Was?"

„Die Schlüssel."
Dollerschell reichte sie ihr wortlos nach hinten.
„Also? Adresse!?", brummte Plossila ungeduldig und legte eine Hand an das Navigationsgerät. Jenny Biber sagte sie ihm und er begann damit, sie in das Gerät einzugeben. Ihr lief ein Schauer über den Rücken, als sie sah, dass Plossila bei knapp zweihundert Stundenkilometern am Navi rumhantierte. Sie blickte durch die Windschutzscheibe: Die Motorhaube des BMW war nur noch eine Armlänge von der Stoßstange eines Volvo entfernt.

Plossila blickte auf, fluchte und betätigte die Lichthupe. Jenny Biber rutschte auf den Sitz zurück und schnallte sich erneut an. Dann würde sie halt schreien, damit die beiden sie vorne verstanden. Sie betrachtete den Schlüsselbund. Sechs Schlüssel hingen an einem einfachen Metallring: drei Sicherheitsschlüssel, davon einer mit hoher Wahrscheinlichkeit ein Universalschlüssel. Ein Schlüssel, der für einen Briefkasten gemacht zu sein schien. Ein weiterer kleinerer Schlüssel, der zu einem Fahrradschloss passen konnte und ein Autoschlüssel mit einem Mini-Logo. Der Mini, vor dem sie geparkt hatte! Sie mussten ihn unbedingt überprüfen. Aber vielleicht hatten das die anderen schon gemacht? Mit ziemlicher Sicherheit, hatten sie das getan, das gehörte doch zum Einmaleins am Tatort. Nur dass sie eben nichts davon mitbekommen hatte. Jenny Biber biss sich auf die Unterlippe.

„Na endlich!", sagte Plossila und drückte das Gaspedal durch. Als er links am Volvo vorbeizog, schickte er dem Fahrer einen seiner durchdringenden Blicke durch das Seitenfenster.

Jenny Biber wog den Schlüsselbund in ihrer Hand, als wäre sein Gewicht ein wichtiges Detail, um sie zum Mörder seines Besitzers zu führen. Wie konnte ein so persönlicher Gegenstand nur so unpersönlich sein, dachte sie – und das bei dem Beruf der Toten? Sie reichte die Schlüssel wieder nach vorne. „Wollt ihr mehr über Lisa Huber wissen?"

Dollerschell blickte müde und schien im Begriff zu sein, eine ablehnende Handbewegung zu machen. Doch Plossila sagte: „Erzählen Sie!"

„Gut", sagte Jenny Biber und kramte in ihren Unterlagen. „Also gut ... Sie war Künstlerin, fertigte Skulpturen an, es gab eine ganze Menge Infos im Internet über sie. Allerdings tritt sie dort nicht unter dem Namen Lisa Huber auf, sondern unter Lisa Lyotard. Der Name ist wohl von einem französischen Philosophen abgekupfert, das schreiben die hier jedenfalls. Sie hat nach dem Abitur erst eine Schneiderlehre begonnen, diese aber abgebrochen und sich zu einem Kunststudium in Leipzig entschlossen. Anschließend war sie Oskar-Kokoschka-Stipendiatin in Wien, seit drei Jahren hat sie ihren sogenannten Lebens- und Arbeitsmittelpunkt nach München verlegt. Vor zwei Jahren hat sie den Turner-Award erhalten, wenn euch das was sagt, daraufhin gab es mehrere Interviews von ihr in verschiedenen überregionalen Zeitungen. Sie hat sich ganz auf Drahtskulpturen spezialisiert und damit wohl soziale und zeitkritische Aspekte aufgearbeitet. Die Stellung der Frau in der modernen Gesellschaft war eines ihrer wichtigsten Themen. Anfang des Jahres hatte sie eine größere Ausstellung in Genf, die auch in der internationalen Presse Beachtung fand, da ihre Skulpturen von einem gewissen Bruce Nauman vertont beziehungsweise mit Klangfarben versehen wurden, wie es heißt – na ja ..."

„Meine einzige bisherige Erfahrung mit Drahtkunstwerken war meine Zahnspange, die ich mit dreizehn bekommen habe", warf Dollerschell ein und verzog das Gesicht zu einem breiten Grinsen.

„Dann sieh dir das doch mal an!"

Jenny Biber reichte ihm den Ausdruck eines Kunstwerks über die Lehne, das den Titel „Stacheldrahtvagina" trug. Sie sah im Rückspiegel, wie sich Dollerschells Miene verfinsterte, als er auf das Bild blickte. Es sah aus, als durchziehe ihn ein plötzlicher Schmerz im Unterleib.

Jenny Biber konnte ein Lächeln nicht unterdrücken.

Der Lärm machte ihm Mut. Die Türklingel konnte man so zwar weder auf der Straße noch im Inneren hören, aber sie wussten zumindest, dass jemand zu Hause war.

„*Gott verdammt,* was ist *das* denn?", fragte Dollerschell. Er zog an seiner Zigarette, legte dann beide Hände an die Scheibe und blickte hindurch.

„Wagner. Der Tannhäuser", sagte Jenny Biber. Dollerschell sah sie kritisch an. „Deine Musik?"

„Die Musik von meinem ... mein Freund ist Musiker." Dollerschell nickte und blickte erneut durchs Fenster. „Also ich seh nichts. Klingel doch noch mal!"

Plossila drückte zum wiederholten Mal auf den kleinen Knopf unter dem goldenen Schild: „Max König/Lisa Lyotard – Atelier". Doch die Musik war einfach zu laut, als dass man das Klingeln hören konnte. „Schließ halt auf!"

Dollerschell blickte ihm vorwurfsvoll in die Augen, zog dann aber wortlos den Schlüssel aus der Jackentasche. Am liebsten hätte er ihm wahrscheinlich etwas über die Vorschriften erzählt, aber das hätte Plossila nicht ertragen. Sie mussten jetzt einfach einen Schritt vorankommen. Nichts war lähmender, als auf der Stelle zu treten, und er fühlte sich auch so schon erschlagen genug. Der Besuch in der Wohnung hinter dem Ostbahnhof hatte so gut wie nichts gebracht. Unpersönlich war sie, nicht so, wie er sich die Wohnung einer Künstlerin vorgestellt hatte. Möbel von Ikea, kein Bild an der Wand, im Flur hing eine nackte Glühbirne von der Decke und das Bücherregal im Wohnzimmer bestand aus Brettern, die über rote Backsteine gelegt worden waren.

„Also *der* war's nicht", sagte Dollerschell. Er zog erneut gierig an seiner Zigarette und fingerte dann einen anderen Schlüssel hervor.

Immerhin war es nicht so unaufgeräumt gewesen wie sonst, wenn sie die Wohnung einer Toten betreten hatten. Er hasste das. Dieses plötzliche Ende, das eine zufällige Lebenssituation einfror. Dieses durchtrennte Leben, in dem alles liegenblieb, mit einem Schlag aufhörte, wie ein unvollendeter Satz. Die Wäsche in der Waschmaschine, die aufgeschlagene Tageszeitung, die Tickets für die geplante Urlaubsreise auf dem Küchentisch. Seltsamerweise war das etwas, das ihn nach wie vor berührte. Er spürte nichts, wenn er dabei war, wie sie die Leiche eines Mädchens aus einem See fischten. Wenn sie einen aus Eifersucht erschossenen Liebhaber in Augenschein nahmen. Er dachte an den Geschäftsmann, den sie vergangenes Jahr tot aus einem Golfteich gezogen hatten. Er dachte an das aufgedunsene, zerschlagene Gesicht. Er kniff die Augen zusammen, konnte den Schmerz nachempfinden, den dieser Mensch erlitten hatte. Aber er spürte nicht die Trauer, die der Tod eines Menschen doch mit sich bringen musste. In seinem Haus am Ammersee hatten noch die halbgetrunkenen Champagnergläser gestanden, über eine Schale mit Erdbeeren hatte sich eine dichte, weiße Puderschicht aus Schimmel gelegt. Und erst hier, beim Anblick dieser mehr oder weniger leblosen Dinge, war ihm klar geworden, dass ein Leben zu Ende gegangen, dass ein Universum ausgelöscht worden war. Ein, zwei Herzschläge lang hatte er so etwas wie Mitleid gespürt.

„Der ist es auch nicht …"

„Es muss der große sein, der Universalschlüssel", sagte Jenny Biber und beugte sich ebenfalls über das Schloss. „Die anderen beiden Schlüssel haben wir doch schon für die Wohnung in der Friedensstraße genutzt."

„Das ist mir *jetzt* auch klar, dass es der hier sein muss", sagte Dollerschell und hielt einen Schlüssel in die Luft. „Ist ja die letzte Möglichkeit. Also *so* klug bin ich auch noch, Frau Kollegin."

Aber Lisa Huber hatte sich ja auf eine Reise vorbereitet, hatte alles aufgeräumt, alles notwendige zu Ende gebracht, alle Klammern des alltäglichen Lebens geschlossen. Nur, dass es eine Reise ohne Wiederkehr war, hatte sie nicht gewusst. Ein Bild war ihm aufgefallen, eine Fotografie in einem hellen Holzrahmen. Sie zeigte Lisa Huber mit einem jungen, bärtigen Mann. Sie in einem weißen Kleid, er in einem roten T-Shirt vor einer Kathedrale oder Kirche, die er schon einmal gesehen hatte, doch konnte er sich nicht mehr daran erinnern wo. Wange an Wange waren sie abgebildet, ihre Augen leuchteten, ihre Gesichter strahlten voller Glück. Das Bild hatte mit der belichteten Seite nach unten auf dem Regal gelegen.

„Na also!", sagte Dollerschell, schmiss die Kippe aufs Pflaster und stieß die Tür auf.

Plossila erschrak: Der Tannhäuser ergriff ihn, sprang ihn durch die geöffnete Tür an, hüllte ihn ein in Dunkles, Gutturales, Majestätisch-Pathetisches. Er schien am eigenen Leib zu spüren, wie die Welt der Venus versank. Er schluckte, blickte in die fragenden Augenpaare seiner Kollegen. „Ich ... Ich geh mal vor!"
Die Kraft der Musik war so durchdringend, dass alle drei ein wenig geduckt in das Gebäude traten, als müssten sie sich schützen, vor plötzlich auf sie zufliegenden Klavieren und dergleichen. Sie gingen in einen breiten Flur, dessen Wände unverputzt waren und der voller Farbeimer, langer, lackverschmierter Pinsel, Leisten und Leinwände stand. Durch einen Türrahmen ohne Tür ging es in einen hohen, fast quadratischen Raum, dessen Decke von zwei schmucklosen stalinistischen Säulen getragen wurde. In der Mitte ein riesiger Tisch, auf dem sich die unterschiedlichsten Materialien türmten: Eimer mit Lack, Gips, Leim, Farbe; mehrere Draht-Rollen in Silber, Kupfer, Gold; kleine, große, lange, dicke Tuben; halbbemalte Spanplatten und Kartonagen. In einer Ecke standen Staffeleien und um sie herum lagen Keilrahmen und unterschiedliche Hölzer, an denen teilweise noch Leinwandfetzen klebten. Überall auf dem Boden befanden sich bemalte Bilder und ölrigbunte Handtücher. Es roch nach Tankstelle, Baumarkt und gegartem Fleisch. Und dazu der Tannhäuser, der sich durch den Widerhall der nackten Wände entfaltete wie im Chor einer dreischiffigen Basilika.
Dollerschell ergriff Plossilas Schulter und dreht ihn leicht nach links. Er rief ihm irgendetwas zu, doch Plossila konnte ihn nicht verstehen. Aber auch so wusste er, auf was sein Kollege ihn hinweisen wollte, denn jetzt sah auch er ihn: Er saß an einem niedrigen Esstisch im Schatten der linken Säule, trug ein weißes, weitgeöffnetes Hemd über dunklen Stoffhosen. Er hatte die Augen geschlossen, den Kopf nach hinten in den Nacken gelegt. Fast hätte man meinen können, er sei tot, doch hielt er Messer und Gabel starr in seinen geballten, auf dem Tisch liegenden Fäusten. Vor ihm ein weißer Teller, ein gefülltes Weinglas, ein Standleuchter mit drei brennenden Kerzen. Und in Front des Tisches auf dem Boden ein riesiges Bild, bemalt nur mit dunkelstem Blau, Violett und Schwarz. Zwei, drei

Atemzüge verharrte er reglos, dann, plötzlich, schoss sein Kopf nach vorne. Im Schwung der Bewegung riss er die Fäuste in die Luft, schnitt sich energisch ein Stück Fleisch ab und steckte es sich mit in einer theatralischen Geste in den Mund, die, das musste Plossila zugestehen, irgendwie zur Musik passte. Er kaute langsam und genussvoll und erst dann öffnete er mit einem Mal die Augen und fixierte die drei Polizisten. Er unterbrach das Kauen nur für einen Atemzug und setzte es dann fort, im gleichen, ruhigen Rhythmus wie zuvor. Anschließend legte er das Besteck in einer langsamen Bewegung auf den Teller, ergriff die Fernbedienung und drückte entschlossen auf ein Knöpfchen.

Die Musik erlosch.

Die plötzliche Ruhe machte Plossila einen Augenblick benommen, die Geräusche seiner Umgebung wirkten mit einem Mal überaus plastisch, überaus präsent: das gefederte Hallen seiner Ledersohlen auf dem Betonboden, das Zischeln von Dollerschells Trenchcoat, der Stuhl der stotternd über den Boden gezogen wurde, das Besteck, das ganz unmerklich an den Teller eckte.

Der Mann stand auf. Plossila hörte ein Schlucken, dann ein Räuspern. Er trat um den Tisch herum, ergriff dabei das Weinglas. „Ich war der Meinung, die Tür sei abgeschlossen. Aber bitte: Was kann ich für Sie tun?" Er trank einen tiefen Schluck.

Plossila räusperte sich ebenfalls, als gelte es eine Art Soundcheck zu machen. „Herr König?"

Der Mann blickte Plossila angriffslustig an, nickte aber. „Kriminalpolizei Fürstenfeldbruck. Wir müssen Ihnen mitteilen, dass Lisa Huber tot ist. Wir ermitteln in dem Fall und haben ein paar Fragen."

Der Moment, im dem die Todesnachricht überbracht wurde, war immer von großer Bedeutung, wusste Plossila. Die große Frage war: Ist es eine Überraschung für die betreffende Person oder nicht? Natürlich, man konnte nicht in die Köpfe der Menschen blicken, aber es gab auch schlechte Schauspieler, das wusste Plossila. Genauso wie er wusste, dass es auch gute gab.

König einzuordnen, war allerdings alles andere als leicht. Er blickte sie einige Sekunden starr an, drehte sich dann auf dem Absatz um. Er stieß sein Weinglas vom Tisch, ergriff die Fernbedienung und drückte erneut auf das Knöpfchen. Plossila und Kollegen den Rücken zugewandt, stütze er sich mit einer Hand auf den Tisch, die andere legte er sich auf den kahlen Kopf.

Der Tannhäuser erklang erneut ohrenbetäubend. Plossila blickte sich verdutzt zu seinen Kollegen um. Dollerschell stand aufrecht und wie erstarrt, die Hände baumelten schlapp an seinem Körper hinunter. Sein Gesicht schien feucht vor Schweiß und die Brille, die er seit Neuestem trug (Plossila vermutete aus Imagegründen), war ihm bis zur Nasenspitze heruntergerutscht. Sein dunkelblondes Haar, das er sich trotz aller Seriosität noch immer gelte, erschien professionell zerzaust.

Jenny Biber blickte mit offenem Mund und großen, blauen Augen auf die Szenerie. Sie hielt eine gelbe Mappe unter dem Arm, aus der bereits ein Blatt heraus- und auf den Boden gefallen war. Ein weiteres würde in wenigen Sekunden folgen, erkannte Plossila. Er wusste nicht wieso, aber in diesem Moment fiel ihm erstmals auf, dass sie gar nicht so schlecht aussah. Zu jung für ihn, natürlich, und auch zu klein mit ihren eins fünfundsechzig, auf die er sie schätzte, und ja, für den einen oder anderen hatte sie vielleicht auch ein paar Gramm zu viel auf den Hüften – aber dieses ernste und zugleich weiche und entschlossene Gesicht erinnerte ihn an irgendetwas, an irgendwen.

Die Musik verstummte.

König drehte sich um, sein Blick war bestimmt und es lag nicht ein Hauch von Ironie in ihm. „Das ist schrecklich. Wie ist es passiert?"

Plossila ging einen Schritt auf Jenny Biber zu, bückte sich und hob das heruntergefallene Papier auf. Er würde sich nicht den Rhythmus diktieren lassen. Das hier war kein Verhör, natürlich nicht, aber auch bei einem Gespräch mit einer verdächtigen Person galt es, die Zügel in der Hand zu halten. Er gab Jenny Biber das

Blatt und fühlte plötzlich, wie ihm schwindlig wurde. Er musste Sport machen, sagte er sich. Und er brauchte Urlaub, das vor allem.

Er gab König eine kurze Zusammenfassung der Ereignisse rund um den Tod Lisa Hubers. „Wir würden vor allem gerne wissen, was sie noch in der Region vorhatte und wen sie dort getroffen hat?"

König schritt um die Säule herum. „Sie wollte in erster Linie die Angelegenheiten ihrer Mutter klären, ihr Elternhaus verkaufen und dergleichen. Und dann ging es ihr wohl darum, neue Inspiration zu finden. Wenn man eine Blockade hat, ist es gut, woanders zu sein. Wenn man die Stadt gewöhnt ist, ist es gut, auf dem Land zu sein, und andersherum. Auch an Kindheitserinnerungen anzuknüpfen, kann gut für die Inspiration sein, es geht ja im Grunde immer um den Weg zu sich selbst."

„Also hatte sie eine Blockade? Eine Krise?"

„Krise?" Er blickte sich um, als stehe die Antwort auf irgendeiner Staffelei in der Ecke. „Kann man eigentlich nicht wirklich sagen, es lief gut für sie in letzter Zeit. Sie bereitete gerade eine Ausstellung in London vor. Wissen Sie: Wir arbeiten hier zusammen, wir verstehen uns gut, aber wir … na ja, wir sehen uns nicht privat. Ich weiß nicht, ob sie mir sagen würde, dass sie eine Krise hat, wenn sie denn eine hätte. Man braucht auch Inspiration, wenn man keine Krise hat."

„Wissen Sie, ob Frau Huber noch irgendwelche Freunde in der Region hatte?"

„Nein, weiß ich nicht."

„Wer könnte das wissen? Hatte sie einen Freund?" „Hm, sie hatte einen Freund, aber ich glaube, sie haben sich getrennt. Vor Kurzem erst."

„Kennen Sie ihn? Haben Sie eine Adresse?"

Er fuhr sich über das Gesicht, als hätte er einen feuchten Lappen in der Hand. „Was heißt kennen? Ich habe ihn ein paar Mal gesehen, er war einige Male hier. Ein netter Typ, macht irgendwas mit Medien in Graz. Lukas heißt der, glaube ich, den Nachnamen kenne ich nicht. Adresse – nein."

Plossila blickte sich zu Dollerschell um. „Habt ihr die Nummern ausgewertet?"

„Die Nummern aus dem Handy sind notiert. Liste ist im Wagen."

Plossila wandte sich wieder König zu. „Irgendetwas Auffälliges in letzter Zeit? Jemand, der sie bedroht hat? Irgendein ominöser Verehrer?"

„Nein, nicht dass ich … obwohl, ein paar Mal hat sie einer abgeholt, den ich bisher noch nicht gesehen hatte. Einmal sind sie rausgegangen und haben sich vor der Tür gestritten. Ich habe mich aber nicht weiter darum gekümmert."

„Gestritten sagen Sie? Um was könnte es dabei gegangen sein?"

Er zuckte mit den Schultern.

„Und *Ihr* Verhältnis zu Frau Huber war …"

„… war rein kollegial, ja."

„Sie war nicht unattraktiv, man könnte sich vorstellen, dass man hier bei der gemeinsamen Arbeit … dass man sich dabei schon einmal näher kommt."

Er sagte nichts, fuhr sich stattdessen mit der Zunge über die Lippen.

„Waren Sie in letzter Zeit mal in der Ecke: Landsberg, Ammersee …"

Er stellte sich breitbeinig hin, steckte die Hände in die Taschen. „Nein."

„Wo waren Sie vor einer Woche? In der Nacht von Donnerstag auf Freitag?"

„Hier. Allein, falls es Sie interessiert. Ich habe bis spät in die Nacht gearbeitet." Er zeigte mit dem Kinn auf das Bild mit den dunklen Klecksen vor sich. „Danach bin ich nach Hause gefahren."

Plossila nickte und betrachtete das Kunstwerk. „Interessant. Ich bin gespannt, wie das Bild aussieht, wenn es erst mal an einer Wand hängt."

„Das wird es nicht."

„Nein?"

„Nein. Es ist gemalt, um auf dem Boden zu liegen. Es ist auch kein Bild in dem Sinne, ich sehe es eher als Skulptur. Aber das ist sicher nicht Ihr Terrain."

„Och …", sagte Plossila und trat einen Schritt auf das Bild zu. Es sah aus wie ein öliger Teich. „Na ja, vielleicht haben Sie recht."

„Komischer Kerl", sagte Dollerschell als sie wieder draußen auf der Baaderstraße standen. Er fingerte eine Zigarette aus der Schachtel und steckte sie sich in den Mund. „Was meinst du, hat er etwas mit der Sache zu tun?"

„Schwer zu sagen, aber wir sollten ihn überprüfen. Immerhin wusste er, wo sich Lisa Huber aufgehalten hat. Aber das macht natürlich noch keinen Mörder."

Dollerschell zündete sich die Zigarette an. „Wir müssen ihren Freund finden, vielleicht gibt es einen Beziehungshintergrund." Er blickte Jenny Biber an und erklärte väterlich: „Eifersucht, zurückgewiesene Liebe, Trieb, Rache – alles mögliche Motive."

Plötzlich dröhnte die Musik wieder bis auf die Straße. Dollerschell wandte sich um, zog an seiner Zigarette. „Ich verabscheue diesen Tannhäuser."

„Andere CD, Dollar", sagte Jenny Biber und blickte mitleidig: „‚Parsifal'."

„Den verabscheue ich erst recht."

6

Da hatte Marion Schütz mal wirklich blöd geguckt, als sie diesen Vorschlag gemacht hatte.

"*Wo* willst du den Absacker trinken? Im *Alten Hasen?* Warum gehen wir nicht irgendwohin, wo was los ist? In die *Oldtown-Bar* oder ins *Massimo?*"

Sie waren im *Hexenstüberl* gewesen, Klassentreffen. Kein besonders lustiger Abend, mussten sie sich eingestehen. Nur ein Dutzend Leute war gekommen, knapp die Hälfte ihrer ehemaligen Mitschüler. Als sie vor fünf Jahren beschlossen hatten, sich einmal im Jahr zusammenzusetzen und über alte Zeiten zu plaudern, waren fast alle dagewesen. Auch die, die schon lange nicht mehr in Bayern lebten, waren gekommen. Holger aus Frankfurt etwa und sogar Mark, den es in irgendein Kaff am Niederrhein verschlagen hatte. Holger war letztes Jahr noch angereist, Mark kam nur die ersten zwei Male und das war's. Gerade Mark, mit dem sie so gerne noch etwas nachgeholt hätte. Jedes Jahr hoffte sie, dass er plötzlich auftauchen würde, aber es war vergeblich, sie wusste es. Er war ihre verpasste Gelegenheit. Dabei hatte Helen Bechmann längst von anderen erfahren, dass er damals auf sie gestanden hatte. Und sie war sicher, dass auch er wusste, dass sie nicht abgeneigt gewesen wäre. Aber gut, sie hatte sich für Hagen entschieden, er war eine gute Partie in jenen Tagen, das konnte man nicht in Abrede stellen. Und jetzt schien es wohl zu spät zu sein für Mark und Helen. Sie hatte ihr verkorkstes Leben hier. Und Mark hatte sein Leben an der holländischen Grenze. Helen Bechmann hatte keine Ahnung, ob er glücklich war oder nicht.

"Es kommen nur noch die Loser", hatte sie zu Marion Schütz gesagt, als sie nach dem Klassentreffen noch auf ein Glas ins *Josoleh* gegangen waren.

"Und Edda!", hatte Marion Schütz ironisch eingeworfen. "Ich trinke auf Edda, die coole Schlampe!", hatte Helen Bechmann ausgerufen und das Glas gehoben.

„Yeahh!!", hatte Marion Schütz geschrien und dann zwei weitere Tequila bestellt.

Und jetzt standen sie am Hauptplatz, waren ziemlich blau und Helen Bechmann machte diesen bescheuerten Vorschlag.

„Der *Alte Hase* ist wirklich besser als sein Ruf", rechtfertigte sie sich. „Im *Massimo* und in der *Oldtown-Bar* hängen doch nur Girlies ab. Aus dem Alter sind wir raus, Marion. Du musst es einsehen. Modesternchen wie unsere coole Edda können da hingehen. Aber unser Leben spielt sich im *Hasen* ab."

„Unser Name ist Hase, genau", sagte Marion Schütz kichernd, hakte sich unter und ließ sich von Helen Bechmann bereitwillig in die Richtung der Gastwirtschaft ziehen.

Aber er war nicht da. Nicht in der Stube zumindest, sie sah es sofort. Sie warf einen Blick auf das Schlüsselbrett hinter der Bar. Der Haken von Zimmer drei war leer. Also musste er wohl oben sein. Sie war einen Augenblick lang ratlos.

„Komm, wir gehen wieder!", sagte Marion Schütz, noch bevor sie sich gesetzt hatten.

„Gehen? Warum das?"

„*Warum das?!* Schau dich mal um, Mädchen!"

Sie blickte auf einen Tisch, an dem eine Handvoll älterer Herren beim Schafkopf zusammen saßen. Dann sah sie noch zwei einsame und ziemlich runtergekommene Gestalten an der Bar sitzen. Die Kellnerin im Dirndl, die sie schon am Donnerstag bedient hatte, wischte über die Tische – erst jetzt erkannte sie, dass es wohl Annas Tochter sein musste. Ansonsten war der *Hase* wie ausgestorben. Ärgerlich, dachte Helen Bechmann. Sie hätte ihren Autor so gerne noch einmal gesehen, vor dem Kurs am Montag, ohne die anderen Teilnehmer! Ihr letztes Treffen war nicht wirklich so verlaufen, wie sie sich das vorgestellt hatte. Das heißt, bis Hagen Schwarzer gekommen war, war ja alles gut gewesen. Aber dann …

„Hallo Marion … Helen!"

Es war Ludwig Esch, der sie gegrüßt hatte. Sie hatte gar nicht gewusst, dass er ihren Namen kannte. Er sah alt aus, sein Haar war grauer geworden, die Augenringe hatten sich deutlich verstärkt, die

Falten hatten sich tiefer in sein teigiges Gesicht gegraben. Sein Blick wirkte dadurch noch unheimlicher. Er sah sie aus seinen Bestatter-Augen an, als blicke er auf zwei übel zugerichtete Leichen, die es unter die Erde zu bringen galt. Helen Bechmann lief ein leichter Schauer über den Rücken.

„Zu was darf ich euch einladen?"

Das war ein Wort, dachte Helen Bechmann. Einladen! Das konnte Marion nicht ausschlagen. Und mit ein bisschen Glück kam Konrad ja noch mal runter an diesem Abend – so spät war es doch noch gar nicht! Sie wollte einfach nur mit ihm sprechen, sagte sie sich. Einiges klarstellen, ihm sagen, dass es ihr leidtat, dass Hagen sie so zugelabert hatte vor zwei Tagen. Dass er es nicht so meinte und dass das alles nur passiert sei, weil er so besoffen gewesen war. Außerdem wollte sie wissen, ob ihn Hagens Geläster über die Kirche verletzt hatte. Sie wusste ja gar nicht, ob Konrad gläubig war. Obgleich: Wirklich passen würde es nicht zu ihm.

„Ach Ludwig, ganz lieb, aber ich muss los, weißt du? Muss fit sein morgen, wir kriegen Besuch."

Und ob Marion eine Einladung ausschlagen konnte, dachte Helen Bechmann.

Ludwig Esch nickte. „Grüß mir den Dietmar, habe ich schon ewig nicht mehr gesehen. Und du, Helen?"

„Einen Wodka-Lemon, wenn's recht ist."

Er nickte und drehte sich um, machte sich auf die Suche nach der Wodka-Flasche.

„Helen?" Marion sah sie überrascht an.

„Geh du nur, ich will einfach noch nicht nach Hause. Einen Drink noch, dann rufe ich mir ein Taxi."

Marion Schütz schüttelte den Kopf, lächelte sie dann aber an. „Du musst es wissen! Also ..." Sie nahm sie in den Arm, drückte sie fest an sich und stöckelte dann zur Tür.

Helen Bechmann ließ sich am selben Tisch nieder, an dem sie vor zwei Tagen mit Konrad Kister gesessen hatte. Sie nippte an ihrem Wodka, den Ludwig Esch wortlos vor sie hingestellt hatte, und fühlte sich fürchterlich. Diese Gestrandeten um sie herum, die ihr Leben beim Bier und beim Kartenspielen verplemperten! Die düstere Atmosphäre der Gastwirtschaft mit ihrem dunklen Mobiliar, der spärlichen Beleuchtung, dem Geruch nach Bratfett und alter, abgestandener Luft! Alles war alt hier, verwittert, außer Mode, rückwärtsgewandt. Kein Wunder, dass auch sie sich alt fühlte in dieser Umgebung, das färbte einfach ab. Sie nippte erneut an ihrem Wodka und blickte die Treppe neben der Bar hinauf. Dort ging es zu den drei, vier Gästezimmern über die der *Alte Hase* verfügte, wusste sie. Dort ging es zu Konrad.

Das kommt nicht in Frage, Mädchen! Frauen werden erobert, sie erobern nicht selbst!

Sie sah auf die Uhr: halb zwölf. Keine Uhrzeit für einen Samstagabend. Andere machten jetzt Party, tanzten, amüsierten sich, saßen bei Romantikdinners, hatten göttlichen Sex. Und was tat sie? Sie saß im *Hasen* und verplemperte ihre letzten guten Jahre.

Sie sah zur Treppe.

Das darfst du nicht, das macht ein anständiges Mädchen einfach nicht!

Sie nippte an ihrem Wodka. Dann traf sie der Blick eines dieser unsäglichen Wesen an der Bar. Er trug eine schwarze, abgewetzte Lederjacke, seine fettigen Haare wellten sich über fleischige, gelbliche Ohren und sein vom Alkohol gezeichnetes Gesicht war mit einem unebenen Stoppelfeld überzogen. Alles in allem sah seine Visage aus wie eine verlassene, nordasiatische Karstlandschaft. Er verzog das Gesicht zu einem Lächeln und präsentierte ein schwarzes, fast zahnloses Gebiss.

Sie stürzte den Rest des Wodkas hinunter und stand auf. Wer in aller Welt hat eigentlich behauptet, dass ich ein anständiges Mädchen bin?

Sie ging zur Treppe.

Konrad Kister gab es auf. Immer nur auf den Bildschirm zu starren, brachte auch nichts. Da konnte einem einfach keine Idee kommen! Das hätte er auch zu Hause in seiner Münchner Wohnung machen können. Doch er war ja hier, um einen Tapetenwechsel zu haben, andere Eindrücke zu gewinnen. Also musste er raus, die Welt erleben – in die Natur, in die Stadt, irgendwohin. Da draußen wartete seine Story auf ihn, sagte er sich. Doch wenn er immer nur in seinem Zimmerchen saß, würde er ihr nie begegnen.

Er klappte den Laptop zu.

Er hätte doch weggehen sollen heute Abend, machte er sich klar. Und wenn er allein in irgendeiner Kneipe gesessen hätte. Genau das hatte ihn doch auch in früheren Zeiten immer inspiriert: Leute beobachten und sich dabei zu überlegen, was es mit ihnen auf sich hatte. Wer sie waren. Wohin sie wollten. Was sie antrieb. Oder er hätte sich mit jemandem treffen können, einfach reden, sich ablenken. Er hätte sich hierdurch den Druck nehmen können, um danach befreit schreiben zu können.

Er stand auf, ging ins Bad und packte die frische Seife aus, die ihm Monika hingelegt hatte. Er führte sie kurz an die Nase und inhalierte ihr frisches, fruchtiges, leicht nach Marzipan duftendes Aroma. Vielleicht hätte er sich mit seiner Schülerin treffen sollen, mit Helen Bechmann. Es war doch ein ganz schöner Abend gewesen, zumindest bis ihr Ex aufgetaucht war. Er traute diesem Schwarzer nicht, unberechenbar war er. Erst hatte er Ludwig Esch angepöbelt, den Wirt. Dann sprengte er sein Date mit Helen Bechmann und sah ihn mit diesen stechenden Augen an, sodass Konrad Kister davon ausgehen musste, jeden Moment in eine Schlägerei verwickelt zu werden. Er musste sich eingestehen, dass er Angst gehabt hatte. Schließlich arbeitete Hagen Schwarzer jeden Tag unter freiem Himmel, schleppte Steine, hob Baumwurzeln aus, hieb mit der Spitzhacke auf irgendwelche Lehmbrocken ein. Er schien stolz auf seinen trainierten Körper zu sein, krempelte seine Hemdsärmel hoch, sodass man seinen aufgepumpten Bizeps darunter sehen konnte. Aber das brauchte Konrad Kister nun wirklich nicht: dass er jetzt auch noch von so einem muskelbepackten Proleten niedergestreckt wurde.

Er ging wieder in seinen Schlaf- und Arbeitsraum, nahm den Pyjama vom Bett, den Monika wie immer sorgsam gefaltet auf sein Kopfkissen gelegt hatte. Er warf einen Blick aus dem Fenster, hinter dem der Vollmond die Fassaden der mittelalterlichen Stadt mit einem warmen, gelben Licht belegte. Doch der Blick stimmte ihn nicht milde: Nein, dachte er, nein, es war schon gut, sich nicht noch mal mit Helen Bechmann getroffen zu haben. Er hatte ohnehin keine Lust mehr, den Charmeur zu spielen. Irgendwie hatte er sich diese Rolle angewöhnt, wenn er sich mit Frauen traf. Er unterhielt sie. Er sprach die Themen an, die *sie* spannend fanden. Er versuchte *ihnen* jeden Wunsch von den Lippen abzulesen, *sie* perfekt durch den Abend zu geleiten. Er hätte ihnen von seiner Lesereise durch Osteuropa, seiner Treckingtour durch Papua Neuguinea und seinem Aufstieg auf den Kilimandscharo erzählen können, den er zufällig gemeinsam mit dem ehemaligen Boxweltmeister Sven Ottke unternommen hatte. Doch er tat es nicht. Er ließ sie über ihre kulinarischen Ausflüge nach Südtirol und das Tessin berichten, denn er hatte gelernt: Das beste Gespräch war immer das, bei dem man selber am meisten redete. Also sollten *sie* reden. Er stellte Fragen. Eine Zeit lang hatte er es genossen, das Gespräch auf diese Weise zu steuern, die Strippen zu ziehen. Doch jetzt hatte er es satt, einfach nur satt.

Es klopfte.

Das konnte eigentlich nur Monika sein, dachte er. Vielleicht brachte sie die Wäsche schon, die er ihr gestern gegeben hatte? Er blickte auf die Uhr. Dafür schien es allerdings schon reichlich spät zu sein.

Er öffnete die Tür einen Spaltbreit.

„Helen!"

Sie lehnte locker mit der Schulter im Türrahmen und spielte mit einer ihrer blonden Locken. Aus einem leicht geröteten Gesicht lächelte sie ihn an und sagte: „Ich hatte schon Angst, dass du bereits schläfst." Auch auf ihren Hals und ihr Dekolleté hatten sich leichte rötliche Flecken gelegt.

„Nein, ich bin noch wach ..." Er warf den Pyjama hinter die Tür und zeigte mit der freigewordenen Hand in die Richtung des Computers. „Hab noch geschrieben."

Sie lächelte. „Darf ich reinkommen? Oder hast du noch Lust, was trinken zu gehen?"

„Ach, was trinken ... nein, heute irgendwie nicht mehr, glaube ich."

„Na dann ... Dann komme ich also rein."

Sie löste sich vom Türrahmen und schob sich an ihm vorbei in das Zimmer.

Er schloss die Tür hinter ihr, fühlte sich irgendwie überrumpelt. Weil er nicht wusste, wie er reagieren sollte, suchte er den inneren Schalter, um „Konrad den Charmeur" einzuschalten – aber er konnte ihn nicht finden.

Helen Bechmann ging zwei Schritte bis zum Fenster, dann drehte sie sich um. „Nicht sehr groß das Zimmer."

„Nein, das kann man wirklich nicht sagen." Er schluckte, fühlte sich einfach nur komisch. Sie war aufgedonnert, mit kurzem Rock, eng anliegendem Top, einer glänzenden fliederfarbenen Lederjacke. Und er stand hier in Socken, einer ausgebeulten Jeans und einem alten Hemd. Mit ihren Pumps war sie fast so groß wie er. „Ich kann dir leider gar nichts anbieten, außer Wasser und Tee."

„Ja, das ist wirklich *nichts*."

Sie schaute ihn mit gespielter Enttäuschung an. Er konnte riechen, dass sie schon einiges getrunken hatte.

Sie setzte sich aufs Bett, da es außer dem Bürostuhl sonst keine passenden Möbel gab. „Es tut mir leid mit meinem Exmann neulich. Aber ich glaube, es war besser, ihn nach Hause zu bringen. Ich wäre gerne noch geblieben, das weißt du ..."

Er nickte und setzte sich neben sie, weil er sich einfach blöd vorkam, alleine im Raum zu stehen. Kaum saß er da, rückte sie ein Stück an ihn heran. Sie roch, als hätte sie eine halbe Bar leergetrunken, ihre Kleidung und ihr Haar verbreiteten einen penetranten Zigarettengestank. Er mischte sich mit dem Geruch ihrer Lederjacke und dem blumig-hölzernen Duft ihres Parfüms.

„Ich hoffe, du nimmst es ihm nicht übel, dass er so über die Kirche hergezogen und über Pater Thomas gelästert hat. Er hatte nur all diese Jahre so viele Probleme mit der kirchlichen Moral. Haha, du hättest sehen sollen, wie verklemmt er im Bett war damals ..."

Einer ihrer Schuhe fiel auf die hölzernen Dielen.

„*Oh!*"

„Nein, ich habe wirklich kein Problem damit. Kirche interessiert mich gar nicht. Ich war nur besorgt, er würde vielleicht gewalttätig werden."

„Ja …? Nein, das glaube ich nicht. Er weiß auch, dass ich hin und wieder Freunde habe – und die haben es auch alle überlebt. Vielleicht braucht *er* nur mal wieder eine Partnerin. Ich glaube, nach mir kam keine mehr. Und du weißt ja, wie Männer sein können, wenn sie zu lange auf Sex verzichten müssen …"

Ein weiterer Schuh viel auf den Boden.

„*Oh!*"

Sie zog die Beine auf die Bettdecke und rutschte dabei noch ein Stück näher an ihn heran. Dann legte sie eine Hand auf sein Knie. Als er sich nicht weiter regte, begann sie ihm den obersten Hemdknopf zu öffnen. Dann den zweiten. Als sie beim dritten angekommen war, spürte er ihre weichen, heißen Lippen auf den seinen. Er legte eine Hand um ihre Taille und spürte, wie ihre Hand sich langsam an seinem Oberschenkel hinauf bewegte.

Sie hatte einen wunderbaren Körper, das musste er ihr lassen. Und er hatte sich auch Sex gewünscht, die letzten Wochen, die letzten Monate. Warum sollte er verzichten? Was konnte besser sein, die geistige und körperliche Anspannung abzubauen als Sex? Er wollte! Ja, er wollte! Aber nachdem sie sich ausgezogen hatten und sie jetzt unter ihm lag, nackt, verführerisch, mit einem Blick voller Lust und Begehren – da ging es einfach nicht.

„Was ist los?"

Er wälzte sich von ihr, setzte sich auf die Bettkante. Das jetzt auch noch, dachte er. Es konnte doch nicht sein, dass ihn diese Frau auch noch impotent gemacht hatte. Drei Monate war es her! *Drei!* Er liebte sie nicht mehr, dachte nicht mehr an sie. Er hatte geglaubt, sie aus seinem Gedächtnis gelöscht zu haben. Sie war tot für ihn. *Tot!* Und jetzt das!

Helen Bechmann schob sich zu ihm heran, streichelte seinen Rücken. „Soll ich …?"

„Nein … bitte!"

Er stieß sie leicht zur Seite, zog die Bettdecke zu sich, verdeckte damit sein totes Tier. Wie in einer beschissenen Filmszene kam er sich vor, einem Film, in dem er den Gescheiterten spielte, den Entmannten. Er blickte sich zu ihr um, sah ihr zu, wie sie den BH wieder anzog. Er war froh, wenn sie weg war, wenn es keine Zeugen mehr gab für sein Scheitern. Er wollte sie am liebsten nie mehr wiedersehen. Er vergrub sein Gesicht in einer Hand, aber sie war zu klein für ein Versteck. *Gott, was bin ich für eine erbärmliche Kreatur! Ich kann nicht schreiben, ich kann nicht vögeln …!*

„Also", sagte sie, als sie sich aufgerichtet hatte. „Es tut mir leid, ich habe dich überfallen." Sie schritt zur Tür, warf sich die Jacke über die Schulter. Dann sendete sie ihm einen letzten mitleidigen Blick. „Du weißt ja: Das passiert jedem irgendwann, ist ganz normal. Mach dir keinen Kopf."

Sie öffnete die Tür und verschwand in der Nacht.

Er hasste die Frauen, ging es ihm durch den Kopf.

Ich hasse euch!

Mit einem Ruck stand er auf, riss die Decke vom Bett und schleuderte sie gegen die Tür. „*Ich hasse euch!*"

7

Er schlug die Augen auf und fühlte sich irgendwie ausgetrocknet. Dehydriert wie ein vertrocknetes Stück Obst. Eine Traube aus der über Nacht eine Rosine geworden war, oder so etwas. Er drehte den Kopf, blickte auf die Digitaluhr neben seinem Bett: zwanzig nach neun. Noch reichlich Zeit, dachte er. Um elf war er mit Gunther Isenbarth im Labor verabredet. Und es dürften weniger als dreißig Minuten mit dem Auto nach Fürstenfeldbruck sein. Es war Sonntag und die Straßen waren frei. Nachdem seine Ehe vor drei Jahren in die Brüche gegangen war, war Plossila nach München gezogen, nach Giesing. Er hatte geglaubt, dass man es als Single mit Anfang vierzig leichter in der Großstadt hatte, wenn man die bayerische Landeshauptstadt denn als solche bezeichnen wollte. Sicher war: Auch hier war es als alleinstehender Mann in diesem Alter keinesfalls einfach, über die Runden zu kommen. Aber es ging, dachte Plossila und rappelte sich auf. Außerdem hatte er derzeit alles andere als Lust, auch noch über dieses Thema nachzudenken.

Er schlich auf nackten Füßen ins Bad und hielt seinen Mund unter den laufenden Wasserhahn. Dann warf er sich zwei Hände Wasser ins Gesicht und beschloss beim Blick in den Spiegel, dass er auch mit einem Viertagebart ins Labor fahren konnte, immerhin war Wochenende. Er sprang unter die Dusche und dachte an gestern, an den Abend mit seinem Vater. Martti hatte ihn relativ unsanft mit den Worten „Und, wo ist Carla?" empfangen. Sie waren zu zweit zum Abendessen angemeldet gewesen und Plossila hatte ohnehin das Gefühl gehabt, dass er nur geduldet wurde, weil er die Enkeltochter seines Vaters im Schlepptau hätte haben sollen.

„Rebecca hat beschlossen, dass unser Termin heute ausfällt." „Einfach so? Das sieht ihr aber gar nicht ähnlich."

Er öffnete die Tür und winkte seinen Sohn widerwillig über die Schwelle ins Haus.

„Muss arbeiten dieses Wochenende, es gibt einen Mord in der Nähe von Landsberg."

„Ja dann ..."

Er hatte sich mehr Verständnis von seinem Vater erhofft. Er war selbst Hauptkommissar in Fürstenfeldbruck gewesen und Plossila konnte sich noch lebhaft an die Diskussionen seiner Kindertage erinnern, an die Zeit, als seine Mutter noch lebte. Immer hing der Haussegen schief, wenn Martti samstags oder sonntags arbeiten musste.

„Aber nicht das ganze Wochenende? Oder ist es so schlimm?" Plossila ging ins Wohnzimmer und wunderte sich über den Laptop, der auf dem Esstisch stand. Er hatte mit einem Album gerechnet, das ja, aber ein Laptop?

„Nein, deshalb wollte ich sie heute Abend holen, bis morgen Vormittag. Aber das hat Rebecca nicht ins Konzept gepasst."

„Hat sie eigentlich wieder einen Neuen?"

Plossila blähte die Backen und schnaufte. Er zeigte auf den Computer. „Was hast du vor?"

Sein Vater grinste ihn listig an, als hätte er nur auf diese Frage gewartet. Wie ein Rumpelstilzchen sprang er voraus, Richtung Esstisch, klappte das Gerät auf. Dann besann er sich und sagte: „Ich muss erst das Lamm in den Backofen schieben." Er verschwand aus dem Wohnzimmer, Plossila setzte sich auf seinen Platz, den Platz, an dem er auch schon immer als Kind gesessen hatte. Seinem Vater gehörte das Kopfende, seine Mutter hatte Plossila gegenüber und seine Schwester neben seiner Mutter gesessen.

Martti brachte den Aperitif, setzte sich, fuhr den Computer hoch.

Plossila trank den Aperitif auf ex. Er wusste, dass er damit ein Zeichen sendete. Aber wenn ihn sein Vater von alleine nicht fragte, wie es ihm ging – was sollte er tun?

„Alles in Ordnung?"

„Na ja, hatte schon bessere Zeiten." Ein bisschen bohren musste sein Vater schon.

Martti klickte die Fotogalerie an und öffnete einen Ordner mit Bildern. „Alles Makroaufnahmen. Ich fotografiere jetzt digital. Habe mich lange dagegen gewehrt, ich weiß, aber es ist wirklich ein Fortschritt. Ich hab jetzt auch eine digitale Spiegelreflex. Die alten Objektive kann ich aber einfach weiterhin benutzen, das ist schon was."

Das war sein Hobby, schon seit Jahren, seit er pensioniert war. Jedes Mal, wenn sie kamen, mussten sie sich ein neues Album mit Tierfotografien ansehen. Sie waren nicht schlecht, das musste man sagen, aber auf die Dauer nervte es. Doch sein Vater war besessen davon. Vor allem von Carla erwartete er Begeisterung. Sie tat ihr Bestes, wie Plossila wusste, aber er wusste auch, dass sie die Fotos stinklangweilig fand.

„Also? Was ist los? Hat es was mit dem Mord zu tun?" „Nein. Ja. Also eher nein."

„Jetzt sag schon!"

Martti lehnte sich zurück, um Interesse zu signalisieren, behielt aber eine Hand auf der Maus. Auf dem Bildschirm erschien eine riesige behaarte Raupe, die unterhalb eines grünen Halmes klebte.

„Ich bin in letzter Zeit so abgestumpft. Ich habe da diese Leiche, eine junge Frau. Ich tue alles Menschenmögliche, um den Täter zu finden, natürlich. Aber der innere Antrieb fehlt. Ich bin nicht mehr so mit dem Herzen dabei, wenn du weißt, was ich meine."

Marttis Augen funkelten und seine Mundwinkel zuckten leicht, deuteten ein kurzes Lächeln an. Plossila war die Geste vertraut, die sich immer dann über Marttis Gesicht legte, wenn sein Vater das Gefühl hatte, mit einem naiven Gedanken konfrontiert zu werden. „Dann kommt jetzt deine beste Phase, Heiko. Am Anfang reibst du dich auf, weil du das Gute gegen das Böse verteidigen willst. Aber dann siehst du, dass das Böse auch im Guten steckt und das Gute im Bösen. Dann resigniert man ein Stück weit, das stimmt. Aber wenn du weniger mit dem Herzen involviert bist, siehst du klarer. Du blickst objektiver auf die Sachverhalte. Jeder Fall ist ein Rätsel, ein Verwirrspiel – und du löst dieses Rätsel mit dem Verstand. Emotionen stören nur."

Plossila fühlte sich immer einen Moment aus dem Tritt gebracht, wenn ihn jemand mit seinem Vornamen anredete. Nur sein Vater tat das, sogar seine Exfrau hatte ihn die letzten Ehejahre Plossila genannt. Nur wenn sie böse auf ihn war, nannte sie ihn Heiko. Er sagte: „Ich dachte, das wäre unser Job als Polizeibeamte: die Gesellschaft vor dem Bösen zu schützen."

Marttis Mundwinkel zuckten. „Aber oft produziert doch unsere Gesellschaft erst das Schlechte. Dort, wo die Gesellschaft Menschen keine Chance gibt, dort werden sie eben oft zu Verbrechern. Kannst du dich an den Fall Goth erinnern, den ich damals gemeinsam mit Amelie von Schmettau aufgeklärt habe, der alten Schachtel? Dieser Goth hatte mehrere Kinder aufs Scheußlichste zugerichtet und getötet. Als er uns dann in die Falle ging, kam heraus, dass er selbst eine schreckliche Kindheit hinter sich hatte. Er war total vernachlässigt worden, von seinen Eltern geschlagen, bekam keine Schulbildung, keinen Ausbildungsplatz. Er hatte von Anfang an keine Chance, ein belastbares Selbstbewusstsein zu bilden. Wenn man so will, wurde an ihm selbst ein Verbrechen verübt und dieses Verbrechen hat wiederum andere Verbrechen nach sich gezogen. Die Umstände, in die Goth hineingeboren wurde, haben ihn in diese schreckliche Richtung getrieben. Ist dieser Mensch jetzt also das personifizierte Böse?"

„Du vereinfachst die Dinge, Martti und das weißt du." „Ich sage nur, dass das Böse erklärbare Gründe hat. Und dort, wo man Dinge erklären kann, wird man auch Verständnis aufbringen müssen. Das ist schließlich auch in der Rechtsprechung so. Wenn man genau hinsieht, gibt es keine einfachen Antworten auf die Frage, wer Schuld hat und wer nicht."

Auf dem Bildschirm erschien ein beigefarbener Falter mit zusammengelegten Flügeln, die aussahen wie betende Hände.

„Und was soll mir diese Erkenntnis bringen?" „Vielleicht ist es besser, ein wenig Abstand von den übertriebenen beruflichen Idealen zu nehmen, Heiko, das ist es nicht wert. Benutze deinen Verstand und mach einfach deinen Job. So, wie ein Rechnungsprüfer, wie ein Postbote oder ein Versicherungskaufmann auch seinen Job erledigt. Es ist besser für alle. Denn deine idealistisch befeuerten Emotionen werden dich dem Täter nicht näher bringen. Andersherum wird dich der Täter durch seine Emotionalität auf seine Spur führen. Und wenn du selbst einer emotionalen Tätigkeit nachgehen willst, dann such dir ein Hobby!"

Er klickte die Galerie auf dem PC weiter durch und lächelte verzückt bei dem Anblick eines Mistkäfers, der eine fast tischtennisballgroße Kugel aus Scheiße vor sich herschob.

„Was riecht denn da so?", fragte Plossila.

Marttis Mundwinkel sackten nach unten. „Der Braten!"

Plossila schnappte sich ein Handtuch, trocknete seinen Körper notdürftig ab und ging durch das Wohnzimmer in die Küche. Er musste dringend seine einzigen verbliebenen Pflanzen gießen. Vor allem die Blätter des Benjamins verfärbten sich bereits stark ins Braune. Und der Gummibaum, der ihm explizit als „Männerpflanze" verkauft worden war, verbreitete mit seinen schlapp herabhängenden Ästchen eine ungesunde Melancholie im Raum. Er setzte sich an den Küchentisch, streifte Brotkrümel, Dreck und Fusseln von seinen Fußsohlen ab und öffnete erwartungsvoll die verbeulte Kaffeedose. Wie ein Wunder kam es ihm vor, dass noch Pulver für vier bis fünf Tassen darin war. *Mein Glückstag*, dachte er. Er stellte die Dose auf den Küchentisch und beschloss, zunächst nach Essbarem zu suchen, wer weiß, vielleicht konnte er sogar ein kleines Sonntagsfrühstück machen. Doch der Blick in den Kühlschrank war enttäuschend: Ein paar Käsekrumen lagen darin, zwei, drei Flaschen Beck's, eine halbvolle Flasche Ramazzotti und ausgetrocknete Zitronen. Der Blick auf die Milchtüte und das darauf gedruckte Datum ließen ihn kurz erschaudern. Er entschied, das mit dem Frühstück zu vergessen, ihm blieb ohnehin nur wenig Zeit. Er schloss die Tür, drehte sich beschwingt um und spürte, wie sich dabei das um die Hüften geschlungene Handtuch löste. Irgendwo gab es ein kurzes metallisches Klirren, dann ein schnelles Schrappen. Darauf hörte er den trockenen Aufschlag von dumpfem Blech auf federndem Holz. Es kitzelte plötzlich an seinen Füßen. Er sah hinab: Die Kaffeedose lag auf dem Boden und das Pulver war ihm zwischen die Zehen geschwappt wie eine kraftlose, dunkelbraune Welle. Er blickte auf die Dielen, den Kaffee, die Dose und auf einen kleinen, schwarzen Käfer, der sich aus einer der Dielenritzen hinauswand und über den Kaffee unter die Spüle flüchtete.

Er hob das Handtuch auf, ließ alles andere da liegen, wo es war. Er brauchte Urlaub sagte er sich, einfach nur Urlaub.

Es war diese eigenartige Mischung aus Gummi, Essigreiniger und parfümiertem Klostein. Er war sicher: Auch wenn er später einmal seine mickrige Rente auf einer Karibikinsel verprassen würde – dieser Geruch würde für ihn immer der Geruch des Todes bleiben. Plossila hetzte Gunther Isenbarth hinterher. Erst über den langen Flur, dann ging es durch zwei ordentliche Büros mit weißen Möbeln, durch eine Metalltür mit Kautschukisolierung und schließlich hob Gunther Isenbarth für ihn einen durchsichtigen Gummivorhang zur Seite.

„Da ist sie!"

Er blickte auf ihren weißen, leicht bläulichen Körper mit abgespreizten Füßen und den nach oben geöffneten Handflächen. Ihr Gesicht schien weich und verschlossen und wie von zarten Pastellfarben auf eine Leinwand gemalt. Es hatte etwas Unwirkliches, wie sie da lag, und irgendwie wirkte sie nicht wie die Frau, die sie vor zwei Tagen tot aufgefunden hatten.

„Wir haben sie von dem Puder gereinigt, die Proben haben wir in ein Spezialabor nach München geschickt, weil wir die Auswertungen hier nicht machen können. Die Ergebnisse kommen Anfang der Woche."

Gunther Isenbarth hielt ein altes, abgewetztes Klemmbrett aus Holz im Arm und machte wie immer einen engagierten, ausgeschlafenen Eindruck. Er trug einen weißen Kittel, darunter einen festlichen Anzug mit Krawatte, seine schwarzen Schuhe waren frisch poliert.

„Die Hochzeit meiner Nichte", sagte Gunther Isenbarth unaufgefordert. Offenbar hatte Plossila einen Moment zu lange auf seine Garderobe gestarrt. „Ist in Andechs, in …", er blickte auf die Uhr, „einer Stunde. Kann man schaffen. Also …"

„Ich hätte früher kommen können."

„Danach siehst du ehrlich gesagt nicht aus, Plossila."

Er wollte etwas entgegnen, Widerspruch anmelden, doch dann strich er sich mit der Hand über seinen Viertagebart und beschloss, die Diskussion auf unbestimmte Zeit zu vertagen.

„Bin ohnehin gerade erst fertig geworden."

„Seit wann …?"

„Fünf."

Plossila nickte und blähte die Backen.

„Durch die Säuberung haben wir jetzt einen klaren Blick auf ihre Verletzungen."

Er legte sein Klemmbrett auf ein Regal aus Aluminium, streifte sich Gummihandschuhe über, schritt dann zu ihrem Kopf und legte ihr eine Hand an die Wange, mit dem Zeigefinger fuhr er über ihren Hals.

„Das sind ganz eindeutige Würgemale und zwar mit ziemlicher Sicherheit mit der rechten Hand ausgeführt. Auch wenn sie zerbrechlich aussieht: Man benötigt einige Kraft, um einen Menschen auf diese Weise umzubringen. Ihr sucht einen starken Mann."

Er schritt um die Leiche herum, nahm ihren rechten Arm auf, strich ihr über das Handgelenk. „Wie schon vermutet, war sie mit einem Seil gefesselt und das über einen längeren Zeitraum, ich würde sagen, ein, zwei Tage. Das kann man deutlich am Prozess der Wundheilung erkennen. Ihr sucht einen starken Mann, einen Rechtshänder, der die Möglichkeit hat, einen Menschen unbemerkt über diesen Zeitraum festzuhalten."

„Warum muss es ein Seil gewesen sein? Kann sie nicht auch mit Handschellen oder einem Draht gefesselt worden sein?"

Gunther Isenbarth lächelte. „Die Wunden sähen dann anders aus. Zudem haben wir zwischen ihren Zähnen Fasern gefunden. Sind bei der Auswertung. Falls sich da was ergibt, hört ihr von uns."

Er legte seine Hand auf den Oberschenkel der Leiche, kniff leicht hinein, drehte das Bein ein Stück weit nach außen. Fast die komplette Innenseite war bläulich und violett verfärbt. „Er hat sie wiederholt vergewaltigt – und sie hat sich gewehrt. Vor allem zu Beginn ihrer Gefangenschaft. Es gibt kein DNA-fähiges Material, du weißt, wie selten das ist. Er war sehr vorsichtig. Unten …" Er schob Plossila leicht zur Seite und stellte sich ans Fußende der Bahre. „… an den Gelenken, war sie ebenfalls gefesselt, aber die Verletzungen sind nicht so deutlich. Möglicherweise hat er sie hier früher losgebunden, als er gemerkt hat, wie geschwächt sie ist und dass sie sich nicht mehr selbst befreien kann. Sie hat zudem Wundmale an den Knien, von einem harten Untergrund, vielleicht aus Stein oder Beton. Unter den Fußsohlen hat sie einige offene Verletzungen, so als wäre sie in Glas getreten."

„Kann man nicht genauer sagen, woher die Verletzungen stammen? Ihr findet doch sonst immer etwas in den Wunden, Überreste irgendwelcher Materialien."

„Nun, ich denke, die Wunden an ihren Füßen stammen von der eingeschlagenen Scheibe neben der Haustür. Die Splitter lagen ja noch auf dem Boden, als wir kamen, sie muss darauf getreten sein, als der Täter sie rausgebracht hat. Ansonsten gibt es kaum Überreste von irgendetwas, was eine wirkliche Besonderheit wäre. Das Opfer ist vollständig gereinigt worden, vollständig gewaschen. Und wenn du dir das hier ansiehst …" Er nahm wieder ihre Hand in seine. „Die Nägel sind kurz geschnitten und wurden von einer Feile bearbeitet, kein Dreck hat sich unter ihnen angesammelt. Es muss unmittelbar vor ihrem Tod passiert sein, oder sogar kurz danach. Denn nach der Maniküre sind die Nägel nicht mehr gewachsen."

Plossila blickte darauf. „Sehen aber relativ lang aus, die Nägel …"

„Die Leiche ist ausgetrocknet, Plossila, die Haut hat sich zurückgezogen, das Nagelbett wirkt so länger. Glaub mir, das ist hundert Prozent safe: Die Nägel wurden geschnitten und sind dann nicht mehr gewachsen. Das gilt für die Hände und die Füße."

„Macht er das, um die Spuren zu verwischen?"

„Kann sein, dass er sie bei den Vergewaltigungen losgebunden hat. Da sie sich stark gewehrt hat, wie wir an den Unterleibsverletzungen gesehen haben, wird sie ihn dann auch mit den Fingernägeln gekratzt haben. Unter dem Nagel bildet sich dann meist so viel Material, dass wir daraus die DNA des Täters gewinnen können."

„Hmm."

„Er hat ihr aber auch die Haare gewaschen – auf dem Kopf und im Schambereich. Das macht relativ wenig Sinn, wenn es um die Beseitigung von Spuren geht. Und denke an die Bepuderung – das hat er bestimmt nicht gemacht, um seine Fingerabdrücke zu verwischen, wenn du weißt, was ich meine."

„Was ist mit den Zähnen?"

„Was soll damit sein?"

„Hat er die auch geputzt? Du hast gesagt, du hast eine Faser gefunden."

„Die Faser war die Ausnahme. Ja, er hat auch die Zähne geputzt – und dabei das Zahnfleisch arg ramponiert."

„Sonst noch was?"

„Das war's! Hier noch mal die Zusammenfassung." Er nahm das Klemmbrett vom Schränkchen, zog die obersten Papiere heraus und gab sie Plossila. Dann streifte er sich die Handschuhe ab und warf diese in einen silbernen Mülleimer. „Entschuldige, aber ich muss jetzt."

„Klar ... was ist mit dem genauen Todeszeitpunkt?"

„Steht da!" Er legte den Finger auf die entsprechende Stelle in seinem Bericht.

„Letzter Dienstag, dreiundzwanzig Uhr", sagte Plossila wie zu sich selbst. „Dann war sie rund vierzig Stunden tot, als wir sie gefunden haben."

„Du wirst achtzehn Stunden tot sein, bevor man dich hier findet, wenn du nicht endlich abhaust!"

Nachdem Helen Bechmann aufgestanden war, ging sie auf direktem Weg ins Bad. Sie klappte den Klodeckel nach oben, legte sich die Haare hinter die Ohren und erbrach eine ätzende, übel riechende Flüssigkeit in die Toilettenschüssel. Danach blieb sie einen Augenblick auf der weißen Fußmatte sitzen und dachte an die Pläne für diesen Tag. Sie hatte einen Termin mit Ferdinand Blöchl zum Haareschneiden, den sie auf gar keinen Fall ausfallen lassen wollte. Schließlich versuchte sie gerade, als freie Friseurin und Kosmetikerin

Fuß zu fassen und Blöchl war einer ihrer ersten Kunden gewesen. Außerdem zahlte er gut.

Der Geruch von Magensäure und Erbrochenem stieg ihr in die Nase und ließ sie für einen Moment die Konzentration verlieren. Sie betätigte die Spülung und fokussierte sich wieder auf den Tagesplan. Die Verabredung zum Kaffee mit ihrer Freundin Ines heute Nachmittag konnte sie zur Not canceln, sagte sie sich. Aber Joggen musste sein, Joggen war Pflicht.

Doch so ist es unmöglich, einfach unmöglich!

Helen Bechmann gab sich einen Ruck und beschloss, die Sache hinter sich zu bringen. Sie brachte den Kopf erneut über der Schüssel in Stellung, blickte auf das gurgelnde Wasser, in dem sich noch einige kleine Kotzstückchen drehten, welche die Spülung überlebt hatten. Dann legte sie sich den Zeigefinger auf ihre Zunge und schob ihn so weit in den Rachen, wie es irgendwie ging. Als er das Zäpfchen berührte, schoss augenblicklich eine gallertartige Masse aus ihr heraus, lief ihr über den Finger, die Hand und tropfte dann in die Schüssel. *Noch ein letztes Mal*, sagte sie sich und schob den Finger wieder vor. Sie erbrach nur noch etwa halb so viel, dann setzte ein trockenes Würgen ein. *O.K. O.K., das müsste es gewesen sein.*

In der Küche nahm sie zwei Aspirin gegen die hämmernden Kopfschmerzen, dann zog sie ihre Joggingklamotten an und verließ das Haus. Sie versteckte den Schlüssel wie immer hinter dem Tontopf, der seitlich neben der Tür stand, und trabte los, Richtung Lech. Sie wohnte fast direkt am Fluss, nur wenige Minuten bis zum Englischen Garten. Zweimal in der Woche lief sie zwanzig Minuten flussaufwärts und wieder hinab. Bis weit hinter den Tierpark lief sie normalerweise, so weit, bis sie an die verwitterte gusseiserne Brücke kam, die sie immer an irgendeinen alten Schwarz-Weiß-Film erinnerte, sie wusste nur nicht welchen. Doch heute wurde das nichts, das spürte sie. Nach rund fünfzehn Minuten musste sie eine Pause einlegen, ihr wurde wieder schlecht. Sie beschloss, kehrt zumachen, ging erst fünf Minuten, dann lief sie wieder ein Stück, schließlich musste sie wieder gehen. Es war zum Verrückt werden!

Sie fischte den Schlüssel wieder hinter dem Tontopf hervor und öffnete die Haustür. Ungewöhnlich, dachte sie, die Tür war lediglich zugezogen.

Seit Jahren hatte sie sich angewöhnt, *immer* abzuschließen, selbst wenn sie nur schnell um die Ecke ging, um Brötchen zu holen.

Sie ging hinein, bückte sich, hob ihre Slingpumps auf, die noch immer mitten im Flur lagen und stellte sie in den Schuhschrank. Im Schlafzimmer lagen noch ihr Rock von gestern Abend und ihre Strumpfhose auf dem Boden, ihr Top hing über der Rückenlehne des weißen Rattanstuhls vor ihrem Schminktischchen. Sie sammelte die Sachen zusammen, roch kurz daran und steckte sie dann angewidert in den Wäscheeimer. Eigentlich sollte sie gar nicht mehr darüber nachdenken, sagte sie sich, aber je deutlicher ihre Kopfschmerzen abflauten, desto stärker wurde ihr der gestrige Abend wieder präsent. Es war schon schade: Erst hatte Konrad so einen selbstbewussten Eindruck gemacht und dann, als es drauf ankam, war er schüchtern wie ein Schuljunge gewesen.

Sie zog die Vorhänge zu und begann, sich die feuchten Sportsachen vom Körper zu streifen, dachte dabei erneut an Konrad. Er war gar nicht so schlecht ausgestattet, hatte sie festgestellt. Er hätte sie nur mal machen lassen müssen, sie hätte das schon hinbekommen, wär ja nicht das erste Mal gewesen. Sie musste an Hagen denken und seine Probleme mit seinem kleinen Freund. Fast hätte sie laut aufgejauchzt, bei dem Gedanken daran, doch sie unterdrückte den Lacher. Immerhin, es schien ihr langsam wieder besser zu gehen.

Sie schnappte sich ihr Sportzeug und ging damit ins Wohnzimmer. Sie wusste nicht warum, aber irgendwie fühlte sie sich komisch, als sie nackt durch ihr Haus lief. Dabei liebte sie es, sich ohne Kleidung darin zu bewegen. Sie fühlte sich dann einfach nur daheim, ganz bei sich, frei und geborgen zugleich. Doch heute ... es war eigenartig. Es roch auch gar nicht vertraut, gar nicht nach ihr, nach *ihrer* Wohnung. Es roch irgendwie muffig, nach Schweiß, nach Bier bildete sie sich ein. Doch das war wohl dem gestrigen Abend geschuldet. Ihre Klamotten, die sie eben in die Tonne gesteckt hatte, fielen ihr ein – das war es, natürlich!

Sie legte ihre Sportsachen über den kleinen Wäscheständer, der in einer Nische neben einem Ikea-Sideboard stand. Dann zog sie auch im Wohnzimmer die Gardinen zu. Komisch, dachte sie, auch das tat sie normalerweise nicht, wenn sie sich nach dem Sport für die Dusche bereit machte.

„*Was ...?!*" Sie drehte sich auf dem Fußballen um: Ein plötzliches dumpfes Scheppern aus der Küche! Sie hielt den Atem an, blieb wie erstarrt stehen, etwas schnürte ihr die Kehle zu. Dann fielen ihr die Küchenrollen ein, zum Glück – die Küchenrollen. Sie hatte sie seitlich auf den Schrank über die Abzugshaube gestellt. Schon einmal waren sie von dort heruntergekippt, auf den Mülleimer gefallen und schließlich auf den Boden gerollt. Das war das Geräusch, genau das Geräusch. Mein Gott, sie verstand gar nicht, warum sie heute so schreckhaft war. Sie hatte sonst nie Angst in ihrem eigenen Haus.

Sie ging am Badezimmer vorbei in Richtung Küche, um die Küchenrollen aufzuheben. Sicher waren sie über den ganzen Boden gerollt und erst am hinteren Tischbein zum Stillstand gekommen, aber sie war schließlich selbst schuld, wenn sie nicht aus ihren Fehlern lernte, sagte sie sich.

Sie legte ihre Hand auf die Klinke, öffnete die Tür um eine halbe Armlänge. Dann fiel ihr ein gelber, warmer Lichtstrahl auf das linke Schienbein bis hinauf zur Kniescheibe und sie hielt inne. Sie blickte hinunter, sah kleine Staubflöckchen in dem Licht um ihr Bein herumtanzen. Plötzlich hörte sie wieder ein Knacken, ganz leicht nur. Ein bedrückendes Gefühl legte sich auf ihre Brust. *Was wäre, wenn ...?* Doch das war Unsinn, beschloss sie, es war helllichter Tag! Aber genau deshalb ging es nicht, sie konnte die Küche nicht betreten, nicht jetzt. Das Fenster ging direkt zur Straße hinaus und sie war nackt. Wenn sie Gertrud Wagner, ihre achtzigjährige Nachbarin durch das Fenster sehen würde – sie würde Helen Bechmann wegen Erregung öffentlichen Ärgernisses anzeigen. Sie schloss die Tür wieder und ging ins Bad. Egal, was da umgefallen war, dachte sie, es reicht, wenn ich mich in einer halben Stunde darum kümmere.

Sie drehte den Wasserhahn auf, steckte sich die Haare hoch und trat unter die Dusche. Als das Wasser ihren Körper berührte, hatte sie das Gefühl, dass sowohl ihre Kopfschmerzen als auch ihre Übelkeit mit einem Mal verschwanden. Stundenlang hätte sie duschen können, stundenlang. Sie spürte, wie sich ihre Muskeln entspannten, wie sich ihr ganzer Körper voller Wärme, voller Energie sog. Sie seifte sich ein, wusch sich, entfernte noch ein paar Härchen mit ihrem rosaroten Plastikrasierer. Dann gönnte sie sich noch ein, zwei Minuten pure Wärme.

Sie schloss die Augen, dachte an den heutigen Tag. Keinesfalls würde sie Ines absagen, sie freute sich, sie zu sehen, und jetzt ging es ihr ja wieder besser.

Ganz in Gedanken hätte sie gar nicht sagen können, ob sie die kurze Veränderung wahrnahm, als die Tür aufschwang und einen diffusen Strahl Tageslicht in das doch recht dunkle Badezimmer hineinspülte. Vielleicht bemerkte sie aber, wie das Rubinrot unter ihren Lidern plötzlich einen leicht helleren Farbklang bekam und in ein zartes Rot tendierte, aber das war, wie gesagt, schwer zu beurteilen. Ganz sicher hörte sie aber weder seine Schritte auf der weißen, flauschigen Badem:atte noch sein schweres unterdrücktes Atmen – das Brausen des Wassers war einfach zu laut.

Was sie spürte, war der plötzliche Zugriff. Der Duschvorhang, der sie auf einmal ansprang. Die Umklammerung. Sie hörte, wie die Vorhangstange wegknickte und metallisch auf die Fliesen knallte. Ihre Füße quietschten in der Wanne, die Keramik hallte dumpf unter Tritten und Stößen. Und sie hörte einen unterdrückten Schrei. Ihren Schrei.

Plötzlich wurde sie mitsamt dem Vorhang aus der Dusche herausgerissen und an die Wand gedrückt. In diesem Moment realisierte sie erstmals, was geschah, in Bruchteilen von Sekunden nur. Sie realisierte, dass da jemand war, der sie umschloss, fast erdrückte. Und sie realisierte, dass sie unter dem Plastikding keine Luft mehr bekam. Ihr Herz pochte wie verrückt, sie wollte einen Schrei ausstoßen, doch wurde ihr der Duschvorhang mit aller Gewalt auf den Mund gepresst, sodass sie keinen Laut hervorbrachte.

Für einen kurzen und ewigen Moment zugleich war es einfach nur still.

Der Druck auf ihren Mund, der offenbar von einer auf ihn gedrückten Hand stammte, wurde ein wenig gelockert. Mit schnellen, unregelmäßigen Atemzügen inhalierte sie die abgestandene Plastikluft unter dem Vorhang. Sie wagte es nicht, sich zu regen.

„Wenn du schreist, töte ich dich sofort."

Sie hielt still, hielt inne. Bewegte sich nicht, versuchte langsamer zu atmen. *Eins, zwei, eins, zwei ...* Er nahm seine Hand vollständig von ihrem Mund, presste ihren Körper auf den Boden, mit dem Gesicht voraus, zog ihre Hände auf den Rücken, band sie dort mit irgendetwas zusammen.

Noch bevor sie das Bewusstsein verlor, wurde ihr klar: Sie kannte diese Stimme, sie *kannte* sie ...

8

Jenny Biber wurde das Gefühl nicht los, dass sie irgendwie außen vorgehalten werden sollte. Gut, Plossila hatte seine Visite bei Gunther Isenbarth in allen Einzelheiten referiert. Und ja, sie hatte eine Kopie des Untersuchungsberichtes bekommen (den sie noch nicht einmal selbst kopieren musste), aber irgendwie ... Er hätte sie ins Labor mitnehmen können am Wochenende. Sie wäre glücklich gewesen zu arbeiten – und das nicht nur, weil sie ihren Beitrag dazu leisten wollte, den Fall aufzuklären. Es war kaum mehr auszuhalten mit Tobias unter einem Dach. Zu wissen, dass er diese Woche gehen würde. Jede Begegnung mit ihm war ein Abschied. Bei jeder Sache, die sie noch gemeinsam taten, dachte sie, das war jetzt das letzte Mal, dass wir ... das letzte Mal, dass wir gemeinsam frühstücken am Wochenende. Das letzte Mal, dass wir darüber streiten, was wir abends im Fernsehen schauen. Das letzte Mal, dass wir uns versöhnen, miteinander lachen, uns anschweigen. Sie hasste das! Diese melancholische Stimmung, dieses Nachtrauern um etwas, das verloren war. Sie war einfach nicht so, sagte sie sich. Sie ließ sich von ihren Gefühlen mitreißen, das schon. Aber sie fand sich ab, mit Dingen, die sie nicht ändern konnte – und dann schaute sie nach vorne. Tobias war so. Irgendwie hatte er sie angesteckt mit diesem wehleidigen Blick auf die Welt.

Verfluchte Scheiße! Wäre doch alles schon vorbei ...!

Bliebe doch alles, wie es ist ...!

Plossila riss sie aus den Gedanken: „Frau Biber, Sie sind doch in den Datenbanken auf die Suche nach ähnlichen Fällen gegangen, nicht wahr? Wollen Sie mal vortragen, was Sie recherchiert haben?"

„Ja, klar. Gerne!"

Sie zog die Unterlagen aus einer Klarsichtfolie, gab Plossila und Dollar jeweils ein Hand-out.

„Viel ist es nicht, das muss ich leider sagen. Die letzten großen Morde in der Region, an die ihr euch sicherlich noch erinnern könnt, waren: die Ermordung eines Ehepaars, das man tot in einer

Güllegrube in Penzing gefunden hat. Der Fall wurde ja ziemlich schnell aufgeklärt, bekanntlich war der Sohn der Täter. Dann vor zwei Jahren die zerstückelte Leiche, deren Überreste das Team von Amelie von Schmettau aus dem Ammersee gezogen hat. Dollar, du warst glaube ich dabei."

Dollerschell nickte. „Eine unglückliche Geschichte. Zwar haben wir den Täter überführt, aber er ist uns am Ende doch noch durch die Lappen gegangen. Es würde mir aber schwerfallen, Parallelen zu diesem Fall zu ziehen."

Jenny Biber nickte. „Fälle von ähnlicher Schwere, wo es also zu Vergewaltigung mit Todesfolge kam, liegen dann nur weiter in der Vergangenheit. Bei der Recherche sind unter anderem die Fälle Klingsohr, Veloh, Goth, Wittgenstein ..."

„Frau ... Frau Kollegin, das ist zu weit weg, die sind ja alle hinter Gittern", unterbrach Plossila. „Was ist hiermit, mit Punkt fünf auf Ihrem Hand-out: aktuelle Analogien?"

Jenny Biber war einen Moment überrascht, dass ihr Chef jenseits von Autofahrten eine Form von Ungeduld an den Tag legen konnte. Sie sagte: „,Analogien' ist vielleicht ein etwas unglücklicher Begriff. Aber es gab einige Vergewaltigungen beziehungsweise Vorwürfe von Vergewaltigungen in den letzten Wochen – vielleicht ist das ja interessant?"

„Absolut!"

Die Tür öffnete sich.

„Ah, Olli! Da bist du ja endlich, ich dachte schon, du würdest gar nicht mehr kommen!"

„Sorry ..." Er blickte unsicher in die Gesichter im Raum, als hätte er die Tür eines falschen Zugabteils geöffnet. „Aber Leo Schäferkordt wollte, dass ich noch ein paar Sachen fertig mache, bevor ich zu euch stoße. Und dann hab ich hier noch ein bisschen ... bisschen was geholt."

Er hielt eine bauchige Papiertüte in die Luft, legte sie dann auf den Tisch und riss sie auf.

„Krapfen!", rief Plossila und rieb sich die Hände. Dollerschell klopfte Oliver kumpelhaft auf den Rücken. „Ach ja, ich weiß noch nicht, ob ihr euch kennt", sagte Plossila und sah fragend zuerst Jenny Biber, dann Olli an. „Jenny Biber, unsere Anwärterin im Abschlusspraktikum. Oliver Lieberknecht, Kriminalobermeister." Mit Blick auf Dollerschell fügte er hinzu: „Ich habe Hauptkommissar Schäferkordt gebeten, uns einen Mann abzustellen. Nicht auszuschließen, dass wir demnächst noch Klinken putzen müssen, da ist es gut, wenn wir jetzt schon einen Mann mehr im Boot haben. Olli wird uns also ab sofort im Team unterstützen."

Dollerschell nickte und begann mit den Knöcheln auf den Tisch zu klopfen; Plossila und Jenny Biber zogen nach.

„Also!", sagte Plossila und griff nach einem Krapfen. „Setz dich!" Er wies ihm den freien Platz neben Jenny Biber zu und biss in das Gebäck.

Olli Lieberknecht warf Jenny Biber einen kurzen, entschuldigenden Blick zu, setzte sich neben sie. Wieder fiel ihr auf, dass er gar nicht schlecht aussah: Groß war er und dunkelhaarig, er trug wie immer einen Kapuzenpulli, Jeans und Turnschuhe – eigentlich ganz cool, wenn auch unpassend fürs Büro. Aber er hatte diesen glasigen Blick, der einem immer auszuweichen schien, dachte sie. Und einen unsicheren Typen konnte sie einfach nicht als Mann akzeptieren. Das war einfach so, da konnte keiner etwas dran ändern, sie am allerwenigsten.

„Woll'n Sü?", fragte Plossila mit vollem Mund in Richtung Jenny Biber.

Anstatt zu antworten, schob sie Olli Lieberknecht wortlos ein Hand-out zu – sie machte für den Fall der Fälle immer ein, zwei Kopien mehr – und sagte: „Zwei interessante Fälle haben wir, die beide nicht länger als drei Wochen zurückliegen: Linda Baumeister, dreiundzwanzig Jahre, Kellnerin in Landsberg, wirft einem gewissen Götz Laudert Vergewaltigung vor oder zumindest versuchte Vergewaltigung. Das Ganze ist erst vor zwei Wochen passiert. Dann haben wir hier, als zweiten Fall, Elke Riesch, dreiunddreißig. Ist beim Joggen im Wildpark, in der Nähe des Reitklubs, vergewaltigt worden, gleiche Woche. Vom Täter fehlt aber jede Spur."

„Hm. Gut, dem sollten wir vielleicht nachgehen. Dollar, du hattest zwei Tasks: Du wolltest auf der Basis der Ergebnisse der Spurensicherung den Tathergang schildern. Und … Was war das andere noch mal?" Plossila griff sich einen weiteren Krapfen.

„Ich habe mit dem Exfreund der Toten telefoniert."

„Ach ja! Zuerst den Tathergang!"

Dollerschell stand auf und begann, vor dem Konferenztisch auf und ab zu laufen. Er hielt den Blick auf den Boden gesenkt und legte sich den Ringfinger an die Nase. Dann blickte er auf und stützte sein Kinn auf Daumen und Zeigefinger. „Ich denke, wir können uns ein recht genaues Bild vom Ablauf des vergangenen Freitags machen: Lisa Huber empfängt am späten Nachmittag den Makler. Sie gehen durchs Haus, reden über die Chancen, das Haus zu verkaufen. Er verspricht, einen Kaufpreis zu kalkulieren und in sechs Tagen wiederzukommen. Gegen Abend sitzt Frau Huber allein im Wohnzimmer und skizziert etwas auf ihrem Block. Die genaue Zeit lässt sich nicht exakt bestimmen, aber es war, bevor sie ins Bett ging. Denn das Bett wurde von ihr augenscheinlich nicht genutzt."

Er nickte Plossila zu, dieser lächelte. Jenny Biber fand die Erklärung grenzwertig: Konnte man wirklich wissen, dass das Bett nicht zumindest ein, zweimal benutzt wurde? Natürlich hatte es Lisa Huber danach wieder bezogen. Aber gut, sie war Praktikantin, sie hörte zu.

„Der Täter versucht sein Glück erst am Hintereingang. Die Kratzspuren, die wir dort fanden, haben sich eindeutig als frisch erwiesen. Doch der Täter hat keinen Erfolg, deshalb geht er mit der Holzhammermethode vor. Er umrundet das Haus erneut, bis er vor dem Haupteingang steht, schlägt das kleine Fenster neben der Tür ein, greift hinein und dreht das Schloss von innen um. Spätestens zu diesem Zeitpunkt bemerkt Lisa Huber die Bedrohung und wird nervös. Hektisch dreht sie den Inhalt ihrer Tasche um und entleert ihn auf dem Boden, offenbar auf der Suche nach ihrem Handy. Doch sie kommt nicht mehr dazu, jemanden anzurufen, weil der Täter sie vorher bereits in seine Gewalt bringt."

Dollerschell machte eine kurze Pause, nahm sich eine Flasche Wasser vom Tisch, schraubte sie auf. Ohne zu trinken, sagte er: „Dann zieht er sie …" Er machte aus Jenny Bibers Sicht eine weitere sinnlose Pause, setzte die Flasche an, trank zwei, drei Schlucke. „Er zieht sie aus dem Haus, wobei sich Lisa Huber die Fußsohlen an den Scherben aufschneidet. Du hast uns eben von den Wunden erzählt, Plossila. Ich denke, hier haben wir die Erklärung."

Plossila nickte, zog leicht die buschigen Augebrauen hoch. Sein Kinn war mit weißem Krapfen-Zucker bepudert.

Dollerschell stellte die Flasche wieder auf den Tisch und fuhr fort: „Was dann genau passiert ist, wissen wir nicht. Aber er muss sie wohl zu einem Wagen geschleppt haben. Die Kollegen haben verschiedene Reifenspuren gesichtet, aber es konnte kaum verwertbares Material gesammelt werden. Es hat auch keiner der Nachbarn etwas gesehen – der Hof liegt schlichtweg zu weit außerhalb, sodass es keine Nachbarn in dem Sinne gibt. Er – der Täter – bringt sie jedenfalls zu irgendeinem Versteck, fesselt und vergewaltigt sie dort wiederholt. Wir wissen nicht, wo das Versteck ist, aber nach vier Tagen hat er genug von ihr. Er erwürgt sie, pudert alle Wundmale ordentlich ab und bringt sie zurück ins Haus. Er trägt sie in den ersten Stock und legt sie auf das unbenutzte Bett. Diese Präparierung, also das Auftragen des Puders, hat er nicht in der Wohnung, sondern an einem anderen Ort vorgenommen. Wir haben den Puder auch auf der Treppe gefunden, er wird von der Leiche herunter gebröselt sein, als er sie hinauftrug. Das hatte irgendjemand von euch ja schon …" Er fuchtelte unbestimmt mit den Armen herum, blickte erst Plossila an, dann Jenny Biber. Schließlich sagte er: „Als der Makler sie am Donnerstag fand, war sie rund vierzig Stunden tot. Wir wissen nicht, wann der Mörder sein Opfer zurückgebracht hat: Das kann unmittelbar vor der Ankunft des Maklers gewesen sein, aber auch bereits am Dienstagabend."

Jenny Biber war unzufrieden. Es gab nichts wirklich Neues, sie traten auf der Stelle. Zudem war sie sich nicht sicher, ob die Analyse in allen Details stichhaltig war. Verdammt, es musste doch einen Anhaltspunkt geben, der sie zum Täter führte. Irgendjemand musste doch etwas gesehen haben. Sie dachte nach ...

„Tja!", sagte Plossila und ließ eine seiner Pranken auf die Tischplatte fallen.

„Was ist eigentlich mit dem Wagen? Dem Mini?", platzte es aus Jenny Biber heraus.

„Ach ja, das Auto", sagte Dollerschell. „Es war auf ihren Namen zugelassen, hat uns aber auch nicht weitergebracht. Kaum etwas Persönliches darin, ein paar CDs, das war's."

„*Was* für CDs?", stieß sie hervor.

„*Irgendwelche* CDs Frau Kollegin", sagte Dollerschell bestimmt.

Eine bescheuerte Frage, sie wusste es sofort – und im Ton musste sie sich auch mäßigen, sah sie ein. „Ich dachte nur ..."

„Ist schon O.K., wir sind alle ein bisschen angespannt", unterbrach Plossila. „Was ... was ist mit dem Typen, den du angerufen hast, Dollar? Wer war das gleich ...?"

„Der Exfreund."

„Ach, genau!"

Plossila nahm sich den dritten Krapfen.

Dollerschell ging um den Tisch herum, setzte sich wieder auf seinen Platz und sortierte seine Unterlagen. „Lukas Bender, fünfunddreißig Jahre alt, arbeitet als Chefproducer bei TV Austria. Er hatte eine sechsjährige Beziehung mit der Toten, die er vor drei Monaten selbst beendet hat, wie er sagt. Der Grund war eine Affäre ihrerseits, von der er Wind bekommen hatte. Er schien durchaus überrascht, als ich ihm die Todesnachricht überbracht habe, war aber gefasst. Angeblich hat er seit anderthalb Monaten nichts mehr von Frau Huber gehört. Die Beziehung sei für ihn mehr als aus gewesen und auch eine Freundschaft hielt er wohl für unmöglich, beziehungsweise hat diese abgelehnt."

„Keine einvernehmliche Trennung also. Wissen wir, was er am Freitagabend vorletzter Woche gemacht hat?", fragte Plossila.

„Er sagte wörtlich: ,Ich habe die ganze Nacht mit meiner neuen Freundin gevögelt. Das bestätigt die Ihnen sicherlich gerne.'"

„Österreicher!", sagte Plossila.

Oliver Lieberknecht lachte kurz auf und warf Jenny Biber einen nach Zustimmung heischenden Blick zu – jedenfalls kam ihr das so vor. Ihr war aber nicht nach Zustimmung, deshalb blickte sie stur zu Dollerschell.

„Wir werden das natürlich überprüfen, die Kontaktdaten habe ich. Ansonsten war er nicht so gut auf Frau Huber zu sprechen. Er sagte: ‚Ich habe ihr nicht den Tod gewünscht, aber alles Gute habe ich ihr auch nicht gewünscht.'"

„Warum ist er so verbittert? Wie hat er denn von der Affäre Wind bekommen?"

„Ich habe das Gespräch aufgezeichnet und zitiere deshalb gerne noch mal aus dem Protokoll: ‚Dieser kleine, dreckige Wichser von Autor hat mir ein paar Fotos geschickt, die keine Fragen mehr offen ließen. Ich kann Ihnen sagen: Wenn Sie den mal irgendwo tot auffinden, können sie mir gerne ein Motiv unterstellen. Diese erbärmliche Ratte!'"

„Was für ein Autor?"

„Na, der Typ, mit dem sie die Affäre hatte. Konrad Kister heißt der. Ich hab den Namen mal bei Amazon eingegeben, hat hauptsächlich Krimis veröffentlicht. Der letzte heißt: ‚Tod am Lech'."

„Ach!", rief Plossila.

„Unser Österreicher hat wohl einmal mit ihm gesprochen. Zitat: ‚Er hat mich mal angerufen, dachte wohl, ich wäre ihm auch noch dankbar, dass er mir diese schmuddeligen Bilder geschickt hat. Im Grunde hat er den Eindruck gemacht, als suhle er sich in dem Leid, das er über ein bis dahin glückliches Paar gebracht hat. Ich habe ihm dann gratuliert, dass er unsere Beziehung erfolgreich beendet hätte. Das wollte er ja bloß. Und dann habe ich ihm noch viel Glück mit Lisa gewünscht, diesem Flittchen.' Er wusste aber nicht, ob aus diesem Autor und der Toten ein Paar geworden ist. Er äh ... sagte wörtlich ... na, wo ist es – ah! Er sagte: ‚Keine Ahnung, was aus denen geworden ist. Lisa hat mir gesagt, dass sie ihn nicht liebe, dass alles nur eine Art Zeitvertreib war. Dass sie auf der Suche nach Inspiration war und unter unserer Fernbeziehung gelitten habe. Ich sehe viel besser aus, wäre besser im Bett und sie liebe nur mich. Aber mich konnte sie mit dem Geschwafel nicht mehr überzeugen. Ich habe sie wortlos stehen lassen und die Tür zugeschlagen."

„Hast du ihn mal wegen diesem Typen gefragt, mit dem Lisa Huber das Atelier in München hat? Wie hieß der ...?"

„Max Kaiser. Ja, habe ich. Lukas Bender sagte: ‚Hab den zwei, drei Mal getroffen und mir nichts dabei gedacht, dass die da zusammen arbeiten. Im Nachhinein: Wer einmal fremdgeht, der geht immer fremd. Kann schon sein, dass die auch mal gemeinsam in der Kiste waren. Mir ist das so was von egal.'"

„Haben wir die Adresse und die Nummer von dem Autor?" „Ja, steht in der Handy-Liste. Habe aber noch nicht angerufen, weil ich Rücksprache mit dir halten wollte, Plossila."

„Ja, das ist gut. Wir machen so wenig telefonisch wie irgendwie möglich. Es entgeht dabei einfach zu viel. Der Österreicher war eine Ausnahme. Eben weil er ein Österreicher ist. Vielleicht hätten wir sogar die Kollegen in Graz um Amtshilfe bitten sollen, na ja ..."

Es kribbelte so sehr in ihr, dass sie es nicht mehr aushalten konnte: „Ganz ehrlich: Das ist doch Unsinn! Wieso telefonieren wir nicht die Handy-Liste durch? Wir wüssten dann schnell so viel mehr über Lisa Huber! Und die, die uns verdächtig erscheinen, könnten wir ins Präsidium einbestellen!"

Dollerschell sah sie energisch über seine Brille hinweg an, doch Plossila hob die Hand und ergriff das Wort: „Das ist die Ultima Ratio. Ich habe es aber nicht so gern, wenn der potenzielle Täter weiß, dass wir im Dunklen tappen. Und je mehr Staub man aufwirbelt, desto weniger kann man erkennen. Vorerst gehen wir deshalb den Spuren nach, die wir haben."

Jenny Biber ging das alles viel zu langsam, aber sie nickte widerwillig. Doch wenn sie einmal selbst die Ermittlungen führen würde, ginge sie anders vor, das versprach sie sich.

„Machen wir wieder eine kleine Aufgabenteilung: Warum nehmt ihr euch nicht die Vergewaltigungsopfer vor? Ich kümmere mich um den Autor. Gibst du mir mal die Liste mit den Telefonnummern, Dollar?"

„Hast du doch schon."

„Ja? Wo denn?"

„Ich hab sie dir doch ... also gut, hier, nimm meine!"

Als sie vom Konferenzraum in ihre Büros zurückgingen, rief der Kollege Albers sie zu sich. „Seid ihr nicht grade an dieser Entführungsgeschichte dran?"

Plossila nickte.

„Ist heute Morgen reingekommen ..." Er hielt sich ein Blatt vors Gesicht. „Eine Frau aus Landsberg ist vermisst gemeldet worden. Helen Bechmann. Ist gestern zu irgendeinem Termin nicht aufgetaucht und der ältere Herr, der sich gemeldet hat, schien ziemlich besorgt. Was für euch? Du hast da was ..." Er zeigte auf Plossilas Kinn.

Plossila wischte sich mit der Hand über das Gesicht, blickte dann auf den Puderzucker auf seiner Hand. „Glaube ich nicht, dass das was mit dem Fall zu tun hat. Werden doch jeden Tag Leute als vermisst gemeldet", sagte er und strich sich die klebrige Hand an der Hose ab.

Jenny Biber stand da wie angewurzelt, gleichzeitig fühlte sie sich wie ein Vulkan, der sich kurz vor der Eruption befand. „Wir müssen uns das ansehen! Unbedingt! *Sofort!*"

Alle verstummte und starrten sie an wie ein Alien. „*Bitte!* Ich kenne sie!"

9

Pater Thomas stand vor dem Necessarium und sah auf die Uhr. Es war kurz nach vier und er hätte sich etwas Besseres vorstellen können, als ständig auf Frater Albertus warten zu müssen. Er hätte sich gerne einen Augenblick der Muße gegönnt, sich an den Fuß des Engelberger Brunnens gesetzt und dort vielleicht den Unterrichtsschluss beobachtet. Das Wetter war wunderbar, es war noch warm und vielleicht hätten einige der Jungs im Hof Fußball gespielt. Mitkicken konnte er nicht mehr, dafür war er gesundheitlich zu angeschlagen, aber er liebte es zuzuschauen, seine Blicke und Phantasien dabei schweifen zu lassen.

Die Tür öffnete sich und der Frater erschien. Er trocknete sich die Finger am Habit, zog den Gürtel zurecht und strich sich über das Skapulier. Mit schnellen Schritten und rotem Gesicht lief er auf den Klosterhof und erblickte Thomas. Er schüttelte den Kopf und sah ihn entschuldigend an: „Es ist wirklich wie verhext, das alles!" Er blickte an seinem Gewand hinunter, hob die Arme und zuckte mit den Schultern. „Wie verhext!"

„Je zehn Gramm Schafgabe und Brennnessel sowie fünfundzwanzig Gramm Ehrenpreis. Aufkochen, acht Minuten ziehen lassen und ungesüßt vor dem Essen trinken."

Albertus lachte verschämt. „Ich versuch's mal bei Gelegenheit. Wollen wir?"

Pater Thomas nickte und ließ den Frater vorausgehen. Sie schritten durch den Kreuzgang am Dormitorium vorbei und verließen die Anlage durch das Hauptportal. Pater Thomas warf einen kurzen Blick den Hang hinauf, wo es zu den Räumlichkeiten des Klosterinternats ging. Dann wandte er sich um und folgte Albertus den Feldweg hinunter. Er liebte diesen Weg, seine Stimmung schien jedes Mal zu steigen, wenn er ihn hinabschritt, wahrscheinlich weil so viele positive Erinnerungen mit dieser Strecke verbunden waren. Und obwohl diese Erinnerungen schon so viele Jahre zurücklagen, reichte es, an der kleinen, abschüssigen Wiese vorbeizugehen und den Duft der Chrysanthemen einzuatmen, um sich zurückzuversetzen.

„Ah, da ist ja noch eine!", rief Frater Albertus freudig und zeigte mit einem fleischigen Finger in die Luft.

„Die Bienen sind ja auch nicht plötzlich alle vom Erdboden verschluckt. Außerdem blüht ja auch noch einiges."

Er ließ den Blick über das Grün bis zum Waldrand schweifen, entdeckte Knöterich, Herbstastern und Tagetes. Erstmals dieses Jahr glaubte er zudem einige Kugeldisteln zu erkennen. Vielleicht würde er später, wenn er noch ein paar freie Minuten hatte, einen kleinen Spaziergang über die Wiese unternehmen.

„Ich sag ja nur."

„Natürlich kannst du das nicht mit dem Frühjahr vergleichen, wenn die Robinien blühen …!", sagte Pater Thomas.

„Ja, dann. *Dann!*"

Albertus wandte sich zu Thomas um, lachte ihn an. Thomas lächelte zurück, dachte dann an die Pracht, die sich hier im März, April und Mai auftat, wenn die Robinien-Blüten wie weiße Schleier von den Ästen hingen. Der Orden hatte sie vor vierzig Jahren selbst angepflanzt, um Akazienhonig daraus zu gewinnen. Pater Thomas hatte die Bienenzucht vor über zwei Jahrzehnten übernommen, sie aber vor einiger Zeit an Frater Albertus abgegeben müssen und konzentrierte sich seitdem ausschließlich auf seine Aufgabe als Priester in seiner Landsberger Gemeinde. Nur hin und wieder half er Albertus noch, dann, wenn seine Erfahrung und sein hiermit verbundenes Geschick als Imker gefragt waren.

Man sah die Bienenstöcke schon von Weitem, wie mittelgroße Aktenschränke standen sie am Wiesenrand. „Viel los ist wirklich nicht mehr", räumte Thomas ein.

„War ja auch schon ein paar Mal richtig kalt dieses Jahr, da werden sie flugmüde." Albertus verlangsamte den Schritt und blickte sich zu Thomas um: „Geh du schon mal vor, ich muss noch mal kurz …" Er trat von einem Bein auf das andere und verkniff das runde, fleischige Gesicht.

„Ich warte unten auf dich."

Albertus ging ein paar Schritte über die Wiese und verschwand in den Robinienbüschen.

Thomas ging weiter hinab, bis er bei den Magazin-Beuten angekommen war. Er konnte sich nicht helfen, aber er wurde nicht warm mit diesem System. Jede Magazin-Beute bestand aus drei übereinander geschichteten Kisten, in denen die Bienenwaben schlummerten. In jeder dieser Kisten waren Flugschlitze für die Bienen eingelassen. Die Einführung der Magazin-Beuten wurde damals als großer Fortschritt begrüßt, weil man das Imkern so flexibler gestalten konnte, erinnerte sich Thomas. Man konnte die Beuten zum Beispiel problemlos an einen anderen Ort fahren, etwa in die Nähe der Rapsfelder rund um Landsberg. Wenn die Blütezeit der Robinien vorbei war, konnte man somit an anderer Stelle weiteren Honig erzeugen. Als Thomas noch die alleinige Verantwortung für die Imkerei innehatte, hatte hier ein Bienenhaus aus Holz gestanden. Es war viel schwieriger, an die Waben heranzukommen, und wenn es heiß war, konnte man es kaum aushalten in dem stickigen Bau. An das Tragen der viel zu warmen Schutzkleidung war gar nicht mehr zu denken. Doch das Bienenhaus war auch eine Art Rückzugsraum für Thomas gewesen, es hatte sogar einen kleinen Nebenraum gegeben, mit einem Tisch und einer Pritsche. Aber gut, sie hatten das Häuschen abgerissen und stattdessen einen kleinen Schuppen für die Geräte errichtet. Damit hatte er sich abzufinden und letztlich konnte es ihm auch egal sein. Er ging auf die siebzig zu und jetzt waren die Jüngeren an der Reihe.

„Wollen wir?"

Thomas schaute in das entspannte Gesicht des Fraters und nickte ihm zu. „Nur der Mäuseschutz oder müssen wir uns auch noch um die Milben kümmern?"

„Ich habe erst letzte Woche eine Varroabehandlung durchgeführt, das müsste reichen für dieses Jahr, denke ich."

Thomas nickte. „Die Schutzgitter sind im Schuppen?" „Ja. Warte …"

Albertus sprang zu dem schmalen Holzverschlag, öffnete das Schloss und kramte Werkzeug und Gitter hervor. Die Gitter waren so gebogen, dass sie genau in die Fluglöcher hineinpassten. Die Maschenweite war so gewählt, dass die Bienen problemlos hinein- und hinausfliegen konnten, aber klein genug, um Feldmäuse abzuwehren.

Sie begannen gemeinsam, die einzelnen Löcher mit den Gittern zu verriegeln, wurden dabei kaum von den Bienen gestört.

„Haben sich schon in der Wintertraube zusammengekuschelt", sagte Thomas.

„Scheint so, ja. Ist aber auch frisch hier im Schatten." Albertus stutzte. „Sag mal, hast du noch Pollenfallen montiert?"

„Wie kommst du drauf?"

Er blickte zu Albertus, der mit dem Daumen über eine Abschürfung neben einem der Fluglöcher fuhr. „Irgendwas war hier angebracht. Und es ist relativ frisch, von diesem Jahr, würde ich sagen."

Thomas blickte dem Frater über die Schulter. „Hm, vielleicht ist irgendetwas dagegen gestoßen."

„Vielleicht", sagte Albertus. „Pollen verkaufen wir doch auch schon lange keinen mehr im Klostershop, oder?"

„Nicht, dass ich wüsste."

„Komisch, ich war mir sicher … aber na ja, vielleicht stimmt auch, was du sagst, und es ist etwas dagegen gestoßen."

Nachdem sie fertig waren, kontrollierte Albertus noch einige Beuten, zog die eine oder andere Wabe heraus und hielt sie prüfend gegen die untergehende Sonne. „Scheint alles in Ordnung zu sein", sagte er.

„Komm, dann lass uns gehen. Es wird dunkel und kalt ist es auch."

„O.K.", sagte Albertus, legte seine Stirn in Falten und kniff die Augen zusammen. „Es ist wie verhext, aber ich muss noch mal kurz hinter den Schuppen."

„Ich warte."

Dollerschell schob das Päckchen mit den Gauloises erst ihr unter die Nase, dann hielt er die Zigaretten über die Schulter nach hinten, in Richtung Rückbank. „Olli?"

„Äh … nein! Danke."

Er steckte sich eine Zigarette in den Mund und zündete sie an. Ohne zu fragen, ob es den anderen recht war, dass er im Auto rauchte, bemerkte Jenny Biber. Na gut, es war sein Wagen, Plossila hatte den Dienst-BMW genommen. Aber Respekt sah doch irgendwie anders aus. Offenbar fühlte er sich auf den Schlips getreten. Dreimal hatte sie jetzt das Gespräch begonnen, um das Interview mit Elke Riesch zu analysieren, aber außer „Ja", „Nein", „Vielleicht" keine Antwort erhalten. Stattdessen zeigte er sich genervt, blickte stur auf die Straße, zog wortlos an seiner Kippe.

Sehr aufschlussreich war das Interview ohnehin nicht gewesen, dachte Jenny Biber. Angeblich hatte Elke Riesch das Gesicht ihres Vergewaltigers nicht ein einziges Mal gesehen. „Es war ein Mann. Er war groß, hatte dunkle Haare. Er schwitzte unerträglich und er roch nach Schweiß", hatte sie gesagt und sich dabei ihren Zeigefinger unter die Nasenlöcher gelegt, wie um sich so nachträglich vor dem Geruch zu schützen.

„Aber Sie haben doch zu Protokoll gegeben, dass sie vorher, also vor der Vergewaltigung, miteinander gesprochen haben", hatte Jenny Biber eingewandt.

„Ja … Ja, das habe ich." Elke Riesch stand auf, ging zur Spüle und hielt ein Glas unter den Wasserhahn. Als sie sich wieder umgewandt hatte, sagte sie: „Ich habe mich nicht darauf konzentriert, wie er aussah. Er war irgendwie gestolpert … beziehungsweise, er hat so getan, als würde er stolpern … das weiß ich jetzt. Jedenfalls bin ich sofort hinübergelaufen und wollte ihm aufhelfen. Und dann hat er mich gepackt, von dem kleinen Waldweg ins Gebüsch gezogen. Er hat mir den Mund zugehalten. Ich … Ich war so panisch … ich, ich konnte *gar nichts* sehen. Ich war überhaupt nicht bei mir. Ich habe ja auch den Schmerz nicht gespürt, das … das habe ich auch Ihren Kollegen schon gesagt. Auch nicht den Schmerz von den Dornen in denen wir lagen, mein ganzer Rücken war ja danach offen."

„Aber an irgendetwas müssen Sie sich doch erinnern! Welche Kleidung trug er? Hatte er irgendwelche besonderen Merkmale im Gesicht? Eine Narbe? Irgendwas …!"

Sie stellte das Glas zittrig auf die Ablage neben dem Herd. „Bitte gehen Sie jetzt! Mein Mann kommt gleich. Ich will nicht, dass er Sie hier ... Ich habe alles gesagt."

„Kannten Sie ihn?"

Sie nahm das Glas erneut in die Hand, trank einen Schluck. „Nein, nein ... das hätte ich doch gesagt."

„Hat er nach der Vergewaltigung noch etwas anderes gemacht?"

„Was meinen Sie?"

„Na ja, hat er zum Beispiel versucht, Sie mit irgendetwas zu bepudern?"

Sie schaute Jenny Biber an, als sei diese eine Perverse. „Ich will, dass Sie jetzt gehen! Ich habe meiner Aussage nichts hinzuzufügen."

Dollerschell lenkte seinen Mazda auf einen gepflasterten Hof im Landsberger Industriegebiet und hielt vor einer großen Garage, in der ein Auto aufgebockt war. „Da sind wir!"

Olli Lieberknecht sprang als Erster aus dem Wagen. Als Jenny Biber aussteigen wollte, spürte sie, wie Dollerschell sie mit einer Hand zurückhielt. „Überlass das Reden diesmal mir, O.K.?"

Sie drehte sich um, blickte in sein schmales, ovales Gesicht, in dem die eckige Brille wie ein Fremdkörper wirkte. „Ja, natürlich, ich wollte doch nur ..."

„Ich will nur nicht, dass du es wieder verbockst!"

Er ließ sie los und stieg aus.

Jenny Biber blieb noch einen Augenblick reglos mit halb geöffneter Tür sitzen. Darum ging es also, dachte sie. Er fühlte sich von ihr übergangen, weil sie sich an der Vernehmung von Elke Riesch beteiligt hatte. Gut, sie musste zugeben, dass sie sich intensiv eingeschaltet hatte. Aber sie dachte: von Frau zu Frau ... Aber was hieß *verbocken*? Was zum Teufel hatte sie denn *verbockt*?

Sie blickte durch die Windschutzscheibe. Dollerschell und Olli Lieberknecht redeten mit einem hageren Mann in einem blauen Overall. Dieser blickte die beiden erst unschlüssig an, dann nickte er und ging zurück in die Garage. Jenny Biber stieg aus, warf die Autotür zu und ging hinüber zu ihren Kollegen.

Olli Lieberknecht lächelte sie an. Sie reagierte darauf, indem sie das Gesicht zu irgendetwas verzog – ob ein Lächeln dabei herausgekommen war, bezweifelte sie stark. Dollerschell versuchte offenbar, sie zu ignorieren.

Ein kleiner pausbäckiger Mann mit Sommersprossen und rothaariger Igelfrisur erschien, auch er ganz in Enzianblau gekleidet. Er rieb sich die ölverschmierten Finger an einem Handtuch ab und lächelte die drei Polizisten über beide Ohren an. „Es gibt noch Fragen, höre ich?!" Er hielt Dollerschell eine Hand entgegen, die noch immer mit Dreck beschmiert war.

Dollerschell übersah die Hand, zog sich stattdessen eine Zigarette aus der Schachtel und schob sie sich in den Mundwinkel.

„Das geht hier aber nicht", sagte der Rote und sah ihn mit gespieltem Ernst an. Dann flüsterte er kumpelhaft: „Das Öl, die Motoren. Wenn da Feuer dran kommt – Sie wissen schon ..." Er malte mit seinen Händen einen Mini-Atompilz in die Luft.

Dollerschell ließ die Kippe da, wo sie war, verzichtete aber darauf, sie anzuzünden. „Herr Laudert, gegen Sie läuft ein Ermittlungsverfahren: Ihnen wird vorgeworfen, Linda Baumeister bedrängt und vergewaltigt zu haben."

„Dazu habe ich doch schon alles gesagt, Herr Wachtmeister. Ich hab die Kleine nach einem Kneipenabend nach Hause gefahren. Ja, ich hab sie ein bisschen angemacht, mal geschaut, was geht. Aber Vergewaltigung? Ist doch Blödsinn!" Er blickte Jenny Biber an, genau in die Augen, und grinste. „Sie ist scharf, natürlich. Und man kann doch mal sein Glück versuchen, oder? So geht das doch: Man fährt ein Mädel nach Hause und dann legt man mal seine Hand auf einen Schenkel. Wenn sie drauf eingeht – O.K.! Wenn nicht ..." Er zuckte mit den Schultern.

„*Wenn nicht*, dann hilft man halt ein bisschen nach, was?", platzte es aus Jenny Biber heraus.

Sie spürte sofort die sie durchbohrenden Blicke Dollerschells.

Laudert lachte. „Ich verstehe einfach nicht, warum ihr nicht endlich einen DNA-Test macht." Er legte eine Hand an den Schoß. „Ich kann euch gerne direkt eine Probe mitgeben!"

Dollerschell verkniff das Gesicht, zog wie mechanisch an seiner unangezündeten Zigarette. „Herr Laudert, was haben Sie vorletzte Woche in der Nacht von Donnerstag auf Freitag gemacht?"

„Ah, es geht euch gar nicht um die kleine Baumeister ..." Laudert grinste, er schien sichtlich Spaß an der Vernehmung zu haben. Jenny Biber fand den Typen einfach nur noch widerlich.

„Beantworten Sie einfach meine Frage, Laudert, oder soll ich Sie mit ins Präsidium nehmen?"

Sein Grinsen flaute ab. Er schien einen Moment nachzudenken und sagte dann: „Ich war mit ein paar Kumpels unterwegs. Ganz zum Schluss waren wir im *Massimo*, waren die letzten Gäste und ziemlich blau. Glaube nicht, dass es da noch zu einer Vergewaltigung gereicht hätte, aber man darf sich selbst auch nicht unterschätzen."

Er lachte wieder.

„Name und Telefonnummer von Ihren Begleitern?" „Gerne ... Gern!" Laudert holte sein Handy aus der Hosentasche, ging zurück in die Garage. Er zog die Schublade eines zerbeulten Metallschranks auf, nahm einen Block heraus und begann zu schreiben.

„Viele Grüße", sagte er, als er Dollerschell den Zettel in die Hand drückte.

„Wir hören uns noch!", sagte dieser und zündete sich die Zigarette an.

Als sie wieder im Wagen saßen, reichte Dollerschell Oliver Lieberknecht den Zettel nach hinten. „Überprüfst du das mal?"

„Sicher!"

Auf der Fahrt zurück ins Präsidium sprachen sie kein weiteres Wort.

Plossila konnte sich nur an *einen* Besuch im *Alten Hasen* erinnern: Seine Großeltern hatten hier ihre Goldene Hochzeit gefeiert. Wie alt er damals wohl gewesen war, fragte er sich. Vielleicht fünfzehn? Sechzehn? Er wusste es nicht. Wie immer, wenn er an seine Großeltern mütterlicherseits dachte, empfand er es als äußerst bedauerlich, dass er die Eltern seines Vaters nur selten zu Gesicht bekommen hatte. Sein Vater war Finne und als junger Mann nach Deutschland ausgewandert – „aus purer Abenteuerlust", wie er ironisch sagte. Es war sicherlich nicht einfach für ihn gewesen, hier im Polizeidienst Fuß zu fassen, ging es Plossila durch den Kopf. Und er hatte sich ja sogar bis zum Hauptkommissar hochgearbeitet. Sein Vater hatte allerdings nicht vorgehabt, für immer in Deutschland zu bleiben. Ständig schwärmte er von Savonlinna, seiner Heimatregion, wollte zurück an die Seen, sein eigenes Boot haben und eine Sauna auf irgendeiner Insel, wie er augenzwinkernd erzählte. Doch seine Frau, Plossilas Mutter, war stur geblieben. Für sie als waschechte Bayerin wäre es gar nicht in Frage gekommen, irgendwo anders zu leben als hier. Sie war eine starke Frau gewesen, liebevoll aber auch streng in den Dingen, die ihr wichtig waren. Und der Ort, an dem ihre Kinder aufwuchsen, war ihr wichtig. Nachdem sie gestorben war, nach über vierzig überwiegend harmonischen Ehejahren, wollte Martti plötzlich auch nicht mehr zurück. „Einfach zu wenig Sonne, zu wenig Licht", hatte er kurz nach ihrem Tod einmal gesagt. „Ich fotografiere nicht gern mit Blitz."

Ein Kellner kam und nahm mit düsterem Blick seine Bestellung auf. Plossila blickte sich um. Er hatte den *Hasen* gar nicht so dunkel in Erinnerung gehabt. Hatten sie damals schon diese alten Holzmöbel gehabt? Vielleicht lag es auch daran, dass kein Tageslicht hineinflutete. Es war kurz nach acht, draußen war es bereits dunkel. Er blickte hinüber zur Bar, an der einige bemitleidenswerte Gestalten saßen. Männer, dachte Plossila. Immer waren es Männer, die ihre Zeit in Kneipen wie dieser verbrachten. Männer, die keine Familie hatten, die aus der häuslichen Einsamkeit flüchteten und hier ihre Zeit mit Kartenspielen und sinnlosen Gesprächen totschlugen. Sie wirkten so lethargisch und antriebslos, wie er sich selber fühlte.

Vielleicht fehlt mir nur eine Familie, schoss es ihm durch den Kopf. Hatte seine Antriebslosigkeit nicht erst mit dem Scheitern seiner Ehe begonnen? Er wusste es nicht. Es war ihm egal. Außerdem war ohnehin weit und breit keine Frau in Sicht, die sich für ihn interessierte.

Ein tiefes, langanhaltendes Gähnen entfuhr ihm. Er musste sich eingestehen, dass er gehofft hatte, heute etwas früher nach Hause zu kommen. Er hatte gedacht, dass der Autor, den er vernehmen wollte, in München lebte und dass er ihm dort am Nachmittag einen Hausbesuch abstatten konnte. Die erste Annahme war korrekt gewesen, nur bei der zweiten wurde er enttäuscht: „Ich habe mich zum Arbeiten nach Landsberg zurückgezogen", hatte Kister erklärt, als er ihn vor fünf Stunden angerufen hatte. Nachdem Plossila sich geweigert hatte, ihm etwas über den Grund der gewünschten Unterredung zu sagen, hatten sie sich hier verabredet, im *Alten Hasen*.

Der Kellner kam, stellte ihm ein Bier auf den Tisch, gleich neben den Umschlag, den Plossila dort platziert hatte. „Wohlsein!"

Plossila trank einen großen Schluck und wischte sich anschließend mit dem Handrücken den Schaum von der Oberlippe.

Ein großgewachsener Mann Mitte dreißig erschien in der Tür. Obwohl Plossila ihn noch nie gesehen hatte, wusste er, dass es nur Kister sein konnte. Irgendwie passte er nicht hierher. Er machte einen gepflegten Eindruck und sein Blick verriet, dass er noch etwas vorhatte im Leben, dass er nicht gedachte, die Zeit, die ihm verblieb, beim Kartenspielen in einer Spelunke wie dieser abzusitzen. Er trug eine lederne Aktentasche in der linken Hand. Die ausgebeulte Bäckertüte in der rechten Hand ließ Plossila für einen Wimpernschlag an die drei Krapfen denken, die er heute Vormittag gegessen hatte. Er strich zärtlich mit der Hand über seinen Bauch und beschloss spontan, sich im Fitnessstudio anzumelden, sobald er diesen Fall aufgeklärt hatte. Es würde ein erster Schritt sein, diesem tauben, lethargischen Leben zu entfliehen. Dann winkte er dem Mann zu. Dieser nickte leicht und schritt anschließend in seine Richtung.

Plossila stand auf, reichte ihm die Hand. „Hauptkommissar Plossila."

Der Mann sah ihn unsicher an, dann festigte sich sein Blick. „Konrad Kister." Er legte seine Aktentasche auf den Tisch und die Bäckertüte auf die Aktentasche. Plossila konnte riechen, wie sich der Duft nussigen Gebäcks mit dem Geruch aus Hefe und kaltem

Rauch vermischte, der wie ein olfaktorisches Grundrauschen durch die Gaststätte zog.

Noch während er sich setzte, sagte Konrad Kister: „Wenn es um ‚Tod am Lech' geht und die Schilderung der Polizeiarbeit darin, dann muss ich Ihnen sagen: Es ist jetzt nicht in erster Linie Aufgabe des Romans, die Strukturen der örtlichen Polizei aufs Naturalistischste darzustellen. Es geht in dem Buch um menschliche Abgründe und das Drama des Menschseins ganz generell."

Plossila blähte die Backen.

„Überdies ist Ihre Dienststelle nicht besonders auskunftsfreudig, wenn es um Autorenanfragen geht."

„Nein?"

Kister sah ihn mit einer Mischung aus Unsicherheit und Aggressivität an. Beherrscht sagte er: „E-Mails bleiben jedenfalls unbeantwortet."

So ist das also, dachte Plossila: Da versuchst du mit allen Mitteln einen Mordfall an einer jungen Frau aufzuklären und die Leute beschweren sich, dass ihre E-Mails nicht beantwortet werden. Als ob die Polizei nichts Besseres zu tun hätte, als sich um irgendwelche Provinzautoren zu kümmern. Hatte er zuerst noch Zweifel gehabt, ob er es mit der Holzhammermethode versuchen sollte oder nicht, so fühlte er sich jetzt dazu mehr als berechtigt.

„Nein, nein, darum geht es nicht", sagte Plossila und schob den Umschlag in die Mitte des Tisches. Er ließ seine Fingerspitzen darauf liegen, als könne der Umschlag weggeweht werden.

Kister blickte erst auf das Couvert, dann sah er Plossila fragend an. Dieser schwieg einige Sekunden, ließ seinen Blick durch die Gaststätte schweifen.

Kister begann mit einer Hand an der Bäckertüte herumzuspielen, riss kleine Papierfitzelchen davon ab und formte daraus Kügelchen.

Als er drei Kügelchen geformt und nebeneinander auf die Tischplatte gelegt hatte, öffnete Plossila den Umschlag.

Er nahm die Fotos heraus, die er Gunther Isenbarths Bericht entnommen hatte, und legte drei Bilder vor Kister auf den Tisch. Dabei beobachtete er seine Miene.

Das erste Bild zeigte die Tote, wie sie sie gefunden hatten: auf dem Bett in ihrem Haus liegend, noch abgepudert und so als würde sie schlafen. Das zweite war eine Nahaufnahme ihres Gesichts und ihres Halses, nachdem Isenbarth sie gereinigt hatte. Die Strangulationsspuren lagen wie ein Brandmal um ihren Hals, ihr Gesicht war weiß und leblos, ihre Augen geschlossen. Auf dem dritten Bild lag sie nackt auf der Metallbahre im Labor, blutleer und wie das grausamste Abbild, das man sich vom „Drama des Menschseins", wie es Kister ausgedrückt hatte, nur vorstellen konnte.

Kister betrachtete die Fotografien mit starrem, aber fast entspanntem Blick, fokussierte mal das eine, mal das andere Bild. Seine vollen, fast schwulstigen Lippen öffneten sich ein wenig, die Stirn, die zuvor in leichten Falten gelegen hatte, glättete sich. Er hatte aufgehört, die Bäckertüte zu malträtieren, und seine Hand auf den Tisch neben die Bilder gelegt. Am ausgiebigsten betrachtete er das mittlere Bild, immer wieder zog es seine Aufmerksamkeit an. Plossila hatte das Gefühl, sein Blick richte sich dabei nach innen, als hätte er eine bestimmte Situation vor Augen, die er mit der Toten durchlebt hatte. Vielleicht den Mord selbst? Aber es konnte auch etwas Anderes, Banales sein – er konnte sich nur schwer einen Reim darauf machen.

Plötzlich blickte Kister auf. „Und jetzt? Erwarten Sie eine bestimmte Reaktion von mir? Einen Heulkrampf? Ein plötzliches Geständnis?"

Plossila ging nicht auf Kister ein, offenbar war ihm bewusst gewesen, dass der Kommissar seine Reaktion testen wollte. Er gab ein missmutiges Grummeln von sich und zog sein Aufnahmegerät aus der Jackentasche, legte es in die Mitte des Tischs. „Erlauben Sie?"

Kister nickte. Plossila drückte auf einen Knopf und ein grünes Lämpchen begann zu leuchten.

„Kennen Sie die Frau?"

„Ich nehme an, das wissen Sie."

„Wann haben Sie sie das letzte Mal gesehen?" „Donnerstag vor einer Woche. Sie kam in die Gegend, um sich mit einem Makler zu treffen. Ihre Mutter war gestorben, sie wollte das Haus verkaufen."

„Wo haben Sie sie getroffen?"

„Wir haben uns am Ammersee verabredet, waren in der *Villa Bavaria*, das ist ein Biergarten in Dießen."

„Wann genau?"

Er sah wieder auf das Bild in der Mitte, schwieg zwei, drei Atemzüge und hob dann den Blick. „Wir waren um zwei Uhr verabredet und sind dort ziemlich genau zweieinhalb Stunden geblieben. Danach sind wir zu den Parkplätzen am Nordrand Dießens gegangen, am Ufer des Ammersees entlang, und haben uns dort verabschiedet."

„Wissen Sie, was sie dann gemacht hat?"

„Sie wollte zu ihrem Elternhaus nach Penzing fahren. Aber ob sie das getan hat …" Er zuckte mit den Schultern.

„Was haben Sie danach unternommen?"

„Ich bin hierher gefahren, habe noch einen kurzen Spaziergang durch die Stadt gemacht und hinunter zum Fluss. Dann bin ich auf mein Zimmer gegangen."

Er zeigte auf eine Treppe, die hinter dem Tresen seitlich nach oben führte.

„Zeugen?"

„Nein."

„Wie würden Sie Ihr Verhältnis zu Lisa Huber beschreiben?"

Kister schlug die Augen nieder und schluckte, vielleicht, weil er ihren Namen ausgesprochen hatte, dachte Plossila, das hatte bei vielen Menschen, die einer toten Person nahestanden eine deutliche Wirkung. Die Aussprache des Namens berührte manche Menschen mehr als das Betrachten des Toten selbst. Es war eigenartig, dachte Plossila, einfach eigenartig.

„Es gibt kein Verhältnis. Wir haben den Kontakt vor drei Monaten abgebrochen. Davor war es … Es gibt keinen Namen dafür, wir konnten uns auf keinen einigen. Ich nenne es *Affäre*, sie nennt es, *nannte* es *freundschaftliche Beziehung*. Sie wollte mich noch einmal wiedersehen, warum, weiß ich ehrlich gesagt nicht."

„Um was ging es denn bei dem Gespräch am Ammersee?" Er lachte kurz auf, dann verfinsterte sich seine Miene wieder. „Um

nichts. Um das Wetter. Um aktuelle politische Ereignisse, die Kunst. Ihre Ausstellung in London, die sie vorbereitete. Es war Geplänkel."
„Hat sie irgendetwas davon erzählt, dass sie sich bedroht fühlte?"
„Nein."
„*Hätte* sie es Ihnen erzählt?"
„Weiß ich nicht. Kann schon sein …"
„Hat sie noch andere Bekannte in der Region?" „Glaube ich nicht. Sie war nur selten zu Hause, fühlte sich da nicht besonders wohl. Auch zu ihrer Mutter hatte sie nur wenig Kontakt. Aber sie ist hier aufgewachsen, ging hier zu Schule, sie wird schon noch jemanden kennen."
„Wer könnte ein Interesse daran haben, sie umzubringen, Herr Kister?"
„Außer mir?"
„Welches Interesse hätten Sie gehabt?" „Eifersucht. Rachsucht."
„Also?"
„Ich kenne niemanden."

„Tobias?"
Sie gab der Tür einen Stoß mit dem Po, sodass sie mit Karacho ins Schloss fiel. Es musste sein, da sie keine Hand frei hatte: In der einen hielt sie ihre Handtasche, in der anderen eine Plastiktüte mit Einkäufen. Da die Tüte an ihrer Unterseite bereits eingerissen war, musste sie das verfluchte Ding im Arm halten. Sie presste die Tüte an die Brust, lief den Flur entlang, stieß die Küchentür auf.
„Tobias?"
Sie legte die Handtasche auf den Tisch und stellte die Tüte auf einem Stuhl ab. Normalerweise lagen auf den Stühlen kleine beigefarbene Sitzkissen, doch waren diese plötzlich verschwunden. Sicherlich befanden sie sich schon in einer der Kisten mit Aufschrift „Küche", dachte sie.
Sie beschloss, die Einkäufe später auszupacken. Nur das Premium-Bento-Katsushika-Sushi für zwei Personen stellte sie schon jetzt in den Kühlschrank, um es frisch zu halten.

Zurück im Flur zog sie ihre Stiefel aus und kickte sie hinter die Haustür ins unterste Fach des Schuhschranks. Auch hier gab es neuerdings eine Menge Platz.

„Tooobiaas!"

„Ja! Bin im Bad!"

Als sie die Tür öffnete, wolkte ihr ein warmer, feuchter Dampfschwall entgegen. Tobias liebte es, Ewigkeiten unter der Brause zu stehen, während sie meistens in fünf Minuten fertig war. Überhaupt brauchte sie nur halb so viel Zeit wie er im Bad. Sie ging über die beiden hellblauen Badematten, die sich zu ihrer Überraschung noch da befanden, wo sie immer lagen – offenbar gehörten sie ihr –, hinüber zur Badewanne und stellte die beiden Fenster darüber auf Kipp. Dann blickte sie sich um, betrachtete Tobias' Körper schemenhaft durch den Dampf und die angelaufene Plexiglaswand der Duschkabine. Vielleicht lag es daran, dass sie ihn lange nicht mehr nackt gesehen hatte, aber wie er da so stand, groß, schlank, sogar ein wenig trainiert, spürte sie, wie sich ein Gefühl der Erregung in ihr entfaltete. Plötzlich überkam sie die Lust, einfach ihre Klamotten abzustreifen und sich zu ihm unter die Brause zu stellen. Warum nicht, fragte sie sich? Warum sollten sie sich nicht ein letztes Mal verwöhnen? Ein letztes Mal miteinander schlafen? Wann hatten sie überhaupt das letzte Mal miteinander geschlafen? Oh nein, sie konnte sich gar nicht mehr daran erinnern ...

„Was gibt's? Alles in Ordnung?", fragte er und ließ sich den Wasserstrahl über das Gesicht laufen, strich sich mit beiden Händen die dunkelbraunen Haare zurück, die ihm, nass wie sie waren, bis in den Nacken reichten. Sie ließ ihren Blick über seinen Körper gleiten, dachte daran, wie gut sie ihn kannte, wie oft sie ihn berührt, wie oft sie ihn liebkost hatte. Er war nicht besonders muskulös, obwohl er regelmäßig Fitness betrieb, aber sie stand gar nicht auf Muskeln. Sie stand auf schlanke, große Männer, auf elegante Männer, die eine Aura verbreiteten. Und ja, sie stand auf Männer, die einen so extrem knackigen Po hatten wie Tobias.

„Jenny?"

Er legte eine Hand an die Duschwand, wischte ein kleines Guckloch frei.

„Ja ... Ich ... Sag mal, *Helen Bechmann*, sagt dir das noch was?"

„Die, die mal bei mir im Chor war? Zu der Zeit, als du auch mit dabei warst?"

„Genau!"

Er stellte die Brause ab, stieß die Tür auf und nahm das bereit gelegte Handtuch vom Rand des Waschbeckens. „Habe ich schon lange nicht mehr gesehen. Sie hat es länger ausgehalten als du, klar, aber sie ist bestimmt auch schon ein Jahr nicht mehr dabei."

„Kam heute eine Vermisstenanzeige von ihr rein."

Er blickte sie neugierig an, rieb dabei seine Haare trocken. „Mein Chef sieht keinen Grund zur Besorgnis, weil ja ständig Leute vermisst werden. Wahrscheinlich hat er recht, aber ich dachte, ich ruf sie trotzdem mal an. Wir haben uns ja auch ganz gut verstanden, damals."

Er trat aus der Dusche und erst, als er damit begann, jeden Zeh einzeln säuberlich trocken zu reiben, flaute Jennys Erregung wieder ab.

„Hast du ihre Nummer noch?"

„Könnte in meinem Handy sein. Kannst ja mal schauen: liegt im Arbeitszimmer auf dem Schreibtisch. Ach nein, den hab ich ja eben auseinandergebaut. Es ist, glaube ich, in meiner Jacke im Flur."

Jenny Biber nickte und verließ das dampfende Badezimmer. Das Handy steckte in der Innentasche seiner dunkelblauen Strellson-Jacke. Als sie es einschaltete, fiel ihr als Erstes das kleine SMS-Briefchen in der Ecke auf. Sie versuchte es zu ignorieren und begann, die Telefonliste durchzugehen. Bechmann, Helen – da war sie ja! Sie drückte auf „anrufen", die Verbindung wurde aufgebaut. Doch nach mehrmaligem Klingeln meldete sich nur die Mailbox. Sie legte auf und programmierte die Nummer in ihr eigenes Handy ein. Kurz bevor sie Tobias' Mobiltelefon wieder in der Innentasche seiner Jacke verschwinden lassen wollte, konnte sie dann doch nicht anders. Kurzentschlossen klickte sie die SMS an. „O.K., freue mich auf heute

Abend. Melanie :-)" stand da. Sie markierte die SMS als ungelesen und schob das Handy wieder in die Jacke.

Melanie, wer zum Teufel ist Melanie?

Die Badezimmertür öffnete sich, Tobias trat in Unterhose und einem halbzugeknöpften schwarzen Hemd in den Flur.

„Na, noch was vor heute Abend?"

„Nichts Besonderes, ich gehe nur noch ein Glas Wein trinken."

Jenny Biber versuchte so viel Beiläufigkeit wie möglich in ihre Stimme zu legen. „Ach, schön. Mit wem triffst du dich denn?"

„Nur ein paar Kollegen", sagte Tobias und verschwand im Schlafzimmer.

Als Tobias gegangen war, machte sie sich eine Flasche Wein auf, dann setzte sie sich mit der doppelten Sushi-Portion vor den Fernseher. Sie aß erst die Röllchen, die für sie gedacht waren. Dann aß sie die Röllchen, die sie für Tobias mitgebracht hatte.

10

Lieber Rune,

Lisa ist tot. Heute war die Polizei bei mir. Sie haben sie ermordet aufgefunden. Ich weiß nicht, was ich dazu sagen soll. Ich fühle mich schuldig, weil ich es mir manchmal gewünscht habe, du weißt es. Sie haben mir die Bilder ihres leblosen Leibs gezeigt. Ihre alabasterfarbene Haut auf dieser Metallbank geht mir nicht aus dem Kopf. Dieser Mensch, der einmal das Leben für mich war, die Erfüllung, von dem ich dachte, er führt mich zu mir selbst – für immer verloren! Und dann diese Ambivalenz: Einerseits bin ich traurig, dass dieses Universum, das sie für mich war, zerstört ist. Andererseits fühle ich mich plötzlich in Sicherheit, eine eigenartige Ruhe hat sich meiner bemächtigt und ich will nur noch schlafen, ewig schlafen. Ich weiß nicht weiter, entschuldige …

Alles Gute
Konrad

Er hatte vergessen, sich sauber zu machen, aber jetzt war es zu spät. Er lag im Bett, wollte die Anderen nicht wecken, wenn er jetzt noch aufstand, mit hallenden Schritten den Gang entlangging, die schwere Tür öffnete, die quietschte und ächzte. Langsam fuhr er sich mit der Hand über die Wange und schreckte dann zurück. Ein plötzlicher Schmerz. Ja, da war er, da war der Fleck, den er sich nicht weggemacht hatte, bevor er schlafen ging. Er würde als Erster das Bett verlassen morgen, sagte er sich, als Erster in den Duschräumen sein, sich reinigen, die Schuld abwaschen und abpudern – es war das Einzige, was half, das Einzige, das ihn retten konnte. Gar nicht einschlafen würde er, die Nacht durchwachen, damit er ganz sicher war, dass sie ihn nicht sehen würden, die Anderen. Auch wenn er wusste, dass manche nicht besser waren als er, dass auch sie eine unreine Seele hatten.

Er drehte sich zur Seite, weil es so brannte, wenn er auf dem Rücken lag, wenn sein Po die harte Matratze berührte. Aber er erschrak: Auch hier hatte er die Fäulnisflecken, auch hier am Arm, an der Schulter. Er hatte unreine Gedanken gehabt und dann hatte er noch nicht einmal Puder auf die Flecken getan, sodass sie heilen konnten und die Anderen nicht sahen, was für ein Schwein er in Wirklichkeit war, was für ein schmutziges, übelriechendes Schwein!

Er sah an sich hinab, auf den Bauch, auf den Schoß, auf die Beine. Flecken! Er hatte überall Flecken, groß und rund wie Pestbeulen. Seine Sünden fraßen ihn von innen auf, bald würden die Flecken wie Geschwüre wachsen, sich aufblähen, groß und rund und schwarz werden. Dann würden sie aufplatzen und gelben Eiter ausspucken, der nach Kuhmist stank und Gülle. Dann würden die Anderen ja sehen, wer er wirklich war, dass der Satan ihn beherrschte.

Er erwachte von seinem eigenen Schrei. Schweißgebadet lag er im Bett. Er schlug die Decke zurück, strich sich mit den Händen über die Beine, spürte seine Erregung trotz des Schreckens. Er legte eine Hand an den Schalter, wagte aber nicht, das Licht einzuschalten. Als er sich dann doch dazu überwand, brannte das grelle Licht in seinen Augen und er fühlte sich schwindlig vom Schlaf, vom Traum, aus dem er gerissen worden war. Doch dann beruhigte er sich. Keine Flecken. Auch am Arm nicht, auch nicht auf der Wange. Er atmete schwer aus, fühlte sich erleichtert.

Er stand auf, wusch sich, rasierte sich gründlich, schnitt sich Nasen- und Ohrenhaare. Dann feilte er die Nägel, an Händen, an Zehen. Er hätte nicht alles liegenlassen dürfen, wusste er. Das hatte er schon bei der Ersten falsch gemacht. Man musste immer alles wieder in Ordnung bringen. Er beschloss, noch einmal zurückzufahren, heute Abend, nach der Arbeit. Saubermachen würde er und aufräumen, Buße leisten für die Sünden, die er begangen hatte, Buße für seine Gedanken, die ihn beherrschen und durch ihn die Welt in Unordnung brachten. Er würde arbeiten und dann zurückfahren. Aber davor würde er sich noch einmal um die Blonde kümmern. Denn auch sie hatte Schuld auf sich geladen. Er hielt seine Hände unter das dampfende Wasser, so lange, bis sie rot waren, rot und sauber, rot und rein.

Jenny Biber schlief alles andere als gut diese Nacht. Die halbe Flasche Rotwein, die sie getrunken hatte, ließ sie immer wieder hochschrecken. Sie träumte von ihrer Abschlussprüfung. Sie hatte den Prüfungstermin vollkommen verschwitzt und als er plötzlich kurz vor der Tür stand, musste sie in wenigen Tagen den Stoff von drei Jahren nacharbeiten. Und keiner wollte ihr dabei helfen, keiner mit ihr lernen, sie war ganz allein. Dabei hatte sie die Prüfung vor einem Monat mit Bravur bestanden und Arne und Kathrin, ihre beiden besten Freunde auf der Akademie, ebenso.

Sie war nicht alleine, sagte sie sich, und wälzte sich von der einen auf die andere Seite. Sie hatte Freunde, die zu ihr hielten, Freunde wie Arne und Kathrin. Sie musste sich dringend einmal wieder bei ihnen melden. Doch der Gedanke an ihre Freunde beruhigte sie nicht, nicht diese Nacht. Erst als Tobias wiederkam, sich ins Bett legte und einen Teil der Decke einforderte, spürte sie, wie die Nervosität aus ihrem Körper wich. Und als sie seinen vertrauten Atem hörte, dieses langsame und rhythmische Schnaufen, fühlte sie sich plötzlich geborgen. Doch dann bemerkte sie den eigenartigen Geruch, den Duft des fremden Parfüms, der ihn umgab. War er dieser komischen Melanie schon so nah gekommen, fragte sie sich? Oder hatten sie sich nur ein Bussi auf die Wange gegeben, zur Begrüßung? Zum Abschied?

Sie wälzte sich auf die andere Seite, drehte Tobias den Rücken zu. Er konnte machen, was er wollte, sagte sie sich. Sie waren getrennt, das war offiziell, diese Woche würde er ausziehen. Sie hatte kein Recht, sich diese Fragen zu stellen, wusste sie. Freunde würden sie bleiben, alles andere war vorbei. Sie spürte, wie sich eine Träne löste, langsam aus ihrem Auge hinausglitt und ihr über den Nasenflügel rann. Die Träne verschwand erst in einem Nasenloch, dann nahm Jenny Biber den salzigen Geschmack auf ihren Lippen wahr. Obwohl die trocknende Tränenflüssigkeit zu kitzeln begann, bewegte sie sich nicht. Sie schlief kurz darauf tatsächlich ein.

Als sie am Morgen aus dem Haus zu ihrem Wagen ging, traf sie auf das Ehepaar Fresels, ihre Vermieter, mit denen sie sich das Haus teilten. Sie und Tobias wohnten oben, Fresels unten. Ein hellblauer Himmel und eine grellgelbe Sonne kündigten einen wunderbaren, fast kitschig-schönen Tag an. Ihre Vermieter waren dazu in bester Laune, luden Koffer in den Wohnwagen, um sich nach Südtirol auf den Weg zu machen. Sie wünschte den beiden eine schöne Reise und setzte sich ins Auto.

Das hatte ihr gerade noch gefehlt, dachte sie, jetzt würde sie auch noch ganz alleine im Haus sein, wenn Tobias ausgezogen war.

Sie verdrängte den Gedanken und versuchte sich auf die Aufgaben zu konzentrieren, die vor ihr lagen. Als sie etwa fünf Kilometer vom Haus entfernt war und somit aus dem Funkloch für ihr Handy, klingelte sie erneut bei Helen Bechmann durch. Wieder die Mailbox. Sie begann sich langsam ernsthafte Gedanken zu machen. Sollte sich im Laufe des Tages nichts ergeben, würde sie heute Abend einmal bei ihr vorbeifahren, nahm sie sich vor.

Im Präsidium kam ihr Plossila entgegen. Sie wunderte sich. Bereits zum zweiten Mal war er früher da als sie. Normalerweise kam er mindestens anderthalb Stunden später und war dann erst nach dem zweiten Kaffee ansprechbar.

„Meeting in einer halben Stunde bei uns im Büro, Frau Biber", rief er ihr zu.

Sie nickte und verschwand im Aquarium.

Das Meeting förderte zunächst wenig Neues zu Tage. Ein Kollege in Wien hatte das Alibi des ehemaligen Freundes der Toten überprüft und es als stichhaltig bezeichnet. Die Überprüfung des Alibis von Götz Laudert, dem Ekelbatzen von gestern, stand noch aus. Oliver Lieberknecht wollte sich heute im Laufe des Tages darum kümmern.

Plossila referierte von seinem Treffen mit dem Autor und versprach Abschriften von dem Protokoll für heute Nachmittag. Er war sich nicht sicher, was er von ihm halten sollte, sagte er. „Er hat kein Alibi für den Tatzeitpunkt und er hat sie noch am Tag der Entführung gesehen. Zudem hat er ein Motiv. Wir müssen ihn auf jeden

Fall im Auge behalten, sollten noch ein paar Daten zu seinem Hintergrund zusammentragen. Frau Biber, kann ich Sie einmal mehr um eine Recherche bitten?"

Sie nickte. Und hatte gleichzeitig das Gefühl, dass die Computerrecherchen vor allem deshalb an ihr hängenblieben, weil die anderen nicht mit der Software umgehen konnten. Oder wollten.

Plossilas Telefon klingelte. Er schaute kritisch auf das Display, dann lächelte er und nahm ab. „Isi – was gibt's Neues?

Warte, ich stell dich auf laut." Er blickte in die Runde und raunte: „Es ist Isenbarth." Dann legte er das Handy auf den Tisch. Es rauschte, knackte. „Hallo?"

„Können dich hören", riefen Plossila und Dollerschell fast im Chor.

„Es geht um den Befund der Leiche Lisa Huber. Wir haben die Substanz analysiert, die wir auf ihrem Körper gefunden haben. Es ist handelsüblicher Babypuder der Marke Piu-Piu. Das wird uns nicht sehr viel weiterbringen, diesen Puder gibt es in jedem Drogeriemarkt. Das Interessante ist, dass eine weitere Substanz darunter gemischt wurde, die alles andere als handelsüblich ist."

Er machte eine kurze, bewusste Pause, um die Spannung zu steigern.

„Lass die Katze aus dem Sack, Gunther", rief Plossila in Richtung Handy.

Man hörte ein unterdrücktes Räuspern von der anderen Seite der Leitung. „Es sind Blütenpollen!"

Sie blickten sich ratlos an.

„Blütenpollen?", fragte Plossila.

„Ja, Blütenpollen. Blütenstaub ist vielleicht der gebräuchlichere Terminus. Ihr wisst schon, das Zeug, das in den Blüten von Pflanzen steckt, um die Befruchtung zu gewährleisten."

Wieder wurde es still. Nach einer kurzen Pause fragte Dollerschell: „Wie sind die da reingeraten?"

„Die sind da nicht irgendwie *reingeraten*, sie sind bewusst mit dem Puder vermengt worden. Wäre die Substanz durch zufälligen Pollenflug damit verunreinigt worden, es wären viel weniger Pollen-Ingredienzien darin enthalten gewesen. Erinnert ihr euch an den Geruch? Frau Biber, sitzen Sie auch mit am Tisch …?"

Sie schreckte hoch, als ihr Name genannt wurde. „Ja! Ja, klar, ich bin hier!"

„Sie hatten es ja als Erste bemerkt. Dieser Bergamotte-Geruch. Ich habe mal im Internet geschaut, die Pflanze wird in erster Linie in Kalabrien angebaut und ich kann mir nicht vorstellen, dass es viele Stellen in Deutschland gibt, wo man den Pollen dieser Pflanze kaufen kann."

„Das wäre ein Hinweis!", sagte Plossila und ließ eine Pranke auf den Tisch neben das Handy fallen.

„Warte! Noch wissen wir gar nicht, ob es Bergamotte-Blütenstaub ist. Ich habe eine Probe nach Wien geschickt, da gibt es ein Institut, das sich auf die Auswertung von Pollen spezialisiert hat. Die werden uns sagen können, um welche Form von Blütenstaub es sich handelt, und vielleicht noch einiges mehr."

„Zum Beispiel?"

„Was weiß ich? Wo der Pollen herkommt. Wie alt er ist. Ich bin da nicht der Experte."

Sie waren beim Asiaten gewesen, ein paar Straßen hinter dem Amtsgericht. Jetzt unternahmen sie noch einen kurzen Spaziergang entlang der Amper, bis hin zur Pfarrkirche Sankt Magdalena, dann drehten sie um. Er war nett, das musste sie zugeben, auch wenn er ihr nicht in die Augen sehen konnte und sie immer das Gefühl hatte, er wolle sich irgendwie vor ihr verstecken. Ihrer Meinung nach passte sein Auftreten nicht zu dem eines Polizisten. Man musste in diesem Job doch auch ein gewisses Maß an Autorität ausstrahlen. Aber gut, das war nicht ihr Problem. Sie beschloss ganz einfach, Oliver Lieberknecht nicht mehr als Mann, sondern nur noch als Kollegen zu sehen. Allerdings war sie überrascht, als er ihr erzählte, dass er Teil einer Rockband war.

„Echt? Welches Instrument spielst du denn?"

„Bass."

„Ach!" Das passte ja, dachte sie. „Und wie heißt die Band?" „*One fish, two fish.*"

„Oh, von der habe schon mal gehört, glaube ich zumindest."

„Gibt's auch schon zehn Jahre, die Band, und wir treten bestimmt zwei-, dreimal im Monat auf. Überall in der Region."

Er erzählte ihr, dass er durch die Band sogar zum Polizeidienst gekommen sei. Ein ehemaliger Gitarrist habe ihn damals dafür begeistert und da er ganz einfach keine Ahnung hatte, was er nach dem Abi machen sollte, sei er halt Bulle geworden. „Ganz unspektakulär. Und du?"

Und sie? Ja, das war eine Frage, die sie ständig gestellt bekam. Warum strebte eine Frau den höheren Polizeidienst an? Jenny Biber wusste die Antwort. Sie war Polizistin geworden, weil sie ihr Leben nicht nur auf den Erwerb von Geld ausrichten wollte, das war ihr einfach zu wenig. Sie wollte mehr, wollte ein hehres Ziel, etwas, für das es sich zu kämpfen lohnte. Und sie war bereit zu kämpfen, auch jenseits des Schreibtischs. Ein bisschen Action musste einfach zu ihrer Tätigkeit gehören, sie konnte nicht den ganzen Tag auf einem Bürostuhl sitzen, das würde sie wahnsinnig machen. Auch wenn sie ihr bei der Polizeihochschule klargemacht hatten, dass die meisten Fälle heute vor dem Bildschirm gelöst wurden.

Sie dachte an ihre Mutter. Wie oft hatte sie ihr schon erklärt, warum sie Polizistin werden wollte. Hatte ihr klargemacht, was Sicherheit für die Gesellschaft als Ganzes bedeutet. Das nichts ging, ohne die Exekutive. Ihre Mutter hörte sich ihren Vortrag gewöhnlich mit aller Seelenruhe an, nickte, spielte mit ihren Perlenohrringen, rückte sich die Frisur zurecht. Nur um dann immer wieder das Gleiche zu sagen: „Ich verstehe dich, Kind. Aber das ist doch nichts für eine Frau." Jenny Biber könnte jedes Mal explodieren, wenn sie diesen Satz hörte. Nichts für eine Frau! In welchem Jahrhundert lebten wir denn!

Sie blickte zu Oliver Lieberknecht. „Sagen wir, ich will meinen Beitrag dazu leisten, dass die Welt ein klein wenig besser wird."

Er blickte sie kurz an, dann an ihr vorbei und auf den Boden. „Hmm", summte er wissend und lächelte seine Schuhe an. Doch sie hatte das Gefühl, dass er gar nicht verstand, um was es ihr ging. Tobias hatte sie immer verstanden. Auch er hatte sein Leben nicht nur auf materiellen Wohlstand ausgerichtet. „Musiker und Polizisten sind im Grunde beides Idealisten", hatte er immer gesagt. Sie sah mit Oliver Lieberknecht auf die Pflastersteine. So nett sie ihn fand, so froh war sie, als sie wieder auf dem Revier angekommen waren.

Nach der PC-Recherche machte sie einen kurzen Abstecher zu Dirk Albers. Sie klopfte an die offen stehende Tür. Er winkte sie herein, die Füße auf dem Tisch, das Telefon in der Hand.

„Warte mal einen kleinen Moment, mein Schatz."

Er hielt die Sprechmuschel zu, sah sie fragend an.

„Ich wollte nur kurz nachhaken, was es Neues in Sachen Bechmann gibt?"

Er spitzte die Lippen, sog die Luft unter einem hellen Pfeifen ein. „Bechmann? Bechmann? Bechmann?"

„Die Vermisstenanzeige von gestern."

„Ahh ja!" Er blickte auf den Bildschirm, schob die Maus auf seinem Schreibtisch hin und her. Dann nahm er die Hand von der Muschel. „Bin gleich wieder bei dir, Kleines ...!" Er drückte die Stummschalttaste am Telefon, legte den Hörer beiseite. Mit Blick auf Jenny Biber sagte er: „Hat sich nichts getan. Wir haben mal einen Streifenwagen vorbeigeschickt, aber die haben nichts Ungewöhnliches feststellen können ... Sie sind die Polizeianwärterin von Plossila, stimmt's?"

Sie nickte.

„Wir können da im Moment nicht viel machen. Sie hat einen Friseurtermin nicht wahrgenommen, das war's. Da können wir nicht das Auerbergland mit einer Hundestaffel durchkämmen."

„Und bei dem Haus, kann man da nicht ..."

„Frau ...?"

„Biber."

„Frau Biber, da haben wir keinen Hebel, jedem Menschen in diesem Land steht es frei, einen Friseurtermin sausen zu lassen oder nicht. Und er muss danach nicht mit polizeilichen Ermittlungen rechnen. Auch nicht, dass sein Haus aufgebrochen wird oder Ähnliches. Dazu bräuchten wir schon einen begründeten Verdacht."

Natürlich, das wusste sie, das war nichts Neues. Aber sie hatte einfach ein schlechtes Gefühl. Doch sollte sie ihm das sagen? Gab ihr schlechtes Gefühl einen begründeten Tatverdacht ab? Wahrscheinlich war ja auch gar nichts passiert ...

„Wer hat denn die Anzeige erstattet?"

Albers spitzte erneut die Lippen, klickte auf die Maus, der Drucker sprang an, spuckte ein Blatt aus. Er nahm das Papier zwischen Daumen und Zeigefinger, reichte es ihr über den Schreibtisch. Sie wollte sich bedanken, doch Albers hatte schon wieder auf die Stummschalttaste gedrückt.

„Da bin ich wieder, Süße!"

Sie klingelte und hatte dann das Gefühl, einen Schritt zurücktreten zu müssen. Als könne die Tür plötzlich nach außen aufschwingen und sie vom Treppenabsatz fegen. Es war ein großes Haus, fast eine Villa, mit zwei Säulen neben der Tür und einem Bayerischen Löwen aus Marmor am Geländer. Zuerst hatte sie Ferdinand Blöchel anrufen wollen, doch dann hatte sie gesehen, dass er in Kaufering wohnte. Die Stadt lag nur wenige Kilometer von Landsberg entfernt, also hatte sie sich für einen kurzen Schlenker auf dem Nachhauseweg entschieden.

Die Tür öffnete sich und ein kleiner Mann mit einem dunklen Anzug aus dichtgewebtem Stoff erschien. Er blickte sie aus winzigen Augen an, die melancholisch durch dicke Brillengläser schauten.

„Herr Blöchel?"

„Sie sind von der Polizei, stimmt's?"

Er hatte eine helle, etwas kratzende Stimme, die dennoch ruhig und bestimmt war.

„Ja. Woher wissen Sie das?"

Er öffnete die schwere Tür, die riesig neben ihm erschien, noch eine Hand breit weiter. „Es ist etwas passiert. Mit Frau Bechmann."

„Herr Blöchel, ehrlich gesagt wissen wir das nicht. Ich wollte Sie noch einmal dazu befragen, warum Sie glauben, dass etwas passiert sein *könnte*."

Er schaute widerwillig, seine kleinen Augen zwinkerten. „Wir hatten einen Termin zum Haareschneiden. Gestern um vierzehn Uhr. Ich kenne Frau Bechmann. Sie ist zuverlässig und hat noch nie einen Termin versäumt."

„Man kann einen Termin schon mal vergessen, oder nicht?" „Sie kommt alle drei Wochen zu mir und das seit sechs Monaten. Sie war immer auf die Minute pünktlich. Ich schätze Pünktlichkeit, das weiß sie."

„Dann hat sie es halt einmal in sechs Monaten vergessen." „Sie hätte sich zumindest gemeldet. Abgesagt. Oder sich danach entschuldigt."

Jenny Biber fragte sich, was sie hier machte. Ob das alles einen Sinn hatte? Ob sie so irgendwie weiterkamen? Sie blickte ihn an. „Wie gut kannten Sie sie denn?"

„Sie hat mir alle drei Wochen die Haare geschnitten. Besonders gut lernt man sich dabei natürlich nicht kennen. Aber sie hat meine Katzen gemocht. Und meine Katzen mochten sie."

„Ihre Katzen?"

„Ich habe zwei Siamkatzen. Scheue Tiere, mögen nicht jeden."

Sie schaute automatisch an Blöchel vorbei ins Innere, doch sah sie nur einen roten Teppich und eine geschlossene Glastür dahinter, keine Spur von Katzen.

„Sie sind im Wohnzimmer. Wenn ich die Türe gleichzeitig mit der Haustüre öffne, sind sie weg. Wollen Sie reinkommen und sich die Tiere ansehen?"

„Nein, ich äh … ich habe nicht viel Zeit, noch zu tun. Danke jedenfalls für die Informationen. Wir melden uns, wenn wir Näheres wissen."

Er nickte, schloss die Tür mit zwei Händen, als wiege sie Zentner.

Einen Augenblick blieb sie vor der Tür stehen, sah sie an, das schwere Holz, wie eine unüberwindliche Grenze zu einer anderen Welt kam sie ihr vor. Sie drehte sich um, sah in einen Garten, der feucht war von dem Gewitter, das es gegeben hatte. Sie überblickte den gepflegten Rasen, die Rosenbüsche, die Einfahrt in der ein blitzblanker alter Mercedes SL 280 stand, der Kapitän der Straße a. D. Das Gespräch hatte sie nicht weiter gebracht, dachte sie. Nur dieses Eine hatte sie in Erfahrung bringen können: dass es noch eine andere Person gab, die ihr Gefühl teilte. Ihr Gefühl, dass irgendetwas nicht stimmte.

Sie ging den Weg zu ihrem Auto zurück, stieß das schwarze, schmiedeeiserne Gatter auf, setzte sich in ihren Wagen. Dann öffnete sie ihre Handtasche, nahm den Zettel heraus, den ihr Albers gegeben hatte: Ulrich-Kiffhaber-Straße – sie wusste, wo das war.

Das Haus lag bereits im Dunkeln, als sie aus dem Wagen stieg und darauf zuschritt. Ein freistehendes Einfamilienhaus mit flachem Satteldach, auf dem regennasse Solarkollektoren lagen. Davor ein kleiner Garten, der von einer Hecke abgetrennt und von einer Pergola mit Kletterpflanzen überragt wurde. Sie erinnerte sich, dass sie einmal hier gewesen war, vor einem Jahr vielleicht, vielleicht anderthalb Jahren. Sie war bei der Chorprobe gewesen und es war geplant, dass sie mit Tobias zurückfahren sollte. Doch dann wollte Tobias plötzlich noch etwas mit Pater Thomas besprechen, bat sie zu warten, wie lange konnte er nicht sagen. Helen Bechmann, die das Gespräch mitbekommen hatte, bot sich spontan an, Jenny Biber nach Hause zu fahren. „Ist nur ein kurzer Umweg und ich muss ohnehin in deine Richtung weiter", sagte sie. Allerdings bestand sie darauf, unterwegs einen Stopp bei ihrem Haus einzulegen, um dort „noch kurz etwas zu erledigen". Als sie dann bei dem Haus angekommen waren, ließ Helen Bechmann Jenny Biber eine gute Viertelstunde im Auto warten. Und als sie endlich wiederkam, trug sie eine andere Bluse mit aufreizendem Dekolleté, die Lippen waren kirschrot geschminkt und sie roch nach einem penetranten Parfüm, das so gar nicht nach Jenny Bibers Geschmack war.

Jenny Biber erinnerte sich, dass sie damals ein wenig sauer auf Helen Bechmann war. *Da hätte ich auch in der Kirche bei Tobias warten können*, hatte sie sich gedacht. Aber die schlechte Stimmung hatte sich schnell verflüchtigt. Helen Bechmann war viel zu aufgekratzt und gutgelaunt gewesen, als dass Jenny Biber ihr wirklich hätte böse sein können. Auch jetzt, als sie auf das Haus zuschritt, musste sie kurz bei dem Gedanken an Helen Bechmann lächeln – wie sie ständig in den Innenspiegel geblickt und während der Fahrt begonnen hatte, sich abzupudern, sich an ihren Haaren herumzuzupfen. Sie hoffte jedenfalls, dass Helen Bechmann einen schönen Abend verbracht hatte, wo und mit wem auch immer.

Jenny Biber klingelte.

Es tat sich nichts. Auch nach dem zweiten und dem dritten Klingeln nicht. Das Haus blieb verschlossen, wollte sein Geheimnis nicht preisgeben, duckte sich schweigsam in die wolkenverhangene Nacht.

Jenny Biber trat einen Schritt zur Seite, unter das Fenster neben die Tür, stellte sich auf die Zehenspitzen. Mit zwei Händen an der Scheibe lugte sie hinein. Die Küche lag im Dunkeln, die Küchentür führte in einen Flur, in dem ebenfalls kein Licht brannte. Sie blickte auf ein Brotschneidegerät und eine Kaffeemaschine, auf einer hölzernen Arbeitsplatte. Daneben ein kleiner Sperrholztisch auf dem irgendwelche Illustrierte lagen. Nichts, was sie weiterbringen würde.

„Also Mädchen, was machst du jetzt?", sagte sie zu sich selbst. „Du bist Polizistin, denk nach!" *Eine Frau wird vermisst, es gilt Spuren zu suchen und zu finden. Ist sie zu Hause? Ist sie unterwegs?* Sie schritt zurück vor die Haustür, hob die Fußmatte in die Luft. *Nichts*, dachte sie. Dann ließ sie ihre Hand über das Fensterbrett vor der Küche gleiten. Sie spürte Staub, sie spürte Dreck, aber nichts, was an einen Schlüssel erinnerte. Sie blickte auf einen leeren Tontopf neben der Tür. *Das wäre zu einfach*, dachte sie, *einfach zu einfach.* Sie hob ihn an. Etwas Silbernes blitze auf. *Die einfachen Dinge sind meistens die Richtigen!* Wer hatte das noch mal gesagt? Egal! Sie nahm den Schlüssel.

Sie wusste, dass sie das nicht durfte, dass sie ihre komplette Karriere riskierte, wenn man sie hierbei erwischen würde. Aber wenn Helen Bechmann nicht da war und sie keine Hinweise auf ein kriminelles Delikt finden würde, könnte sie den Schlüssel ja einfach wieder zurücklegen. Keiner würde ihren kleinen Grenzübertritt bemerken, so einfach war das. Sie verharrte einen Moment, blickte sich zur Straße um. Auch die war schon in schwarze Nacht getaucht. Nur ein Fahrzeug näherte sich von Weitem. Ein Motorrad, dachte Jenny Biber, doch dann realisierte sie, dass es ein Auto mit defektem Abblendlicht auf einer Seite war.

Damit wird er mich erst recht nicht sehen.

Sie schob den Schlüssel ins Schlüsselloch, drehte ihn um, öffnete die Tür. Wie um sich zu beweisen, dass sie nur wenige Minuten im Haus bleiben würde, schloss sie die Tür nicht, sondern lehnte sie lediglich an.

Sie stand im Flur. Rechts nahm sie eine dunkle Truhe wahr, auf der Zeitschriften lagen, links Kleiderhaken, an denen Jacken hingen, dahinter ein mannshohes Gewächs, eine Palme oder ein Benjamin, dachte Jenny Biber. Sie wendete sich nach rechts, ging voraus, stand in der Küche. Vom Türrahmen aus blickte sie zum Fenster, am anderen Ende des Raums.

Sie suchte mit der Hand nach dem Lichtschalter. Doch plötzlich huschte irgendetwas vor dem Fenster vorbei. Ein schneller Schatten, etwas Rundes, Klobiges. Jenny Biber erstarrte einen Moment, spürte, wie ihr Herz raste, wie ihr Puls in den Schläfen hämmerte. Sie versuchte erneut den Lichtschalter zu finden, ließ ihre Hand über die Raufasertapete gleiten, fühlte das Holz des Türrahmens, das Papier eines Kalenders oder etwas dergleichen. Dann, endlich, das Plastik des Lichtschalters unter ihrer Hand!

Sie hielt inne. Es konnten die Nachbarn sein, dachte sie. Oder irgendein Spaziergänger, ein Bekannter. Wenn sie das Licht einschaltete, würden sie sofort erkennen, dass da jemand im Haus war. *Scheiße!*, dachte Jenny Biber. *Scheiße!*

Sie nahm den Finger vom Schalter, schritt langsam durch die Dunkelheit zum Fenster. Sie musste wissen, was da gewesen war. Sie legte ihre Hand auf die Arbeitsplatte, ließ sie darüber gleiten, als sei sie ein Geländer. Sie berührte die Kaffeemaschine und die Brotschneidemaschine wie zwei alte Freunde. Dann rumpelte es, ein plötzlicher Schmerz durchzog ihr rechtes Bein – ein Stuhl, gegen den sie gestoßen war. *O.K., ganz ruhig, Mädchen, ganz ruhig!* Sie ging weiter voraus, spürte die leichte Wärme, die ein Heizkörper von sich gab, legte ihre Finger auf den harten Marmor der Fensterbank. Sie roch den süßlichen Geruch einer Orchidee, die ihre Blüte direkt neben ihr Gesicht streckte, hörte das leise Ticken irgendeiner Uhr. Dann hob sie die Hände, legte sie an das kalte Glas des Fensters. Langsam schob sie den Kopf etwas vor, um nach draußen zu schauen.

Sie blickte über den Rasen, die Pergola und auf die Straße, sah die beleuchteten Fenster der Nachbarhäuser, links bereits die dunklen Umrisse der Platanen, die das Lechufer säumten. Nichts Ungewöhnliches. Sie atmete aus.

Plötzlich hörte sie ein leises Klimpern, dann einen Zischlaut aus dem Flur. Sie wandte sich um – die Haustür!

Sie hastete zwischen Tisch und Arbeitsplatte zurück, hielt kurz inne, bevor sie in den Flur hinaustrat. Sie würde alles erklären können, sagte sie sich. Wenn es die Nachbarn waren, würde sie ihnen sagen, dass sie von der Polizei kam. Schließlich lag eine Vermisstenanzeige vor. Sie würde einfach alles hier, vor Ort, klären. Plossila und Dollerschell würden gar nicht mitbekommen, dass sie eigenmächtig gehandelt hatte.

Sie trat in den Flur. Tatsächlich, die Tür stand offen, der Schlüssel hing im Schloss, schaukelte hin und her. Sie blickte durch den Türspalt nach draußen, sah den Wind an den Büschen und Bäumen zerren. Natürlich, der Wind, dachte sie, das ausklingende Gewitter. Sie lehnte die Tür erneut an und fand den Lichtschalter im Flur.

Alles sah friedlich aus, friedlich und normal. Sie schaltete das Licht wieder aus, damit sie nicht gesehen wurde. Dann ging sie den Flur entlang, bis sie im Wohnzimmer stand. Die Einrichtung erschien ihr gewöhnungsbedürftig: Alte Bauernmöbel waren neben poppig-modernen Einrichtungsgegenständen in bunten Farben platziert. An der Wand hingen ausschließlich Fotografien mit grinsenden Menschen in den verschiedensten Rahmen. Neben einem Ikea-Sideboard stand ein Wäscheständer mit Sportbekleidung. Sie schob einen der Vorhänge zur Seite, blickte auf braune Terrassenfliesen, auf denen das Wasser stand. Es begann wieder zu regnen, kleine Tropfen fielen in die Pfützen, zeichneten zarte Kreise auf ihre matte Oberfläche.

Sie verließ das Wohnzimmer, öffnete die nächste Tür, die vom Flur wegführte – das Schlafzimmer. Das Bett war ungemacht, Helen Bechmann musste es eilig gehabt haben. Obwohl es ein Doppelbett war, gab es nur ein Kissen und ein Oberbett, beide mit roter Satinbettwäsche bezogen. Neben dem Bett standen drei mannshohe Spiegel auf Rollen und daneben befand sich ein kleines Beistelltischchen mit einem Telefon auf einer Basisstation. Der Anrufbeantworter blinkte und zeigte zwei hinterlassene Nachrichten an.

Die erste war von Sonntagnachmittag, von einer gewissen Ines hinterlassen worden. Im Hintergrund hörte man Stimmengemurmel, das Klimpern von Besteck und Geschirr. „Helen, kommst du noch? Ich warte jetzt schon eine halbe Stunde. Was ist los? Sag halt mal Bescheid … Is doch nichts passiert gestern, oder …? Na gut, ich versuch's mal auf dem Handy." Als sie die zweite Nachricht aufrief, knisterte es nur kurz, es gab einen eigenartigen, hohen Ton, dann wurde aufgelegt.

Drei Leute, dachte Jenny Biber. Jetzt sind es schon drei Leute, die annehmen, es könnte etwas passiert sein.

Sie ging zurück in den Flur, näherte sich der nächsten Tür. Der Lichtschalter befand sich außen und eine brennende Diode signalisierte, dass die Beleuchtung eingeschaltet war. *Der einzige Raum, in dem das Licht brennt*, dachte Jenny Biber. Sie legte die Hand auf die Klinke, hatte ein ungutes Gefühl. Für einen Moment hielt sie die Luft an, blickte auf die nackte, weiße Holztür. Im oberen Drittel war eine Milchglasscheibe eingelassen und sie sah deutlich, dass die Deckenlampe brannte. *O.K., drei, zwei, eins …* Sie stieß die Tür auf. Ein Waschbecken, eine Badewanne – das Badezimmer.

Sie blickte auf einen rosaroten Duschvorhang, der halb über der Wanne, halb auf dem Boden lag. Die Vorhangstange ragte wie der Mast eines gekenterten Segelschiffes über den Badewannenrand, der Brauseschlauch hing schlapp von der Wand herunter. *Oh Gott*, dachte Jenny Biber und sprang auf den Vorhang zu. Mit einem Ruck riss sie ihn zur Seite, in dem Gefühl, eine beim Duschen verunglückte Helen Bechmann darunter zu finden. Doch blickte sie nur auf einen zerzausten Badvorleger.

Sie blieb wie angewurzelt stehen, starrte weiter auf den Badvorleger. Was war hier passiert? Ein Unfall oder …? Ein schwarzer Fleck auf der Matte sprang ihr ins Auge. Sie ging in die Hocke. Blut, es musste Blut sein. Neben der Matte lag ein kleiner brauner Papierfetzen. Sie nahm ihn auf – Klebeband, nur ein winziges von einer Rolle abgerissenes Stück. Sie legte es zurück, stand vorsichtig auf.

„Was um Himmels willen …?" Sie blickte auf die weißen Kacheln schräg über ihr. Wieder Blut, ganz sicher. Irgendjemand war dagegen gestoßen. Oder gestoßen worden.

Lisa Huber kam ihr in den Sinn. Sie dachte daran, dass sie in ihrem eigenen Haus entführt worden war. Und Helen Bechmann? Sie spürte, dass hier etwas passiert war, dass es kein Badeunfall war. Sie spürte, dass *er* hier gewesen war, hier auf dieser Matte gestanden hatte. Und jetzt? Wo war er jetzt? Ihre Kehle zog sich zusammen, fast hatte sie das Gefühl, als müsse sie den Sauerstoff in sich hineinsaugen. Und dann war ihr mit einem Mal die Situation von vorhin wieder präsent: der Schatten vor dem Fenster, die offen stehende Tür, das Knacken im Haus.

Sie blickte auf, betrachtete erneut das kleine Badezimmer. Auf einmal empfand sie eine eigenartige Enge, hatte das Gefühl, die Wände rückten immer näher zusammen, könnten sie zerquetschen. Sie sah auf die geöffnete Tür, den einzigen Fluchtweg. Der Rahmen begannen zu wabern, zu verschwimmen, wurde eins mit der Wand, mit der Decke. Ihr wurde schwindelig. Dann knackte irgendetwas. *Ich muss raus*, dachte sie, *einfach nur raus!*

Noch während sie zu rennen begann, wurde ihr klar, dass das Knacken von einem Duschring stammte, den sie zertreten hatte. Aber egal, ganz egal, auch wenn es nur der Duschring war, die Wände würden sie zermalmen, wenn sie nicht rannte. Sie lief in den Flur, sah nichts als Schwärze. Doch da – die Haustür, ein Streifen Licht wurde vom Mond an die Wand geworfen. Ein Streifen Leben, ein Streifen Freiheit! Auf einmal schob sich ihr etwas Dunkles in den Weg. Sie prallte dagegen, stieß einen Schrei aus, verlor für den

Bruchteil einer Sekunde die Orientierung. Sie wollte sich losreißen von diesem Irgendwas, das sich vor sie gestellt hatte. Sie war kein Opfer! Sie war Polizistin, verdammt noch mal! Es gelang ihr. Es gab einen raschelnden Zischlaut, sie sah Blätter fliegen, der Benjamin kippte um, fiel auf den Teppich. Sie kümmerte sich nicht darum, riss stattdessen die Haustür auf, warf sie hinter sich zu. Rannte zum Auto, griff mit zittrigen Händen in ihre Handtasche. Führte den Schlüssel mit zwei Händen zum Schloss.

Als sie im Auto saß, verriegelte sie die Türen von innen und raste mit quietschenden Reifen davon. Erst als sie auf der Bundesstraße war und merkte, dass sie stadtauswärts fuhr, konnte sie wieder einen klaren Gedanken fassen. Sie musste telefonieren, sagte sie sich, sie musste einen Anruf tätigen. Einen Anruf, der ihr ganzes Leben verändern konnte.

11

Er schob Carla die Ente Jedi in den Arm und deckte sie bis zum Hals zu. Man sah ihr an, dass sie heute zwei Stunden später ins Bett gebracht wurde als sonst. Sie sah müde aus, ihre Augen waren rot und er hatte das Gefühl, dass sie mit aller Kraft gegen das Zufallen ihrer Lider kämpfte.

Er gab ihr einen Kuss auf die Stirn und sagte: „Schlaf jetzt, Prinzessin!"

„Eine Geschichte, Papi!"

„Carla, du musst jetzt schlafen, sonst kriegen wir Ärger mit Mami."

Ihr Gesicht verzog sich, als blicke sie auf ein ekelhaftes, furchterregendes Insekt. Dann begann sie, die Beine immer wieder anzuziehen und auszustrecken, so als würde sie hüpfen, nur im Liegen.

„Eine Geschichte!"

Plossila blähte die Backen. „In Ordnung, aber nur eine kurze. Und nur, wenn du jetzt ganz still bist und danach ganz schnell schläfst."

Sie legte den Zeigefinger erst auf ihren Mund, dann auf den Mund der Ente Jedi.

„Also? Mit was?"

„Hmm, mit einem Affen, der Kuh Olga, einer Prinzessin und einem Löwen. Aber der Löwe darf die Kuh Olga nicht fressen."

Plossila wischte sich über die Stirn, als würde er schwitzen. „Puh, das ist aber ganz schön schwierig, wenn der Löwe die Kuh Olga nicht fressen darf. Dann bleibt ihm ja nur die Prinzessin ..."

„Naaeeein!", rief Carla.

Plossila sah sie streng an.

„Pssst!", machte Carla und blickte streng auf die Ente Jedi. „Pssst!"

„Also gut", sagte Plossila. „Es war einmal eine Prinzessin, die lebte zusammen mit ihrer Kuh Olga und dem Affen Hugo auf einer Insel ..."

„Und wie heißt die Prinzessin?"

Plossila tat, als denke er nach. „Die Prinzessin heißt ... Helga."

Carla schob die Unterlippe über die Oberlippe und schaute ihn böse an.

„Also gut: Die Prinzessin heißt Carla."

Sie lächelte, kuschelte sich an die Ente Jedi und schloss die Augen.

„Es war einmal eine Prinzessin namens Carla ..."

Enrique sah nicht auf, als Plossila das Esszimmer betrat. Er saß kerzengerade am Tischende und blickte auf ein Buch, das vor ihm lag. Er hatte schwarzes, verwuscheltes Haar, ein Ziegenbärtchen und man sah ihm seine regelmäßigen Fitnessstudio-Besuche deutlich an. Er trug ein Polohemd, eine Designerjeans und er hatte – wie Plossila nicht verborgen blieb – nackte Füße.

Einem ersten Impuls folgend, wollte sich Plossila zu ihm an den Tisch setzen. Er hatte noch nie mehr als zwei, drei Worte mit ihm gewechselt und warum sollte er nicht mal einen Plausch mit seinem Nachfolger halten? Doch noch bevor er auch nur einen Schritt auf ihn zugegangen war, fing ihn Rebecca ab, nahm ihn am Arm und zog ihn ins Wohnzimmer.

Sie schloss die Glastür, blickte ihn ernst an und sagte: „Ich will nicht, dass du unangemeldet kommst, das weißt du!"

„Warum? Er liest doch."

„Wir hatten eine Verabredung!"

„Wir hatten auch eine Verabredung, dass ich Carla jedes zweite Wochenende abholen kann."

„Ganz genau. Aber leider hattest du ja letztes Wochenende Wichtigeres zu tun."

„Am Samstag."

„Wir waren das Wochenende am Chiemsee, wir konnten Carla nicht alleine hierlassen, bis du zu kommen beliebtest. Also haben wir sie mitgenommen."

„Am Chiemsee? Ihr wart in *unserem* Haus?"

Sie schob Plossila in einen Sessel, setzte sich selbst auf die Couch. Dann nahm sie eine Zigarettenschachtel von einem Beistelltischchen, das eine afrikanische Plastik trug. „Es ist nicht *unser* Haus."

„Also doch."

Sie schlug die Beine übereinander und zündete sich eine Zigarette an. „Und wenn es so wäre?"

Plossila schnaufte, schob sich die blonden Haare nach hinten. Sie waren zu lang, mussten mal wieder geschnitten werden, dachte er, aber ach, das war auch schon egal. „Dir ist auch gar nichts heilig."

„Und *dir* offenbar nur die Arbeit."

„Dass *du* das sagen musst!"

Sie stand wieder auf. „Ich will lediglich, dass du unsere Abmachungen respektierst, das ist alles. Ansonsten muss ich …"

Plossilas Telefon begann zu klingeln.

„Was musst du?"

Sie blickte ihn mit einer plötzlichen Milde an, die nur gespielt oder ironisch sein konnte. „Geh dran, es könnte dienstlich sein."

Plossila stand auf, versuchte sein Handy aus der zu engen Jeans herauszuquetschen. Er bekam es zu fassen, sah erneut in ihr Gesicht. „*Was* musst du, Rebecca?"

Er blickte auf das Handy-Display. *Jenny Biber – was will die denn noch zu dieser Uhrzeit?* Zuerst wollte er sie wegdrücken, doch dann entschied er, dass er keine Wahl hatte, er musste rangehen.

Als das Telefonat beendet war, wusste er nicht mehr, wo sie stehen geblieben waren. „Ich muss weg", sagte er nur und lief in die Diele.

Seine Exfrau folgte ihm, öffnete ihm die Haustür. Sie sagte nichts zum Abschied, sah ihn nur mit diesem triumphierenden Ich-habs-ja-gewusst-Gesicht an.

Plossila hatte keine Ahnung warum.

Er wuchtete sich aus dem BMW und ging auf das Haus zu. Gerade, als ihm einfiel, dass er mal wieder den Wagenschlüssel steckengelassen hatte, hörte er das Schlagen einer Autotür einige Meter unterhalb der Straße, von dort, wo die Platanen das mondbeschienene

Trottoir in ein dunkles, undurchdringliches Schwarz tauchten. Dann vernahm er das Knirschen von Sohlen auf dem Gehweg.

„Frau Biber, habe ich Ihnen nicht gesagt, Sie sollen nach Hause fahren?"

Sie blieb einen Moment stehen, dann kam sie näher. Als sie vor ihn unter die Straßenlaterne trat, sah er in ihr weißes Gesicht, ihre Mundwinkel zeigten nach unten. „Ich dachte einfach, es sei besser, wenn ich hier wäre und Ihnen alles zeige."

„Verdammt noch mal!", rief Plossila und hielt ihr einen drohenden Finger entgegen. „Wie zum Teufel kommen Sie auf die Idee, hier ständig eigenmächtig zu handeln? Wir sind hier bei der Polizei, da gelten Hierarchien. Wenn Sie das nicht akzeptieren können, dann …" Er machte eine wegwerfende Handbewegung.

Sie trat einen Schritt zurück, sah ihm von unten in die Augen. „Ich habe gewusst, dass etwas nicht stimmt. Ich habe es gespürt. Aber das ist ja kein Argument!"

„Herrgott, lernt man das heute in der Polizeischule, dass man seinen Gefühlen folgen soll? Ich dachte immer Polizeiarbeit beruht auf rationalem Abwägen!"

Er schluckte, als er merkte, dass er seinen Vater sprechen hörte. *Man löst das Rätsel mit Verstand, Emotionen stören nur*, hallte es in seinem Kopf wider.

„Aber ich hatte recht, das werden Sie sehen! Außerdem: Ich kannte sie …"

Plossila fühlte sich viel zu müde, um weiter auf dem Trottoir umherzuschreien. Der ganze Tag steckte ihm noch in den Knochen und nach dem Streit mit Rebecca brauchte er nicht auch noch eine nächtliche Auseinandersetzung mit einer Nachwuchspolizistin. Außerdem musste er sich in seinem Innersten eingestehen, dass er ein gewisses Maß an Respekt empfand. Vor der Leidenschaft, mit der sie ihre Aufgabe anging. Er war auch so gewesen damals, hatte auf seine Gefühle vertraut und die Leidenschaft für die Sache hatte ihn angetrieben. Nicht selten hatten sie gerade aus diesen Gründen die schwierigsten Fälle gelöst. Er blickte ihr fest in die Augen. „Wir werden darüber noch sprechen müssen."

Sie nickte.

„Also, schauen wir uns die Sache an! Sie sagen, der Schlüssel steckt?"

Sie nickte erneut, ließ ihn vorangehen.

Plossila stieß die Tür auf und trat ein.

„Der Lichtschalter ist …"

„Ich seh schon", sagte Plossila und schaltete das Licht ein. Er blickte auf den umgefallenen Benjamin. „Hat es hier einen Kampf gegeben?"

„Nein, ich … ich habe den Baum wohl übersehen, als ich rausgelaufen bin. Ich hatte für einen Moment das Gefühl, der Täter könnte zurückgekommen sein. Mit mir zur gleichen Zeit im Haus gewesen sein."

Plossila schnaufte. „Schon wieder eines Ihrer Gefühle, ja?" Sie atmete ein, setzte an, als wolle sie etwas sagen, verzichtete dann aber darauf.

„Das Bad?"

„Da vorne … Darf ich?" Sie ging voraus, schaltete das Licht ein, öffnete die Tür. „Oh Gott!", sagte sie im gleichen Augenblick.

„Was ist?"

„Ich habe die Türe nicht geschlossen. Und ich habe auch das Licht nicht ausgemacht. Ich bin einfach nur rausgerannt."

„Hmm", brummte Plossila und blickte ins Bad. Es sah wirklich nicht gerade harmonisch aus: Der Duschvorhang war heruntergerissen, die Vorhangstange aus der Wand gebrochen. Entweder es hatte hier einen Unfall oder eine Auseinandersetzung gegeben.

„Der Badvorleger ist weg und auch das Blut. Hier, hier war Blut, ganz sicher." Jenny Biber zeigte an die Wand, an die weißen Kacheln. „Er muss dagewesen sein, muss das Blut weggewischt und den Badvorleger mitgenommen haben. Mein Gott!" Sie hielt sich eine Hand vor den Mund, ihre Augen weit aufgerissen.

„Warum sollte er das tun?"

„Keine Ahnung! Warum säubert er sein Opfer, nachdem er mit ihm fertig ist?"

Gute Frage, dachte Plossila. Er blickte sich um. Sie mussten das alles genauer untersuchen. Er fingerte erneut sein Handy aus der Hosentasche.

„Was machen Sie?" „Ich rufe die Polizei."

Es war alles andere als leicht, Lorenz-Günther Bublack zu folgen. Vor allem in diesem Tempo. Er hatte einfach Übung darin, das Gleichgewicht immer erneut situationsbezogen auszubalancieren. Wenn er mit dem einen Fuß ein Stück wegrutschte, rammte er den anderen umso entschlossener in den matschigen Untergrund. Vor allem bewunderte Dollerschell seine Technik, die Füße seitwärts in den Hang zu drücken und dabei die Ferse unerbittlich in den Schlamm zu pressen. Den Oberkörper voraus schritt er so mit Leichtigkeit den kleinen, matschigen Hügel hinauf, hinter dem das Haus stand.

„Soll ich Ihnen …"

„Es geht schon", sagte Dollerschell und blickte zu Bublack hinauf, der etwa auf halber Höhe des Hügels stand. „Vielleicht könnten Sie mir nur …" Er hielt ihm seine Ledermappe entgegen, die er, wie er jetzt wusste, besser im Auto gelassen hätte.

Bublack rutschte ihm ein Stück entgegen, nahm die Mappe an sich. „Kein Problem", sagte er, wandte sich um und kletterte in einem Zug die Anhöhe hinauf.

Die Übergabe der Mappe hatte Dollerschell ein wenig aus dem Tritt gebracht, sodass er mit dem rechten Bein wegknickte und mit dem Knie in einer Matschmulde landete, gleich neben einem grünen Grasbüschel aus dem eine arrogante, violette Blume wuchs.

„Scheiße!", rief Dollerschell. Er blickte nach oben und sah durch dreckverspritzte Brillengläser in das unter einem gelben Helm hervorlugende, mitleidige Gesicht seines Bauleiters. Er rappelte sich wieder auf, versuchte sich den Schlamm von der Hose zu klopfen, musste aber einsehen, dass es keinen Sinn hatte. Dann presste er seinen eingematschten Halbschuh auf das Grasbüschel, zertrat die blaue Blume mit einem eigenartigen Gefühl der Genugtuung und machte mit dem Grasbüschel als fester Basis einen entschlossenen Satz nach oben.

Auf dem Hügel angekommen, blickte er gemeinsam mit Bublack auf seine dreckverschmierte Hose und die von feuchter Erde umgebenen Lederschuhe. Dollerschell hob die Hose leicht an und offenbarte braune, matschige Socken.

„Das Gewitter gestern. Es tut mir leid, ich hätte Ihnen sagen sollen, an Gummistiefel zu denken. Aber das Wetter ist halt auch genau unser Problem." Bublack hielt Dollerschell die Mappe hin. „Wollen wir?"

Dollerschell nickte, nahm die Mappe und hastete Bublack hinterher. Er kam sich blöd vor, unbeholfen, weil er sich so angestellt hatte, eingesaut, wie er war. Aber er brauchte sich nicht zu rechtfertigen, es musste ihm nichts peinlich sein, sagte er sich. Er war Kommissar und er war weiß Gott nicht auf den Kopf gefallen, auch wenn das nicht jeder akzeptieren wollte. Außerdem war er hier der Bauherr, ohne ihn lief gar nichts. Hundertfünfzig Quadratmeter Wohnfläche und dazu noch neunzig Quadratmeter Garten. Für einen Polizisten war das gar nicht schlecht, das sollten ihm die anderen erst mal nachmachen.

Er schloss zu Bublack auf, schritt gemeinsam mit ihm auf sein entstehendes Haus zu. Viel mehr als ein großes Loch, in der ein Kellerrohbau stand, war noch nicht von ihm zu sehen. Es brauchte eine Menge Phantasie, sich vorzustellen, dass er hier noch dieses Jahr mit seiner Familie einziehen sollte.

Bublack blieb stehen, schob sich den Helm in den Nacken. „Wir waren gerade bei der Bitumendickbeschichtung, um die Kellerabdichtung herzustellen, als es den Guss gegeben hat. Sie sehen an den Außenseiten die Dränplatten, die wir zum Schutz der Abdichtung installiert haben." Er schob sich zwei Finger unter den Helm, kratzte sich an der Kopfhaut. Eine fettige, dunkelblonde Haarsträhne kam zum Vorschein und blieb wie ein Halbmond auf seiner beginnenden Glatze liegen. „Unser Problem ist die Feuchtigkeit: Es muss trocken sein, bevor wir die Bitumenbahnen verlegen können. Wir haben vorige Woche schon einen Anlauf gestartet und wurden vom Regen überrascht – und jetzt ging es uns wieder so."

Dollerschells Dienst-Handy klingelte. Er setzte eine ernste Miene auf, sagte „Augenblick" und ging ein paar Schritte auf das Nachbarhaus zu. „Was gibt's, Plossila?"

„Ich wollte dir nur kurz zurufen, dass die Spurensicherung schon weitestgehend fertig ist, ging schnell diesmal. Willst du wie immer …"

„Ja natürlich, ich übernehme das und unterrichte euch dann. Ich war ja eben selbst noch am Tatort und habe die Untersuchungen geleitet. Es fehlen nur noch ein paar Mosaiksteine."

„Wann wirst du hier sein? Wenn es sich wirklich abzeichnet, dass Helen Bechmann entführt wurde, haben wir ein Riesenproblem, das weißt du."

„Wenn es derselbe Täter war."

„Ganz genau. Es scheint mir ehrlich gesagt nicht unwahrscheinlich zu sein."

Dollerschell blickte zu Bublack, der irgendetwas in Richtung Bauwagen rief. „Ich musste einen kurzen Abstecher zu meinem Haus machen, wenn man dieses Gebilde denn so nennen kann. Aber ich fahre gleich noch einmal zum Tatort, lasse mich auf den neuesten Stand bringen und bin dann bei euch. Dann gebe ich euch alle Infos, die ihr braucht. Sonst alles klar?"

Plossila schnaufte. „Na ja, wir sind hier alle ein bisschen müde, war eine lange Nacht gestern. Gut, dass du noch rausgekommen bist. Aber wir versuchen hier trotzdem alles möglich zu machen. Ich weiß gar nicht, ob Frau Biber überhaupt zu Hause war diese Nacht, ich würde sie gerne so früh wie möglich heimschicken heute."

Jenny Biber! Dollerschell musste sagen, dass ihr übertriebener Arbeitseifer ihm ein wenig auf die Nerven ging. Sie hatte doch eindeutig ihre Kompetenzen überschritten mit dieser Nummer! Plossila hatte es so hinzudrehen versucht, als sei Helen Bechmann eine Freundin von Jenny Biber und als habe diese das mutmaßliche Opfer nur zufällig besucht. Aber es wussten doch alle, dass es anders war. Sie hatte unautorisiert rumgeschnüffelt und war dabei möglicherweise auf eine Straftat gestoßen. Möglicherweise, wie gesagt, sie wussten noch rein gar nichts. Was sie wussten, war, dass ihre Polizeianwärterin Probleme hatte, sich einzugliedern, ihren Platz zu finden. Schon beim Fall Lisa Huber hatte sie sich aufgeplustert mit ihrem bescheuerten Bergamotte-Geruch. Und dann ihr Ton. Wenn er da an sich dachte, damals. Er hatte sich zurückgenommen in seiner Zeit als Anwärter und das getan, was man von ihm verlangt hatte. Nicht mehr und nicht weniger. Und so musste es auch sein.

„Dollar? Alles klar?"

„Ja, ja doch. Ich habe hier nur ein paar Probleme mit dem Regen am Bau, nichts Besonderes. Und ja, schick sie heim."

„Was meinst du?"

„Schick sie heim, Jenny Biber, soll sich mal richtig ausschlafen."

„O.K., du hast sicher recht."

Dollerschell ging zurück zu Bublack, der auf die Baustelle schaute wie auf eine Schlacht. „Ganz ehrlich: Wenn es nicht bald zumindest eine Woche trocken bleibt, schaffen wir es nicht mehr dieses Jahr. Und billig ist diese Warterei auch nicht." Er zeigte mit einem Daumen in Richtung Bauwagen. „Die müssen ja alle bezahlt werden."

Dollerschell nickte und schob sich eine Zigarette in den Mundwinkel. Das hatte ihm noch gefehlt. Dann konnten sie den Umzug erst angehen, wenn das Kind da war. Und bis dahin mussten sie auch weiterhin Miete für die Wohnung bezahlen. Aber er würde es schon hinkriegen, er würde das alles schon schaffen.

„Warten wir's ab, was bleibt uns übrig. Also, ich muss wieder los!"

„Natürlich. Soll ich Ihnen helfen?" Bublack zeigte mit dem Kinn zum Matschhügel.

Dollerschell sah an sich hinunter, verzog das Gesicht. „Danke. Ist nun eh schon egal."

Als Plossila von der Toilette kam, wunderte er sich. Er war sich ziemlich sicher, dass diese Matschhäufchen eben noch nicht auf dem Industrieteppich im Flur gelegen hatten. Als guter Ermittler beschloss er, das einzig Richtige zu tun: Er beschloss, den Häufchen zu folgen. Es ging vorbei an der kleinen Küche, die eigentlich eher eine größere Kochnische war, an den Büros von Salzmann und Mäuser und als er um die Ecke bog, sah er, dass die Spuren genau in sein

Büro hineinführten. Albers stand am Eingang, grimmassierte und warf ihm einen fragenden, ironischen Blick zu.

Plossila zuckte mit den Schultern und ging wortlos ins Büro, in dem Dollerschell bereits auf ihn wartete, aufrecht sitzend, seine Unterlagen sortierend.

Ohne zu Plossila aufzublicken, sagte er: „Wir können sofort anfangen."

„O.K. ..." Plossila ließ sich unter einem Ächzen in seinen Bürostuhl fallen. „Ansonsten alles gut?"

„Was sollte nicht in Ordnung sein?"

„Ich meine nur ..." Er blickte überdeutlich auf die Matschspuren und auf den beschmutzten Schuh, dessen Spitze unter dem Schreibtisch hervorlugte.

Dollerschell zog den Schuh komplett unter den Schreibtisch und sah Plossila fest in die Augen. „Glaub mir, ich habe schon genug Spott von den Kollegen in Weiß am Tatort bekommen. Am Anfang war es ganz lustig, aber jetzt reicht's langsam."

Plossila faltete die Hände über seinem Bauch und nickte zustimmend. „Dann erzähl mal!"

„Die anderen?"

„Frau Biber ist aufgrund meines eindringlich vorgetragenen Wunschs zähneknirschend nach Hause gefahren und den Kollegen Lieberknecht bestellen wir jetzt ein." Er drückte zwei Knöpfe auf der Telefonanlage. Es tutete dreimal laut, dann knackte es in der Leitung.

„Ja, Oliver Lieberknecht hier."

„Dollar ist jetzt da. Kommst du rüber?"

„Bin schon da!"

Oliver Lieberknecht setzte sich auf den grünen Gummiball, den Plossila einmal wegen seiner Rückenbeschwerden angefordert, aber nach einer Stunde schon wieder in die Ecke gekickt hatte. Er blickte irritiert zu seinem Kollegen. „Bist du ... irgendwie vom Fahrrad gefallen?"

Dollerschell keuchte. „Freunde, wir haben hier einen Mord aufzuklären, möglicherweise zwei Morde. Ich bin der Meinung, der Zustand meiner Garderobe sollte vor diesem Hintergrund allerhöchstens sekundär sein."

Plossila und Olli Lieberknecht warfen sich einen Blick zu, wie zwei Theatergäste nach einer formidablen Vorstellung.

„Können wir?"

Plossila hob die Hand in einer zustimmenden Geste. „Auf geht's!"

„Gut. Die Spuren in der Wohnung Helen Bechmanns lassen sich durchaus als Resultate einer Kampfhandlung deuten: Die Aufhängung des Vorhangs, also diese kleinen Löcher, in denen die Haken hängen, sind zum Teil ausgerissen. Der Vorhang wurde also offenbar gewaltsam heruntergezerrt. Dabei ist auch die Vorhangstange aus ihrer Verankerung gebrochen worden. Kratzspuren in der Wanne zeigen, dass die Stange danach auf die Keramik gefallen ist."

„Könnte doch auch ein ganz normaler Badeunfall sein", warf Plossila ein. „Man kommt unter der Dusche ins Straucheln, hält sich am Duschvorhang fest und reißt die ganze Vorrichtung herunter. Ich glaube, mir ist das sogar schon mal passiert."

Olli Lieberknecht sah grinsend auf, doch als er bemerkte, dass keiner seine Heiterkeit teilte, senkte sich sein Blick wieder und er vertiefte sich in einen der Matschflecken auf dem Boden.

„Nicht wirklich auszuschließen, dass du recht hast", sagte Dollerschell. „Es wäre allerdings eigenartig, dass Frau Bechmann nach ihrem Sturz alles stehen und liegen lassen hat. Zudem haben wir Blutspuren am Vorhang und an der Wand gefunden. Jemand hat versucht, die Spuren an der Wand zu beseitigen, aber die Kollegen von der Spurensicherung konnten das Blut dennoch nachweisen. Derzeit wird überprüft, ob es sich um Frau Bechmanns Blut handelt. Ich würde einen ziemlich hohen Betrag darauf wetten, dass dem so ist."

„Hm." Plossila nahm seine Hände vom Bauch, zog den Stuhl weiter vor und beugte sich über die Tischplatte. „Was hältst du hiervon? Frau Bechmann rutscht in der Wanne aus, reißt den Vorhang herunter, stürzt und verletzt sich dabei. Danach stützt sie sich mit einer blutverschmierten Hand an der Wand ab. Nachdem sie sich einigermaßen beruhigt hat, säubert sie die Wand und kümmert sich schließlich um etwas anderes, vielleicht fährt sie ins Krankenhaus."

Dollerschell presste kurz die schmalen Lippen aufeinander und sah Plossila mit einem Hauch von Ungeduld an. „Unsere geschätzte Kollegin, Jenny Biber, war nach eigenen Angaben am Montagabend um halb zehn im Hause Bechmanns. Zu dieser Zeit waren die Spuren noch da und auch eine blutverschmierte Badematte hat es ihren Angaben zufolge gegeben. Kaum zu glauben, dass sich Helen Bechmann still verhalten hat, während *ihre Freundin* Jenny Biber im Haus war, und danach, nachdem sie gegangen ist, schnell sauber gemacht hat. Eine Stunde später standet ihr beiden ja gemeinsam in ihrem Badezimmer, wenn ich es recht sehe."

„Ah, O.K.", sagte Plossila und lehnte sich wieder in seinen Bürostuhl zurück. Sein Kollege hatte ganz recht, sein Einwand war wenig durchdacht gewesen, ging es ihm durch den Kopf. Er fühlte sich ein bisschen verwirrt, unkonzentriert. Wahrscheinlich war es die Müdigkeit, der kurzen Nacht wegen. Er hörte ein eigenartiges Summen, vielleicht eher ein Brummen. Er hob einen Zeigefinger in die Luft, als gelte es, die Windrichtung zu bestimmen. „Hört ihr das auch …? Dieses Brummen?"

„Nein. Ich höre kein Brummen", sagte Dollerschell genervt. „Olli, du?"

Olli Lieberknecht blickte auf, ließ seine Blicke von Plossila zu Dollerschell wandern. „Wir äh … wir haben übrigens die Krankenhäuser in der Umgebung angerufen … Es hat keiner einen Notfall Bechmann aufgenommen oder verarztet. Auch die diensthabenden Internisten in der Gegend wurden nicht kontaktiert. Frau Bechmann wurde ja bereits am Sonntag als vermisst gemeldet, das sollten wir vielleicht im Auge behalten. Und an einem Sonntag, da ist der Kreis der möglichen Ärzte ja recht überschaubar."

„Vielleicht hat sie sich auch selbst verarztet?", mutmaßte Plossila.

„Unwahrscheinlich", sagte Dollerschell. „Wir haben ein unbenutztes Erste-Hilfe-Set gefunden. Im Hausmüll lag nichts, was irgendwie an Pflaster und Mullbinden erinnert. Und bedenke: Sie stand unter der Dusche, war nackt. Nirgendwo gab es weitere Blutspuren, nicht an der Tür, nicht am Kleiderschrank. Das ist alles …"

„... höchst bedenklich, ja." Plossila merkte, wie seine Hoffnungen auf eine natürliche Lösung des Falls schwanden. Er hatte schon am Tatort das Gefühl gehabt, dass hier etwas nicht stimmte. Und jetzt wurde diese Annahme von einem sachlichen Argument nach dem anderen untermauert. Am Anfang stand immer ein Gefühl, dachte Plossila, die rationale Erklärung folgte in einem zweiten Schritt. Er räusperte sich. „Wie stellst du dir den Tathergang vor, Dollar?"

„Das Problem ist: Wir haben keine Spuren entdeckt, die auf ein gewaltsames Eindringen in das Haus schließen lassen. Also hatte der Täter entweder einen Schlüssel oder er war ohnehin im Haus, als Gast oder so."

„Oder er wusste, wo sie den Schlüssel versteckt – im Blumentopf."

„Hat sie ihn auch dort versteckt, wenn sie sich *im* Haus befand?"

„Hm ..."

„Also. Er ist im Haus, warum auch immer. Er schleicht sich ins Badezimmer, greift sie an, verletzt sie und entführt sie schließlich. Wenn es richtig ist, was Jenny sagt, dann hat es bis Montagabend noch Blutspuren an der Wand gegeben sowie eine blutverschmierte Badematte vor der Dusche. Beides war rund eine Stunde später – als du mit ihr ins Haus zurückgekehrt bist – nicht mehr da. Nur der Täter selbst kann, meiner Meinung nach, die Spuren beseitigt haben. Aus irgendeinem Grund war es ihm wichtig, sie zu entfernen. Also schleicht er sich ein zweites Mal ins Haus, wird dort aber von Jenny überrascht, die sich nach eigenen Angaben ja auch beobachtet gefühlt hat. Als sie geflüchtet ist, wird er gewusst haben, dass ihm nicht viel Zeit bleibt. Also hat er das aus seiner Sicht Notwendigste getan und ist wieder verschwunden."

Plossila wurde unruhig, hatte das Gefühl, das Brummen in seinem Schädel würde immer lauter werden. Er wandte sich Olli Lieberknecht zu. „Sie hatte diese Nachricht auf dem Anrufbeantworter. Wie viel Uhr war es, als die Anruferin Helen Bechmann vermisst hatte?"

„Kurz nach drei Uhr nachmittags."

„Und wann hat sie der letzte Zeuge gesehen?"

„Wir haben von ihr und einer Freundin erstellte Einladungsschreiben für ein Klassentreffen am Samstagabend gefunden sowie eine Liste mit Zu- und Absagen, mehr wissen wir zu diesem Zeitpunkt nicht", sagte Dollerschell.

„Irgendwelche Verbindungen zu dem Mord beziehungsweise der Entführung an Lisa Huber?"

„Na ja, beide sind aus ihrem eigenen Haus entführt worden."

„Das ist alles?"

„Bis jetzt schon."

Plossila zuckte zusammen. Die Bürotür wurde aufgerissen, das Brummen, das sich schon die ganze Zeit in seinem Kopf befand, wurde plötzlich unerträglich laut. Er blickte auf ein hellblaues Plastikungetüm, etwa doppelt so groß wie ein Rasenmäher. Es wurde von einer Dame vom Reinigungsdienst in den Raum geschoben. Ein Reinigungsgerät, dachte Plossila, nur ein Reinigungsgerät.

Vor Dollerschells Seite des Schreibtischs hielt die Reinigungs-Dame inne und blickte auf. „Ja, sog a moi, lafst du dahoam a mit deine dreackadn Schuah rum? Jetzt heb amoi deine Saufüaß auf, damit i gscheit butzn ko. Fix nomoi. "

Plossila atmete aus. Doch kein Tinnitus, dachte er. Dollerschell hob die Füaß.

Jenny Biber warf ihre Tasche in die Ecke. Sie zog sich den ersten Stiefel im Flur aus, den zweiten wurde sie irgendwo zwischen Küche und Badezimmer los. Sie war stinkesauer. Hundemüde und stinkesauer. Sie jetzt nach Hause zu schicken war eine Frechheit. Das konnten sie einfach nicht mit ihr machen. Immerhin war sie diejenige gewesen, die herausgefunden hatte, dass etwas passiert war mit Helen Bechmann, dass ihr etwas zugestoßen war. Und als es spannend wurde, machten die Herren natürlich alleine weiter. *„Fuck!"*, schrie Jenny Biber.

Sie riss den Kühlschrank auf, sah alles, nur nicht das, nach dem sie suchte. *„Fuck!"*, rief sie in Richtung unschuldigen Gemüses und wehrloser Tüten mit fettarmer Milch.

Sie warf die Kühlschranktür wieder zu. Rotwein bewahrte man nicht im Kühlschrank auf, wusste sie, er stand auf der Arbeitsplatte neben dem Herd. Er stand da, wo er hingehörte. Sie öffnete die Flasche, goss sich ein Glas ein, trank einen Schluck. *Schrecklich*, dachte sie und musste fast würgen. *Und davon habe ich gestern die halbe Flasche getrunken?* Sie goss den Rest des Glases kurzentschlossen in die Spüle. „Fff...!"

Jenny Biber ließ sich auf einen Küchenstuhl fallen, streckte die Füße von sich, ließ die Arme herabhängen und legte sich den Kopf in den Nacken. Erst jetzt spürte sie, wie verspannt sie war, jeder Muskel tat ihr weh und sie war einfach nur total erschöpft. Sie wusste: Sie war nicht nur sauer auf Plossila. Sie war auch sauer auf sich selbst. Sie war gestern Abend aus dem Haus gelaufen wie ein kleines Mädchen. Sie hatte Angst gehabt, war panisch gewesen. Dabei war gar nicht klar gewesen, dass *er*, der Täter, sich in ihrer Nähe befunden hatte. Es war nur ein Gefühl gewesen. Ein Gefühl, gegen das sie sich nicht wehren konnte, das Besitz von ihr ergriffen hatte. Panisch war sie raus und zum Auto gelaufen, erinnerte sie sich. Und erst Minuten später hatte sie wieder einen klaren Gedanken fassen können.

Sie atmete stöhnend aus, brachte ihren Kopf wieder in die Senkrechte. Sie musste Ruhe bewahren in Stresssituationen. Sie durfte nicht den Kopf verlieren, das war das Schlimmste. Sie war Polizistin, verflucht noch mal!

Die Tür öffnete sich, Tobias trat ein, in dunkelbraunen Mokassins und Buntfaltenhose. Er hielt einen ihrer Stiefel in der Hand, vermutlich den, den sie eben einfach von sich geschleudert hatte, und zeigte mit dem Zeigefinger der anderen Hand auf ihn. Wortlos und mit hochgezogener Augenbraue.

Gesten!, dachte Jenny Biber, *immer diese wortlosen Gesten!* Sie sprang auf, lief im Stechschritt um den Tisch herum und auf ihn zu. Dann riss sie ihm den Stiefel aus der Hand.

„Fuck! Fuck! Fuck!"

12

Scheiße, dachte Plossila. Das Handy klingelte, steckte aber in seiner Hosentasche. Er presste den Rücken in den Sitz, streckte das rechte Bein lang aus, den Fuß neben dem Gaspedal. Als er das Handy mit den Fingern zu fassen bekam, machte er einen leichten Schlenker und wäre fast in den Gegenverkehr abgedriftet. *Gerade noch*, dachte er und zog das Gerät mit Daumen und Zeigefinger aus der Jeans. Ein Sattelschlepper auf der Gegenspur zog mit lautem Hupen am BMW vorbei.

„Ja?"

„Ich wollte gerade auflegen, dachte du schläfst noch." „Das sollte ich eigentlich auch zu dieser gottlosen Zeit." Plossila kannte die Stimme, wusste sie aber im Augenblick nicht zuzuordnen. Er nahm das Handy vom Ohr, blickte schnell auf das Display. Gunther Isenbarth!

„Soll ich denn lieber nach dem Zähneputzen noch mal anrufen?"

„Nein, lass uns lieber jetzt telefonieren. Nach dem Zähneputzen lege ich mich gern noch mal 'ne halbe Stunde hin."

Er hörte ein unterdrücktes Lachen vom anderen Ende der Leitung. „Dieses Institut in Wien hat mich eben informiert, wegen des Blütenstaubs."

„Erzähl!"

„Es sind gar keine Bergamotte-, sondern Robinien-Pollen. Riechen wohl ziemlich ähnlich."

„Und was bedeutet das jetzt?"

„Na ja, Robinien-Pollen sind in unseren Breiten nicht so selten wie Bergamotte-Pollen, aber besonders häufig sind sie auch wieder nicht. Es gibt jedenfalls eine größere Robinien-Pflanzung beim Kloster St. Otten. Machen doch diesen vorzüglichen Akazienhonig."

„Dachte, der wird aus Akazien gewonnen …? Aber den Honig kenne ich, klar! Gibt's den immer noch? Kenn den nur aus Kindertagen."

„Ja, den gibt's noch. Ach, Plossila, wo ich dich gerade am Apparat habe: Die Verletzungen unter Lisa Hubers Fußsohlen stammen nicht von den Scherben des eingeschlagenen Fensters. Ich habe sie noch einmal untersucht und einen winzigen Splitter gefunden und diesen mit dem Material der Scherben verglichen. Nicht identisch."

„Was für ein Glas war es?"

„Keine Ahnung, Plossila. Es war normales Industrieglas, kann alles Mögliche gewesen sein. Na ja, ein zersplittertes Glasauge schließe ich jetzt mal aus."

Plossila lachte. „Safe?"

„Siebzig Prozent."

Als sie aufgelegt hatten, beschloss Plossila einen kleinen Abstecher zum Kloster zu machen. Er rief Dollerschell an und bat ihn, die Ermittlungen weiterzuführen und die notwendigen Aufgaben zu verteilen. „Wir sehen uns später im Präsidium und werfen unsere Informationen zusammen."

Das Kloster lag auf einer Anhöhe inmitten eines landschaftlichen Patchworks aus Feldern, Wäldern und alten Gehöften. Als er aus dem Wagen stieg, fühlte er sich mit einem Mal wie im Urlaub. Er lehnte sich an die backsteinerne Friedhofsmauer und blickte hinauf auf die Klosterkirche, an die der morgendliche Herbstnebel brandete. Nur für zwei, drei Atemzüge schloss er die Augen und spürte eine Ruhe, die er lange nicht mehr erlebt hatte, und die etwas mit der Alltagsabgewandtheit und dem geheimnisvollen, jahrhundertealten Rhythmus des Klosterlebens zu tun haben musste. Dann besann er sich auf seine Aufgabe und ging an der Friedhofsmauer bergauf in Richtung Haupteingang, vorbei an den Wirtschaftsgebäuden, die zum Teil renoviert wurden und von Baugerüsten umschlossen waren. Arbeiter waren allerdings keine zu sehen, die Anlage wirkte ruhig und verlassen, lediglich ein paar Vögel zwitscherten über den Gräbern zu seiner Linken.

In seiner Kindheit war er oft mit seinen Eltern hier gewesen, bei dem Biergarten, den das Kloster schon damals betrieb. Er musste irgendwo weiter oben liegen, in Sichtweite des Internats, das ebenfalls an das Kloster angegliedert war. Er dachte an die letzten Kindheitsausflüge, die er hierher unternommen hatte. Er konnte nicht älter gewesen sein als zehn damals, sein Kopf jedenfalls ragte allerhöchstens zur Hälfte über die Biertische. Mit den Augen konnte er gerade so darüber schauen, glaubte er sich zu erinnern, aber wenn er essen wollte, saß er bei seiner Mutter auf dem Schoß.

Plossila keuchte leicht, als er beim Haupteingang angekommen war, und gelobte innerlich einmal mehr, in Zukunft Sport zu treiben. Joggen wollte er, Schwimmen und Krafttraining waren ohnehin ein Muss. Er sah auf den Pfad, der zu dem kleinen Biergarten führte, erblickte an dessen Ende zusammengestellte Tische und Bänke, die noch nass waren vom Raureif. Er musste an seinen Vater denken, er war so anders gewesen damals. Nicht so eigenbrötlerisch wie heute. Gesellig war er gewesen, hatte seine Geschichten erzählt, sogar an späteren Abenden finnische Lieder gesungen. Er konnte sich an eine Szene im Klosterbiergarten erinnern: Martti hatte die Hände hinter dem Rücken gefaltet, die Brust rausgestreckt und diese fremden Melodien gesungen – und das in einer Stimme, die er gar nicht kannte. Ganz dunkel war sie, fast wie von tibetischen Mönchen erschien sie ihm heute im Rückblick. Weil er so steif dastand und den Kopf beim Singen nach hinten drückte, offenbarte sich ein unbekanntes Doppelkinn. Er musste fast lachen bei dem Gedanken, dass er damals glaubte, dieses Doppelkinn werde extra ausgefahren, nur um diese tiefe Stimme zu erzeugen, als eine Art Dudelsack für Molltöne.

Er schritt den Pfad, der zum Biergarten führte, einige Meter hinab, doch es war menschenleer hier unten. Er sah auf die alten Kastanien, versuchte sich vorzustellen, was sie in ihren langen Jahren schon alles gesehen haben mussten.

Plötzlich knirschte etwas hinter ihm. „Hallo, kann ich Ihnen helfen?"

Plossila drehte sich um. Er erblickte einen Mönch mit dunklem Bart und dunklen Augen, der in der grünen Tür des grünen Klostershops stand. Den hatte es damals auch nicht gegeben, dachte Plossila. Der Orden schien seinen Frieden mit der neuen kapitalistischen Welt gemacht zu haben.

„Ja, ich suche ... Ich brauche einige Informationen zum Thema Honig beziehungsweise Blütenstaub."

Plossila schob sich die Haare aus der Stirn, die von der Luftfeuchtigkeit ein wenig nass geworden waren. Er verkniff das Gesicht, weil er sich schon vorstellen konnte, wie blöd sich seine Frage angehört haben musste.

Der Mönch kam einen Schritt auf ihn zu, ließ die Tür dabei unter einem federnden Schlag auf den Holzrahmen fallen. „Sie brauchen Informationen zum Thema Blütenstaub?"

„Sie bieten doch seit Jahren diesen Akazienhonig an. Wie man weiß, wird der ja aus Robinien-Blüten gewonnen ..." Plossila begann die Geduld mit sich zu verlieren. „Hören Sie ..." Er zog seine Marke aus der Tasche und hielt sie dem Mönch unter die Nase. „Mein Name ist Plossila von der Kriminalpolizei Fürstenfeldbruck. Ich ermittle in einem Mordfall und benötige dringend Informationen und möchte mit einem Kollegen ... *einem Bruder* sprechen, der sich um die Imkerei kümmert."

Der Mönch trat wieder einen Schritt zurück, hielt eine Hand an die nach wie vor gegen den Rahmen federnde Tür. „Ja natürlich. Ich kümmere mich sofort darum."

Na also, geht doch. Plossila fühlte sich besser.

Der Mönch zog zu Plossilas Verwunderung ein Handy aus seinem Gewand, sagte „Moment" und verschwand im Klostershop.

Nach ein paar Minuten kam er zurück, schloss die grüne Tür des Klostershops ab. „Folgen Sie mir bitte."

Plossila nickte und ging dem Mönch schweigsam hinterher, erst den kleinen Pfad zurück, dann durch das Hauptportal in den Klosterhof. Der Mönch schritt zwei Stufen hinauf in den Kreuzgang, dann öffnete er eine schwere, braune Holztür. Er ließ Plossila voraus in einen schmucklosen Raum treten, mit einem langen Holztisch auf einem glatten, steinernen Boden und einem kargen Kreuz an einer weißen Wand. Es roch nach Ewigkeit und feuchtem Zement.

„Bitte setzen Sie sich und warten Sie einen Augenblick. Pater Thomas und Frater Albertus werden sich in Kürze einfinden."

Nach etwa zehn Minuten erschienen die angekündigten Mönche. Beide hatten ihre Hände in ihren braunen Gewändern versteckt und begegneten ihm mit ernsten Mienen. Der Größere stellte sich als Pater Thomas, der Kleinere, Dickere als Frater Albertus vor. Sie setzen sich jeweils auf einen Stuhl Plossila gegenüber und schauten ihn mit aufmerksamen Gesichtern an.

„Sagt Ihnen der Name Lisa Huber beziehungsweise der Name Lisa Lyotard etwas?", fragte Plossila, nachdem er sich den beiden vorgestellt hatte.

Die Miene des Fraters entspannte sich, er schüttelte den Kopf, das Fett an seinen Wangen waberte leicht.

Pater Thomas' Gesichtsausdruck blieb unverändert. „Ich habe Lisa Huber bei der Beerdigung ihrer Mutter kennen gelernt."

Plossila war überrascht, er hatte nicht damit gerechnet, dass er mit dieser Frage weiterkam. „Was für einen Eindruck hat sie auf Sie gemacht?"

Der Blick des Paters schien noch ein wenig tiefer in ihn dringen zu wollen. „Welchen Eindruck? Wenn ich ehrlich sein soll, wirkte sie fahrig, unkonzentriert, nervös vielleicht. Sie erweckte den Anschein, als wolle sie die Beerdigung ihrer Mutter möglichst schnell hinter sich bringen. Als sei der Tod ihr peinlich. Und sie kannte kaum einen der Gäste auf der Trauerfeier. Dabei war diese gut besucht – Liselotte Huber war ein aktives Gemeindemitglied und hatte viele Freunde und Bekannte, die von ihr Abschied nehmen wollten." Thomas machte eine kurze Sprechpause, ohne den Blick von Plossila abzuwenden. „Und Lisa Huber, ist sie diejenige, die …"

„Ja, sie wurde vergangene Woche ermordet aufgefunden." Frater Albertus blickte betroffen in die Runde, Pater Thomas nickte, behielt aber seinen konzentrierten Blick bei. Von Ferne hörten sie plötzlich das Aufheulen einer Maschine, einer Kreissäge vielleicht, dachte Plossila. Als der Pater Plossilas fragenden Blick bemerkte, sagte er: „Wir restaurieren derzeit. Im Grunde restaurieren wir ständig, ich höre das schon gar nicht mehr."

Plossila nickte und versuchte sich wieder auf das Wesentliche zu fokussieren. „Als wir Frau Huber gefunden haben, war ihr Körper mit einer eigentümlichen Substanz überzogen. Wir haben lange gerätselt, um was es sich hierbei handelt, aber erst seit heute wissen wir Genaueres. Es war eine Mischung aus Babypuder und Blütenstaub. Der Blütenstaub stammt von Robinien-Pollen. Sie ... Sie verfügen, wenn ich das richtig sehe, über eine größere Robinien-Anpflanzung, um daraus Honig zu gewinnen."

Der Frater zog die Hände unter der Tunika hervor, legte diese auf den Tisch. „Ja, wir haben eine der größten Blütenwiesen zur Gewinnung von Akazienhonig in ganz Deutschland. Der Akazienhonig von St. Otten ist schon fast so etwas wie eine Marke geworden."

„Ich kenne ihn selbst aus meiner Kindheit."

Der Frater lächelte stolz, begann auf seinem Stuhl umher zu rutschen.

„Wie ist das mit dem Blütenstaub? Verkaufen Sie den auch?"

„Nein, derzeit nicht. In den Achtzigerjahren und zu Beginn der Neunziger haben wir das getan, aber die Nachfrage ist in den vergangenen Jahren stark zurückgegangen."

„Was macht man mit dem Pollen?"

„Sie eignen sich zum Verzehr", sagte der Frater.

„Hm ..."

„Die Pollen enthalten eine Vielzahl von wichtigen Inhaltsstoffen", ergänzte Pater Thomas. „Sie enthalten Eiweiß, Fett, Mineralstoffe, mehrfach ungesättigte Fettsäuren, Vitamine, vor allem Vitamin B, und dergleichen. Im Rahmen der Ökobewegung wurde Pollen rege konsumiert, er wurde unter anderem in Müslis und Joghurts verrührt, auch ganz einfach zum Süßen. Dem Pollen wird darüber hinaus eine nervenberuhigende und reinigende Wirkung zugesprochen. Er soll aber auch gegen Haarausfall und bei Potenzproblemen helfen."

„Muss man wohl vor allem dran glauben", warf Plossila ein. „Glaube kann nie schaden."

Erstmals hatte Plossila das Gefühl, als hätte sich ein leichtes Lächeln auf das Gesicht des Paters gelegt. Doch kaum hatte er es entdeckt, war es auch schon wieder verschwunden. „Zu welcher Jahreszeit erntet man den Blütenstaub?", fragte er.

Pater Thomas wollte antworten, doch diesmal war Frater Albertus schneller: „Kommt auf den Pollenflug an", rief er mit Eifer in die kleine Runde. „Die Robinien blühen beispielsweise von Ende Mai bis Anfang Juli."

„Und wie funktioniert das dann, wenn man den Pollen ernten will? Muss man von Pflanze zu Pflanze laufen und den Blütenstaub ... *abschütteln?*"

„Na ja, das ist eine Möglichkeit", sagte Albertus, „sie können den Pollen in eine Tüte abklopfen. Eleganter ist es allerdings, wenn sie die Bienen diese Arbeit machen lassen."

„Inwiefern?"

„Na ja, wenn die Biene die Blüte besucht, bleibt der Pollen in ihrem Haarkleid haften. Es bilden sich die Pollenkörbchen rund um die Beine der Biene. So werden die Pollen in den Stock getragen, wo sie die Bienen einlagern. Wenn sie aber vor dem Einflugloch des Stocks eine Pollenfalle montieren – das ist so eine Art Gitter – verliert die Biene den Blütenstaub in dieser Falle und sie können den Pollen problemlos an sich nehmen."

„Und das wird gemacht?"

Albertus rutschte weiter unruhig auf dem Stuhl hin und her. Plossila hatte das Gefühl, sein Gesicht würde röter und röter. „Ja, das wird gemacht. Sie können sicherlich hundertfünfzig bis zweihundert Gramm Pollen an einem guten Tag ernten – pro Falle. Aber das lohnt sich natürlich nur, wenn es eine Nachfrage auf Konsumentenseite gibt. Ansonsten lässt man dem Volk besser seinen Pollen, die Eiweißzufuhr kann es nämlich gut gebrauchen."

Die Kreissäge verstummte plötzlich. Stattdessen setzte ein unrhythmisches Hämmern ein. Auf Frater Albertus' Stirn hatte sich parallel eine dicke Ader gelegt.

„Gibt es außer Ihrer Anlage noch weitere Robinien-Anpflanzungen in der Nähe?"

„Nicht, dass ich wüsste."

„Und Sie haben mit Sicherheit keine Pollen geerntet in diesem Sommer?"

„Nein, haben wir nicht", sagte Albertus und schaute unsicher zu seinem Bruder. Doch der schüttelte nur wortlos den Kopf.

„Hatte denn jemand anderes Zugang zu den Stöcken? Haben Sie irgendwelche Unregelmäßigkeiten entdeckt?"

Albertus saß plötzlich still, schien seine Unruhe für einen Wimpernschlag zu vergessen. „Na ja, wir haben ..."

„Nein", fiel ihm Pater Thomas ins Wort. „Außer uns hat niemand Zugang zu den Stöcken. Und wir haben auch nichts Auffälliges entdeckt." Er blickte zu seinem Bruder, dessen Augen zwischen Thomas und Plossila hin und her wanderten. „Albertus, wenn es pressiert – der Kriminalkommissar und ich, wir kommen schon zurecht."

Albertus' Miene hellte sich auf. „Ja, wenn ..." Er schob den Stuhl zurück. „Dann verschwinde ich mal kurz."

„Wir sind ohnehin so gut wie fertig", sagte Plossila. Albertus lächelte und eilte aus dem Raum. „Blasenschwäche", diagnostizierte Pater Thomas. „Ich rate ihm schon seit Tagen zu einer Medizin aus Schafgabe und Brennnessel, aber ..." Er hob die Schultern.

„Verstehe", sagte Plossila und dachte einen Augenblick nach. „Angenommen, ich würde mich für Robinien-Blütenstaub interessieren. Woher könnte ich ihn beziehen, wenn nicht von Ihnen?"

„Aus dem Internet, würde ich sagen."

„Ja natürlich, das Internet." Plossila erhob sich, wandte sich zur Tür. „Ach, sagen Sie, Pater, kennen Sie eigentlich eine Helen Bechmann?"

Der Pater stand ebenfalls auf. „Ja, natürlich. Vom Kirchenchor. Warum? Muss ich mir Sorgen machen?"

„Nein. Nein, ich frage nur."

Als Plossila über die Schwelle in den Kreuzgang trat und in den Klosterhof blickte, verstummte das Restaurierungs-Gehämmer plötzlich, wie auf ein geheimes Zeichen. Er sog die Luft ein, die bereits wärmer geworden war und nach feuchter Erde duftete.

Wie im Urlaub, dachte er, wirklich wie im Urlaub.

„Jetzt beruhigen Sie sich doch, wir wissen doch mit letzter Sicherheit noch gar nichts", sagte Dollerschell und blickte Jenny Biber hilfesuchend an. Doch die sah gar nicht ein, seine dämlichen Kommunikationsfehler auszubaden. Dollerschell hatte Marion Schütz relativ unsanft beigebracht, dass ihre beste Freundin möglicherweise entführt worden war, also sollte er sie auch selbst beruhigen.

Er schickte Jenny Biber einen mürrischen Blick, stand auf, ging um den kleinen Holz-Couchtisch herum und setzte sich neben Marion Schütz. Ungelenk legte er seinen Arm erst auf ihre Schulter, dann nahm er ihn wieder herab und platzierte seine Hand auf ihrem Arm. „Es kann auch eine natürlich Ursache haben, vielleicht ist sie verreist oder …" Er malte mit seiner freien Hand Schlangenlinien in die Luft.

Marion Schütz schnäuzte sich die Nase, faltete dann das Taschentuch und legte es neben sich auf die Couch. „Nein. Nein, Sie haben recht, es muss etwas passiert sein. Wenn es stimmt, was Sie mit dem Badezimmer sagen. Das kann doch kein Unfall gewesen sein."

„Wie gesagt, wir wissen es nicht. Aber es ist besser, wir nehmen das Schlimmste an, damit wir … ja, retten können, was zu retten ist", sagte Dollerschell.

Sie blickte ihn an, unterdrückte einen weiteren Heulkrampf. „Ja", sagte sie, „wir müssen das Schwein finden!"

„Gut. Gut, Frau Schütz, dann erzählen Sie uns von Samstagabend!"

Jenny Biber schlug die Beine übereinander und zückte ihren Notizblock. Wenn sie schon nicht fragen durfte, wollte sie wenigstens keine Information verpassen.

„Wir waren erst beim Klassentreffen im *Hexenstüberl* und sind danach noch alleine weitergezogen. Zuerst waren wir beim *Josoleh*, das ist in der Nähe der Stadtpfarrkirche. Danach wollte sie unbedingt zum *Alten Hasen*, keine Ahnung, warum?"

„Können Sie uns eine Liste derjenigen geben, die am Klassentreffen teilgenommen haben?"

Sie nickte, blickte dabei leer auf den ausgeschalteten Fernseher.

„Hat sie Ihnen irgendetwas erzählt? Dass sie sich bedroht fühlte beispielsweise?"

Sie schüttelte den Kopf.

„Gab es in der Vergangenheit jemanden in ihrem Freundes- oder Bekanntenkreis, der zur Gewalt neigte?"

Marion Schütz überlegte, wischte sich eine Träne aus dem Auge. „Nein ... das heißt, ihr Exmann hatte diese Wutanfälle, vor allem, wenn er getrunken hatte. Aber sie hat kaum mehr etwas mit ihm zu tun. Aber ja, er hat sie auch geschlagen, allerdings hat sie das immer runtergespielt und wollte auch nicht darauf angesprochen werden."

„Ihr Exmann heißt?"

„Hagen Schwarzer."

„Adresse?"

Marion Schütz suchte die Adresse raus, schrieb sie auf einen Zettel und reichte ihn Dollerschell.

„Wie verlief der Samstagabend. Haben Sie jemanden kennen gelernt?"

„Nein, wir waren beim Klassentreffen und danach haben wir uns über das Treffen und die Leute dort unterhalten. Ansonsten waren wir für uns. Nur mit dem Gastwirt vom *Hasen* haben wir noch gesprochen, Ludwig heißt der. Ich weiß gar nicht, wie weiter. Ich kenn den auch nur von früher."

„Und dann ...? Nach dem Gespräch?"

„Ludwig wollte uns noch einladen, aber ich ... ich hatte dann keine Lust mehr, war müde und bin gegangen. Helen ist noch alleine dageblieben ... *Oh Gott!*"

Marion Schütz wurde erneut von heftigen Weinkrämpfen erfasst, krümmte den Rücken, hielt die Hände vor das Gesicht.

Dollerschell zog seine Hand zurück, legte sie in den Schoß.

„Ich hätte sie auf keinen Fall alleine lassen dürfen am Samstagabend. Aber ich dachte, in dem ollen Laden, was soll da schon passieren? Ich habe überhaupt nicht verstanden, warum sie noch dableiben wollte."

„Sie können nichts dafür ... Aber denken Sie nach: Es muss einen Grund gegeben haben, warum sie noch dablieb."

„Na ja, dieser Ludwig hat einen ausgegeben. Wahrscheinlich hat sie dann noch jemand getroffen, vielleicht jemanden mit nach Hause genommen, und der ist dann durchgedreht. Mein Gott, warum habe ich nur nicht noch diesen einen Drink genommen?"

„Frau Schütz", fragte Jenny Biber, die das Gefühl hatte, es den Opfern schuldig zu sein, zumindest eine Frage zu stellen, „können Sie sich vorstellen, dass Frau Bechmann einen Mann mit nach Hause genommen hat, den sie nicht kannte? Den sie erst an diesem Abend kennen gelernt hat?"

„*Pfff...*", machte Marion Schütz und ließ die rechte Hand schlapp in die linke fallen. „Kann schon sein, dass sie ... ja, das hat sie hin und wieder gemacht, so viel hat sie aber darüber auch nicht erzählt."

Jenny Biber nickte verständnisvoll und machte sich Notizen.

Als sie aus der Zweizimmerwohnung hinaus in den Flur traten, hielt Marion Schütz Jenny Biber leicht am Arm fest und zog sie zu sich heran. „Bitte", flüsterte sie, „finden Sie das Schwein ...! Finden Sie *Helen!*"

Jenny Biber versprach es.

Plossila führte die Kaffeetasse zum Mund, doch schon der erste Schluck blieb ihm im Halse stecken. „*Wo* waren Helen Bechmann und ihre Freundin am Sonntagabend? Im *Alten Hasen*?"

„Warum denn nicht? Was soll jetzt daran ungewöhnlich sein?", fragte Dollerschell.

Plossila konnte es nicht fassen, da saßen sie jetzt schon eine gute Stunde zusammen, diskutierten die Spuren am Tatort, versuchten die Gemeinsamkeiten zwischen den beiden Opfern herzustellen, lasen sich aus den Vernehmungen von Ines Gehrling, den Eltern der Vermissten und Monika Schütz vor. Sie mussten zur Kenntnis nehmen, dass sowohl das Alibi des rotköpfigen Mechanikers Götz Lauderts von seinen Saufkumpels gestützt wurde als auch dass es offenbar keine Verbindung zwischen Max König, dem Ateliergenossen Lisa Hubers, und Helen Bechmann gab. Und erst jetzt kamen sie zum Wesentlichen.

„Na ...", Plossila begann zu husten, stellte die Tasse auf den Untersetzer, der augenblicklich vom Kaffee geflutet wurde. „Na, da ist doch Konrad Kister, der Autor, untergekommen. Das kann doch kein Zufall sein. Das potenzielle zweite Opfer in der Höhle eines der Top-Verdächtigen."

Dollerschell sah ihm ernst in die Augen. „Könnte es sein, dass du uns gar nicht darüber informiert hast, wo du den Autor angetroffen hast? Ich höre jedenfalls zum ersten Mal davon, dass er im *Alten Hasen* abgestiegen ist."

Dollerschell blickte zu Jenny Biber.

Jenny Biber stand im Türrahmen und nickte.

Plossila hob die Tasse und begann mit einem Taschentuch auf dem Unterteller umherzuwischen. „Ach was", sagte er, „das habe ich euch doch gesagt …" Er blickte in die ernsten Gesichter seiner Kollegen. „Nicht …?" Er merkte, dass er rot wurde. Er war einfach nicht bei der Sache in letzter Zeit, er wusste auch nicht warum. Aber sehr viel Zeit hatten sie durch diese kleine Unachtsamkeit nun auch wieder nicht verloren, sagte er sich. Er stellte die Tasse wieder ab und strich sich die Haare zurück. „Seis drum!" Er stand auf, wandte sich an Dollerschell.

„Komm, wir statten unserem Herrn Autor mal einen kleinen Besuch ab."

„Ich hole noch schnell meine Jacke", warf Jenny Biber ein und drehte sich auf dem Absatz um.

„Jenny, es ist wirklich nicht nötig, dass wir alle fahren", sagte Dollerschell streng. „Wie weit bist du eigentlich mit der Recherche zum Hintergrund von Frau Bechmann?"

„Ist fertig." Jenny Biber hielt die Aktenmappe in die Luft, die sie schon die ganze Zeit bei sich getragen hatte.

„Dann sieh dir doch bitte noch mal das Dokument an, das du über Frau Huber angefertigt hast, und werte aus, ob es Parallelen gibt."

Jenny Biber atmete ein, wollte etwas sagen, doch Plossila war schneller. „Keine Sorge, wir werden Ihnen spätestens morgen alle wesentlichen Fakten aus der Unterredung mitteilen. Dir natürlich auch, Oliver."

Oliver Lieberknecht lächelte.

13

Er hatte das Gefühl, als habe sich gar nichts verändert, als sie in den *Alten Hasen* traten. Hatten nicht vor wenigen Tagen genau dort an diesem hufeisenförmigen Bartisch exakt dieselben Gestalten gesessen? Mit ihren muffigen Lederjacken, ihren leeren Blicken und über ihr Bier gebeugt? Sie schritten zum Tresen, hinter dem ein grauhaariger Mann stand und mit ernster Miene Geschirr abwusch. Plossila kam es vor, als hätte er auch ihn die Tage zuvor schon gesehen. An derselben Stelle, dieselben Teller, dieselben Gläser reinigend. Plossila fühlte sich ermüdet durch die Monotonie. War nicht sein Leben genauso? Wo waren denn die Abenteuer, die ihn damals für den Polizeidienst begeisterten? Plossila schnaufte, als sie an der Theke ankamen. Er nahm seine Marke heraus und legte so viel Kraft in seine Stimme, wie es nur ging. „Kriminalpolizei Fürstenfeldbruck. Wir suchen Herrn Kister."

Der Mann sah erst auf die Marke, hob dann langsam den Kopf und blickte Plossila besorgt in die Augen. Als wolle er demonstrieren, dass ihn nichts aus der Ruhe brachte, und die Routine des Alltags ihn nicht brach, setzte er seinen Abwasch fort. Er drückte die Gläser über eine Bürste, die in der Spüle verankert war, die Teller wusch er mit einem blauen Schwämmchen und hielt sie anschließend unter einen Hahn, aus dem dampfendes Wasser lief. Plossila wurde ganz mulmig bei dem Anblick, wie der Wirt auch seine Hände unter den kochendheißen Strahl hielt.

Der Grauhaarige stellte den Teller auf ein Abtropfgitter und wandte sich um. „Monika?"

Als er keine Antwort erhielt, trocknete er die langustenroten Hände an seiner grün-weiß karierten Schürze und stellte den Wasserhahn ab. Er drehte sich um, ging zwei Schritte in einen anderen Raum, vielleicht die Küche, mutmaßte Plossila. „Monika?"

Nach wenigen Augenblicken erschien eine Frau im Dirndl und mit rundem Gesicht. Sie hatte rote Wangen und ihre Stirn glänzte leicht, als hätte sie etwas getragen oder wäre gelaufen. „Ja? Was kann ich für Sie tun?", fragte sie außer Atem.

„Wir möchten einen Augenblick mit Herrn Kister sprechen, wenn's recht ist."

Sie blickte sich um, in Richtung eines Holzbretts, an dem die Schlüssel zu den Zimmern hingen. Dann wandte sie sich wieder den Polizisten zu. Ihre Lider flatterten. „Er ist da, ja. Aber er möchte nicht gestört werden. Herr Kister ist Autor und er schreibt bei uns sein nächstes Buch. Er ist hier, um die nötige Ruhe zu finden."

Plossila blähte die Backen. „Hören Sie, wir sind von der Polizei. Bitte sagen Sie uns, in welchem Zimmer sich Herr Kister aufhält, wir haben einige wichtige Fragen."

„Zimmer drei", sagte der Grauhaarige, der plötzlich wie ein Geist hinter Monika stand. „Meine Tochter wird Sie raufbringen."

Sie sah den Grauhaarigen unsicher an, doch der nickte nur mürrisch, schob sie beiseite und trat wieder an die Spüle.

„Kommen Sie", sagte Monika und ging den beiden Polizisten voraus.

Nachdem Monika geklopft hatte, hörten sie erst nichts und dann ein dumpfes „jetzt nicht" von der anderen Seite der Tür.

„Es ist die Polizei. Die möchten kurz mit dir sprechen, Konrad."

Stille. Eine Sekunde, zwei Sekunden. „Moment …"

Die Tür öffnete sich, Plossila blickte in das müde Gesicht Konrad Kisters. Auf seiner linken Wange zeichneten sich eigenartige Druckspuren ab, es sah aus als hätte er im Gras gelegen. Seine Augenlider wirkten schwer und sein geschecktes Haar stand an einer Seite vom Kopf ab. Er trug eine ausgebeulte Jeans und ein verwaschenes orangefarbenes Sweatshirt. „Ist schlecht gerade, bin bei der Arbeit", sagte er mit rauchiger Stimme. „Aber ich nehme nicht an, dass Sie warten werden, bis ich damit fertig bin."

„Das haben Sie ganz richtig erfasst, Herr Kister", sagte Plossila. „Dürfen wir einen Augenblick reinkommen?"

Konrad Kister wandte sich um, blickte ins Zimmer. Dann öffnete er die Tür ein wenig weiter, besann sich aber schließlich eines Besseren: „Es ist glaube ich günstiger, wir setzen uns kurz runter in die Gastwirtschaft."

„Wie Sie meinen."

„Augenblick."

Kister schloss die Tür. Eine Minute später öffnete er sie wieder, erschien mit grauen Filzpantoffeln und ohne Socken. „Wollen wir?"

Plossila nickte. Sie folgten Kister die Treppen hinab und in die Gastwirtschaft.

„Was darf ich Ihnen bringen?", fragte Monika, als sie sich an einen Tisch gesetzt hatten, der leicht kippelte.

Plossila und Dollerschell bestellten Kaffee, Kister orderte nichts, vielleicht um zu signalisieren, dass er nicht von einem längeren Gespräch ausging.

„Und? Was gibt's Neues im Fall Huber? Oder läuft der bei Ihnen unter Lyotard?"

Plossila blickte in das leicht zynisch lächelnde Gesicht Kisters. Er konnte ihn nicht einordnen. Spielte er eine Rolle? Zeigte er ihnen sein wahres Ich? Oder war er nur verärgert, weil sie ihn vom Arbeiten oder Schlafen oder was auch immer abhielten? Plossila beschloss, sich erst mal die Jacke auszuziehen und über die Lehne des Stuhls zu legen. Sollte Kister auch von einem kurzen Plausch ausgehen – Plossila hatte keine Eile.

Dollerschell platzierte derweil die Hände vor sich auf dem Tisch und wartete ab. Er würde ihn das Gespräch führen lassen, wusste Plossila und erst dann eingreifen, wenn er es ihm signalisierte. So war es immer. Sie waren ein eingespieltes Team und wussten, was sie voneinander erwarten konnten.

Plossila räusperte sich. „Es gibt eine Menge Neues. Aber ehrlich gesagt, sind wir nicht hier, um Ihnen ein Update der jüngsten Ereignisse zu geben."

„Hm", machte Kister und lehnte sich zurück. Er schob sich den rechten Unterschenkel auf den linken Oberschenkel, platzierte einen Ellbogen auf der Rückenlehne des Stuhls und legte sich Daumen und Zeigefinger an die Stirn.

Die Pose sah nicht gerade gemütlich aus, dachte Plossila, aber Kister wollte es sich ja auch nicht gemütlich machen. Plossila sagte: „Was fällt Ihnen denn zum Namen Helen Bechmann ein?"

„Ich weiß jetzt nicht, was das soll, aber bitte …", sagte Kister und versuchte keine Regung zu zeigen. Er presste lediglich den Daumen noch stärker an die Schläfe. „Sie ist eine Schülerin in meinem Kreativ-Schreiben-Kurs und wir waren auch einmal zusammen aus. Das ist alles, was mir einfällt."

„Wann haben Sie sie das letzte Mal gesehen?"

„Letzte Woche, Donnerstagabend. Wir waren hier." „Und wann ist Ihr Kurs?"

„Immer montags."

„Montag war vorgestern. Haben Sie sie nicht im Kurs gesehen?"

Kister drückte den Daumen nun so stark an die Schläfe, dass sie schon rot anlief. „Nein. Sie war nicht da."

„Aber der Kurs fand statt?"

„Der findet auch statt, wenn mal einer der Teilnehmer nicht erscheint, ja."

„Kam es häufig vor, dass Frau Bechmann fehlte? Hat sie sich entschuldigt?"

„Nein, hat sie nicht. Und nein, sie war das erste Mal nicht da."

Plossila lehnte sich vor und beugte sich über den Tisch, blickte Kister geradewegs in die Augen. „Haben Sie irgendeine Erklärung dafür?"

„Keine Ahnung, nein."

„In welcher Beziehung stehen Sie zu Frau Bechmann?" Kister nahm seine Hand von der Stirn, rückte mit dem Stuhl ein Stück vom Tisch weg. Er sah plötzlich ganz wach aus. „Muss ich Ihnen das alles beantworten?"

„Wir können Sie auch mit ins Präsidium nehmen, das steht Ihnen frei. Und wenn Sie sich mit einem Anwalt beraten wollen – bitte!"

„Nein, ich äh … Es ist eine freundschaftliche Beziehung. Ich würde nicht ausschließen, dass Helen …, dass Frau Bechmann, an mehr interessiert ist, aber ich bin es nicht."

„Wie kommen Sie darauf, dass Frau Bechmann mehr wollen könnte?"

„Herrgott", rief er aus. „Ich komme gar nicht darauf. Es ist ein Gefühl, nichts weiter, ich kann mich täuschen. Warum fragen Sie mich das alles?"

Plossila nickte und blickte Dollerschell auffordernd an. Es war Zeit für einen Perspektivenwechsel.

Monika trat an den Tisch, stellte das Tablett auf der Kante ab und begann, die Getränke zu servieren. Genau im richtigen Moment, dachte Plossila und nippte an seinem Kaffee. Er trank ihn schwarz, das Beste, um die Müdigkeit zu bekämpfen, die ihn in letzter Zeit fast ständig umgab.

Dollerschell ignorierte den Kaffee und fixierte stattdessen Kister. „Was haben Sie in der Nacht von Samstag auf Sonntag unternommen?"

Kisters Augen zuckten leicht und Plossila hatte das Gefühl, als lege sich eine leichte Röte über sein Gesicht, doch das konnte täuschen. „Nichts", sagte Kister. „Ich war früh im Bett. Habe geschlafen."

„Und was haben Sie vergangenen Sonntag tagsüber gemacht?"

„Am Sonntag? Nichts Besonders. Ich habe gearbeitet, habe am Konzept für mein neues Buch gesessen und mich auf meinen Kurs am Montag vorbereitet. Ich war hier."

„Gibt es jemand, der das speziell für die Zeit bis vierzehn Uhr bezeugen kann?"

„Ja, ich!"

Es entstand eine plötzliche Stille am Tisch. Die Blicke wendeten sich Monika zu, die am Kopfende stand, das Tablett in der einen Hand und einen kleinen Block in der anderen.

Plossila schnaufte. Die Frage war entscheidend. Sie konnten davon ausgehen, dass Helen Bechmann noch am Sonntagmorgen oder am frühen Nachmittag geduscht hatte. Erst um vierzehn Uhr wurde sie von ihrem Friseurkunden vermisst. In dieser Zeit musste das Wesentliche passiert sein. Er setzte die Kaffeetasse ab, diesmal ohne etwas zu verschütten – und das trotz des kippelnden Tischs. „Sie können also bezeugen, dass unser Herr Kister hier den ganzen Tag bei Ihnen war?"

Sie steckte den Block zwischen Daumen und Tablett und legte die freigewordene Hand auf das Dekolleté. „Ja, das kann ich … Ich war den ganzen Sonntag hier. War am Tresen und in der Gaststätte. Ich weiß, dass Konrad die ganze Zeit auf seinem Zimmer war. Zum Essen war er unten. Sonst immer oben. Ich sehe immer, wenn ein Gast das Haus verlässt."

Kister schluckte, wollte etwas sagen, zeigte dann aber wortlos auf Monika.

„Herr Kister?", fragte Plossila.

„Ich habe dem nichts hinzuzufügen."

Er fuhr zweimal am Haus vorbei, um zu schauen, ob die Luft rein war. Erst dann parkte er auf dem Gehweg, direkt vor der kleinen Wiese. Er wollte diesmal vorsichtiger sein. Schließlich war einiges schief gelaufen, als er vor wenigen Tagen hier gewesen war. Er hatte sich nichts dabei gedacht, dass er die Tür angelehnt vorfand. Erst als er schon im Haus stand, war ihm klar geworden, dass noch jemand anderes ebenfalls hier sein musste. Zuerst hatte er Schritte gehört, die vom Schlafzimmer kamen und die sich in Richtung Küche bewegten. Vorsichtig war er durch den Flur geschlichen, mit seinen Schuhen auf dem langen Teppich, um keinen Krach zu machen, um sich nicht zu verraten. Er hatte um die Ecke gelinst, vorbei an der großen grünen Pflanze, die dort stand. Und dann hatte er sie gesehen: Eine kleine Blonde mit einem energischen Gesicht in braunen Stiefeln und einer beigefarbenen Jacke. Zuerst dachte er, sie würde direkt in ihn hineinlaufen, doch dann blieb sie vor der Badezimmertür stehen. In einem ersten Impuls wollte er sich auf sie stürzen, sie daran hindern, diesen Raum der Sünde zu betreten, das Chaos zu besichtigen, das er dort zurückgelassen hatte. Doch schon im nächsten Moment war es zu spät gewesen – sie war in dem Zimmer verschwunden.

Er schlich weiter bis zur Badezimmertür, ging daran vorbei und lehnte sich mit dem Rücken an die Wand, gleich neben den Lichtschalter. Er wagte es kaum, in den Raum hinein zu gucken, doch er hörte sie, hörte, wie sie den Duschvorhang zur Seite riss, hörte den

Stoff ihrer Jacke rascheln und wie sie Unverständliches vor sich hinmurmelte. Und er roch den süßlichen Geruch, den das Blut hinterlassen hatte und der sich mit einem Hauch von Eukalyptus vermischte, oder war es Minze? Er wusste es nicht. Was er wusste, war, dass es der falsche Geruch war, nicht der Duft der Königinnen, der allein in der Lage war reinzuwaschen, von der Schuld, die sie alle auf sich geladen hatten.

Er überlegte, was er mit ihr machen sollte. Er wusste nichts über sie. Wusste nicht, ob auch sie sündig war, wie die beiden Frauen, die er in *seinem* Auftrag zu züchtigen hatte. Aber er wusste, er würde sie begehren, wenn man es von ihm verlangen würde, ganz sicher wusste er das. Plötzlich knackte etwas im Badezimmer, sie war auf etwas getreten. Er hielt die Luft an, wollte gerade um die Ecke blicken, doch da sprang sie auch schon aus dem Zimmer heraus, rannte wie eine Furie durch den Flur und in das grüne Gewächs hinein. Sie schrie, stieß die Pflanze beiseite und stürmte aus dem Haus.

Er wusste, dass er nicht viel Zeit hatte, dass er nur das Nötigste tun konnte. Sie würde wiederkommen, er spürte es. Also wusch er nur notdürftig das Blut von den Kacheln und schnappte sich das blutverschmierte Handtuch. Er tat, was er tun konnte, mehr war zum damaligen Zeitpunkt nicht möglich.

Jetzt hatte er alle Zeit, die er brauchte. Die komplette Nacht lag vor ihm.

Er stieg aus. Es roch noch immer nach Regen, nach nassem Gras und feuchter Erde. Er hörte nichts, nur das leise Gurgeln des Lechs, der jenseits des Parks entlang floss, unsichtbar für ihn und in die schwarze, wolkenverhangene Nacht getaucht. Gebückt schlich er den kleinen Weg entlang, der zum Haus führte. An der Tür angekommen, machte er sich augenblicklich am Blumentopf zu schaffen, doch der Schlüssel war fort. Er rüttelte an der Tür, doch vergeblich. Ein Plastikstreifen war über dem Schloss angebracht und zeigte das bayerische Wappen und den Aufdruck „Polizei".

Er lief um das Haus herum, bis er auf den braunen Fliesen der Terrasse stand. Er lugte durch die Fenster hinein, die aber allesamt mit Gardinen zugezogen waren. Dann nahm er die Terrassentür in

Augenschein: Sie war alt, der weiße Lack blätterte von dem braunen, feuchten Holz. Es sah nicht sonderlich stabil aus, war zum Teil von einem grünen Pilz bedeckt. Die Türklinke war rostig und das dazugehörige Schloss sicherlich auch. Es dürfte kein Problem sein, es aufzubrechen, entschied er.

Er hastete zurück zum Wagen, vorbei an Blumen und Büschen und unter der Pergola hindurch. Dann nahm er den Werkzeugkasten an sich, der auf dem Boden vor dem Beifahrersitz stand, und eilte erneut um das Haus herum. Auf der Terrasse angekommen, legte er die Schneide eines großen Schraubenziehers an die Tür, oberhalb der Stelle, wo sich das Schloss befand. Dann schlug er mit einem Zimmermannshammer mehrmals fest auf das Heft des Schraubenziehers, treffsicher, als mache er nichts anderes. Er erschrak über den Krach, der bei den ersten Hieben entstand, und das Echo, das sie erzeugten. Der Lärm musste kilometerweit zu hören sein, wurde ihm bewusst. Er hielt kurz inne und blickte sich um, doch nirgends ging ein Licht an, nirgendwo wurden die Rollos hochgezogen.

Er beruhigte sich, atmete tief ein, tief aus. Nach zwei weiteren Schlägen steckte der Schaft zwischen Tür und Rahmen und er konnte einen daumendicken Spalt freistemmen. In diese Lücke legte er das Brecheisen. Es genügte ein fester Stoß, um das Schloss aufzubrechen. Mit dem Geräusch eines morschen, brechenden Bretts sprang die Tür auf.

Zurück beim Wagen verstaute er den Werkzeugkasten wieder vor dem Beifahrersitz. Dann schritt er um das Fahrzeug herum, öffnete die Hecktüren.

Sie war ein wenig nach vorne gerutscht, sodass er in den Laderaum kletterte und sie zur Tür hin ziehen musste. Dort wickelte er sie noch auf der Ladefläche liegend aus dem weißen Laken. Augenblicklich roch er den zitronigen, frischen Geruch des Blütenstaubs und des Puders. Ein Gefühl der Geborgenheit machte sich in ihm breit. Obwohl es tiefschwarze Nacht war, glitzerte ihr Hals leicht vor dem Hintergrund ihres nackten, weißen Körpers. Er legte ihren Nacken und ihre Kniekehlen auf seine Unterarme und trug sie so um das Haus herum.

Durch das Wohnzimmer ging es zum Flur und weiter bis ins Schlafzimmer, wo er die Decke vom Bett zurückschlug und sie vorsichtig auf die Matratze legte. Ihren Kopf drapierte er zärtlich auf das Kissen, schlug dann die rote Satinbettwäsche über sie und schob sie hinauf bis zu ihrem Hals, der glänzte, als trüge sie eine Kette aus kleinen, geschliffenen Amethysten.

Einen Atemzug blieb er noch vor dem Bett stehen und blickte sie an. Er fühlte sich gar nicht mehr schuldig. Er wusste, er hatte getan, was getan werden musste. Und auch sie hatte gebüßt für ihre Sünden. Er war stolz auf sich, stolz, dass er es jetzt war, der reinwaschen konnte, der Schuld tilgen konnte.

Er bekreuzigte sich, verließ das Haus durch die Terrassentür und verschwand in der Nacht.

14

Sie schlug die Augen auf und war sofort hellwach. Da war er also, der Tag, vor dem sie sich so lange gefürchtet hatte. Sie blickte nach rechts, zu Tobias' Seite. Sie sah ein zerwühltes, leeres Bett. Ein verlassenes Bett. Sie schob die Hand unter die Bettdecke und fühlte einen letzten Rest Körperwärme auf dem Laken. Wie automatisch ballte sie die Hand zu Faust, als gelte es irgendetwas Unwiederbringliches festzuhalten. Es war lächerlich, dachte sie, einfach nur lächerlich. Sie zog die Hand wieder zurück, richtete sich auf und lehnte sich mit dem Rücken an die Wand. Die morgendlichen Sonnenstrahlen blitzten durch die Lamellen des Plastikrollos und aus dem Flur hörte sie eigenartige Schabegeräusche, die sie nicht zuordnen konnte. Sie sah auf die Uhr: Kurz vor acht, sie war spät dran. Kaum zu glauben, dass sie in einer solchen Nacht, vor einem solchen Tag, so gut geschlafen hatte. Dass sie sogar verschlafen hatte.

Tobias erstarrte, als sie aus dem Schlafzimmer in den Flur trat. Er war über eine Kiste gebeugt und hantierte mit einer Rolle Klebeband herum. Der ganze Flur war vollgestellt mit Dingen, die er noch nicht in seine neue Wohnung gebracht hatte. Man konnte sich kaum einen Weg hindurch bahnen zwischen Kisten, Pflanzen, auseinandergebauten Regalen. Sie schob sich an einem Bügelbrett und einer Musikanlage vorbei, auf der eine vertrocknete Palme stand, und wollte rechts ins Badezimmer abbiegen. Doch als sie vor Tobias stand, zog dieser sie kurzentschlossen an sich, nahm sie wortlos in den Arm und hielt sie für mehrere Minuten einfach nur fest.

„Es ist schon gut, dass du nicht beim Umzug hilfst und arbeiten gehst. Das wäre psychisch einfach nicht das Richtige gewesen."

Sie nickte und spürte, wie ihr die Tränen über die Wangen und auf sein Hemd liefen. „Es tut mir leid, dass ich dir nicht helfen kann, auch wenn ich es anfangs versprochen habe, aber ich muss mich um den Fall kümmern, den Mord, den wir aufklären müssen."

Er sagte nichts, streichelte ihr nur zärtlich mit der Hand über den Rücken.

„Ich habe nur Angst vor heute Abend, wenn ich zurückkomme und du nicht mehr da bist."

„Ich weiß", sagte er und presste sie noch ein bisschen fester an sich.

Als sie endlich im Auto saß, ging es ihr besser. Das war ja alles nicht überraschend gekommen, sagte sie sich. Ihre Beziehung war doch schon seit Monaten vorbei. Sie waren Freunde geworden. Und sie würden Freunde bleiben. So einfach war das.

Das Telefon klingelte. Sie blickte auf das Display – Mobilbox. Klar, dachte sie, sie hatte mal wieder keinen Empfang gehabt.

Dollerschell hatte eine Nachricht hinterlassen: „Hallo Jenny, bitte zum Haus von Helen Bechmann kommen. Bis später, ciao!"

Hm, dachte Jenny Biber, eigentlich wollten sie heute Vormittag zu Hagen Schwarzer fahren, dem Exmann von Helen Bechmann, ihm einen spontanen Besuch abstatten. Immerhin hatte ihre Freundin Marion Schütz behauptet, er hätte sie während ihrer Ehe geschlagen. Das bedeutete erst mal nicht viel. Aber es war ein Indiz, dem sie nachgehen mussten. Und jetzt bestellte er sie zum Haus von Helen Bechmann. Das konnte jedenfalls nichts Gutes bedeuten.

Sie blinkte, fuhr rechts ran und ließ die Autos hinter ihr vorbeiziehen. Dann drehte sie auf der Landstraße um. Zu Helen Bechmann ging es in die andere Richtung.

Vor lauter Polizeiwagen mit kreisenden, pulsierenden Blaulichtern fand sie mal wieder kaum einen Parkplatz. Sie fuhr in eine Seitenstraße und stellte den Wagen dort in eine Parkbucht.

Das sah alles nicht gut aus, dachte sie, als sie auf das Haus zuschritt. Schon wieder Spurensicherung, die waren doch schon hier gewesen. Immerhin: Mittlerweile kannte man sie und die Kollegen in Weiß machten ihr Platz, ließen sie durch. Einige grüßten sogar.

Sie ging durch das Haus, das sie schon kannte. Durch den Flur, blickte ins Wohnzimmer, doch das war leer bis auf zwei Personen, die an der Terrassentür standen. Der größte Menschenauflauf befand sich im Schlafzimmer und als sie von Weitem Gunther Isenbarths Stimme hörte, wusste sie schon, was los war.

Sie grüßte in die Runde und die Kollegen nickten ihr mürrisch zu. Plossila sah mal wieder arg verschlafen aus, sein Gesicht wirkte aufgedunsen, seine Haare ungewaschen. Dollerschell machte einen konzentrierten Eindruck, hatte seine Hände hinter dem Rücken gefaltet und blickte Richtung Bett wie ein Trainer an der Seitenlinie auf den Fußballplatz. Nur Gunther Isenbarth sendete ihr einen fast vergnügten Blick, wendete sich dann aber wieder der Toten zu, die vor ihm auf der Matratze lag.

Helen, dachte Jenny Biber. Sie war gar nicht überrascht. Fast kam ihr Helens Tod so unweigerlich vor wie Tobias' Auszug aus ihrer gemeinsamen Wohnung. Sie hatte es im Grunde schon die ganze Zeit gewusst, hatte sich nur nicht damit abfinden wollen.

„Ich muss ja im Grunde nicht viel erklären. Ihr seht es ja selbst: Die Würgemale am Hals zeigen die Todesursache an.

Und die Bepuderung dürfte die gleiche sein wie bei der Toten, die wir vor anderthalb Wochen gefunden haben. Der Geruch erinnert wieder an Bergamotte. Aber es werden Robinien-Pollen sein, etwas anderes kann ich nicht glauben. Natürlich werden wir zur Sicherheit wieder Proben an das Labor in Wien schicken."

Sie sah so lebendig aus, dachte Jenny Biber. So jung. Vielleicht lag es an dem Puder, der die Haut an ihrem Hals in einen bläulichen Goldschimmer tauchte. Oder daran, dass sie so friedlich unter der Bettdecke lag, fast so, als würde sie schlafen. Jenny Biber hätte gerne mehr Zeit mit ihr verbracht, obwohl Helen Bechmann so anders gewesen war als sie und Tobias. Sie war ein positiver Mensch gewesen, das war doch sicher, ein lebenslustiger Mensch. Und sie, Jenny Biber, hatte ihren Tod nicht verhindern können. Dabei hatte sie es versprochen. Jenny Biber fühlte sich wie eine Versagerin.

„Hallo zusammen!" Die Fotografin, die Jenny Biber schon am Tatort Lisa Hubers gesehen hatte, platzte in den Raum. „Sorry, aber ich stand im Stau."

„Macht nichts, gut, dass du da bist, Elke", sagte Isenbarth. Plossila, Dollerschell und Oliver Lieberknecht kannten die Fotografin und begrüßten sie ebenfalls. Vor allem Plossila schien ihr näher zu stehen und gab ihr sogar ein Küsschen auf die Wangen.

„Wir kennen uns noch gar nicht, oder?", sagte Elke und streckte Jenny Biber die Hand entgegen.

Nachdem sie sich vorgestellt hatten, machte sich Elke an die Arbeit. Sie machte Aufnahmen von allen Seiten, bat die Kollegen einmal in diese Ecke zu treten, mal in die andere. Nach rund zwanzig Fotografien sagte sie: „Alles klar!"

„Na dann können wir ja endlich", sagte Isenbarth und schlug die Satindecke ohne Vorwarnung zurück.

Es war ein schrecklicher Anblick: Ihr Körper wirkte so perfekt, einerseits. Helen Bechmann hatte alles getan, um ihn in Schuss zu halten, aus dem Körper einer Vierzigjährigen den einer Dreißigjährigen zu machen. Und doch war alle Arbeit umsonst gewesen. Da lag er: weiß, zart, zerbrechlich und doch unwiderruflich zerstört. Er war wie der Körper Lisa Hubers im Schambereich und an allen Gelenken mit Blütenstaub-Puder beflockt, die Dicke der Schicht ließ nur erahnen, welche Wundmale sich darunter befinden mussten. Und die Wundmale waren nichts anderes als ein Zeichen für den Schmerz und die Qualen, die diese lebenslustige Frau hatte aushalten müssen. Und vor denen Jenny Biber und ihre Kollegen sie nicht hatten bewahren können. Jenny Biber hatte das Gefühl, ihr würde schwindlig werden, schwindlig von ihrer Ohnmacht in diesem Fall. Doch sie musste sich zusammenreißen. Sie war Polizistin. Sie war stärker als das alles. Und sie würde diese Bestie finden, die das hier angerichtet hatte. Das schwor sie sich.

„Wie vermutet", sagte Isenbarth, „gleiches Bild wie im Fall Huber." Er blickte Plossila an. „Hundert Prozent safe, dass es derselbe Täter war. Und zudem ziemlich sicher, dass er mit ihr dasselbe Programm durchgeführt hat wie mit seinem ersten Opfer: Strangulationsspuren am Hals, deutliche Spuren sexueller Misshandlung, hier die Spuren der Fesseln. Abschürfungen am Knie – übrigens nicht bepudert."

„Tja", sagte Plossila. „Tja. Da haben wir zwei Frauen, die auf dieselbe brutale Weise misshandelt und ermordet worden sind und die sonst nichts in ihrem Leben verbindet." Er blickte zu Jenny Biber. „Oder hat die Recherche noch etwas ergeben?"

„Ich hab mich gestern noch den ganzen Abend darüber gekniet, aber ich konnte nichts Valides rausfinden. Eher im Gegenteil. Man hat das Gefühl, dass diese beiden Frauen Gegenpole waren. Die eine dunkel, intellektuell, Städterin, offenbar eher menschenscheu und zurückgezogen, Modell, introvertierte Künstlerin'. Die andere: blond, sicherlich ein bisschen einfacher gestrickt, Kleinstädterin, dabei aber offen und lebenslustig. Nichts scheint diese beiden Frauen zu verbinden."

Plossila schob sich den Daumen und den Zeigefinger der rechten Hand in seine feisten Wangen. „Na ja, auch Personen können ja so etwas wie das *Missing Link* sein. Mit dem Autor haben wir sogar jemanden, der mit beiden ausgegangen war. Und ... aber ..." Plossila machte eine wegwerfende Handbewegung.

„*Und, aber* was?", fragte Dollerschell.

„Ja ... dieser Pater vom Kloster Sankt Otten, er kannte auch beide. Die eine vom Kirchenchor, die andere von der Beerdigung von Lisas Mutter. Aber ich weiß nicht ..."

Dollerschell nickte.

„Es gibt vielleicht noch eine Sache, die beide Frauen gemeinsam hatten", sagte Jenny Biber und machte eine kurze Pause. „Ihren recht offenen Umgang in Sachen Sexualität."

Plossila schob die Unterlippe über die Oberlippe und dann die Oberlippe über die Unterlippe. „Sex", sagte er. „Sex ... Gut, Huber hatte diese Affäre, hat ihren Freund betrogen. Das ist das Eine. Und Bechmann?"

„Ihre Freundin sagte, sie würde sich hin und wieder mal einen Fremden mit nach Hause nehmen", sagte Jenny Biber.

„*Pfff...* ist das so ungewöhnlich? Heutzutage?"

„Im Grunde ja", platzte es aus Dollerschell heraus, während Jenny Biber im gleichen Augenblick antwortete: „Eher nein!"

Plossila schnaufte und blickte fragend zu Isenbarth.

„Ich bin raus aus dem Spielchen."

Alle Augen richteten sich auf Oliver Lieberknecht und Elke, die Fotografin.

„Kann passieren, würde ich sagen", flüsterte Oliver Lieberknecht und räusperte sich.

„Kommt nicht in Frage", sagte Elke und blickte einen nach dem anderen streng in die Augen. Dann nahm sie die Fußgelenke von Helen Bechmann in den Fokus und ließ die Kamera blitzen.

„Ein klassischer Patt", sagte Isenbarth vergnügt. „Nur du kannst es jetzt noch auflösen, Plossila!"

Plossila murrte. „Von Frauen verstehe ich ungefähr so viel wie ein Goldfisch von der Atacama-Wüste." Er blickte zu Jenny Biber und Dollerschell. „Aber wenn ihr später zu ihrem Ex-Mann rausfahrt, solltet ihr ihn vielleicht einmal danach fragen, ob seine Frau durch Seitensprünge auffiel."

Man konnte nicht behaupten, dass die Sucherei Dollerschells Laune zuträglich war. Seit zwanzig Minuten kurvten sie schon umher. Fuhren von der Landstraße ab, drehten eine Runde durch die Dörfer und fuhren wieder auf die Landstraße hinauf. Dann nahmen sie die nächste Abfahrt und das Spiel begann von vorne.

„Die hat doch gesagt, wir sollen bei Kaltenberg abfahren. Bitte sehr, hier ist Kaltenberg!"

„,Und dann finden Sie es schon.'"

„Wie? Nichts finden wir!"

„Die Frau aus dem Büro der Landschaftsgärtnerei Schwarzer hat gesagt:,Fahren Sie in Kaltenberg ab und dann finden Sie es schon.'"

„Nützt mir viel, dass sie es gesagt hat. Finden tun wir es trotzdem nicht. Wir finden verlassene Käffer, Rapsfelder und mit Borkenkäfern verseuchte Wälder. Ich möchte ohnehin mal wissen, warum man im Niemandsland zwischen Landsberg und Fürstenfeldbruck einen Kreisverkehr braucht."

„Da vorne!", rief Jenny Biber. Sie zeigte durch die Windschutzscheibe in Richtung einer leichten Talsenke, in der sich drei Straßen kreuzten. In der Mitte, auf einem kleinen runden Platz, stand ein gelber Bagger, an der Seite ein Unimog.

Zwei Männer mit Schaufeln verteilten Erde von einem größeren Haufen auf die freie Fläche.

„Na endlich!" Dollerschell gab Gas. „Wir sollten mal nicht davon ausgehen, dass Schwarzer sehr überrascht sein wird, wenn wir dort auftauchen. In der Zeit, die wir bis hierher benötigt haben, haben die vom Büro ihn mit Sicherheit informiert."

Jenny Biber nickte.

Dollerschell lenkte den Wagen die Anhöhe hinab und parkte an einem Stacheldrahtzaun, hinter dem eigenartige Rinder mit langem Fell und großen gebogenen Hörnern lagen, die Jenny Biber noch nie gesehen hatte.

Schon während Dollerschell den Schlüssel abzog, öffnete er die Tür und sprang aus dem Wagen. Jenny Biber stieg ebenfalls aus dem Mazda und folgte ihm im Abstand von zwei Metern. Offenbar war das genau das, was ihr Kollege von ihr erwartete: dass sie hinter ihm herlief, hinter ihm hertrottete, wie ein kleines dummes Hündchen. Hoppla, hier kommen der Herr Kommissar und seine adrette, blonde Assistentin! Er ging ihr wirklich auf die Nerven mit diesem Gehabe, als hätten sie nichts Wichtigeres zu tun.

Sie erhöhte das Tempo und schloss zu ihm auf.

„Hey!", rief Dollerschell einem der Arbeiter zu. „Wer ist denn hier der Hagen Schwarzer?"

Der Mann trug eine graue Latzhose mit einem Aufnäher auf der Brust: „Schwarzer. Ihr Partner für Landschaftsarchitektur". Gelbe schräge Schrift auf schwarzem Grund. „Muss da drüben sein", sagte er und zeigte zu dem Fahrzeug am Straßenrand jenseits des Kreisverkehrs.

„Ah!", machte Dollerschell und ging quer über den Platz darauf zu. Seine Schuhe versanken dabei bis zum Knöchel in der frisch aufgeschütteten Erde. „Schon wieder! *Verdammte ...*" Er blickte sich zu Jenny Biber um, verkniff das Gesicht und verzichtete darauf, den Satz zu beenden. Jenny Biber entschied sich, ihrem Vorgesetzten den gebührenden Vorsprung zu lassen, und ging außen um den Kreisverkehr herum.

„Hallo?", rief Dollerschell, als sie am Unimog ankamen. Sie hörten ein dumpfes Poltern aus dem Inneren des Wagens, dann Metallteile, die gegen Metallteile stießen. Sie umrundeten das Fahrzeug, fanden die Hecktüren offen stehen und blickten in den dunklen Laderaum. „Hallo?"

Ein drahtiger, braunhaariger Mann erschien. Auch er trug die beigefarbene Latzhose, aber nur mit einem Unterhemd darunter, sodass man seine trainierten Oberarme sehen konnte. Er blickte die beiden Polizisten von der Ladefläche aus an, sprang dann mit einem Besen in der Hand wortlos herunter und schloss die Hecktüren.

„Was gibt's?"

„Kripo Fürstenfeldbruck. Wir würden gerne einen Augenblick mit Ihnen sprechen, Herr Schwarzer."

„Sprechen Sie!", sagte er und ging langsam Richtung Kreisverkehr.

„Es geht um Ihre Exfrau, Helen Bechmann."

Er blieb kurz stehen, sah Dollerschell in die Augen. „Was hat sie jetzt schon wieder angestellt?"

„Sie ist tot."

Er schluckte, mehrere Adern traten an seinem Hals hervor, seine Nasenflügel weiteten sich. Er sah erst zu Boden, dann blickte er langsam auf, sah Dollerschell an und begann zu nicken.

„Wir haben sie heute Morgen ermordet in ihrem Haus aufgefunden. Sie wurde erwürgt."

Jenny Biber beobachtete, wie sich die Faust Schwarzers um den Stiel des Besens presste, als wolle er ihn zerquetschen. Er biss die Zähne aufeinander, seine Wangenknochen traten hervor. Jenny Biber trat einen Schritt zurück, hatte das Gefühl, dass gleich etwas aus ihm herausbrechen könnte. Aber er sagte nichts. Blickte die beiden Polizisten nur stumm an.

„Haben Sie eine Ahnung, mit wem sie sich getroffen hat in letzter Zeit? Wer es gewesen sein könnte?"

Er nickte weiter mechanisch, blickte dabei auf den Besenstiel, als könne dort die Antwort auf Dollerschells Frage stehen. Plötzlich besann er sich. „Mit diesem Autor hat sie sich getroffen. Habe sie gesehen, im *Hasen*. Aber ob dieser Schreibtischhengst das fertig gebracht hat? Sie war auf jeden Fall ganz scharf auf ihn, hab ich ihr angesehen. Ich kenn sie ja."

„Wann haben Sie die beiden zusammen gesehen?" „Letzte Woche war das, im *Hasen* wie gesagt, Donnerstag, Freitag, so was halt. War ein bisschen ... bisschen *angetrunken* ehrlich gesagt."

„Wie verlief der Abend?"

„Hab sie da sitzen sehen und bin rüber. Hab ein bisschen Radau gemacht, glaub ich. Und Helen hat mich dann nach Hause gebracht."

„Und dann?"

„Das war's."

„Sie ist nicht noch ... noch mit zu Ihnen rein?"

„Nein."

„Wie war denn Ihr Verhältnis zueinander?"

Er zuckte mit den Schultern, seine Faust entspannte sich etwas, die Adern traten zurück. „Reden miteinander, wenn wir uns zufällig sehen. Sie ruft mich an, wenn der Scheck zu spät kommt. Das war's."

Ein dunkelblauer Mercedes kam den Hügel hinab und fuhr im Schritttempo in den Kreisverkehr. Der Fahrer hatte das Fenster heruntergelassen und redete mit den Arbeitern.

„Wieso haben Sie sich getrennt damals?"

Schwarzer lachte einmal kurz auf. „Hab sie mit einem Arbeiter von mir im Bett erwischt."

„Name? Adresse?"

„Keine Ahnung, war irgendein Russe. Gut gebaut. Ist dann einfach nicht mehr aufgetaucht. Glaube nicht, dass der eine Adresse hatte."

Der Mercedes parkte hinter dem Unimog auf dem Seitenstreifen. Jenny Biber hörte, wie sich die Tür öffnete und kurz darauf zugeschlagen wurde. Ein Mann mit Bauch, Bart und Pfeife in der Hand näherte sich.

„Noch eine andere Idee, wer es gewesen sein könnte?" „Wenn's dieser Autor nicht war ... Der Ludwig, das ist der Gastwirt vom *Hasen*, der war schon immer scharf auf sie, vielleicht fragen Sie bei dem mal an. Aber der hat ja auch noch seine Tochter."

Dollerschell stutze. „Was meinen Sie damit? *Der hat noch seine Tochter?*"

„Ach, ich hab nichts gesagt."

Dollerschell blickte zu Jenny Biber, doch die schüttelte nur mit dem Kopf. Wieder zu Schwarzer gewandt, fragte er: „Wo waren Sie denn letzten Sonntag?"

„Letzten Sonntag?", fragte der Mann mit der Pfeife und legte den Arm um Schwarzers Schulter. „Letzten Sonntag warst du doch den ganzen Tag bei uns, oder Hagen?"

„Ja."

„Ach Entschuldigung", sagte der Pfeifenmann, steckte die Pfeife in den Mund und hielt Dollerschell die Hand entgegen. „Üch bün dör Bruda, Reinhord Schworzer."

Dollerschell nahm die Hand.

Reinhard Schwarzer nahm die Pfeife wieder aus dem Mund. „Ja, war ein wunderbarer Tag der Sonntag, ein richtig schöner Familientag."

Hagen Schwarzer nickte. „Ja. Wunderbar."

Plossila tobte. „Es kann doch nicht sein, dass jedem Verdächtigen im letzten Moment ein Bekannter zur Seite springt, der ihm ein Alibi verschafft. Erst bei diesem verfluchten Autor und jetzt bei Hagen Schwarzer! Muss man das eigentlich akzeptieren? Die stecken doch alle unter einer Decke!"

„Alibi ist Alibi", sagte Dollerschell.

„Und manchmal ist ein Alibi eben doch kein Alibi!" Plossilas Telefon klingelte. Er blickte auf das Display. „Cordula Strattfeld, was will die denn jetzt? Ja ... Cordula, was gibt es?"

Jenny Biber schaute fragend zu Oliver Lieberknecht. Der beugte sich zu ihr herüber und flüsterte: „Die Dame von der Presse."

Das Gespräch schien auf Plossila zu wirken wie eine Beruhigungspille. War er eben noch vor seinem Schreibtisch auf und abgelaufen, torkelte er jetzt fast zu seinem Bürostuhl und ließ sich schlapp in ihn hineinfallen.

„Das passt jetzt wirklich nicht besonders gut, Cordula, wir müssen doch alle Kraft daran setzen, diesen Mord ... jaja, gut, wenn der

Chef das wünscht. Und das kann nicht vielleicht auch Dollersch… Ja, klar, verstehe, würden sie nicht akzeptieren …"

Nachdem er aufgelegt hatte, wirkte er wie einer, der gerade eine vernichtende ärztliche Diagnose entgegengenommen hatte. Der Elan, der ihn kurzzeitig beseelt hatte, war verflogen. Stattdessen presste er sich mit dem Rücken in den Stuhl, blähte mal wieder die Backen und streichelte verträumt das unrasierte Kinn. Nach zwei, drei Wimpernschlägen blickte er auf und in die Runde. „Es soll eine Pressekonferenz geben. Bei Cordula laufen die Drähte heiß, sagt sie. Morgen schon, so eine Scheiße, mit Journalisten aus ganz Bayern. Das brauche ich jetzt echt so dringend wie ein Loch im Knie. Als ob wir nichts Besseres zu tun hätten, verdammt!"

Er rappelte sich wieder aus dem Stuhl, fing an, auf- und abzugehen. „O.K., wo waren wir stehengeblieben. Ach ja, die Alibis. Gut, kann man nichts machen. Was haben wir sonst noch für Anhaltspunkte? Was ist mit diesem Gastwirt? Ludwig …?"

„Ludwig Esch", sagte Dollerschell. „Das war schon ein komischer Hinweis von Hagen Schwarzer. Eine ziemlich direkte Denunziation, würde ich sagen. Und dann dieser Spruch über die Tochter Eschs …"

„Ich hab den eben mal durch den Computer gejagt", sagte Jenny Biber. „Hat tatsächlich mal 'ne Anklage wegen Vergewaltigung gegen Esch gegeben, vor vier Jahren war das. Wurde aber fallengelassen. Und wisst ihr, wer der Kläger war?"

„Wer?", fragte Plossila.

„Seine Tochter beziehungsweise seine Stieftochter, Monika Schwab."

„Unsere Alibigeberin für den Herrn Autor. Hm-hm-hm. Was wissen wir noch über diesen Esch?"

„Nicht besonders viel. Er ist achtundfünfzig Jahre alt und betreibt seit fünf Jahren die Gaststätte *Zum Alten Hasen*, davor war er … Bestatter. Außer diesem Vergewaltigungsvorwurf gibt es nichts in den Unterlagen. Aber selbst, wenn nichts dran ist, an dem Vorwurf: So etwas bleibt in einem kleinen Ort wie Landsberg natürlich in den Köpfen. Über so etwas redet man. Schuld oder Unschuld spielen keine Rolle. Und natürlich denken die Leute gleich wieder daran, wenn etwas passiert."

„Kam mir gleich so komisch vor, dieser Typ", sagte Plossila. „Aber das ist … das ist nicht von Belang. Wir müssen rational bleiben. Gefühle verstellen nur den Blick aufs Wesentliche."

„Ach ja?", fragte Jenny Biber, die überrascht über die philosophischen Anwandlungen ihres Chefs war.

Plossila blickte sie streng an. „Wir müssen uns natürlich einmal mit dem Wirt zusammensetzen, wenn er von einer Person verdächtigt wird, die einem der Opfer so nahestand, das ist klar. Aber vielleicht hat da ja einer auch nur ein privates Hühnchen zu rupfen. Wäre nicht das erste Mal. Rein rational betrachtet, bleibt für mich Konrad Kister der Hauptverdächtige. Er ging mit beiden Frauen aus und das kurz vor ihrem Verschwinden."

„Aber er hat ein Alibi", sagte Dollerschell.

Plossila stützte sich auf Dollerschells Schreibtisch und blickte seinem Kollegen fest in die Augen. „Konrad Kister ist der Schlüssel zu diesem Fall, darauf wette ich was."

Dollerschell rückte mit seinem Stuhl ein Stück nach hinten. „Ich wette aus Prinzip niemals, vor allem nicht um Geld."

„Ich habe aus Prinzip keine Prinzipien", sagte Plossila. Jenny Biber wusste, dass ihr Chef recht hatte. Auch wenn Kister es nicht selbst gewesen war. Es konnte einfach kein Zufall sein, dass er beide Frauen kannte. Hier, bei ihm, war die Lösung des Rätsels zu suchen. Und Jenny Biber hatte ihn noch nicht einmal kennen gelernt. Hatte ihn noch nicht einmal zu Gesicht bekommen. Sie, die sie geschworen hatte, diesen Fall zu lösen, die Bestie zu finden, kannte nicht einmal den Hauptverdächtigen. Und das nur, weil ihre Kollegen sie fernhielten, warum auch immer. Das konnte einfach nicht sein, dachte Jenny Biber. Sie musste das ändern.

Sie würde das ändern.

15

Lieber Rune,

es ist erstaunlich, was hier passiert. Dass Lisa umgebracht wurde, hatte ich dir geschrieben. Aber jetzt ist auch Helen tot aufgefunden worden, du weißt schon, diese blonde Schülerin von mir. Ist es nicht ein unglaublicher Zufall: Zwei Frauen, die ich kannte, wurden Opfer eines Serienkillers – und das hier, im beschaulichen Landsberg am Lech!

Seit Ende letzter Woche sind die Zeitungen jeden Tag voll davon, sie nennen ihn den „Blütenstaubmörder", weil die Opfer offenbar mit einer Paste aus Blütenstaub eingerieben wurden.

Natürlich verdächtigt die Polizei jetzt auch mich und das ist alles andere als angenehm. Immerhin habe ich unverhofft ein Alibi für einen der entscheidenden Tatzeitpunkte bekommen, von meiner treuen Gastwirtin Monika. Sie tut immer noch alles, damit ich mich auf meine Arbeit konzentrieren kann, und weiß dabei natürlich nicht, dass ich noch gar nichts Wesentliches geleistet habe, seit ich hier bin. Allerdings lasse ich sie auch in dem Glauben, dass ich jeden Tag bis zum Umfallen schreibe. Sie fragt mich ständig, wie das Buch gedeiht, und ich habe ihr versprechen müssen, dass sie die Erste ist, die es lesen darf, wenn es fertig ist. Du wirst natürlich der Zweite sein – wenn es denn wirklich jemals geschrieben werden sollte.

Tatsächlich glaube ich, dass Monika mehr in mir sieht als einen Übernachtungsgast. Ständig läuft sie mir über den Weg, wirft mir diese Blicke zu, mit denen einem Frauen halt begegnen, wenn sie sich mehr als nur Freundschaft mit dir vorstellen können. Aber ach, was soll ich sagen, es ist halt so eine Sache mit der Liebe. Fest steht: Für Frauen, die tagtäglich im Dirndl herumlaufen, konnte ich mich noch nie begeistern. Das mag ja schön sein für die Zeit des Oktoberfests, aber nach drei Wochen reicht es doch einfach damit.

Wo wir gerade beim Thema Liebe sind: Ich habe eine neue Schülerin in meinem Kurs, eine junge Blonde, mit einem wunderbar aufgeschlossenen Wesen. Letzte Woche stand sie plötzlich bei mir vor der Tür, hat mich gefragt, ob es noch möglich sei, in den Kurs einzutreten. Ich habe ihr geantwortet, dass das gar kein Problem sei, sie solle einfach kommen. Und als sie gestern da war, hat sie mich nach dem Kurs direkt gefragt, ob wir nicht noch eine Pizza essen gehen wollen? Es ist dann ein wunderbarer Abend geworden. Sie ist so anders, weißt du. Sie scheint sich wirklich für mich zu interessieren, will alles über mich wissen. Ich habe das Gefühl, dass ich ihr schon mein halbes Leben erzählt habe. Dabei ist es doch sonst immer andersherum: Normalerweise bin ich der Zuhörer und die Frauen reden. Nur bei Lisa war es anders, das weißt du. Aber lass uns nicht mehr von ihr sprechen. Lisa ist passé. Jenny heißt die Blonde. Ich freue mich schon auf morgen Abend, dann sehe ich sie wieder!

Mach's gut, alter Junge und bis demnächst!
Dein Konrad

Plossila ließ die Tüte auf die Dielen rasseln, nahm die Bierflaschen heraus und stellte sie als Erstes in den Kühlschrank. Um den Rest würde er sich später kümmern. Er wollte schon in den Flur gehen, doch dann besann er sich eines Besseren. Er machte einen großen Schritt über die Einkäufe hinweg bis vor den Ofen und stellte diesen auf zweihundertfünfzig Grad. Anschließend zog er sich im Flur die Schuhe aus und verschwand im Badezimmer.

Zurück in der Küche räumte er die übrigen Lebensmittel in den Kühlschrank. Schließlich riss er die Verpackung auf und schob die gefrorene Pizza in den Backofen. Er nahm sich ein lauwarmes Bier aus dem Kühlschrank, setzte sich an den Küchentisch und blickte in Richtung Herd.

Fertigpizza, dachte er. Wenn er sein Leben selbstbestimmter gestalten könnte, würde er richtig kochen. Mit frischem Gemüse, Fisch, Fleisch, Salat. Mehrere Gänge würde es geben: Antipasti, Crème brûlée, Mousse au Chocolat, Espresso danach, Verdauungsschnaps.

Mit einem Ruck stand er auf, öffnete die Kühlschranktür erneut. Na also, dachte er und schnappte sich den Ramazzotti.

Ganz so kulturlos war er doch gar nicht. Er nahm sich ein Schnapsgläschen und goss ein. Warum sollte man Ramazzotti nicht auch als Aperitif trinken können?

Er setzte sich wieder, blickte auf die Dielen, in deren Ritzen noch immer ein Rest des Kaffeepulvers von vor einigen Tagen steckte. Er schnaufte und nahm sich vor, sein Leben in Ordnung zu bringen, wenn er mit dem Fall fertig war. Aber im Augenblick ging es nicht, er fühlte sich gehetzt. Die Pressekonferenz vergangene Woche hatte ihn vollkommen fertig gemacht. Das war einfach nichts für ihn. Und jetzt wollten die Journalisten natürlich jeden Tag wissen, wie weit man war mit den Ermittlungen und welche neuen Theorien es gab. Schon wurde spekuliert, wie lange es dauern würde, bis der „Blütenstaubmörder" wieder zuschlug.

Und derweil traten sie auf der Stelle. Was klar war, war lediglich, dass es derselbe Täter gewesen sein musste. Er war bei Helen Bechmann nach dem gleichen Schema vorgegangen wie bei Lisa Huber. Er hatte sein Opfer aus dessen Haus entführt, es vier Tage in seiner Gewalt gehalten, dabei offenbar mit einem Seil gefesselt. Er hatte die Frauen vergewaltigt, sie erwürgt und die Wundmale schließlich mit Blütenstaub und Puder versehen. Gunther Isenbarth war sich hundertprozentig sicher, dass es so abgelaufen war, dass Helen Bechmann erst acht bis zehn Stunden tot war, als man sie gefunden hatte. Die Vergewaltigungsspuren seien aber nicht so intensiv gewesen wie bei Lisa Huber. „Es kann sein, dass er sie nicht so oft vergewaltigt hat wie das erste Opfer oder dass Helen Bechmann sich weniger gewehrt hat, das lässt sich nur schwer feststellen", hatte er gesagt.

Doch während sie wussten, dass es sich bei dem Mörder um ein und dieselbe Person handelte, hatten sie nach wie vor keine Ahnung, wer es gewesen sein konnte. Es gab ein paar Verdächtige, das ja, aber alles andere als eine heiße Spur. Mittlerweile hatten sie eine Vielzahl von Personen verhört, hatten sogar damit angefangen, Handyverzeichnisse durchzutelefonieren. Aber es blieb einfach nichts hängen, es gab kaum Indizien.

Jenny Biber arbeitete parallel weiter an den Lebensläufen der Opfer, suchte nach Schnittmengen. Aber auch hier kamen sie nicht weiter. Nicht einmal ein gemeinsames Urlaubsziel oder so etwas hatten die ermordeten Frauen im Programm gehabt. Die eine fuhr nach Mallorca, die andere ins Tessin. In dem Leben, das sie geführt hatten, gab nichts einen Hinweis darauf, dass diese beiden Frauen jemals ein und demselben Mörder in die Hände fallen würden.

Immerhin: Sie hatten herausgefunden, dass Lisa Huber den Leichenschmaus für ihre Mutter im *Alten Hasen* veranstaltet hatte. In diesem Restaurant berührten sich auf unergründliche Weise die Leben der beiden Frauen, ohne dass diese es jemals bemerkt hätten. Hier kreuzen sich die Spuren von Lisa Huber und Helen Bechmann und zeichneten ein Muster, das es zu entschlüsseln galt. Doch wo war dieser Schlüssel? Wo war der verfluchte Code, der sie das Rätsel knacken ließ?

Plossila knallte die Bierflasche auf den Tisch. Warum zum Teufel stocherten sie nur die ganze Zeit im Nebel herum? Er war zurzeit nicht der Ambitionierteste, er wusste das. Dennoch glaubte er nicht, dass die Anderen, seine Kollegen, es mitbekommen hatten. Ging er nicht auf eine Weise vor, die sein Vater ihm nahegelegt hatte, und glich Motivation mit Routine aus? Und war die Tatsache, dass er sich jetzt hier in seiner Freizeit mit dem Fall beschäftigte, nicht Beweis genug, dass er seinen Beruf ernst genug nahm? Hätte er den Fall denn damals, als er noch so brannte wie seine junge Praktikantin heute, denn schon gelöst?

Er bezweifelte es. Gleichzeitig hatte er das Gefühl, irgendetwas Offensichtliches übersehen zu haben, etwas, das ihm vielleicht früher nicht entgangen wäre.

Er dachte an das Gespräch mit Ludwig Esch zurück, das er am Wochenende geführt hatte. Das Restaurant war zu seinem Erstaunen recht voll gewesen am Samstagabend. Aber das war Plossila nur recht gewesen. So konnte er beobachten, wie sich Esch verhielt, wenn er unter Stress stand. Und Stress war ein hervorragendes Mittel, um jemandem die Maske vom Gesicht zu reißen, wusste er.

Plossila setzte sich an einen Tisch und beobachtete, wie Esch seine Tochter in der Kneipe umherscheuchte. Wie sein Eigentum, dachte er. Und er bekam mit, wie sich Esch mit seinem Bierlieferanten stritt, einem Hünen mit jungenhaft-kindlichem Gesicht, der offenbar Interesse an seiner Stieftochter zeigte, der Eschs Besitzansprüche in Frage stellte.

Streiten hieß, die Kontrolle verlieren, hieß impulsiv sein, unbeherrscht sein, ließ auf einen hitzköpfigen Charakter schließen.

Doch als Plossila später mit Esch zusammensaß, verlor der Gastwirt nie die Kontrolle. Vor jedem Satz, den er sagte, machte er eine lange Pause, wie ein Schachspieler, der die verschiedenen Optionen im Vorfeld seiner Züge abwägt. Dann antwortete er mit ruhiger, aber bestimmter Stimme. Für zwanzig Personen habe er das Leichenmahl vorbereitet, erzählte er, doch es seien nur neun Leute gekommen. „Bezahlen musste Frau Huber natürlich alles, aber da hat sie keine Anstalten gemacht." Lisa Huber habe isoliert gewirkt an diesem Abend, erzählte Esch, sie habe kaum jemanden an ihrem Tisch gekannt. „Ich denke, sie war froh, als das Mahl endlich vorbei war und auch Pater Thomas, der Letzte in der Runde, endlich gegangen war. Sie hat sich anschließend noch einige Zeit an die Bar gesetzt und alleine etwas getrunken. Wann genau sie gegangen ist ...?" Er öffnete die Hände zur Zimmerdecke und schüttelte den Kopf.

Plossila hatte versucht, ihn zu provozieren, ihn zu locken. Sollten sie sich ruhig streiten, das wäre ihm nur recht gewesen. „Sie wurde vergewaltigt", hatte er gesagt. Aber Esch sah keinen Grund, sich zu rechtfertigen. Er blickte ihn streng mit besorgter Miene an, aber er äußerte sich nicht. Also machte Plossila es auf die direkte Art: „Gegen Sie gab es einmal Vorwürfe diesbezüglich."

Esch blickte ihn zu seiner Verwunderung verständnisvoll in die Augen, fast väterlich. „Das war damals, als Anna, meine Frau, krank geworden ist, ja. Monika hat das schwer mitgenommen und sie hat wohl Realität mit Fiktion vermischt. Sie war auch eine Zeit lang in psychologischer Behandlung deswegen. Monika hat damals ganz in ihrer eigenen Welt gelebt, hat sich in eine krankhafte Liebe zu mir hineingesteigert, die es von meiner Seite nie gegeben hatte. Sie hat sich alles Mögliche zusammenphantasiert, dass wir füreinander bestimmt sind und schließlich auch, dass wir Sex miteinander hatten. Es war eine schwere Zeit für Monika und für mich. Ich bin froh, dass die Missverständnisse schnell ausgeräumt werden konnten."

Die Pizza war fertig. Plossila schnappte sich ein Geschirrspültuch und öffnete den Backofen. Ein Schwall heißer Luft erfasste ihn und ließ ihn kurz zurückweichen. Dann nahm er mithilfe des Tuchs vorsichtig das Backblech heraus und stellte es auf die Herdplatten. Er zerteilte die Pizza auf einem Teller in Achtel und setzte sich wieder an den Tisch.

Er musste sich nicht schlecht fühlen, dachte Plossila, als er die Pizzastücke in sich hineinschob. Es würde ja eine seiner letzten Pizzen sein, bevor er sein Leben endgültig ändern würde.

Jenny Biber kam sich komisch vor. Sie lief drei Schritte in die eine, dann wieder drei Schritte in die andere Richtung, beobachtete dabei die Schuhe im verspiegelten Kleiderschrank. Konnte sie wirklich noch darin laufen? Sieben Zentimeter mussten das sein, vielleicht acht. Das letzte Mal, als sie High-Heels getragen hatte, war sie auf der Hochzeit von Tobias' Cousin gewesen. Ein Jahr musste das jetzt her sein, zumindest zehn Monate. Tobias war ganz begeistert gewesen, dass sie die Pumps getragen hatte, erinnerte sie sich. „Flache Schuhe und Bequemzeug kannst du tragen, wenn du fünfzig bist", hatte er gesagt. Also konnten die Dinger ja nicht so schlecht an ihr aussehen, machte sie sich klar. Dennoch war es einfach komisch, dass sie sie seither nicht mehr angezogen hatte, noch nicht einmal Tobias zuliebe. Und jetzt? Jetzt zog sie die Schuhe für einen anderen Mann an, das war doch eigentlich nicht zu billigen. Andererseits: Es ging hier darum, einen Job zu erledigen. Sie musste dafür einen Mann einwickeln. Und wenn diese Schuhe ihren Beitrag dazu leisten konnten – umso besser!

Zuerst wollte sie hinter der Altstadtmauer parken und zu Fuß in die Innenstadt gehen. Das machte sie immer so. Sie liebte die Strecke: Es ging über Pflastersteine durch die mittelalterlichen Gassen Landsbergs, dann tauchte man durch das Stadttor hindurch und in fünf Minuten stand man auf dem Hauptplatz. Aber mit diesen Schuhen ging das natürlich nicht. Im besten Fall würde sie die Dinger auf den Pflastersteinen ruinieren. Im schlimmsten Fall würde sie sich ein Bein brechen. Also fuhr sie hinunter ins Parkhaus, von dort war es nur ein Katzensprung bis zum *Hexenstüberl*.

Als sie im Restaurant ankam, merkte sie, dass sie das Daten offenbar schon total verlernt hatte. Sie war zehn Minuten zu früh gekommen, war auch noch als Erste da. Damals hätte sie ihre Verabredung mindestens zehn Minuten warten lassen, das gehörte doch irgendwie zum Ritual. Das hatte sie damals noch nicht mal planen müssen, das passierte automatisch.

Sie setzte sich an einen runden Tisch auf einer Empore und blätterte wartend in der Speisekarte. Es war ein befremdliches Gefühl, hier zu sitzen, es war einer der letzten Orte, an denen Helen Bechmann gefeiert hatte, wusste sie. Hier hatte Helen am Tag vor ihrer Entführung das Klassentreffen organisiert. Vielleicht hatte sie sogar genau an diesem Platz gesessen. Sie blickte sich um. Wenn man den Nachbartisch an diesen heranschob, hätte hier oben durchaus eine größere Gruppe Platz gehabt.

Das Klassentreffen. Sie hatten mittlerweile mit allen Beteiligten gesprochen, aber keinen Hinweis auf das Verbrechen erhalten. Sie hatte alle Lebensläufe dahingehend abgeklopft, ob es eine Verbindung zu Lisa Huber gab. Doch sie hatte nichts feststellen können, was darauf hindeutete, dass irgendjemand Lisa Huber kannte. Nicht einen gab es in der Runde, der zumindest kunstinteressiert war. Niemand hatte jemals den Namen Lisa Lyotard gehört. Es war zum Verrücktwerden.

Konrad Kister trat ein. Er blickte sich im Raum um, ohne sie auf der Empore zu entdecken. Gut sah er aus, das konnte sie nicht verhehlen. Ganz in Schwarz war er gekleidet: schwarzes Nadelstreifenhemd, schwarze Buntfaltenhose, eine schwarze Sommerjacke über dem Arm, dazu das schwarz-scheckige, etwas zerwühlte Haar. Und im Kontrast dazu braune Schuhe und einen braunen Gürtel. Er ging zwei, drei Schritte in die Gastwirtschaft hinein, legte die Hand an einen der Stützbalken aus Holz, die überall im Restaurant standen, offenbar um das Rustikale des *Hexenstüberls* zu unterstreichen. Dann griff er sich in die Hosentasche, zog sein Handy heraus und blickte auf das Display.

Jenny Biber sah auf die Uhr. Es war Punkt acht. Er war pünktlich auf die Minute. Als Konrad Kister den Kopf wieder hob, hielt sie eine Hand in die Luft und bewegte zwei Finger.

Er entdeckte sie, präsentierte ein breites Lächeln, das sich über das komplette Gesicht legte und ging auf sie zu.

Es war kurzweilig gewesen bei ihrem ersten Treffen am Montagabend, das musste sie zugestehen. Sie waren Pizza essen gewesen, bei Luigi, oben hinter der Altstadtmauer. Sie sträubte sich gegen den Gedanken, aber ja, sie hatte sich amüsiert an diesem Abend. Natürlich hatte sie etwas über seine Beziehung zu den beiden Opfern herausbekommen wollen, doch wechselte er immer schnell das Thema, wenn sie ihn darauf ansprach. Er erzählte stattdessen viel über seine Arbeit, das Schreiben von Büchern. Und er gab unumwunden zu, dass er derzeit in einer Krise steckte, dass ihm keine überzeugende Story für sein nächstes Buch einfiel. Irgendwann an diesem Abend hatte sie ganz vergessen, dass sie eine Ermittlung durchführte, hatte ihm einfach zugehört, wie er vom Schreiben erzählte und vom Reisen – und dass beides irgendwie zusammengehörte. Er schilderte seinen Aufstieg auf den Kilimandscharo, umschrieb den Geruch von Schwefeldämpfen dort oben und die Kälte beim nächtlichen Kampieren am Hang. Er war ein guter Erzähler, das musste man ihm lassen, und sie hatte sich fest vorgenommen, demnächst eines seiner Bücher zu lesen. Zumindest an jenem Abend hatte sie das. Am nächsten Morgen beschloss sie, dass sie ausschließlich aus professionellem Interesse ein Buch von ihm in die Hand nehmen würde. Wenn überhaupt.

Jenny Biber sagte sich, dass sie sich heute nicht von ihrem Ziel abbringen lassen würde. Sie würde beharrlich das Gespräch auf die beiden Frauen lenken, auch wenn sie natürlich nicht direkt danach fragen konnte, das wäre zu auffällig. Keinesfalls wollte sie aber wieder so etwas mit ihm verbringen wie einen „netten Abend", höchstens vordergründig natürlich, um ihn in Sicherheit zu wiegen. Als er auf ihren Tisch zuschritt und sportlich die zwei kleinen Stufen auf die Empore heraufsprang, machte sie sich deshalb noch einmal klar, dass sie eventuell mit einem Mörder an einem Tisch sitzen würde. Mit dem Mörder von zwei Frauen, darunter Helen Bechmann, ihre Fast-Freundin.

Er begrüßte sie wie eine alte Bekannte, nahm sie in den Arm, gab ihr Küsschen auf die Wangen. Sie vertrieb den Gedanken daran, dass er im Grunde genau ihr Typ war. Er hatte die Statur von Tobias, war nicht muskulös, aber trainiert, war groß und dunkelhaarig und er hatte so etwas wie eine Aura. Es war nicht die gleiche wie bei Tobias, das nicht, sie war irgendwie … sie wusste es nicht, nicht jetzt, nicht auf die Schnelle …

Er legte den Mantel über das Geländer, das die Empore von der übrigen Gastwirtschaft abtrennte, setzte sich, lächelte sie an, dann zog er etwas aus der Jackentasche hervor und legte es vor sie auf den Tisch.

„‚Tod am Lech' – dein letztes Buch", sagte sie.

„Du wolltest doch mal etwas von mir lesen."

Sie schob die manikürten Fingernägel unter das Buch, hob es schräg an. „Dass du das überhaupt dabei hast. Oder warst du die Tage noch in München?"

Er grinste, lehnte sich im Stuhl zurück, faltete die Hände über seiner Brust. „Nein, nein. Ehrlich gesagt, habe ich es heute Vormittag gekauft, hier in Landsberg, bei dem kleinen Buchladen in der Ludwigstraße. Wirklich ein komisches Gefühl – das eigene Buch zu kaufen. Irgendwie kommt man sich vor, als mache man etwas Unanständiges."

„Echt? Und das hast du für mich …" Sie spürte, dass sie rot wurde, und gleichzeitig fühlte sie sich aus dem Konzept gebracht. Sie wusste nicht, was sie sagen sollte.

„Wenn es dir gefällt, kannst du ja mal eine Rezension auf Amazon schreiben", rettete Konrad Kister die Lage.

„Ja, das mache ich." Sie drehte das Buch um, tat so, als beginne sie den Klappentext zu lesen. „Hört sich interessant an. Hätte man auch nicht geglaubt, dass das mal real werden könnte, was?"

„Was meinst du?"

„Na ja, dass wir tatsächlich mal zwei Tote hier haben, bei uns im beschaulichen Landsberg. Du hast doch davon in der Zeitung gelesen – der Blütenstaubmörder."

Seine Miene verfinsterte sich und er blickte sich einen Augenblick in der Gastwirtschaft um, als ob er ein bekanntes Gesicht in der Menge suchte. Dann winkte er der Kellnerin zu und bestellte zwei Prosecco-Aperol als Aperitif. „Magst du doch, oder?"

Sie nickte.

„Das wollte ich dir schon letztes Mal sagen, du hattest das Thema ja bei unserem ersten Treff schon ein paar Mal angesprochen. Und es redet ja derzeit auch wirklich jeder darüber: Ich kannte die beiden Frauen. Zufällig."

„Ach …! Tatsächlich?"

Er lehnte sich vor und begann, kleine Papierstückchen aus dem Bierdeckel herauszureißen, blickte auf den Deckel, dann wieder zu ihr. „Es ist wirklich ein unglaublicher Zufall, aber natürlich habe ich nichts mit diesen schrecklichen …"

Er verstummte, als die Kellnerin mit einem Augenzwinkern die beiden Gläser auf den Tisch stellte. „Bitte sehr, zwei Spritz!"

„… mit diesen schrecklichen Morden zu tun", beendete er den Satz, nachdem die Bedienung wieder außer Hörweite war.

„Natürlich. Natürlich nicht … Prost!"

„Prost, ja."

Sie stießen an, tranken jeweils einen Schluck.

„Woher kanntest du die beiden denn?

„Helen nahm am Kreativ-Schreiben-Kurs teil. Wir kamen ins Gespräch und sind einmal zusammen aus gewesen. Das war im Wesentlichen alles …"

„Ich habe ein Foto von ihr in der Zeitung gesehen. Unattraktiv war sie nicht."

Seine rechte Hand flatterte auf der Tischplatte umher, schien nach dem Bierdeckel zu suchen, auf dem jetzt der Prosecco-Aperol stand. Schließlich fand sie den Stiel des Glases und blieb dort liegen wie ein erschöpftes Tier. „Ja, natürlich, sie sah ganz gut aus. Aber ich …"

„Du hast eine Freundin in München, oder?" *Oh Gott*, dachte Jenny Biber, *was frage ich hier? Warum frage ich das? Das hat doch gar nichts mit dem Fall zu tun.* Sie spürte, wie ihr die Hitze erneut ins Gesicht stieg.

Konrad Kister lachte kurz auf, lehnte sich wieder zurück. „Nein, keine Freundin. Aber ich hatte erst vor Kurzem so etwas wie … na ja, nennen wir es ein Verhältnis, wenngleich es den Punkt nicht trifft, für mich jedenfalls nicht. Es ist jetzt aber vorbei, ich habe abgeschlossen, aber ich konnte mich noch nicht für jemand Neues öffnen. Und es hat sich auch nichts zwischen uns entwickelt, also zwischen Helen und mir, nichts, was man im weitesten Sinne Liebe nennen könnte. Dafür ging es auch alles zu schnell. Ich war einfach nicht interessiert, auch wenn sie gut aussah. Das ist ja nicht alles."

Jenny Biber nickte und umklammerte jetzt ebenfalls den Stiel ihres Glases mit den Daumen und Zeigefingern ihrer beiden Hände. „Hast du denn eine Ahnung, wer Helen Bechmann umgebracht haben könnte?"

„Über Themen reden wir … na ja …" Er zuckte mit den Schultern. „So gut kannte ich sie ja gar nicht. Das Einzige, was ich sagen kann, ist, dass ihr Exmann einen eigenartigen Eindruck auf mich gemacht hat. Er hat uns einmal im *Alten Hasen* miteinander gesehen und hat uns beide … *beschimpft*. Ich will da jetzt gar nicht im Einzelnen drauf eingehen, aber er war sehr aggressiv und betrunken und ich hatte das Gefühl, kurz vor einer Schlägerei mit ihm zu stehen. Helen musste dann unser Gespräch beenden und hat ihn nach Hause gebracht – das hat sie zumindest später gesagt."

Jenny Biber dachte an letzte Woche zurück, an die Vernehmung Schwarzers am Kreisverkehr zwischen Landsberg und Fürstenfeldbruck. Sein Bruder hatte ihm ein Alibi für die Tatzeit gegeben, eine

Art Blankoscheck, es war unglaubwürdig gewesen, aber sie hatten das Alibi für den Moment akzeptieren müssen. Hagen Schwarzer hatte die Begegnung mit Konrad Kister erwähnt und ihn seinerseits belastet. Eigenartig war das.

Sie versuchte noch etwas tiefer zu bohren und sagte: „Vielleicht eine Ausnahmesituation wegen des Alkohols …?"

„Das glaube ich nicht. Ich habe ihn schon einmal sehr aggressiv erlebt, da hat er sich mit Ludwig Esch, das ist der Gastwirt des *Hasen*, gestritten. Und das in einer Weise, dass ihn sein Bruder zurückhalten musste."

„Weißt du warum?"

„Der Bierlieferant kam und hat mit Monika, der Stieftochter von Ludwig Esch, geflirtet. Das heißt, ob sie geflirtet haben, weiß ich gar nicht. Auf jeden Fall hat Ludwig Esch diesen Bierlieferanten ermahnt und da ist Hagen Schwarzer ausgetickt. Einfach so, aus dem Nichts heraus. Meiner Meinung nach hat Hagen nur darauf gewartet, seine Aggression rauszulassen, hat Streit gesucht. Es gibt Leute, für die ist Gewalt nichts Schlechtes, die lieben Gewalt und die nehmen jeden Anlass, diese Gewalt ausleben zu können. Weiß der Himmel, warum!"

Jenny Biber nickte. Sie wusste, was Konrad meinte, kannte diese Schlägertypen, die gewalttätig waren um der Gewalt willen. Aber waren das die gleichen Leute, die Frauen erwürgten und dann mit einem Blütenstaubbalsam einrieben?

„Was ist mit der anderen Frau? Wie hieß sie noch …? Lisa Irgendwas …"

Konrad Kister erhob sein Glas, trank einen großen Schluck. „Huber", sagte er. „Lisa Huber. Tja, die kenne ich schon lange … Ich hab dir vorhin von meiner Affäre erzählt. Das war Lisa. Ich habe sie vor knapp zwei Jahren kennen gelernt, in dieser Krimibuchhandlung in der Baaderstraße in München. Krimieck heißt die, vielleicht hast du …"

Jenny Biber nickte. „Ja, ich weiß, wo das ist."

„Ich kenne den Besitzer, Rune heißt der. Ich hab da mal gelesen und bin anschließend mit Rune noch auf ein paar Bier gegangen.

Seitdem ist er einer meiner besten Freunde. Na ja, irgendwann stand ich bei ihm im Laden und Lisa kam rein und hat nach einem Buch gesucht und da habe ich ihr kurzentschlossen meins empfohlen. Später haben wir uns dann noch einmal durch Zufall im Krimieck getroffen. Das heißt, so zufällig war das gar nicht: Sie war Künstlerin und hatte ihr Atelier gleich neben der Buchhandlung und da sie gerne las, war sie so etwas wie eine Stammkundin. Als wir uns also zum zweiten Mal dort getroffen hatten, hat sie sich bei mir über das Buch beschwert und meinte, es sei zu blutrünstig gewesen. Ich habe entgegnet, dass ein bisschen Blut einfach zu einem guten Krimi gehört, aber sie fand das überflüssig. Also wollte ich ihr das Geld zurückgeben, aber sie hat das abgelehnt. Schließlich habe ich sie zum Essen eingeladen. Na ja, so kam das alles. Sie war liiert, aber ich habe mich trotzdem in sie verliebt. Für sie war es nur ein Spiel und eine kleine Abwechslung für die Zeit, in der sie ihren Freund nicht sehen konnte, der lebte in Graz damals. Aber ich habe mich in die Sache verstrickt, mir war es ernst und so habe ich sogar dieses Buch ‚Tod am Lech', extra in Landsberg spielen lassen. Weil sie aus der Gegend hier kommt und ich ... ich sie beeindrucken wollte."

Er trank das Glas bis zur Neige und hielt es in die Richtung der Kellnerin.

„Und hat es sie beeindruckt?"

„Sie hat es zur Kenntnis genommen, das schon. Aber beeindruckt? Das würde ich nicht sagen. Lisa hat nur Lisa beeindruckt. Immerhin war das Buch ein großer Erfolg in der Region und so wollte der Verlag, dass ich noch ein zweites schreibe, das hier spielt. Deshalb bin ich hier."

„Und dann wurde Lisa Huber genau in der Zeit hier ermordet. Schon ein eigenartiger Zufall."

„Ja, das stimmt."

Die Kellnerin stellte Konrad Kister ein neues Glas auf den Tisch und lächelte die beiden verheißungsvoll an.

„Wie geht es dir damit?", fragte Jenny Biber, als die Kellnerin mitsamt ihrem Grinsen wieder verschwunden war.

„Es ist natürlich schrecklich, dass sie tot ist. Aber als ich davon gehört habe, dachte ich, es geht mich nichts mehr an. Für mich war die Geschichte schon vorher vorbei. Der Trennungsschmerz beziehungsweise die Enttäuschung über die nicht erwiderte Liebe waren überwunden. Das ist mir erst durch ihren Tod richtig klar geworden. Ich habe sie geliebt, ich habe sie gehasst, aber zum Schluss war sie mir egal."

Jenny Biber nahm das Buch, von dem sie jetzt wusste, dass Konrad Kister es für Lisa Huber geschrieben hatte, vom Tisch und steckte es in die Handtasche. In diesem kurzen, privaten Augenblick, in dem sie augenscheinlich den Inhalt ihrer Tasche ordnete, wanderten ihre Gedanken zu ihrer gescheiterten Beziehung mit Tobias. Wann war bei ihnen der Zeitpunkt erreicht gewesen, in dem aus Liebe Gleichgültigkeit wurde? Vielleicht an dem Tag, an dem sie zusammengezogen waren? Als sie plötzlich angefangen hatten, sich nur noch über Praktisches zu unterhalten? Hatten sie nicht in dem Moment, indem sie begannen, ihren Alltag zu organisieren, aufgehört von diesem gemeinsamen Leben zu träumen?

Sie zog den Reißverschluss der Tasche wieder zu, hängte die Träger über ihre Rückenlehne. „Das ist verdammt traurig", sagte sie und es war genau das, was sie fühlte. „Und die Polizei?"

„Was meinst du?"

„Na ja, für die müsstest du doch einer der Top-Verdächtigen sein, wenn du beide Frauen gekannt hast."

„Ja, das stimmt. Aber ich habe zumindest für die Zeit des zweiten Mordes ein Alibi."

„Ach!"

Konrad Kister lachte. „Ich vertraue dir etwas an. Monika hat mir das Alibi gegeben, aber in Wirklichkeit war ich zu dem fraglichen Zeitpunkt gar nicht mit Monika zusammen, ich hatte eine längere Wanderung unternommen und kam erst nach dem Tatzeitpunkt zurück zu meiner Pension. Und ich war die ganze Zeit allein. Du bekommst doch jetzt keine Angst?"

„Nein, nein, natürlich nicht. Aber warum hat sie dir das Alibi einfach so gegeben?"

Konrad Kister begann zu grinsen. „Sie ist mein treuester Fan und versucht, alle Unannehmlichkeiten von mir fernzuhalten. Jeden Tag putzt sie mein Zimmer, sie hat sogar damit begonnen, mir die Wäsche zu waschen und mir morgens die Kleidung rauszulegen. Haha, neulich hat sie mir einen neuen Pyjama geschenkt, einfach so, weil mein alter etwas ... na ja, etwas in Mitleidenschaft gezogen worden ist. Und natürlich darf ich mir mittlerweile mein Mittagessen wünschen. Es ist alles in allem eine sehr mütterliche Vorstellung, die sie gibt. Sie will, dass ich Zeit zum Schreiben habe und mich auf nichts anderes konzentrieren muss. Und darum hat sie mir wohl auch das Alibi gegeben. Aber es ist doch egal: Ich war es nicht, das kannst du mir glauben, die Polizei tut gut daran, mich als Täter auszuschließen und sich auf andere zu konzentrieren."

„Ja ... wenn du es nicht warst, ist das vielleicht am Besten." Konrad Kister nickte und schien zurück zu der guten Laune gefunden zu haben, mit der er das Restaurant betreten hatte. „Komm, jetzt lass uns endlich etwas zu Essen bestellen!"

„Ja, lass uns zum gemütlichen Teil des Abends übergehen ..."

16

Er war einfach gelaufen, immer weiter, ohne Ziel, ohne zu wissen, wohin und warum überhaupt. Vielleicht wollte er nachdenken, Ideen sammeln, seine Herzensangelegenheiten ordnen. Während er lief, hatte er sich einfach dem Strom der inneren Bilder überlassen. Und darin tauchte im Grunde immer wieder nur sie auf. Oder besser: Er mit ihr. Kurze Gedankenblitze waren das. Ihr herzliches Lachen. Ihre Augen, die in ihn zu dringen schienen. Auch ihr Körper natürlich, der weiblich war, ein bisschen rund vielleicht, und doch genau richtig. Und natürlich er, wie er ihr blondes, weiches Haar berührte, sie küsste auf ihre vollen, matten Lippen. Tagträume.

Er war aus der Altstadt hinausgegangen und hatte den Lech über die Karolinenbrücke überquert, war bis in Sichtweite der Strafvollzugsanstalt gelaufen, deren feste Mauern an eine mittelalterliche Festungsanlage erinnerten. Ihr Anblick brachte ihn in eine komische Stimmung und er fühlte plötzlich, wie eine kalte Einsamkeit sein Herz beschlich. Und wieder schien sie die Lösung zu sein, das Gegenmittel, um die Isoliertheit zu überwinden. Doch er zwang sich, sich nicht hineinzusteigern in das Verhältnis zu Jenny. Er wollte sich nicht ein zweites Mal in der Liebe zu einer anderen Person verlieren.

Jetzt, als er wieder in seinem Zimmerchen angekommen war, war er außer Atem, die Waden schmerzten leicht und doch fühlte er sich erholt und seit Langem einmal wieder zuversichtlich, fast optimistisch. Er nahm sich vor, seine Gedanken stärker auf die Arbeit zu lenken, und war sich mit einem Mal sicher, dass ihm schon eine Geschichte einfallen würde. Dann würde er sie wie im Rausch in die Tastatur eintippen, sie wie besessen niederschreiben, in wenigen Wochen. Vielleicht könnte er ja sogar eine Handlung rund um das Gefängnis entwickeln. Denn das hatte Landsberg doch nach dem Krieg ein letztes Mal mitten auf die europäische Karte gezeichnet. Hier wurden die Urteile der Nürnberger Prozesse vollstreckt. Ende 1946 richteten die Amerikaner hier ihr War Criminal Prison ein und ließen knapp dreihundert Kriegsverbrecher exekutieren, die meisten starben durch den Strang, einige wenige wurden erschossen. Zahlreiche Wehrmachtsführer, Industrielle und Beamte des NS-Regimes hatten hier zudem eingesessen, bevor sie vorzeitig entlassen wurden, um ihre zweite Karriere in der jungen Bundesrepublik zu starten. Irgendwo in diesem Themenkomplex musste doch eine Crime-Story auf ihn warten, die noch ungeschrieben war, dachte er sich, irgendwo hier musste er doch fündig werden.

Es klopfte.

Monika, wusste Konrad Kister, er kannte das Klopfen, zwei schnelle hölzern-dumpfe Laute, bei denen gleichzeitig die Knöchel der gesamten Hand auf der Tür aufprallten. Mittlerweile hatte sie es sich angewöhnt, gar nicht mehr auf ein Herein zu warten. Sie öffnete einfach die Tür und trat in den Raum.

„Ich bringe dir dein Wasser", sagte sie und stellte die alte, fast milchige Karaffe mit dem roten Pernod-Schriftzug, die er bereits gut kannte, auf den Tisch. Wie immer hatte sie einen kleinen Minzezweig hinein geworfen, genauso, wie er es liebte, wie er sein Wasser auch trank, wenn er zu Hause war.

Als sie den Krug und ein Glas daneben auf den Tisch stellte, beugte sie sich über ihn und blickte auf einen Bogen Papier, der auf dem Schreibtisch lag. „Na, schon weitergekommen heute?"

Er sah ebenfalls auf das Blatt, das vor ihm lag. Er konnte sich gar nicht daran erinnern, hätte schwören können, es nicht selbst dorthin gelegt zu haben. Sinnloses Gekritzel war darauf gemalt, Kreise, Sterne, ein Haus mit Schornstein und Türklinke, runde mondartige Gesichter. Er musste das Blatt vor zwei Tagen aus Langeweile oder Inspirationslosigkeit bemalt haben.

„Nein, heute ehrlich gesagt nicht wirklich. Aber das Konzept gewinnt immer stärker an Form, wenn du weißt, was ich meine."

„Ja, natürlich. Lass dir nur alle Zeit der Welt. Wichtig ist, dass du dich hier wie zu Hause fühlst."

Sie brachte ihren Oberkörper wieder in die Senkrechte, ihre Wange berührte dabei leicht die seine.

„Die äußeren Bedingungen sind wirklich nicht zu übertreffen hier bei euch. Womit habe ich das nur alles verdient?", fragte Konrad Kister, obwohl er die Antwort im Grunde kannte.

Er lächelte. Ihm wurde mehr und mehr bewusst, dass er allmählich damit begann, sich wie ein Betrüger zu fühlen, wie eine Art Heiratsschwindler oder so etwas. Sie wusch ihm die Wäsche, stopfte seine Socken, kaufte ihm Zahncreme, wenn die Tube leer war, brachte ihm zu trinken, zu essen und vieles mehr. Und er kam kaum einen Schritt weiter. Dabei tat sie das alles im Bewusstsein einer Art praktischen Mäzenatentums. Immer fragte sie ihn, wie weit er sei und ob sie schon die ersten Entwürfe lesen dürfe, doch er vertröstete sie und lobte stattdessen die guten Bedingungen, die sie ihm hier schuf. Dabei war ihm einiges einfach zu viel. Er fand es beispielsweise übertrieben, dass sie ihm die Kleidung für den nächsten Tag bereitlegte. Nicht nur, dass sie dabei wenig Geschick bewies und weiße Socken mit schwarzen Jeans, bunte T-Shirts mit eleganten Buntfaltenhosen kombinierte. Er war auch kein großer Fan übertriebener Bemutterung. Er glaubte zudem, dass sie ihre Nase in Dinge steckte, die sie einfach nichts angingen. Einmal kam er in sein Zimmer und erwischte sie dabei, wie sie sein Tagebuch in der Hand hielt. Sie räume nur auf, mache Ordnung, hatte sie sich gerechtfertigt. Er wollte sie nicht kritisieren, da er ja keine Gegenleistung für ihren außergewöhnlichen Service erbrachte. Und wenn er ganz ehrlich war, war es ihm auch ein Stück weit egal, genauso wie es einem vielleicht egal war, nackt von einem Tier beobachtet zu werden. Es spielte einfach keine Rolle.

Jetzt sagte sie: „Du weißt doch, wie sehr ich deine Bücher liebe. Das, was du hier tust, das Schreiben, das könnte ich nie. Ich wünschte, es wäre anders, aber ich war immer schlecht in Deutsch, schon in der Schule. Aber ich bewundere das. Und deshalb will ich auf meine Weise dazu beitragen, dass so etwas Wunderbares entsteht. Hier bei uns! Das ist doch phantastisch."

Sie legte sich die Hand auf die Brust und blickte ihm tief in die Augen. Erst jetzt fiel ihm auf, dass sie kein Dirndl trug, wie gewöhnlich. Ihre Hand lag auf einer weißen Bluse, darüber hatte sie einen grauen Pullover mit V-Ausschnitt angezogen.

Er wandte den Blick ab und sah ernst auf das Blatt mit den Kritzeleien vor sich wie auf ein seltenes historisches Dokument. Er schwieg eine Weile, dann sagte er: „Warum hast du mir das Alibi verschafft neulich?"

Sie sah ihn besorgt an, fast ängstlich. „Oh Gott, darüber bist du mir doch hoffentlich nicht böse. Ich wollte nur dieses Gespräch abkürzen. Das ist doch lächerlich, dass sie dich verdächtigen, wo du doch nur für deine Arbeit lebst. Ich weiß doch, dass du damit nichts zu tun hast, sollen die sich doch auf die wirklich Verdächtigen konzentrieren."

Es war genau seine Argumentation, vielleicht hatte sie ja tatsächlich recht. „Ich bin dir nicht böse. Ich war nur ... *verwundert.*"

Sie nickte und legte ihm die Hand für einen Wimpernschlag auf die Schulter. Dann blickte sie sich im Zimmer um und begann die blaue Tagesdecke auf dem Bett zurechtzuziehen. Anschließend ging sie ins Bad und er hörte das Geklimper von Plastiktuben und Glasflakons auf der Keramik des Waschbeckens und der schmalen Ablage unter dem Spiegel. Als sie wieder aus dem Bad herauskam, hatte sie das T-Shirt in der Hand, das er nachts getragen und heute Morgen achtlos hinter die Badezimmertür geworfen hatte.

„Ich geh dann mal", sagte sie. „Frohes Schaffen noch." „Ja", sagte er müde. Er spürte, wie der Optimismus von vorhin schon wieder dieser Trägheit gewichen war, die ihn seit einiger Zeit umgab. Er blickte auf, doch Monika schloss bereits die Tür von außen. Durch den sich verengenden Spalt konnte er noch sehen, wie sie sein T-Shirt vor ihr Gesicht hielt, fast konnte man meinen, sie presse die Nase daran.

Er stand auf, ging ins Badezimmer, vernahm den Geruch des Essigreinigers, mit dem Monika hantiert hatte. Mit beiden Händen stützte er sich auf das Waschbecken und betrachtete sein längliches, fast zylindrisches Gesicht im Spiegel. Er sah noch immer jung aus, wusste er, man konnte ihn für Anfang dreißig halten, wenn man wollte. Nur die Tränensäcke unter seinen Augen waren in letzter

Zeit stark angeschwollen und verliehen seinem Gesicht etwas Widersprüchliches, wollten nicht zu seinen feingeschnittenen Zügen passen.

Er grinste sein Spiegelbild mit dem Optimistengesicht von heute Morgen an. Dann ließ er seine Mundwinkel nach unten sacken und schaute grimmig. Wieder grinste er bis über beide Ohren, seine Augen strahlten. Dann verwandelte er sich wieder in den Bösen, den Dämon. Jekyll and Hyde dachte Konrad Kister. Schade, dass diese Geschichte bereits geschrieben worden war. Er grinste wieder.

Jenny Biber beschloss, den Bann zu brechen. Sie wischte den Tisch ab und den Plastikstuhl und setzte sich mit ihrem Ruccola-Salat mit Pinienkernen auf den Balkon. Sie erinnerte sich an ihre erste Wohnungsbesichtigung. Es war an einem Abend gewesen wie diesem. Gemeinsam mit Fresels, ihren Vermietern, hatten sie auf dem großen Holzbalkon gestanden, der die komplette Wohnzimmerfront einnahm, und Richtung Süden geschaut. Damals wie heute konnte man die Alpen sehen, die auf diese Distanz gar nicht mächtig wirkten, sondern wie eine ferne, aber doch erreichbare Verheißung. Ein schiefergraues Wunderland am Horizont.

Lange hatten sie und Tobias nach der Besichtigung über den herrlichen Blick geredet, den sie von dort aus hatten, über die Mais- und Rapsfelder und den nahen Waldrand hinweg bis hin zu den Bergen. Tobias hatte sich sofort vorstellen können, wie er dort auf dem Balkon sitzen würde und vielleicht endlich mit dem Komponieren beginnen würde. Sein lang gehegter Traum. Hier, in diesem Raum zwischen Wohnung und Alpen, könnten sich seine ersten Werke entfalten, hatte er gesagt und scherzhaft den „gewaltigen Klangkörper" gelobt, der sich vor ihnen ausgebreitet hatte. Schließlich hatten sie sich nicht zuletzt wegen des Balkons entschieden, in diese Wohnung aufs Land zu ziehen und nicht ins Landsberger Stadtzentrum.

Jenny Biber schaufelte sich den Salat auf einen Teller und träufelte Olivenöl und weißen Balsamico-Essig darüber. Sie schnitt das noch ofenfrische Baguette in kleine Scheiben und goss sich ein Glas von dem Barolo ein, in den sie extra investiert hatte, um die trüben Gedanken zu verscheuchen. Es war ein wunderbarer Abend, doch die Weite und Leere der Landschaft stimmten sie traurig. Noch nicht einmal ihre Vermieter waren da, die bei diesem Spätsommerabend sicherlich auf ihrer Terrasse gesessen hätten und mit denen sie sich über die Brüstung hinweg hätte unterhalten können. Morgen wollten sie wieder zurückkommen aus Südtirol, dann würden sie sich sicherlich abends um sie kümmern. Ein kleiner Trost immerhin.

Vielleicht hätte sie auch gleichzeitig mit Tobias ausziehen sollen, dachte Jenny Biber. Auf diese Weise wäre sie alle Erinnerungen auf einem Schlag los gewesen und hätte ihr neues Leben ohne Ballast beginnen können. Doch sie wollte zumindest noch das Ende ihres Praktikums abwarten, bis sie auf Wohnungssuche ging. Der aktuelle Fall hielt sie ohnehin so stark in Atem, dass an eine Beschäftigung mit anderen Themen gar nicht zu denken war. Und dann war da ja noch Konrad Kister.

Er hatte ganz schön blöd geschaut, als sie ihm gestern, nach dem Essen, eröffnet hatte, dass sie gerne einmal sehen wolle, wie er so lebe hier in Landsberg.

„Klar kannst du ... aber ich weiß jetzt nicht, ob gerade aufgeräumt ist", hatte er gesagt.

„Du *weißt* es nicht?"

„Ich weiß nicht, ob Monika ... aber ich denke schon. Viel zu sehen gibt's da aber nicht. Es ist ein kleines, eher anonymes Zimmer."

Damit hatte er nicht untertrieben. Sie hatte das Gefühl gehabt, in einem Schuhkarton zu stehen, als sie eingetreten war. Ein Bett unter der Dachschräge, ein kleiner, mit Papier beladener Schreibtisch und zwei Schubladen. Darüber an der Wand ein Schrank mit zwei Türen, ein hölzerner Klappstuhl davor, über dessen Lehne ein ausgewaschener Pullover hing. Links neben der Tür ein hellbraunes Regal, in dem Wäsche gestapelt war. Über der Eingangstür schwebte ein Kruzifix und auf der Seite des Bettes, dort, wo die Dachschräge aufhörte, hing ein eigenartiges Ölgemälde: Eine granatrote Blume war darauf zu sehen, die vor einem rauchigen Hintergrund schwamm und die in einem blauen, amorphen Zentrum in sich zu verrieseln schienen. Das Gemälde wirkte matt und vergilbt, als hätten sich darüber jahrzehntelang die Nikotinschichten gelegt. Auf der anderen Wandseite war noch nicht einmal Platz für ein Bild: Neben Schreibtisch und Hochschrank gab es nur noch Raum für die Tür zum Badezimmer.

„Erst mal Hände waschen!", sagte Jenny Biber wie eine Aufforderung. Und tatsächlich ging Konrad Kister ebenfalls ins Bad, nachdem sie wieder draußen war.

Sie nutzte die Chance, machte einen Satz hinüber zum Schreibtisch, versuchte in kurzer Zeit einen Blick auf die Unterlagen zu werfen, die dort lagen. Irgendwo hier musste es doch einen Hinweis darauf geben, ob Konrad etwas mit den Morden zu tun hatte, sagte sich Jenny Biber.

Während sie die Dokumente im Daumenkino-Verfahren durchging, konzentrierte sie sich gleichzeitig auf das Rauschen des Wasserhahns im Bad. Wenn er das Ding abdrehen würde, konnte es nur noch Sekunden dauern, bis er wieder im Zimmer stand. Und das wollte sie wirklich nicht: von einem potenziellen Frauenmörder beim Durchwühlen seiner Unterlagen entdeckt zu werden.

Es war alles andere als leicht, aus dem Wust an Papier etwas Relevantes herauszufiltern. Die meisten Blätter waren handbeschrieben und Konrad Kisters schlecht zu lesende Schrift machte das Unterfangen nur noch schwieriger. *Das nicht, das sind Unterlagen für seinen Volkshochschul-Kurs*, sagte sie sich und schob das oberste Drittel des Papierstapels zur Seite. *Vielleicht hier ...* sie zog ein mit Kugelschreiber beschriebenes Blatt hervor, das nicht zu den anderen Dokumenten passte. *Verdammt*, dachte sie nur, als sie das sinnlose Kinder-Gekritzel sah, und ließ das Blatt auf die Tischplatte schweben. Der Rest der sich auf dem Schreibtisch befindenden Blätter schien aus Ideenskizzen für Konrads neues Buch zu bestehen. Die meisten enthielten viel Durchgestrichenes und auf einem Blatt stand groß „Scheiße!!!!!"

Sie legte das Konvolut zur Seite und zog vorsichtig die obere Schublade auf, fand ein in Leder gebundenes Notizbuch. Sie nahm es auf und öffnete es: *Bingo, ein Tagebuch!* Für den Bruchteil einer

Sekunde überlegte sie, es einfach einzustecken, doch schien ihr das zu risikoreich. Stattdessen blätterte sie zurück zu dem Tag, an dem Lisa Huber entführt worden sein musste. *Hier, da ist was:* „Heute Lisa getroffen. Sah mitgenommen aus, rote kleine Pickelchen über ihren Wangen, das Haar spröde, ihre Haut so weiß, so krank ..."

Der Wasserhahn wurde abgedreht. Verflucht, wenn er jetzt raus kommt, ist es vorbei.

Sie las weiter: „Ihre Wirkung auf mich? Neutral. Nicht mehr dieses Mythische. Sie wirkt fahrig, zappelt mit ihren Händen. Ihre faltigen Hände. Nur an ihnen erkennt man ihr Alter. Die Hände einer alten Frau, die Fingernägel kurz und doch schmutzig von Kohle, von Farben. Aber vielleicht suche ich nur die Fehler ...?"

Sie hörte ein dumpfes Klacken. Die Klinke der Badezimmertür? Sie sah auf, nichts bewegte sich. Ein Plätschern. Er pinkelte. *O.K., pinkeln ist gut.*

„Aber nein, sie ist entzaubert. Eine ganz gewöhnliche Frau. Nur meine Liebe hat sie zu etwas Besonderem gemacht. Das, was ich in ihr gesehen habe, war das Göttliche. Wie eine Kategorie der Erfahrung bei Kant: Das Göttliche von mir apriori in die Erfahrung, die Wahrnehmung dieser Frau hinein gelegt ..." *Was für ein Schmarrn*, dachte Jenny Biber und ließ den Finger weiter nach unten gleiten. Sie hörte die Spülung. *Bitte*, sagte sie sich, *bitte sei ein moderner Mann und wasch dir nach dem Pinkeln noch mal die Hände! Ah, hier.* „... verabschiedeten uns wie Freunde". Das Wort Freunde war durchgestrichen: „wie Bekannte. Es war gut, einen Schlussstrich zu ziehen. Mit Glück werde ich sie hoffentlich nicht mehr wiedersehen. Nur eine Frage bleibt offen: Warum wollte sie sich noch einmal mit mir treffen? Aber egal ..."

Hier endete der Absatz. Aus dem Badezimmer hörte sie erneut das Rauschen des Wasserhahns. *Brav, Herr Kister! Und jetzt schnell der Sonntag*, dachte Jenny Biber, *der Tag, an dem Helen Bechmann entführt wurde*. Sie blätterte vor. Hier: „... zuerst war es das Problem, dass ich mich nicht mehr verlieben konnte. Jetzt hat es eine körperliche Komponente bekommen. Ich konnte nicht. Es ging nicht. Aber gut, sie ist weg, ist gegangen und sie wird nicht mehr wiederkommen, das spüre ich. Auch am Montag beim Kurs wird sie nicht da sein, sie wird uns diese Peinlichkeit ersparen …"

Der Wasserhahn wurde abgedreht. Jenny Biber ließ das Buch in die Schublade fallen und drückte sie mit der Hüfte zu.

Die Tür öffnete sich. Konrad Kister sah sie erwartungsvoll an.

„Willst du nicht deine Jacke ablegen?"

„Nein, ich … ich muss los."

Immerhin, er hatte sie gehen lassen, dachte Jenny Biber und hielt den Barolo schräg in die letzten Sonnenstrahlen des verklingenden Tages, auf der Suche nach den Schwebeteilchen. *Aber vielleicht hätte ich das Buch doch einfach einstecken sollen. Was hat mich gehindert?* Es ging um Mord, durfte man da nicht … Nein, auch wenn man in Sachen Mord ermittelte, gab es Grenzen, wusste Jenny Biber. Und diese hatte sie ohnehin schon übertreten. Sie hätte nur ein bisschen mehr Zeit gebraucht, ein paar Minuten noch. Denn irgendwo musste er doch auch über den Tod der beiden in seinem Tagebuch reflektiert haben. Dort hätte sich gezeigt, wer er wirklich war. Sein wahres Gesicht.

Aber es war eigenartig, das musste sie schon sagen. Er war bei beiden Frauen überzeugt gewesen, dass er sie nicht mehr wiedersehen würde. Warum konnte er sich da so sicher sein? Vielleicht, weil er selbst dafür sorgen wollte? Jenny Biber trank einen Schluck, beobachtete die letzten Traktoren, die auf den Feldwegen nach Hause fuhren. Wenn sie ehrlich war, konnte sie einfach nicht glauben, dass er es war, dass Konrad Kister etwas mit den Morden zu tun hatte. Gut, er hatte kein Alibi, das zumindest hatte sie rausgefunden. Aber wenn er wirklich hinter der Geschichte steckte, würde er ihr dann anvertrauen, dass sein Alibi ein Fake war? Sie hatte ihm natürlich nicht gesagt, dass sie Polizistin war, sondern sich als Grundschullehrerin ausgegeben. Aber selbst einer fremden Lehrerin würde der Täter doch nicht gestehen, dass er ein falsches Alibi hatte. Er wirkte außerdem viel zu feinfühlig, war viel zu sehr Geistesmensch, als dass sie ihm wirklich einen Mord zutrauen würde. Doch hatte sie ja gerade das während ihres Studiums gelernt, dass man nicht hinter die Maske eines Mörders schauen konnte. Biedere Familienväter konnten

Bestien sein und noch nicht einmal ihre Ehefrauen, die sie über Jahre hinweg kannten, wussten davon. Also war es nichts weniger als vermessen, sich auf ein Gefühl wie dieses zu verlassen. Nein, sie konnte nicht einschätzen, ob Konrad Kister nicht doch derjenige war, den sie suchten. Dennoch wünschte sie sich, dass es nicht so war. Und sie wünschte sich, dass sie ihn in einem anderen Zusammenhang kennen gelernt hätte.

Das Alibi. Sie musste es Plossila sagen. Musste ihm sagen, dass sie ermittelt hatte, dass das Alibi, das Konrad Kister für den Tatzeitpunkt hatte, an dem Helen Bechmann entführt worden war, undicht war. Sie musste den Prozess zumindest so weit steuern, dass ihre Kollegen das Alibi hinterfragten. Doch vielleicht würde sie auch einfach alles zugeben, würde Plossila gestehen, dass sie auf eigene Faust ein wenig recherchiert hatte. Sollten sie sie doch rausschmeißen bei der Kripo Fürstenfeldbruck, *sie* hatte sich etwas vorgenommen, hatte der besten Freundin Helen Bechmanns ihr Wort gegeben. Und dadurch fühlte sie sich im Augenblick stärker in die Pflicht genommen als durch die bürokratischen Richtlinien, die regelten, was sie als Polizistin durfte und was nicht.

Was blieb ihr vor diesem Hintergrund übrig? Ihre Kollegen hatten sie in wichtigen Bereichen vom Informationsfluss abgeschnitten. Und Plossila, ihr direkter Vorgesetzter, hatte sich alles andere als enthusiastisch in den Fall gestürzt. Er wirkte schwerfällig und lustlos. Fast ausgebrannt kam er ihr vor. Und da sollte er einen Serientäter überführen? Nein, die Umstände hatten sie gezwungen, so zu handeln, wie sie gehandelt hatte. Auch wenn man sie später verurteilen würde, moralisch fühlte sie sich im Recht. Ohne ihr Engagement hätten sie das falsche Alibi niemals aufgedeckt.

Sie blickte zu den Sternen auf, die langsam am Firmament erschienen. Nirgendwo sah man sie so gut wie hier, am äußersten Ende der Stadt, wo es kaum mehr künstliches Licht gab, das die Nacht verunreinigte. Noch nicht einmal Straßenlaternen gab es hier draußen, ganz zu schweigen von erleuchteten Fenstern irgendwelcher Nachbarhäuser. Es war einsam, das ja, aber es konnte auch wahnsinnig schön sein.

Sie ging ins Haus, holte sich ihre schwarze Strickjacke, es wurde allmählich kalt. Dann zündete sie die Kerzen auf dem Tisch an, zusammen mit dem Licht aus der Küche, das durch das Wohnzimmer leuchtete, war es hell genug, um das Nötigste sehen zu können, aber auch dunkel genug, um den Sternenhimmel zu genießen.

Sie setzte sich wieder in den Stuhl, lehnte den Kopf zurück, trank einen Schluck und hörte dem Zirpen der Grillen und dem Quaken der Frösche zu. Konrad Kister. Er war interessant, das musste sie einräumen. Vielleicht war es das Künstlerische, das sie ansprach, das hatte sie auch bei Tobias bewundert. Nicht auszuschließen, dass sie so etwas hatte wie ein Beuteschema, auch wenn das eine neue Erkenntnis für sie wäre. Ihre bisherigen Freunde waren ganz unterschiedlich gewesen. Sven war Mechaniker gewesen, aber da war sie erst sechzehn. Und Thomas hatte irgendetwas bei BMW gemacht, von dem sie nicht im Geringsten verstand, um was es dabei überhaupt ging. Die anderen waren nicht der Rede wert, dachte sie. Und dann zählte sie in Gedanken nach, wie viele Männer sie bisher hatte mit ihren sechsundzwanzig Jahren. Immerhin war sie noch in der Lage, sie an den Fingern einer Hand abzuzählen, das konnten nicht alle in ihrem Alter von sich behaupten. Hätte sie gerne mit Konrad geschlafen? Sie vertrieb den Gedanken. Konrad Kister war ein Verdächtiger in einem Mordfall. Nicht mehr und nicht weniger. Und sie hatte sich und den Betroffenen geschworen, dass sie diesen Fall aufklären würde. Sie würde die Bestie schnappen und alles andere würde sie hintenanstellen.

Sie blickte erneut zu den Sternen, der Himmel war klar und wirkte wie von Goldstaub durchwoben. Diese unendliche Weite, dachte sie, und sie schlugen sich hier mit ihren kleinen Problemen umher. Obwohl: Nur weil sie in Anbetracht der Unendlichkeit so klein erschienen, konnte das doch nicht heißen, das ihre Probleme unbedeutend waren. Nein, sie musste den Gedanken revidieren. Die Bedeutung einer Sache hatte nichts mit ihrer physischen Größe zu tun. Und auch wenn das Universum unermesslich groß war, würde das nicht den Tod eines Menschen relativieren.

Puh, dachte sie, die Sterne brachten einen ganz schön ins Grübeln. Sie trank einen Schluck und blickte auf den Tisch mit der Kerze. Sie hatte fast drei Viertel der Flasche getrunken. Sterne und Alkohol waren wirklich ein Cocktail, der in den Kopf ging. Noch fünf Minuten, sagte sie sich, dann würde sie rein gehen und sich für das Bett fertig machen. Sie schob diesen Moment in den letzten Tagen immer so weit hinaus, wie es irgend ging, das war ihr bewusst. Aber alleine in dem Bett zu liegen, das sie die vergangenen zwei Jahre mit Tobias geteilt hatte, war noch immer nicht leicht. Die Weiten des Universums konnten noch so einsam sein, gegen die Leere eines zwei mal zwei Meter großen Doppelbettes ohne den richtigen Mann auf der anderen Seite, waren sie gar nichts.

Sie hörte ein Brummen und blickte hinab auf die Felder, die vor ihr lagen wie riesige, schwarze Quadrate. *Ah, da kommt ja noch ein Nachzügler*, dachte sie. Offenbar ein letzter Traktor, dessen Fahrer noch bis in die Nacht auf dem Acker gearbeitet hatte. Und das mit defektem Abblendlicht auf der rechten Seite. Wenn das die Polizei wüsste. Sie musste unwillkürlich schmunzeln.

Dann durchfuhr sie ein Schauer. Es wurde einfach zu kalt. Sie blies die Kerze aus und brachte das Geschirr in die Küche. Danach klappte sie den Gartenstuhl zusammen und schob den Tisch an die Wand. Sie tat das aus Gewohnheit, falls es doch noch regnen sollte, aber das war unwahrscheinlich. Sie ging zurück ins Wohnzimmer und schloss die Balkontür. Anschließend überlegte sie, ob sie noch ein wenig Fernsehen schauen, den Moment des Zubettgehens noch um einige Augenblicke verzögern sollte. Doch auch das Wohnzimmer wirkte nicht gerade einladend. Die Bilder waren abgehängt, das große Bücherregal war verschwunden und hatte einen gewaltigen Staubrand an der Wand hinterlassen. Auch die Couch war weg, da sie ebenfalls Tobias gehörte. Natürlich könnte sie sich in den Korbstuhl auf das Herzkissen setzen, das ja. Aber sie fühlte sich einfach nicht mehr wohl in dem Zimmer. Jedes Geräusch hallte nach, man fühlte sich wie in einer Sporthalle.

Sie ging ins Badezimmer, um sich die Zähne zu putzen und sich abzuschminken. Dort war fast alles beim Alten: Das Badezimmer war ihr Reich.

Nachdem sie sich für die Nacht fertiggemacht hatte, schlüpfte sie in eine kurze Schlafanzughose und zog sich das weiße T-Shirt mit chinesischen Schriftzeichen an, das ihr Tobias von seiner Asienreise mitgebracht hatte. Sie legte sich unter die Bettdecke und schaltete sofort das Licht aus. Sie wollte sich so wenig wie möglich von der Atmosphäre des verlassenen Schlafzimmers beeinflussen lassen, *einfach wegpennen und morgen fit für die Arbeit sein, darum geht's*, dachte sie. Sie wälzte sich nach links, blickte auf den Wecker, der um kurz nach sechs klingeln würde. Fast Mitternacht war es und obwohl sie mittelstark angetrunken war, fühlte sie sich plötzlich gar nicht mehr müde. Egal, sie schloss die Augen.

Nach zehn Minuten wälzte sie sich auf die andere Seite, dann wälzte sie sich auf den Rücken, verschränkte die Arme hinter dem Kopf und blieb mit geschlossenen Lidern liegen. Das war nicht sie, sagte sich Jenny Biber. Sie konnte immer schlafen. Sie schlief in Autos und in Flugzeugen und wenn es sein musste beim größten Straßenlärm. Sie legte sich hin, schloss die Augen und nickte weg. Nie hatte sie die Leute verstehen können, die sich ganze Nächte um die Ohren schlagen mussten. Jetzt war es so weit. Jetzt war sie dran. Was war nur los mit ihr? Sie war so unruhig. Konnte das wirklich nur daran liegen, dass Tobias weg war? Vielleicht, dachte sie. Irgendwie hatte sie das Gefühl, zurückgelassen worden zu sein, auf verlorenem Posten. Sich an eine untergegangene Welt zu klammern, die nie mehr die gleiche sein würde. Und dann diese halbleere Wohnung, die ihr so fremd vorkam. Die so groß wirkte auf einmal und in der man sich so klein fühlte.

Plötzlich gab es einen gewaltigen dumpfen Knall. Die Wände vibrierten.

Jenny Biber schreckte auf, der Gedankenfaden riss. Was um Himmels willen war das? Sie blickte in Richtung des Fensters, sah nur das heruntergelassene Rollo.

Ihr Herz klopfte. Sie schaltete das Licht auf dem Beistelltischchen ein. Das leere Bett neben ihr. Auch die Matratze war nicht mehr da, sie blickte auf den Lattenrost.

Was war das für ein Geräusch gewesen?

Sie schlug die Decke zurück, setzte sich auf die Bettkante. Es hatte einen gewaltigen Schlag gegeben, der widerhallte, der die Mauern erzittern ließ. Sie dachte an das Wohnzimmer, das so leer war und in dem jeder Laut von den nackten Wänden verstärkt wurde. Konnte ein Schrank umgefallen sein? Aber es gab doch gar keine Schränke mehr, fast alles war abgebaut. War die Bildröhre des Fernsehers implodiert?

Jenny Biber stand auf, ging auf nackten Füßen bis zu Tür, blickte darauf wie auf die Pforte zu einer Gruft. Gott, ich will diese Tür nicht öffnen. Ich lege mich einfach wieder ins Bett. Es wird schon nichts Außergewöhnliches gewesen sein. Vielleicht war es ein Unfall, draußen auf der Landstraße vor dem Haus.

Sie wandte den Blick von der Tür und ging zum Fenster, schob Daumen und Zeigefinger zwischen die grauen, wackeligen Blechlamellen des Rollladens. Nichts. Die Straße war menschenleer, weit und breit war kein Auto zu sehen.

Sie ging zurück zur Tür und legte ihre Hand auf die Klinke. Klarheit, dachte Jenny Biber, sie musste Klarheit haben.

Langsam drückte sie das Metall herunter, immer gefasst darauf, dass da plötzlich etwas war, mit dem sie nicht rechnete. Dass sie etwas anspringen konnte, irgendeine Bestie aus einer Fabelwelt. Als die Tür einen Spaltbreit aufstand, schob sie eine Hand um die Ecke und tastete nach dem Lichtschalter, der außen angebracht war. Er befand sich direkt über dem schmalen Eichenschränkchen, das … das Tobias mitgenommen hatte. Sie fand den Schalter nicht auf Anhieb und als ihre Fingerspitzen dann doch auf die Plastiktaste trafen, setzte ihr Herz kurz aus, weil sie dachte, etwas Lebendiges zu berühren.

Als die Deckenlampe erstrahlte, schien alles beim Alten zu sein. Ein halbleerer Flur, in dessen Ecken die Wollmäuse lungerten, die noch vor Tagen unter Schränken und hinter Kleiderständern versteckt gewesen waren. Nur der nusshölzerne Garderobenständer, der ein Erbstück aus alten WG-Zeiten war, stand noch dort, verlassen, wie eine Vogelscheuche auf einem leer gefressenen Feld.

Sie ging den Flur entlang, horchte dabei in das Haus hinein. Vielleicht war ja auch unten etwas umgefallen, in der Wohnung ihrer Vermieter. Oder es war eine Wasserleitung geplatzt, aber gab es da überhaupt so einen Knall? Es hatte sich eher angehört, als sei etwas geborsten, Holz das brach, Metall, das verbogen wurde. Vielleicht etwas auf dem Balkon. Hatte sie die Balkontür wirklich zugemacht? Das fehlte ihr noch, dass sie kurz vor dem Auszug noch irgendetwas kaputt machte.

Sie ging ins Wohnzimmer, schaltete die Glühbirne ein, die nackt an einem Kabel von der Decke hing. Sie schritt zur Balkontür, die aussah wie eine schwarze Wand, auf der die Lichtreflexe der Glühbirne tanzten. Nichts Ungewöhnliches. Sollte sie sie öffnen und rausschauen? Der Gedanke bereitete ihr Magenschmerzen.

Sie legte die Hand an die Scheibe, um hinauszublicken, über den Balkon und auf die in schwarze Nacht getauchten Felder. Sie musste daran denken, wie sie durch Helen Bechmanns Haus geschlichen war. Damals hatte sie vor dem Fenster etwas entlanghuschen sehen. Sie war sicher, dass er es gewesen war, er, der Mörder. Aber jetzt? Sie sah nichts, spürte nur das kalte Quarz der Scheibe.

Sie atmete aus, ging zurück über die kalten Fliesen in Richtung Küche. Einen Tee würde sie sich machen und wenn sie nichts weiter hören würde, dann war es wohl einfach nichts. Irgendein Geräusch, das man nicht zuordnen konnte und sicherlich würde sich morgen bei Tageslicht alles aufklären. Gott, ihr Herz schlug ihr noch immer bis zum Hals. Warum in aller Welt lag ihre Heckler & Koch P7 mit neun Millimetern Parabellum jetzt im Waffenschrank der Dienststelle? Sobald sie umgezogen war, würde sie sich einen Waffenschrank in die neue Wohnung einbauen lassen. Auf einen solchen Schreck konnte sie verzichten.

Sie befüllte den Wasserkocher und kramte in einer auf dem Boden stehenden Kiste nach den Tees. So wie sie das in Erinnerung hatte, mussten die nämlich ihr gehören. Tobias hatte den Rest des Kaffees bekommen, sie durfte die Tees behalten.

Ah, da sind sie – ihre Fingerspitzen waren auf die viereckige, eingebeulte Dose gestoßen, in der sie die Teebeutel aufbewahrte. Sie öffnete die Dose und entschied sich für einen Honeybosh Chai of Madagaskar, von dem sie irgendwie annahm, er werde eine beruhigende Wirkung entfalten.

Sie wartete, bis der Kocher mit einem „Plock" meldete, dass er fertig war, und übergoss den Teebeutel mit kochendem Wasser. Es war wunderbar, diese einfachen Dinge zu tun, die eingeübten Handbewegungen entspannten. Sie spürte, dass die Aufregung wieder abklang, und hatte das Gefühl, jetzt endlich einschlafen zu können. Sie entschied, den Tee im Bett zu trinken, die Tasse mit ins Schlafzimmer zu nehmen.

Als sie mit dem Tee über den Flur schritt, tauchte sie in die Aromen der Teemischung ein. Sie hielt ihre Nase in eine dampfende Geruchswolke aus Orange, Kakao, Zimt, Ingwer und Kardamom. Auch einen Hauch von Nelke und Pfeffer glaubte sie heraus riechen zu können.

Sie öffnete die Schlafzimmertür, löschte das Licht im Flur, trat in den Raum. Gerade, als sie die Tür schließen wollte, blickte sie einem unbewussten Impuls folgend noch einmal zurück in den im Dunkeln liegenden Gang. Nichts Ungewöhnliches, dachte sie, doch dann bemerkte sie, wie sich einige eigenartige Lichtreflexe auf den Flurfliesen spiegelten, direkt vor der Haustür. Mit ihrem Tee in der Hand ging sie noch einmal in den Gang hinein, blieb vor der Tür stehen. Sie sah deutlich, wie das Licht aus dem Hausflur unter ihrer Wohnungstür hindurch schien. Unregelmäßig, in einem steten Wechsel aus Licht und Schatten ergoss es sich auf die Fliesen zu ihren Füßen. Und jetzt hörte sie auch etwas. Ein leichtes Kratzen auf halber Höhe der Tür, am Schloss. Im Anschluss ein Klimpern, gefolgt von einem leichten, dumpfen, aber rhythmischen Klopfen.

Dann spürte sie ihn. Fast physisch spürte sie die Präsenz einer Person, die da mitten in der Nacht vor ihrer Wohnungstür stand, nur eine Armlänge von ihr entfernt und nur durch ein fünf Zentimeter dickes Brett von ihr getrennt.

Wie eine akustische Erinnerung, wie ein Echo aus der Zeit, kam ihr der erbarmungslose Schlag von vorhin wieder ins Bewusstsein. Jetzt wusste sie es: die Haustür, unten im Erdgeschoss. Sie war aufgebrochen worden. Der Eindringling war bereits im Treppenhaus. Und er würde auch vor ihrer Wohnungstür nicht haltmachen.

Sie erstarrte, drehte sich panisch hin und her und wusste nicht, was sie tun sollte.

Sie stand vor der Tür, barfuß, schutzlos, nur mit der Tasse in der Hand, und automatisch legte sie die andere Hand auf die Klinke. Unfähig, einen klaren Gedanken zu fassen, war sie kurz davor, einfach die Tür zu öffnen, sie wusste nicht wieso. Sie wusste gar nichts.

Dann die hämmernden Schläge. Drei Mal kurz und trocken. Sie sah, wie sich das Metallblatt eines Schraubenziehers von außen zwischen den Rahmen und die Ecke des Türblatts schob.

Das nächste, was sie wahrnahm, war das Zerspringen der Tasse auf dem Boden. Scherben und Spritzer des noch fast kochend heißen Wassers prallten gegen ihre Füße, ihre Beine. Sie stieß einen hellen Schrei aus, sprang zur Seite, blickte mechanisch auf den Boden. Der plötzliche Schmerz brachte sie wieder zu sich, weckte sie förmlich auf aus ihrer Erstarrtheit.

In Bruchteilen von Sekunden erfasste sie die Situation. Lisa Huber hatte sich mit Konrad Kister getroffen und war danach aus ihrem Haus entführt worden. Helen Bechmann hatte sich mit Konrad Kister getroffen und war danach aus ihrem Haus entführt worden. Jenny Biber hatte sich ebenfalls mit Konrad Kister getroffen. Und jetzt war sie an der Reihe. Sie sollte die nächste sein im Spiel des Blütenstaubmörders.

Plötzlich tat sich wieder etwas an der Tür und sie musste zusehen, wie die Spitze des Schraubenziehers aus dem Holz gezogen wurde. Dann wieder Klimpern von der andern Seite, dann Poltern. Wieder Hämmern, dumpfere Schläge diesmal. Eine deutlich größere, fast schwarze Metallspitze erschien zwischen Tür und Rahmen.

Ein Brecheisen, erkannte Jenny Biber.

Sie rannte los, rannte Richtung Wohnzimmer, schloss die Tür hinter sich, drehte panisch den Schlüssel um. Das würde ihr nur einen Vorsprung von Sekunden bringen. Jemand, der die Haustür aufbrechen konnte, für den war die Wohnzimmertür keine Herausforderung.

Was tun? Ihr Herz pochte wie verrückt, war das Herz eines Sperlings, umschlossen von einer großen fleischigen Hand. Und die Hand konnte über Leben und Tod entscheiden.

Sie musste ruhig sein. Musste sich konzentrieren. Sei ruhig, Mädchen. Denk nach! Du darfst jetzt nicht den Kopf verlieren!

Das Handy!

Oh Gott, es war im Flur. Es war in der Manteltasche, hing am Garderobenständer.

Sie legte ein Ohr an die Wohnzimmertür, hörte das Hämmern, dann ein Knirschen. Noch war er nicht in der Wohnung, aber es konnte nur noch Sekunden dauern.

O.K., drei, zwei, eins ... Sie drehte den Schlüssel um, riss die Tür auf und sprang zum Garderobenständer. Sie trat in eine Scherbe auf dem Boden, doch das Adrenalin betäubte den Schmerz.

Sie riss ihre Jacke vom Haken, stieß dabei den kompletten Ständer zu Boden, der mit einem lauten Schlag auf die Fliesen fiel. Dann sprang sie zurück ins Wohnzimmer, schlug die Tür zu, drehte erneut den Schlüssel um.

Sie ging auf die Knie, ihre Hände zitterten sich in die verschiedenen Taschen der beigefarbenen Jacke, während sie weiter die Stöße aus Richtung der Haustür vernahm.

Endlich, da war es!

Es war eingeschaltet, der grüne Energiebalken stand auf voller Leistungsstärke. Sie suchte Plossilas Nummer, fand sie und drückte auf „Verbinden".

Die Leitung blieb stumm.

Natürlich, kein Empfang. Sie schrie: *„Verdammte Scheiße!"* Sie blickte auf das Display, sah keinen der fünf Balken, welche die Empfangsqualität signalisierten. Ein Heulkrampf schüttelte sie.

Sie hörte das Bersten der Tür.

Mein Gott! Ich bin die Nächste!

Sie blickte zum Fenster, zum Balkon. Sie hatte keine Wahl, sie musste raus, sie musste runter, sie musste weg hier. Und das schnell.

Sie sprang auf, rannte zur Balkontür, riss sie auf und stürzte hinaus. Die sternenklare Nacht, sie war immer noch da. Und die ganze Welt war schwarz, war Dunkelheit.

Zur Brüstung! Sie blickte hinab. Drei Meter, vier vielleicht. Unten war Asphalt, wusste sie. Wenn sie springen würde, könnte sie sich alles brechen.

Die Wohnzimmertür krachte, sie blickte sich um. Blut auf den Fliesen, die Tür vibrierte unter den Schlägen. Sie musste handeln.

Sie steckte das Handy in den Mund, zwischen ihre Zähne, legte den Oberschenkel auf die Brüstung. Mit einer Hand hielt sie sich am Handlauf, mit der anderen an einem der beiden Holzpfosten fest, die den Balkon trugen. Sie setzte sich auf die Brüstung und schwang dann das andere Bein herüber. Es gab nur eine Möglichkeit: Sie musste an einem der Pfosten herunterrutschen und wenn sie weit genug unten war, konnte sie abspringen.

Sie ging in die Knie, umklammerte dabei den Pfosten. Dann löste sie ihre Füße, sodass diese in der Luft hingen. Ihr ganzes Gewicht wurde jetzt von ihren Armen getragen, die nach wie vor den Pfosten umklammerten. Sie suchte mit ihren Sohlen halt, um das Gewicht zu verlagern. Dann ließ sie sich ein Stück hinunterrutschen. Und als sie tief genug war, umklammerte sie den Pfosten auch mit den Oberschenkeln. Sie spürte, wie sich einzelne Holzspäne in ihr Fleisch bohrten, aber sie war noch zu weit vom Boden entfernt, um sich fallen zu lassen.

Unter Schmerzen ließ sie sich Zentimeter für Zentimeter hinunterrutschen. Wenn sie nur eine lange Hose tragen würde, wäre alles einfacher, dachte sie. Aber es half nichts, sie musste den Schmerz ertragen.

Sie befand sich jetzt deutlich mit dem Kopf unterhalb des Balkons, einen halben Meter vielleicht noch, dann könnte sie springen. Oben hörte sie die Tür krachen, dann das Stampfen der Schuhe auf den Fliesen im Wohnzimmer. Schließlich sah sie durch die Bodenritzen zwischen den Holzbohlen das schwarze Profil seiner Schuhe. Ihr war klar, dass er wusste, wo sie war. Die Blutspuren auf den Fliesen verrieten sie.

Als er über die Brüstung blickte, ließ sie sich fallen.

Sie stieß einen Schrei aus, als sie auf dem Asphalt aufkam, sich dort abrollte, ihr der Aufprall das Handy aus dem Mund riss. Sie war hart mit ihrer linken Ferse aufgeschlagen. Ein hämmernder Schmerz pulsierte durch ihren Fuß, zog ihr ganzes Bein hoch, bis hin zur Hüfte. Sie blieb einen Wimpernschlag liegen, umklammerte ihren Fuß. Dann wanderte ihr Blick nach oben, betrachtete die dunkle Gestalt, die dort stand. Sie konnte den Mann nicht erkennen. War er es?

„Konrad?", rief sie. „Konrad, bist du das?"

Der Mann rührte sich nicht, reagierte nicht auf ihren Zuruf. Er schien zu überlegen, ob er ebenfalls den Weg über den Balkon wählen sollte. Sie sah, wie sein Kopf nach unten lugte, als schätze er die Höhe ab. Dann blickte er auf, wandte sich um und lief zurück ins Wohnzimmer.

Er würde die Treppe nehmen und um das Haus herumlaufen. Eine Minute, in einer Minute musste er hier sein.

Sie rappelte sich auf, konnte kaum auftreten. Jeder Schritt bedeutete Schmerz. Vielleicht war der Fuß gebrochen?

Aber das war jetzt zweitrangig, wusste sie. Es ging um Leben und Tod.

Das Handy – es lag auf dem schmalen Wiesenstreifen vor der Hecke, die das Grundstück begrenzte. Es schien zu funktionieren, aber auch hier unten gab es keinen Empfang. Jenny Biber humpelte los, in Richtung der Felder, auf den kleinen Pfad, über den die Bauern mit ihren Traktoren fuhren. Der Boden lag voller spitzer Steine, die sich in ihre Füße bohrten, aber sie spürte gar nicht, wie sie ihre Sohlen aufschlitzten. Sie spürte nur den Schmerz, den ihr der Sprung vom Balkon zugefügt hatte.

Aber auch den nahm sie schon bald nicht mehr wahr. Sie bestand nur noch aus Angst, aus Panik. Sie fühlte Schweiß, der aus ihren Poren trat, den Atem, der immer schneller wurde.

In ihren Ohren ein taubes Dröhnen. Jenny Biber rannte. Sie blickte sich um, sah eine dunkle Gestalt um die Ecke biegen, am anderen Ende des Pfades. Der Mann blieb kurz stehen, schien sie in der Dunkelheit zu orten. Dann lief er los. Zweihundert Meter trennten sie, dreihundert vielleicht. Sie musste rennen, einfach nur rennen.

Links und rechts waren Rapsfelder, wusste sie. Man konnte die süßen Blüten riechen, sah einen leichten gelben Widerschein, fast ein zartes Glühen. Weiter oben war eine Kreuzung, an deren Kopf eine Lagerhalle stand, sie wusste nicht, was sich darin befand.

Sie rannte auf den betonierten Hof vor der Halle, auf dem Plastikkanister und rostende Maschinenteile lagen. Sie wollte die schwere Schiebetür aufdrücken, doch sie war fest verschlossen, es war nichts zu machen. Sie rüttelte daran, schlug gegen das nach frischem Lack riechende Holz, doch nichts bewegte sich.

Jenny Biber blickte sich über die Schulter, er kam näher. Sie konnte nicht zurück auf den Weg, sie würde ihm in die Arme laufen. Also rannte sie auf das Maisfeld zu, das sich jenseits der Kreuzung, neben der Halle befand.

Sie traf auf die mannshohen Pflanzen wie auf eine Wand. Ihr blieb die Luft weg und fast wäre sie zu Boden gestürzt, doch sie fing sich, konnte weiter laufen. Sie keuchte, ihr Atem ging immer schneller, aber sie rannte unerbittlich, drückte die holzigen Stängel zur Seite, spürte, wie ihr die scharfen Blätter ins Fleisch schnitten. Immerhin federte der weiche, lehmige Boden den Schmerz ihrer Ferse leicht ab.

Sie lief geradeaus, fast wie durch einen Gang, ein Spalier aus Pflanzen. Dann entschied sie sich einer spontanen Eingebung folgend für die Diagonale, presste den Mais teils zur Seite, rannte ihn zum Teil einfach um. Immer wieder schlugen ihr dabei die Kolben ins Gesicht wie harte Männerfäuste.

Sie musste eine Pause einlegen, sank auf die Knie, sah sich um. Sie konnte ihn nicht sehen. Doch sie hörte ihn, hörte, wie er den Mais auseinanderpflügte, wie die Pflanzen an seiner Kleidung entlangschrabten, hörte sein dunkles, schweres Keuchen, das gar nicht weit entfernt sein konnte. Das ganz nah war.

Ihr Herz schlug ihr bis zum Hals, sie war vollkommen außer Atem. Sie schmeckte den eisernen Geschmack von Blut auf ihren Lippen, ihre Wangen brannten von den Rissen, die ihr die Blätter beigebracht hatten. Sie ging in die Hocke, blickte auf das Handy, doch auch hier hatte sie keinen Empfang. Sie wurde wieder von einem Heulkrampf erfasst, ließ das Handy auf den Acker fallen.

Dann spürte sie, dass er nur noch wenige Meter von ihr entfernt war. Plötzlich wurde es ruhig. Er schien innezuhalten, nachzudenken, wo sie abgeblieben war, welchen Weg sie genommen hatte. Sie hörte nur ein leises Rascheln, als drehe er sich um die eigene Achse. Schnelles, unterdrücktes Atmen.

Sie wusste längst nicht mehr, wo sie war, in welcher Richtung das Haus stand, wo es zur Straße ging, wo die Stadt lag. Sie war vollkommen verloren, einsam in einem Meer aus Geäst und Gesträuch. Plötzlich vernahm sie wieder schnellere Bewegungen. Kam er näher? Sie war sich nicht sicher. Ihre Augen flitzen hin und her, versuchten etwas zu erkennen in der grün-schwarzen Dunkelheit. Sie sah die Pflanzen wabern, grüne Flächen verschoben sich in graue Flächen.

Sie hörte das Quietschen saftiger Blätter. Ganz laut, ganz deutlich.

Er kam auf sie zu, sie wusste es. Er würde sie entdecken. *Du musst rennen*, dachte sie, *renn um dein Leben, Jenny!*

Sie sprang auf und rannte los. Wieder Blätter, Kolben, die auf ihr Gesicht schlugen. Sie rannte, rechts, sie rannte links. Gesträuch, Geäst. Der Geschmack von Gras, von Erde. Dunkelheit. Die Sterne. Der Mond, wo war der Mond?

Plötzlich ein Stoß. Sie schwebte ein Stück, eine ganze Zeit lang, wie im Traum schmeckte sie plötzlich die Süße des Maises, sah vor ihrem inneren Auge die Kolben, geschält wie Bananen und mit Butter beschmiert, die zerlief, sich zwischen die einzelnen Körner legte wie die Gischt des Meeres zwischen Kiesel am Strand. Dann der Aufprall. Plötzliches Erwachen. Erde. Wurzeln. Feuchtigkeit. Die Luft blieb weg. Ein Keuchen.

Er packte sie.

17

Plossila schwitzte. Er fühlte sich wirklich alles andere als gut. Es musste daran liegen, dass er ohne Frühstück aus dem Haus gegangen war. Sein Kreislauf war einfach unten. Regelrecht nervös war er. Plossila öffnete einen Hemdknopf und schob sich den Zeigefinger in den Kragen, um diesen zu weiten.

Er blickte auf. *Ah, hier, das muss die Robinienwiese sein*, dachte er. Die sollte er nach Auskunft des Internatsjungen, den er befragt hatte, links liegen lassen und dann einem schmalen Pfad bergab in den Wald folgen. Er ging die leicht abschüssige Wiese hinab, bis er einen verfallenen Zaun erreichte, über dessen Balken sich verrostete Drahtschlaufen kringelten. Tatsächlich, da war so etwas wie ein Trampelpfad. Er trat unter das Blätterdach eines Buchenwalds und fühlte sich durch die Kühle des Schattens sofort etwas beruhigt. Erst als er die Bienenstöcke sah, traten seine Kreislaufprobleme wieder auf.

Er dachte an den Mann vom Imkerverein. „Es ist schon recht kalt für die Bienen", hatte er gesagt, „die meisten werden sich jetzt in ihre Bienenhäuser zurückgezogen haben, um sich dort gegenseitig zu wärmen. Und die wenigen Bienen, die Sie antreffen werden, sind auch nicht besonders aggressiv. Sie dürfen Sie nur nicht als Eindringling klassifizieren."

So weit die Theorie, dachte Plossila. Er konnte nur hoffen, dass die Bienen merkten, dass er in friedlicher Absicht kam.

Er blieb in etwa drei Metern Abstand vor der Anlage stehen. Er hatte sie sich irgendwie anders vorgestellt. Im Grunde sah der Bienenstock aus wie übereinander gestapelte Obstkisten. Er erkannte das Flugloch, von dem der Vereinsmensch gesprochen hatte. „Pollenfallen werden vor die Fluglöcher montiert. Die Biene muss hier quasi hindurch kriechen und verliert dabei ihre Pollen in der Falle", hatte er am Telefon erklärt. Und tatsächlich, es waren kleine Gitter vor den Schlitzen angebracht.

Allerdings schienen sie relativ groß zu sein, er konnte sich nicht vorstellen, wie die Bienen hier etwas verlieren sollten.

Mit einem Kloß im Hals schritt er weiter auf die Anlage zu. Er beugte sich über eines der Einfluglöcher. Die Gitter mussten einem anderen Zweck dienen, entschied er. Aber laut Fachmann war es um diese Zeit ohnehin zu spät, Pollenfallen zu montieren. Man könne aber mit ein wenig Glück sehen, ob der Stock zur Pollengewinnung bewirtschaftet werde. „Oft gibt es Vorrichtungen für die Fallen und meistens entstehen leichte Einkerbungen links und rechts der Flugschlitze."

Plossila brachte sein Gesicht näher vor den ovalen Einflugschlitz, als er sich das jemals hätte vorstellen können. Er fühlte sich wie ein Dompteur, der einem Löwen den Kopf in den Rachen schob. Allerdings war wirklich wenig Verkehr auf der Landebahn, nur alle fünf bis zehn Sekunden flog eine Biene rein oder raus. Und die nahm keine Notiz von ihm.

Plossila schob sich die Haare zurück und betrachtete zwei reißzweckengroße Abschürfungen im Holz vor einem der Flugschlitze. Wie vom Spezialisten vorhergesagt waren sie rechts und links davon zu finden. Er strich mit dem Daumen darüber. Besonders alt schienen die Kerben nicht zu sein.

„Kann ich Ihnen helfen?"

Plossila fuhr herum, als würde er von einem Schwarm Hornissen attackiert. Er blickte in ein Gesicht, das er kannte. Es war dieser Bruder, den er schon vernommen hatte und der während des Gesprächs auf die Toilette flüchtete. Wie war noch mal sein Name?

„Sie …? Hauptkommissar Plossila!", sagte der Mönch. Er hatte offenbar ein besseres Namensgedächtnis als er.

„Ja …! Frater …"

Plossila ruderte mit den Armen. „Albertus."

„Albertus, genau!"

Erst jetzt betrachtete Plossila den Mönch eingehender. Er war klein, dick, er trug einen Backenbart und sein verbliebenes Haar lag ihm wie ein Lorbeerkranz auf dem Kopf. Albertus sagte: „Darf ich fragen, was Sie hier machen?"

„Natürlich. Ich … Sie haben es sicherlich in der Zeitung gelesen. Wir suchen den …" Plossila hasste es, dieses Wort auszusprechen.

„*Blütenstaubmörder.* Und da dachte ich, ich schaue mich noch mal ein bisschen um."

Frater Albertus nickte und kam auf ihn zu. „Ja, habe ich gelesen, ich habe mir gleich gedacht, dass es darum ging, bei Ihrem Besuch neulich."

„Er hat Robinien-Pollen benutzt, wussten Sie das? Wir wären einen Schritt weiter, wenn wir wüssten, woher er die Pollen bekommen hat. Sie haben in letzter Zeit wirklich keinen aus Ihrer Anlage gewonnen?"

„Nein. Nein, haben wir nicht."

„Jemand anderes außer Ihnen? Ich habe die Abschürfungen gesehen."

Plossila zeigte in Richtung des Fluglochs, an dem die Einkerbungen deutlich zu erkennen waren.

Albertus strich sich über den Bauch und nickte. „Ja, habe ich auch schon entdeckt. Es sind tatsächlich die typischen Anzeichen für die Installation einer Pollenfalle. Nur haben wir keine installiert, das kann ich sicher sagen."

„Könnte das jemand anderes gemacht haben. Ohne Ihr Wissen?"

Der Frater schritt auf die Magazin-Beuten zu. Erst jetzt sah Plossila, dass er Sandalen trug und unglaublich weiße Füße hatte. „Es scheint mir nicht ausgeschlossen. Ich bin nicht jeden Tag hier unten, schon möglich, dass da ein Fremder an den Beuten war."

Tja, dachte Plossila. Das brachte ihn jetzt auch nicht viel weiter. Den Erkennungsdienst zu rufen, damit er sich die Bienenstöcke ansah, schien ihm wenig zielführend. Es war einfach zu viel Zeit vergangen und die Stöcke waren der Witterung ausgesetzt gewesen, da blieben nicht viele Spuren übrig.

„Darf ich Sie etwas fragen, Herr Hauptkommissar?" „Bitte!"

„Es geht um die Zeitungsartikel, in denen zu lesen war, dass die Opfer bepudert wurden, als ginge es dem Täter darum, ihre Wunden zu versorgen. Diese Mischung, mit der das geschah, scheint mir ... sagen wir *eigenartig* zu sein. Blütenstaub und Puder. Mir ist nicht bekannt, dass Blütenstaub der Wundheilung zuträglich ist. Außerdem ist Blütenstaub klebrig. Warum hat er nicht einfach einen handelsüblichen Puder verwendet?"

Plossila atmete tief ein, wollte die Backen blähen, verzichtete dann aber darauf. „Wenn ich das wüsste. Welchen Puder verwenden Sie denn? Benutzen Sie überhaupt welchen?"

Albertus schaute stutzig, dann klarte sich seine Miene auf, wie bei einem schönen Gedanken. „Wir beziehen seit Jahrzehnten unseren Puder aus einem Kloster in Kalabrien – ich weiß das zufällig, weil ich lange unsere medizinische Abteilung betreut habe."

Kalabrien, dachte Plossila. Kalabrien. Irgendetwas klingelte da. Er wusste nur nicht ... „Kann ich den mal sehen? Den Puder?"

Der Frater zeigte ein Doppelkinn und sagte mit tiefer Stimmte: „Aber natürlich!"

Sie gingen über den Klosterhof und betraten den Seitentrakt, den Plossila schon kannte. Von dort ging es durch einen kühlen Gang, der mit hellblauen und weißen Fliesen versehen war, bis zu einer schweren Tür mit Metallverschlägen. Frater Albertus zog einen gut bestückten Schlüsselbund aus seinem Habit und öffnete unter lautem Klimpern die Tür. Anschließend folgte Plossila ihm in einen schmalen, aber langen Raum, der von vorne bis hinten mit Holz-Regalen vollgestellt war und der durch Neonröhren erleuchtet wurde. Es roch nach Desinfektionsmittel und Mottenkugeln.

Frater Albertus schritt zielsicher auf einen Mittelgang zu, bog links ab und blieb vor einem Regal mit staubgrauen Pappkisten stehen. Er stellte sich auf die Zehenspitzen, die dabei knallrot wurden, und fischte eine blaue Dose aus einem offen stehenden Karton heraus.

„Bitte sehr", sagte er und hielt Plossila die Dose unter die Nase. „Seit ich vor zwanzig Jahren in den Orden eingetreten bin, hat sich dieser Puder und das Design der Dose nicht mehr verändert. Wir beziehen ihn wie gesagt im Rahmen der internationalen Ordensgemeinschaft von unserer italienischen Glaubenskongregation. Behalten Sie ihn, sie werden diesen Puder nirgendwo anders bekommen. Für viele Schüler unseres Internats gehört er seit Jahrzehnten zur festen Kindheitserinnerung."

Frater Albertus lachte und faltete dann zufrieden die Hände.

Plossila öffnete die rundliche Dose und schüttete sich etwas Pulver auf die Hand. Er führte die Nase heran und war verblüfft. „Riecht nach Robinien-Pollen!"

„*Was?*" Albertus ergriff Plossilas Hand und hielt sich diese ebenfalls unter die Nase. „Ach, aber das ist Bergamotte." Er nahm Plossila die Dose aus der Hand, drehte sie um, kniff die Augen zusammen und fuhr mit dem speckigen Finger über die Inhaltsbeschreibung. „Aha, hier steht es: *Bergamotte*. Sehen Sie, kein Grund zur Beunruhigung."

„Und man bekommt deutschlandweit keinen ähnlichen Puder?"

„Da wette ich was!"

Der Frater blickte ihn mit stolzgeschwelltem Bauch an. Plossilas Telefon begann zu klingeln.

„Entschuldigen Sie", sagte er, nahm dem Mönch die Puderdose aus der Hand und drehte sich um. „Ja?!"

Es war Dollerschell. Er war vor lauter Aufregung kaum zu verstehen, der Empfang war zudem äußerst schlecht. „Was sagst du?", rief Plossila, schritt den Mittelgang einige Meter hinunter und hielt sich das rechte Ohr zu, obwohl es bayernweit keinen stilleren Ort geben konnte als diesen hier.

„Jenny!", rief Dollerschell, „Jenny Biber, unsere Kollegin. Sie wurde entführt! Aus ihrem Haus. Du musst ..."

Die Verbindung wurde unterbrochen.

Plossila stand einen Atemzug reglos unter einer der Neonröhren im Gang, blickte verständnislos auf das Gerät in seiner Hand. Dann wandte er sich um, erblickte Frater Albertus.

Ohne ein Wort rannte Plossila aus dem Raum.

Als Plossila auf den Hof fuhr, entzündete Dollerschell gerade eine Zigarette an einer verglimmenden Kippe.

Plossila parkte direkt vor seinem wartenden Kollegen. „Jetzt noch mal von vorne!", sagte er, als er ausgestiegen war, und schlug erst dann die Wagentür zu. Er blickte in Dollerschells Gesicht. Es sah mitgenommen aus. Weiß wie eine Nebelwand und irgendwie erschlafft, als hätte er tagelang nicht geschlafen. So kannte Plossila Dollerschell gar nicht. Er war so stählern und zielstrebig gewesen in letzter Zeit. „Geht's dir einigermaßen gut?", fragte er deshalb, ohne eine Antwort abzuwarten.

Dollerschell nickte und ließ die verglühende Kippe vor seinen Schuh auf den Boden fallen. „Die Nachbarn haben angerufen, sind heute aus dem Urlaub zurückgekehrt. Und haben das Haus aufgebrochen vorgefunden. Sie sind dann die Treppen nach oben gegangen." Dollerschell machte eine schlappe Bewegung in Richtung des ersten Stocks, ließ den Arm dann wie leblos an den Körper fallen. „Jenny wohnt oben. Sie sind also da hoch gegangen und haben gesehen, dass die Tür dort ebenfalls aufgebrochen worden ist. Die Spurensicherung sagt mit einem Brecheisen. Und dass es den Spuren nach zu urteilen dasselbe Brecheisen war, das auch bei der Terrassentür von Helen Bechmann benutzt wurde. Auch dieselbe Methode: Erst hat der Täter eine Lücke mit einem kleinen Metallgegenstand freigepresst, dann hat er das Brecheisen eingesetzt."

Dollerschell machte eine Pause und sah Plossila an. Er wartete offenbar darauf, dass das Gesagte von seinem Gegenüber verarbeitet wurde. Dass Plossila realisierte, dass ihre Kollegin Jenny Biber nicht einfach so verschwunden war. Dass *er* sie geholt hatte. Er, der Blütenstaubmörder.

Die Pause zeigte Wirkung. Ja, dachte Plossila, jetzt hatte er sie, eine von uns. *Unsere Jenny.* In diesem Augenblick wurde ihm klar, dass er sie sehr schätzte, obwohl sie so jung war. Für ihre Art, ihren Charakter. Sie hatte das, was ihm derzeit am meisten fehlte. Leidenschaft für die Dinge, die sie tat. Neulich hatte er sich dabei ertappt, dass er seiner Tochter diese Eigenschaften Jenny Bibers wünschte. Wenn sie älter war natürlich. Er hoffte für Carla, dass sie irgendetwas im Leben fand, das sie aus vollem Herzen tun würde. Das musste nicht der Polizeidienst sein. Hoffentlich würde es nicht der Polizeidienst sein! Es konnte *irgendetwas* sein. Nur brennen musste sie dafür. So wie er damals für seinen Job gebrannt hatte. So wie Jenny Biber heute für ihren Job brannte.

Plossila drehte sich um, fuhr sich durch die Haare und schlug dann mit der flachen Hand auf das Autodach. „O.K.", sagte er nach einer Weile. „Lass uns hochgehen!"

Dollerschell stieß die Tür im ersten Stock auf.

„Stopp! Hier nicht lang!", rief ihnen einer der Kollegen im Schutzanzug zu.

Der Kollege kniete auf dem Boden, beugte sich über etwas Rotes. Krzysztof Skibinski, dachte Plossila. Immerhin etwas. Wenn Skibinski am Tatort war, konnten sie sich wenigstens darauf verlassen, dass alle verwertbaren Spuren gefunden wurden. Skibinski war nicht gerade ein Sympathieträger und besonders kommunikativ war er auch nicht. Plossila hatte noch nicht mal das Gefühl, dass ihm seine Arbeit Freude bereitete. Er wirkte lustlos, muffig. War ein Eigenbrötler. Aber er machte seinen Job. Klaglos, kommentarlos und professionell.

Er richtete sich auf, nickte Plossila zu, verlor kein unnötiges Wort. Skibinski war wie immer unrasiert, wirkte verschwitzt, irgendwie ein bisschen gelblich im Gesicht. Er hatte eine schwarze, eckige Hornbrille auf der Nase. Während andere eine solche Brille trugen, um sich interessant zu machen oder um zu signalisieren, dass sie Designer oder aus der Werbebranche waren, trug Skibinski sie, da war sich Plossila sicher, weil dieses Gestell irgendwann einmal das billigste in irgendeinem muffigen Laden in der polnischen Prärie gewesen war. Im Grunde erkannte Plossila ihn nur an seiner Hornbrille. Denn seinem Gesicht fehlte jedes markante Merkmal, es war weder dick noch dünn, weder rund noch eckig. Und auch sein Alter ließ sich nicht bestimmen. Skibinski war irgendetwas zwischen dreißig und sechzig, aber vielleicht war er auch erst zwanzig, wer konnte das wissen? Skibinski war einfach Skibinski.

„Wir haben Abdruck", sagte Skibinski und zeigte auf das Rote auf dem Boden. Als Plossila fragend schaute, fügte er hinzu: „Blut. Ihr Blut. Muss sie in die Scherben getreten sein, dann sie ist da lang gelaufen. Und er ist getreten in die Lache, hier und da."

Plossila folgte der Richtung, die Skibinski behandschuhter Finger anzeigte. Ein Schauer überlief ihn. „Er ist in *ihr* Blut getreten?"

Skibinski sah Plossila in die Augen, wandte sich dann wieder dem Abdruck zu. „Nicht in die Spuren treten. Sind wir noch nicht fertig. An der Wand entlang!"

Plossila blickte zu Dollerschell. Beide gingen in Richtung Wohnzimmer, den Rücken an die Flurwand gepresst.

Auch hier zeichneten sich die roten Abdrücke von Jenny Bibers verletztem Fuß auf dem Boden ab, führten zum Balkon. Plossila stutzte einen Moment, weil ihm das Wohnzimmer vorkam wie eine leergeräumte Lagerhalle. Dann fiel ihm ein, dass er irgendwann am Rande mitbekommen hatte, dass Jenny Bibers Freund ausziehen wollte.

Plossila schritt auf einen Fernseher zu, der verlassen in einer Ecke auf einem staubigen Sperrholz-Reck stand. Auf ihm stand ein Foto in einem silbernen Rahmen. Es zeigte Jenny Biber mit einem großen, schlanken Mann mit gewelltem, braunem Haar und scharfen Gesichtszügen. Beide trugen Schals und dicke Jacken, hatten rote Wangen. Im Hintergrund des Bildes blitzten Hochhausfassaden. Manhattan, dachte Plossila, das Rockefeller Center. Er war vor Jahren mit seiner heutigen Exfrau da gewesen für eine stressige Wochenend-Shopping-Tour, während der sie sich nur gestritten hatten. Er nahm den Rahmen, öffnete ihn auf der Rückseite, zog das Bild heraus und steckte es sich in die Innentasche seines Sakkos. Dann stellte er den leeren Rahmen zurück auf den Fernseher und wandte sich wieder seinem Kollegen zu.

„Sie muss in Panik geflüchtet und dann über die Brüstung geklettert sein", sagte Dollerschell. „Wir haben auch dort draußen Spuren gefunden. Blutspuren, ja."

Sie traten auf den Balkon. Die schöne Aussicht wirkte wie blanker Zynismus. Die gute Laune der gelben Rapsfelder, das kumpelhafte Gehabe des dicht an dicht stehenden Maises dahinter und der fröhliche, grüne Streifen, den der Waldrand auf den Horizont malte, spotteten dem grausamen Geschehen, das sich hier zugetragen hatte. Dazu kam das Gezwitscher der Vögel, das Plossila fast wehtat in den Ohren. Wie konnten diese verfluchten Viecher ihre Balzlieder trällern, während man seine Kollegin entführt hatte? Während Jenny Biber in den Händen dieser Bestie war?

Plossila biss die Zähne zusammen.

Dollerschell zeigte auf einen kleinen Weg, der sich zwischen den Feldern hindurch schlängelte. „Dort, etwa auf halber Höhe zwischen dem Raps, haben wir ihre Spur verloren."

„Und hier ist sie runter?", fragte Plossila und blickte hinab auf den betonierten Hof, der von einer hüfthohen Weißdornhecke umschlossen war.

Dollerschell nickte.

„Sie muss sich alle Knochen gebrochen haben. Und ihre Angst. Kannst du dir ihre Angst vorstellen?"

„Das kann ich, ja. Aber wir sollten uns jetzt besser die Frage stellen, wieso der Blütenstaubmörder Jenny entführt hat. Wie kann das sein? Wieso sie?"

Plossila spürte, wie sich eine Welle des Zorns in ihm erhob. Doch dann besann er sich. Er hatte recht, dachte er. Dollerschell hatte vollkommen recht. Sie mussten ihre Gefühle zurückstellen und sich auf die Lösung des Falls konzentrieren. Ein neues Opfer hieß auch eine neue Chance.

„Lass uns mal da runtergehen", sagte Plossila.

Sie gingen die Stufen des Hausflurs hinab und um das Haus herum, bis sie auf dem trockenen, steinigen Ackerweg standen. Anschließend schritten sie auf die Markierungen zu, die die Spurensicherung bereits auf dem Weg angebracht hatte. Weiter hinten, da wo die Halle stand, liefen noch zwei Kollegen umher, suchten nach weiteren Hinweisen.

„Also, sie flüchtet über den Balkon und dann auf den Weg in Richtung Felder. Wieso ist sie hier entlanggelaufen und nicht auf die Landstraße vor dem Haus? Wir können doch davon ausgehen, dass er sie nachts überfallen hat. Dann ist es stockdunkel hier draußen. Auf der Straße sind wenigstens ein paar Lichter und sie führt in die Stadt."

Plossila blieb stehen, stemmte die Hände in die Hüfte, blickte vor, blickte zurück.

„Er wird ihr den Weg abgeschnitten haben", sagte Dollerschell.

„Ja, das ist die einzige Erklärung. Sie flüchtet über den Balkon, er rennt das Treppenhaus hinunter und schneidet ihr den Weg ab. Dann folgt er ihr. Hier lang, Richtung Halle. Sie läuft auf die Halle zu."

Sie gingen auf den kleinen Hof, der sich vor dem Lagerhaus öffnete. Das rote Tor war geschlossen; es verbreitete einen penetranten Lackgeruch, als wäre es frisch gestrichen. Plossila legte seine Hand daran, dann an die Klinke.

„Vorsicht", sagte Dollerschell, „ist noch nicht untersucht." „Abgeschlossen." Plossila ließ den Blick schweifen. „Wo ging es dann weiter, wohin ist sie geflüchtet, nachdem sie hier nicht weiterkam? *Wenn* sie auf den Hof gelaufen ist?"

Sie hörten jemanden rufen. „Ich hab hier was!" Dollerschell zeigte auf eine Hand in einem weißen Plastikhandschuh, der sich aus den Spitzen der Maispflanzen erhob.

Sie liefen ins Feld, spürten augenblicklich die Kühle der sie überragenden Pflanzen. Dann blitze etwas Weißes auf. „Da", sagte Dollerschell.

„Ein Handy", sagte ein Kollege, der sich gelbe Gummistiefel über den weißen Schutzanzug gestreift hatte. Er zeigte auf ein silbernes Gerät, das in der Ackerfurche lag.

Dollerschell zückte sein eigenes Handy, drückte auf Jenny Bibers Rufnummer. Nach wenigen Augenblicken sagte er: „Mobilbox".

Der Kollege in Weiß ging in die Hocke, hielt seine Nase vor das Display. „Funktionieren tut es jedenfalls ... ah, aber es gibt keinen Empfang hier draußen."

„Halten Sie es doch mal woanders hin", sagte Plossila.

Der Kollege zückte eine Tüte, nahm das Handy an einer Ecke auf und steckte es hinein. Er hielt die Tüte in die Luft und schaute dabei auf das Display. „Nichts", sagte er. Dann ging er fünf Schritte weiter nach hinten. „Versuchen Sie es jetzt mal, hier tut sich was."

Dollerschell drückte wieder auf „Anrufen".

Das Handy begann zu klingeln.

Einen Moment schauten alle verdutzt auf das Gerät, als hätten sie mit allem gerechnet, nur nicht, dass es ein Klingelgeräusch von sich geben würde. Dann drückte Dollerschell eine Taste auf seinem Mobiltelefon und das Klingeln erstarb.

„Sie hatte keinen Empfang hier draußen, ich wusste das. Sie hatte mir irgendwann einmal die Nummer von ihrem Freund gegeben, um sie hier erreichen zu können. Sicherlich hat sie in ihrer Panik versucht, einen Ort zu finden, wo das Ding funktioniert." Dollerschell wandte sich an den Kollegen von der Spurensicherung. „Können Sie sehen, wen sie zuletzt versucht hat anzurufen?"

Der Kollege nahm die Tüte in beide Hände und begann, durch sie hindurch auf dem Handy herumzudrücken. „Ah, hier ist die Anrufliste. Der letzte Anruf war heute um 0:43 Uhr. *Plossila* steht da."

Plossila schluckte. Er hatte das Gefühl, ihm würde schwindlig werden. Mit einer Hand tastete er nach dem Stiel einer Maispflanze neben ihm, doch als er sie berührte, zog er die Hand zurück und presste sich stattdessen Daumen und Zeigefinger auf die Augen. „Fünf Meter nur und sie hätte Empfang gehabt. Fünf verdammte Meter!"

„O.K., stellen wir uns die gleichen Fragen, die wir uns immer stellen müssen: warum Jenny? Wie passt sie in eine Reihe mit Lisa Huber und Helen Bechmann?"

Plossila saß gemeinsam mit Dollerschell und Oliver Lieberknecht im Büro. Er beugte sich über den Schreibtisch, blickte seinen Kollegen auffordernd in die Augen und hatte erstmals seit Monaten das Gefühl, hellwach zu sein.

Da keiner der beiden eine Antwort parat hatte, versuchte Plossila selbst eine zu geben. „Was wir wissen, ist, dass beide Frauen es mit der Treue nicht so genau nahmen. Wir sollten die Theorie nicht vergessen, dass der Täter vielleicht irgendeine obskure Bestrafungsaktion durchführt, um sich am anderen Geschlecht zu rächen oder so etwas. Dollar, ich will, dass du zu ihrem Exfreund fährst, diesem Chorleiter, und ihn danach fragst, ob es Anhaltspunkte dafür gibt, dass Jenny untreu war. Und natürlich auch das Übliche, vielleicht weiß er ja was."

„Also, das mit der Untreue ist doch ... das passt doch gar nicht zu ..."

„Frag ihn danach!" Plossila schlug mit der Faust auf den Tisch, die Tastatur des Rechners bebte.

„Olli, hier ist das Handy", sagte Plossila und hielt die Tüte hoch, in der das Mobiltelefon steckte, das sie im Maisfeld gefunden hatten. „Ich will, dass du alle Nummern durchtelefonierst. Wir müssen wissen, mit wem Jenny sich in den vergangenen Tagen getroffen hat. Ob sie sich bedroht gefühlt hat. Was in den letzten Stunden passiert ist, bevor sie entführt wurde."

Oliver Lieberknecht nickte, ließ sich die Tüte mit dem Telefon geben und setzte sich wieder stumm auf seinen Platz neben der Zimmerpalme.

„Ich dachte, das wirbelt zu viel Staub auf", warf Dollerschell ein und guckte ernst.

„Das tut es auch, Dollar. Aber wir haben keine Zeit! Der Täter hat seine Opfer bisher vier Tage in seiner Gefangenschaft gehalten, bis er sie umgebracht hat. Und alles, was er zwischen dem Kidnapping und dem Mord mit ihnen angestellt hat, war abscheulich. Wir müssen sie so schnell wie möglich da rausholen."

Die Tür öffnete sich. Ein Kollege der Spurensicherung schlurfte ohne anzuklopfen in den Raum, noch bekleidet mit einem zerknitterten, weißen Sicherheitsanzug. Er hatte sich einen DIN-A4-Umschlag unter die Achsel geklemmt und wischte mit dem Oberteil seines Sicherheitsanzugs auf den Gläsern einer Brille herum. Erst als er im Raum stehen blieb und die schwarze Hornbrille auf die Nase setzte, erkannte Plossila ihn.

„Skibinski!"

Skibinski nickte den Kollegen widerwillig zu, setzte sich dann mit einer Pobacke auf den Schreibtisch. Anschließend fischte er einige Fotografien aus dem Umschlag heraus und warf sie auf Plossilas Tastatur. „Schuhgröße sechsundvierzig", sagte er. „Hab ich Modell im Internet gefunden. Sind Sicherheitsschuhe von Marke *David-Dia-*

bolo. Haben so metallisch Kappen vorne drin, in Schuhspitze. Und Sohle ist extra rutschfest auf verschiedene Material. Macht er vielleicht einen Job, der gefährlich ist."

Plossila betrachtete die Bilder. Es waren einige Fotografien des Profils, das sich in Jenny Bibers Blutlache abgezeichnet hatte. Man konnte deutlich das Rautenmuster der Schuhsohle erkennen. Auf einem anderen Bild war das Firmenlogo wie ein Stempel in das Blut gepresst, zwei ineinander verschlungene „D", umgeben von einem Kreis. Die anderen Bilder zeigten Abbildungen der Schuhe und das Logo der Marke, es war eindeutig dasselbe wie auf dem Abdruck auf den Fliesen in Jenny Bibers Flur.

„Habe ich mir die Bilder aus dem Internet geladen. Kannst glauben, ist der Schuh. Ansonsten haben wir gefunden nichts. Habe ich Kollege Dollerschell schon erzählt, dass die Werkzeuge waren gleiche in der Wohnung von die zweite Opfer und diese hier." Skibinski machte eine kurze Pause, wischte sich dabei mit dem Ärmel über die Nase. „War sie eine Kollegin, habe ich gehört."

Plossila blickte auf. „Ja, unsere Praktikantin."

Skibinski gab einen Brummlaut von sich und rutschte von der Tischkante. Er fingerte ein Taschentuch aus seinem weißen Strampelanzug und schnäuzte sich die Nase, während er aus dem Raum ging. „Do widzenia."

„Na, also", sagte Plossila, „das ist doch schon mal etwas!" Er stand auf, ging um den Tisch herum und verließ den Raum durch die offen stehende Tür. Er schritt den Gang hinunter bis zum letzten Raum auf der rechten Seite. Während er eintrat, holte er seinen Schlüsselbund hervor. Anschließend sortierte er den kleinen Bohrmuldenschlüssel heraus und schloss auf. Zuerst legte er sich den Gurt an, dann nahm er die P7 heraus, befüllte sie mit neun Millimeter Parabellum und steckte sie sich in den Pistolenschaft. Während er den Schrank wieder abschloss, überlegte er, wann er das letzte Mal eine Waffe getragen hatte. Es musste im Fall Sugarman gewesen sein und er wollte gar nicht an die Verwicklungen zurückdenken, die es damals gegeben hatte.

„Dollar, bitte kümmere dich darum, dass vor Jennys Haus eine zivile Streife Wache hält", sagte er, als er wieder im Büro war. „Der Mörder kam bisher immer zurück an den Tatort, vielleicht haben wir Glück und die Serie hält an. Wenn es etwas Neues gibt, ruft mich an, ich will alles wissen."

Dollerschell nickte. Plossila hatte das Gefühl, er schaue ihm dabei auf das Sakko, genau auf die Stelle, wo seine Waffe steckte. Aber Plossila hatte keine Lust, Erklärungen abzugeben. Sie hatten sich die immer gleichen Fragen gestellt und die immer gleichen Antworten erhalten: Keine.

Jetzt waren Taten gefragt.

Plossila fühlte das Adrenalin in seinen Adern pulsieren, als er den BMW nach Landsberg lenkte. Wenn es nicht so traurig wäre, würde er sich darüber freuen, endlich wieder ein Ziel zu haben, für das es sich zu kämpfen lohnte. Doch er wusste auch, dass die Erschöpfung, die ihn seit Monaten begleitete, sich jeden Moment wieder einstellen konnte. Er musste die Zeit des Hochs nutzen, um einen Schritt weiterzukommen. Und er musste sich auf seinen Kopf und sein Gefühl verlassen. Es brachte gar nichts, den Verstand gegen das Herz auszuspielen.

Das Mobiltelefon klingelte. Ohne auf das Display zu schauen, nahm er ab. Cordula Strattfeld meldete sich. Auch das noch! Wenn er das gewusst hätte, er hätte das Gerät erst gar nicht in die Hand genommen.

„Die Presse hat Wind von dem neuen Entführungsfall bekommen, Plossila. Wir müssen etwas sagen."

„Können wir nicht einfach sagen, dass wir derzeit aus ermittlungstechnischen Gründen gar nichts sagen können?"

„Nein, wir können aus ermittlungstechnischen Gründen weniger sagen, aber wir können nicht gar nichts sagen. Es gibt so etwas wie eine Auskunftspflicht der Behörden. Außerdem wissen einige Journalisten bereits Bescheid. Sie werden etwas schreiben, ob wir das wollen oder nicht. Wir haben lediglich die Chance, die Berichte noch etwas in unserem Sinne zu lenken."

„Ich gebe jetzt auf keinen Fall eine Pressekonferenz. Ich muss da Prioritäten setzen."

„Das sage ich ja auch gar nicht, aber wir sollten eine kurze Pressemitteilung online stellen. Und wir sollten es jetzt machen, damit die Journalisten diese noch als Basis für ihre morgige Berichterstattung nutzen können."

Immerhin, dachte Plossila. „Dann tu, was du nicht lassen kannst. Wir können aber nur sagen, dass allem Anschein nach
eine weitere Person entführt wurde und dass es Hinweise darauf gibt, dass es der … na, dieser *Blütenstaubmörder* war."

„Eine Journalistin des *Landsberger Tagblatts* weiß, dass es sich bei der Entführten um Jenny Biber handelt", sagte Cordula mit spitzer Stimme.

Plossila fuhr an der Landsberger Stadtmauer vorbei und Richtung Altstadt. Die Pflastersteine schüttelten das Auto durch. Er schnaufte. „Das würde ich wirklich ungern in der Zeitung lesen. Kann man da nichts machen?"

„Die Journalisten schreiben für gewöhnlich das, was sie recherchiert haben. Aber vielleicht lässt sich die Journalistin ja auf einen Deal ein, wenn wir ihr gegenüber exklusiv bestätigen, dass es eine Kollegin ist."

„Und du meinst, sie verzichtet dann darauf, den Namen zu nennen?"

„Kann sein."

Plossila ließ den Wagen auf den Parkplatz vor dem *Alten Hasen* ausrollen. „Dann machen wir es so."

„O.K.! … Plossila?"

„Ja?"

„Viel Glück!"

Er wuchtete sich aus dem Auto und stürmte in die Gaststätte. Sein Blick traf sofort auf die mitleidigen Bestatteraugen Eschs. Als er Plossila kommen sah, drehte er den Wasserhahn ab und begann damit, sich seine Hände mit einem grüngelbkarierten Handtuch trocken zu reiben. Er verlor ihn dabei keine Sekunde aus den Augen.

Plossila versuchte, sich nicht von seinem Blick irritieren zu lassen. Er baute sich vor der Theke auf und fragte: „Ist er da?"

„Grüß Gott, Herr Kommissar. Wen genau wünschen Sie denn zu sprechen?"

Plossila warf einen Blick auf das Schlüsselbrett. Nummer drei hing nicht daran, also musste er oben auf seinem Zimmer sein. Er ließ Esch stehen und sprang die Stufen hinauf.

Von unten hörte er Esch rufen. „Herr Kommissar, lassen Sie mich Sie doch wenigstens anmelden!" Doch er stand bereits vor der Tür und klopfte.

Er hörte ein dumpfes „Herein!" von der anderen Seite der Tür und drückte die Klinke herunter. Abgeschlossen.

„Ach! Moment ..."

Der Schlüssel drehte sich, Konrad Kister erschien. „Herr Kommissar ..."

Plossila drückte die Tür auf und schob sich in den Raum. „Hauptkommissar, wenn's recht ist."

Kister schaute verdutzt, trat zurück neben das Bett. Er trug eine Jogginghose und ein Polohemd. Hinter ihm auf dem Tisch stand eine leere Flasche Pernod, wie Plossila auffiel.

„Ist das nicht Hausfriedensbruch, was Sie hier machen?" „Hören Sie, ich bin nicht hier, um mit Ihnen eine rechtsphilosophische Grundsatzdiskussion zu führen." Er zog das Foto aus seiner Innentasche. „Kennen Sie diese Frau?"

Kister verkniff die Augen, als blicke er ins Gegenlicht, dann lief er fahl an. „Jenny ... ich verstehe nicht."

„Verflucht noch mal!", brach es aus Plossila hervor. Er griff Kister am Kragen des Polohemds, drückte ihn zwischen Tür und Bett. Zwar war Kister in etwa genauso groß wie er, doch Plossila war doppelt so breit. Kisters Schultern trafen auf die Wand, berührten das Blumenbild, das unter einem scharfen Krachen auf den Boden stürzte.

„Wo ist sie, Gott verflucht nochmal! Los, raus mit der Sprache!"

„Wo ist *wer*?"

„Wer? Wer? Sie wissen genau, wen ich meine! Jenny Biber!" Kisters Augen sahen erst ängstlich in die von Plossila, dann auf die beiden Fäuste, die ihn links und rechts fest im Griff hielten. Anschließend verhärtete sich sein Blick. „Ich weiß es nicht!", schrie er und tauchte unter Plossilas rechten Arm hindurch. Er riss sich los und sprang unter die Dachschräge auf das Bett.

Plossila drehte sich um, schaute ihm hinterher, doch Kister war mit einem Satz wieder auf den Beinen. Er war nicht besonders kräftig, aber er war flink, das musste man ihm lassen.

„Hören Sie", sagte Kister und hielt ihm beide Handflächen an ausgestreckten Armen entgegen. „Ich habe keine Ahnung, wovon Sie reden. Und ich weiß auch nicht, was Sie von mir wollen. Ich habe mich in den letzten Tagen ein paar Mal mit Jenny getroffen und wenn es nach mir geht, werde ich das auch in Zukunft tun. Und jetzt beruhigen Sie sich und sagen Sie mir, was Sie von mir wollen."

Plossila schnaufte. Sein Gefühl sagte ihm, dass er tatsächlich keine Ahnung hatte, was hier vor sich ging. Doch sein Verstand war sich sicher, dass das alles kein Zufall mehr sein konnte. Kister war tatsächlich mit Jenny unterwegs gewesen. Er kannte sie. Plossila war verwirrt. Woher …? Wie konnte das sein?

Er versuchte sich zu beruhigen, machte einen Schritt auf Kister zu, blieb dann stehen. „Woher kennen Sie Frau Biber?"

Kister nahm einen Arm herunter, den anderen ließ er dort, wo er war. „Sie nimmt an meinem Kurs teil, hat sich vor anderthalb Wochen spontan angemeldet. Wir sind dann einmal eine Pizza essen gegangen und haben uns ganz gut verstanden. Das wird doch nicht verboten sein?!"

Plossila war schachmatt. Er musste sich setzen und ließ sich auf das Bett fallen. Jetzt war ihm alles klar. Sie war eigenmächtig vorgegangen, genauso wie bei der Untersuchung des Bechmann'schen Hauses. Sie hatte sich bei dem Kurs angemeldet, um Kister kennen zu lernen, um im Fall zu ermitteln. Warum nur, fragte er sich? Wieso hatte sie sich nicht mit ihm abgesprochen? Sie war eindeutig zu weit gegangen, aber dass sie diese Grenze überschreiten würde, damit hatte er nun weiß Gott nicht gerechnet.

Kister trat einen Schritt auf ihn zu. „Sagen Sie mir jetzt, was mit Jenny los ist …? Herr Plossila?"

Er fühlte sich wie benommen. Dann besann er sich, versuchte sich zusammenzureißen. „Sie ist verschwunden und es gibt keinen Zweifel daran, dass es dieser … *Blütenstaubmörder* war."

Jetzt war es Kister, der aussah wie benommen. „*Was?* Das kann doch nicht …" Er griff sich an den Kopf, setzte sich auf den Stuhl vor den kleinen Tisch.

„Es wird Ihnen klar sein, dass das kein Zufall sein kann, Herr Kister. Drei Frauen wurden entführt und alle drei Frauen haben sich mit Ihnen getroffen. Sie sind der Hauptverdächtige in dem Fall."

Kister schaute auf, dann blickte er wieder zur Seite, ins Nichts.

„Wissen Sie, dass Frau Biber meine Kollegin ist? Sie ist Polizistin."

Er blickte Plossila in die Augen. „Was sagen Sie da? Mir hat sie erzählt, sie arbeite als Grundschullehrerin. Wieso …? Ach so, Sie haben sie zu mir geschickt, um Informationen aus mir heraus zu holen. Sehr originell, das muss ich sagen. Und ich hatte mich schon gewundert, warum sie so eine gute Zuhörerin ist." Kister stand auf, drehte sich zum Fenster und fing plötzlich an zu lachen. „Und ich dachte … ich dachte … nein, es ist einfach zu komisch." Wieder dieses verrückte, fast unheimliche Lachen.

Plossila schob die Augenbrauen zusammen, seine Stirn legte sich in Falten. „Was ist komisch, Herr Kister? *Was?*"

Kister drehte sich um. „Na, ich dachte, sie empfinde etwas für mich. So … so wie ich für sie."

Plossila blähte die Backen. Er rappelte sich wieder hoch, ging einen Schritt auf Kister zu. „Hören Sie, der Verdächtige Nummer eins in diesem Mordfall sind Sie. Aber wenn Sie es nicht gewesen sein sollten, ist es doch offenkundig, dass der Täter sich an die Frauen hält, mit denen Sie sich treffen. Also: Wer wusste davon? Wer wusste, dass Sie sich mit all diesen Frauen verabreden?"

„Niemand", fuhr es aus Kister heraus. „Wer sollte das schon wissen? Denken Sie, ich verlese dazu eine Erklärung im Fernsehen? Ich sage, es war Hagen Schwarzer, er wusste zumindest von Helen Bechmann. Und kannte er nicht auch Jenny? Haben Sie ihn nicht vernommen?"

„Doch, das schon, aber er hat ein Alibi. Außerdem kannte er doch Lisa Huber nicht."

„Sind Sie sich da so sicher? Wer hat denn die Blumen für die Beerdigung arrangiert? Könnte das nicht *er* gewesen sein?"

Plossila stutzte. „Machen das Landschaftsgärtner?" Kister wandte sich dem Schreibtisch zu, kramte sein Handy unter einem Stapel von Unterlagen hervor. Dann drückte er ein paar Tasten und sagte nach einer Weile: „Die Nummer der Landschaftsgärtnerei Schwarzer in Landsberg am Lech, bitte." Wieder Warten. „Ja, verbinden Sie mich bitte!" Er blickte kurz zu Plossila, dann drückte er eine Taste und Plossila hörte das Tuten durch den Lautsprecher.

„Gärtnerei Schwarzer, Mooser, Grüß Gott", meldete sich eine dunkle, weibliche Stimme.

„Grüß Gott, ich habe einen Todesfall in der Familie. Kann ich das Blumenarrangement für die Beerdigung bei Ihnen bestellen?"

„Aber natürlich können Sie das! Wann ist die Beerdigung?" Kister legte auf und sah erwartungsvoll zu Plossila.

„Das heißt doch noch gar nichts. Aber wir werden überprüfen, ob Schwarzers Firma den Auftrag übernommen hat. Bis dahin gilt: Er hat ein Alibi. Herr Kister, denken Sie nach: Wer wusste sonst noch davon, dass Sie diese drei Frauen kannten? Ich will, dass Sie sich augenblicklich melden, sobald Ihnen etwas einfällt!"

„Das mache ich."

Kister sah traurig aus.

„Und, tut mir leid mit dem Bild."

„Macht nichts, es war eh schrecklich."

Als Plossila vor der Tür in dem muffigen mit einem braunen Teppich ausgelegten Flur stand, war das Adrenalin aufgebraucht. Er fühlte sich wieder so, als trage er einen Rucksack mit Steinen mit sich herum. Aber er würde sich nicht davon aufhalten lassen, beschloss er. Plossila schwor sich, dass er Jenny Biber aus den Fängen des Täter befreien würde.

Er ballte die Faust.

Dollerschell ging durch die Fußgängerzone und war ratlos. Was sollte er von dem Alleingang Jenny Bibers halten, über den Plossila ihn gerade telefonisch unterrichtet hatte? Wirklich überraschend fand er ihr Verhalten nicht, das musste er schon sagen. Wenngleich er keinesfalls damit gerechnet hatte, dass sie so weit gehen würde. Es war jedenfalls nicht zu billigen und es würde ein Nachspiel haben, das war klar. Jugendliche Motivation in Ehren, aber eine solche Form von Übermut war im Polizeidienst nicht zu dulden. Disziplin war alles, wenn man Verantwortung zu tragen hatte. Und wenn er sich recht erinnerte, hatte er diese Lektion schon auf der Polizeihochschule in Münster gelernt.

Die Stadtpfarrkirche tauchte in der Straßenflucht auf und lenkte seine Gedanken in eine andere Bahn. Er konnte sich nicht helfen, aber für ihn hatte der Kirchturm mit der patinagrünen Zwiebelhaube etwas Minarettmäßiges. Zumindest glaubte er einen ähnlichen Turm, nur ohne Kuppel, schon einmal in Tunesien gesehen zu haben, bei dem ersten Urlaub mit seiner Verlobten Christiane. Aber das war jetzt nicht das Thema, das ihn beschäftigen sollte, sagte er sich.

Begleitet von einem metallischen Quietschen schob er die Tür des Seitenschiffs auf und trat in den barocken Bau. Es war kalt und roch nach Weihrauch, Kerzenwachs und altem Holz. Das Knirschen seiner Ledersohlen auf dem Steinboden hallte unter dem hohen stuckverzierten Gewölbe wider. Ein halbes Dutzend Personen standen vor dem Chor, kramten zum Teil in ihren Taschen und verließen nach und nach die Kirche. Ein schlanker, dunkelhaariger Mann sammelte in Leder gebundene Bücher ein und verabschiedete sich dabei von den Anderen, wie von Gästen. Dollerschell war sich ziemlich sicher, dass es Tobias Baumeister sein musste, Jenny Bibers Exfreund.

Dollerschell traf auf den Blick des Dunkelhaarigen, als dieser noch mit einer Mitfünfzigerin im Gespräch war, die sich ein schwarzes Hemd mit bunten Halbmonden bis über ihren ausladenden Po gezogen hatte. Er blieb unterhalb der Stufen stehen und signalisierte, dass er warten würde, bis die Unterredung der beiden beendet war. Nach wenigen Augenblicken verabschiedete der Dunkelhaarige die

Dame, legte den Bücherstapel unterhalb des Altars ab und schritt dann eilig auf Dollerschell zu. „Sie wollen zu mir?"

„Wenn Sie Tobias Baumeister sind?"

„Ja, der bin ich."

„Mein Name ist Dollerschell von der Kripo Fürstenfeldbruck. Können wir uns irgendwo hinsetzen?"

Baumeister trat die Stufen hinab, sodass er auf der gleichen Ebene stand wie Dollerschell, den er dennoch um einen Kopf überragte. „Ist etwas mit Jenny?"

Dollerschell atmete ein, wollte schon heraus mit der schlechten Nachricht.

„Aber setzen wir uns doch einfach hier in die vorderste Reihe!", fügte Baumeister hinzu und zeigte mit seinen langgliedrigen Fingern auf die ockerfarbene Kirchenbank.

Sie setzten sich unter dem Seufzen des alten Holzes. Baumeister öffnete den mittleren Knopf seines Jacketts, schlug die Beine übereinander und platzierte seine gefalteten Hände auf einem Oberschenkel. Er sah mit einem Blick voll strenger Erwartung in die Augen des Kommissars.

Dollerschell beugte sich nach vorn und legte beide Zeigefinger vor den Mund. Durch sie hindurch flüsterte er: „Jenny ist entführt worden. Und wahrscheinlich sogar von dem Mann, den wir die ganze Zeit suchen. Sie werden in der Zeitung von dem Fall gelesen haben oder vielleicht hat Jenny Ihnen auch davon erzählt."

Baumeisters Lippen bebten leicht, seine Augenlider flatterten. Er stellte die Beine nebeneinander und legte seine Hände in den Schoß. Dann presste er die Wirbelsäule so fest gegen die Banklehne, dass das Holz knirschte. Als er sich gefasst hatte, schwieg er eine Weile, dann sagte er: „Wie konnte das passieren?"

„Das wissen wir derzeit auch nicht genau. Was wir wissen, ist, dass der Täter Jenny aus der eigenen Wohnung verschleppt hat. Aber das Motiv, warum er gerade sie ausgewählt hat, bleibt unklar."

„Wann ist es passiert?"

„Gestern Nacht."

Baumeister nickte, einige seiner dunklen Locken fielen ihm dabei in die Stirn, vor die Augen. Aber sie schienen ihn nicht zu stören, er ließ sie da, wo sie waren.

Dollerschell fuhr fort. „Wir wissen nicht genau, was sie in den letzten Tagen gemacht hat. Wen sie getroffen hat und dergleichen …"

„Das weiß ich auch nicht. Ich habe das letzte Mal vergangene Woche mit ihr gesprochen, als ich ausgezogen bin. Wir haben verabredet, dass wir uns eine Zeit nicht hören oder sehen, um Abstand zu gewinnen."

Dollerschell richtete sich auf, lehnte sich ebenfalls an die Rückwand der Bank, blickte über den Altar hinweg und auf einen elfenbeinfarbenen Jesus am Kreuz. „Jenny hat auf eigene Faust und ohne Absprache mit uns damit begonnen, in dem Fall zu ermitteln. Können Sie sich erklären, warum sie das tat und was sie genau unternommen hat?"

„Was sie unternommen hat, weiß ich nicht. Aber sie hat darüber geklagt, dass ihr Informationen in dem Fall vorenthalten würden und dass sie, um es vorsichtig zu formulieren, an der Effektivität der durch ihre Kollegen eingeleiteten Maßnahmen zweifele. Jenny ist ein sehr ungeduldiger Charakter und wenn sie das Gefühl hat, dass etwas nicht in ihrem Sinne vorankommt, neigt sie nur in den seltensten Fällen dazu, abzuwarten."

Dollerschell schluckte, strich sich über die leicht schwitzende Stirn. Ihre Ungeduld hatte er natürlich bemerkt, ging es ihm durch den Kopf. Und vielleicht stimmte auch, was Baumeister sagte, und er hatte ihr nicht immer alle Informationen gegeben. Ihre forsche Art hatte ihn provoziert und er hatte das Gefühl gehabt, es sei besser, sie ein wenig zu bremsen. Unüberlegte Aktionen konnten die Ermittlungen in einem Fall gefährden. Aber dass sie so sehr darunter gelitten hatte, das hatte er sich nicht vorstellen können. Und natürlich war nicht zu erwarten gewesen, dass sie deshalb auf eigene Faust losschlagen würde.

Dollerschell versuchte, sich seine Betroffenheit nicht anmerken zu lassen. „Nun", sagte er, „sie ist im Status eines Praktikanten. Die Ermittlungen leiten andere, das dürfte doch wohl klar sein."

Baumeister zuckte mit den Schultern.

„Herr Baumeister, darf ich Sie fragen, wie Ihr Verhältnis zu Jenny Biber war?"

Jetzt lehnte Baumeister sich vor, die Unterarme auf die Oberschenkel gestützt, den Blick auf seine schwarzen Mokassins gerichtet. „Wie soll es gewesen sein? Wir haben uns vor Kurzem getrennt. Aber wir wollten Freunde bleiben. Es hat keine Schlammschlacht gegeben."

„Haben Sie in den vergangenen Monaten mitbekommen, dass sich jemand anderes ... ein anderer Mann für Jenny interessiert hat?"

„Nein."

„Entschuldigen Sie, ich muss das fragen: War Jenny Ihnen treu?"

Er brachte seinen Rücken wieder in die Vertikale, kniff kurz die Augen zusammen. „Davon gehe ich aus."

„Was haben Sie gestern Nacht gemacht, in der Zeit zwischen zwölf Uhr abends und ein Uhr morgens?"

Baumeister stand auf, versuchte sichtlich sich zu beherrschen. „Das ist nicht Ihr Ernst, dass Sie mich verdächtigen!"

„Wir verdächtigen jeden, Herr Baumeister."

„Ich war in meinem neuen Apartment. Und zu Ihrer Information: Ich habe auch noch einen Schlüssel zu Jennys Wohnung. Ich hätte also keinesfalls die Türen aufbrechen müssen und dergleichen."

Dollerschell blickte ihn von unten an, fühlte sich plötzlich ganz entspannt. „Woher wissen Sie denn, dass die Türen aufgebrochen wurden?"

„Ich nehme es an, Herr Dollerschell, ich nehme es an. Und jetzt entschuldigen Sie mich."

Dollerschell blieb noch einen Augenblick sitzen, lauschte dem hallenden Klang der sich entfernenden Schritte Baumeisters, hörte, wie die schwere Türklinke nach unten gedrückt wurde und die Tür erst auf und dann wieder zu schwang. Er wünschte, er glaubte an

Gott und könne jetzt einfach ein Gebet für Jenny sprechen. Und vielleicht auch eins für sich.

Und vergib uns unsere Schuld ...

18

Sie versuchte, die Augen aufzuschlagen, doch ihre Lider schienen Zentner zu wiegen. Dann nahm sie ihre Wangenknochen wahr. Sie juckten, mussten geschwollen sein und sie hatte das unbändige Verlangen, sich zu kratzen. Doch auch das funktionierte nicht. Sie konnte ihre Hände nicht bewegen, auch ihre Arme nicht. Sie versuchte es, drei Mal, vier Mal, doch ihr Körper versagte seinen Dienst. Es musste daran liegen, dass sie noch nicht richtig wach war, sie schlief noch halb, aber sie wusste, dass sie aufwachen musste. Sie wusste nicht warum, aber aus irgendeinem Grund war es wichtig. Also versuchte sie wieder die Augen zu öffnen, konzentrierte alle Energie auf ihre Lider. Sie musste auftauchen aus dem Schlaf, aus dem bösen Traum, in dem sie gefangen war, musste den Kopf über die Wasseroberfläche heben, um zu atmen. So kam es ihr vor.

Erst sah sie graue Flächen, dann stach ihr ein kleiner scharfer Lichtstreifen in die Netzhaut. Sie kam zu sich, öffnete die Lider weiter, Stück für Stück, bis das Brennen erst stärker wurde, dann allmählich nachließ. Es war ein fadendünner weißer Streifen, der vom Boden in die Luft ragte. Sie wusste nicht, woher der Streifen kam, konnte auch nicht darüber nachdenken, denn erst jetzt realisierte sie, dass ihr ganzer Körper schmerzte. Ihr Gesicht fühlte sich trocken und aufgedunsen an und auf ihren Lippen schmeckte sie getrocknetes Blut. Ihre linke Körperhälfte tat ihr weh, als hätte sie überall blaue Flecken, als wären ihre Muskeln, ihre Knochen eingepresst in irgendetwas.

Allmählich wurde ihr klar, dass sie auf dem Boden lag, auf der linken Seite, in Embryostellung. Doch sie hatte nicht die Kraft, sich herumzudrehen, ihre Arme blieben unbeweglich, auch ihre Beine, sie spürte nur ein heftiges Brennen, wenn sie sie bewegen wollte. Stricke, wurde ihr klar. Sie war gefesselt, ihre Hände waren auf dem Rücken zusammengebunden, ihre Beine an den Fußknöcheln. Dann kam die Erinnerung zurück, die Erinnerung an gestern Abend. War es überhaupt gestern gewesen? Sie hatte das Zeitgefühl verloren. Das

Letzte, an das sie sich erinnerte, war dieses Maisfeld, durch das sie gelaufen war. Sie war auf der Flucht gewesen.

Eine Welle der Panik erfasste sie und sie begann an ihren Fesseln zu reißen, doch die Seile schnürten sich nur noch tiefer in ihr Fleisch. Sie musste das Gegenteil versuchen, musste versuchen, ruhig zu bleiben, sich zu konzentrieren, ihre Lage zu analysieren. Doch sie konnte so gut wie nichts sehen, sah nur den Lichtstreifen, der gar nicht in die Höhe ragte, sondern auf dem Boden lag. Er drang unter einer Tür hindurch, war die einzige Lichtquelle. Sie konnte erkennen, dass sie auf einem eigenartigen, aus roten Backsteinen gemauerten Boden lag. Die Wände schienen grau und kahl und waren so hoch, dass sie die Decke nicht sehen konnte. Es roch nach feuchtem Zement und süßlich-faul. Die Luft war abgestanden, als wäre jahrelang kein Fenster mehr geöffnet worden.

Sie fing an zu husten, hatte das Gefühl, die Luft sei voller Staub und Dreck und ohne den geringsten Gehalt von Sauerstoff. Ausgelöst durch den von ihr verursachten Lärm, begann etwas hinter ihr zu zischeln. Augenblicklich versuchte sie wieder still zu sein, das Kribbeln in ihrem Hals zu unterdrücken. Es gelang, die Angst schnürte ihre Kehle zu. Doch was war dort, was war hinter ihr, in ihrem Rücken?

Mit einer konzentrierten Kraftanstrengung drehte sie sich auf die andere Seite, doch sah sie keinen Meter weit, blickte auf den im Dunkeln verschwindenden Raum, wie auf eine schwarze Wand. Ihr Herz begann zu rasen. Saß *er* da in der Düsternis und beobachtete sie still? Würde er sich gleich aus der Finsternis lösen, auf sie zukommen und sie vergewaltigen? Sie wusste, was mit den anderen Frauen passiert war, wie konnte sie erwarten, dass es ihr anders gehen sollte?

Etwas Graues, Pelziges zischte an ihr vorbei, nur eine Handbreite entfernt von ihrem Gesicht.

Eine Ratte!

Panisch warf sie sich wieder herum auf die andere Seite, stieß einen dunklen, bellenden Laut aus. Sie prallte mit dem Schienbein gegen einen metallischen Gegenstand, ein dumpfer Schmerz durchfuhr sie und wieder schrie sie auf.

Ihr Körper begann zu zucken, sie begann zu würgen, doch schossen nichts als Tränen aus ihr heraus. Sie rannen ihr über die schmerzhaft brennenden Wangen.

Ein Schatten verdunkelte den Lichtstreifen unter der Tür, sie hörte das Klirren des Schlosses, ein dunkles, hohles Knirschen hallte im Raum wider. Sie verstummte augenblicklich, durch den Schock wurde der Heulkrampf gestoppt, der sie erfasst hatte.

Die Klinke. Die Tür öffnete sich. Das Licht stach in ihren Augen. Dann war es wieder dunkel. Plötzlich, unerwartet. Ein Schatten legte sich über die roten Backsteine, die grauen Wände. Er stand im Gegenlicht, sie sah es deutlich, er füllte fast den kompletten Türrahmen aus.

Sie schloss die Augen, stellte sich schlafend, doch ihr Herz schlug bis zum Hals und sie zitterte, zitterte am ganzen Körper, so stark, dass sie hörte, wie ihre Kleidung über den Boden schrabbte.

Schritte näherten sich. Auf etwa halbem Weg blieb er stehen. Es knirschte wie Leder, dann ein dumpfes Klirren.

Sie hielt den Atem an. Bilder schossen ihr durch den Kopf. Bilder der Frauen, die sie tot in ihren Betten vorgefunden hatten. Der Blütenstaub an ihren Gelenken, ihren Genitalien.

Wieder Schritte, er kam auf sie zu, ganz langsam, blieb so dicht über ihr stehen, dass sie seine Wärme spüren konnte. Sie presste die Augenlider zusammen, als könne sie so die Welt verweigern, die Realität aus ihrem Leben aussperren. Es war alles ein Traum, war alles nicht wahr, sie würde gleich wieder aufwachen.

Es klackte, etwas rastete ein. Dann wieder das ledrige Knirschen.

Ihre Füße wurden angehoben, eine Weile hochgehalten, dann wieder fallen gelassen. Als nächstes waren ihre Arme dran. Die Fesseln, er schnitt die Stricke auf. Das war gut, sie spürte, wie das Brennen augenblicklich nachließ. Doch was kam danach? Was würde er mit ihr machen? War es wirklich *jetzt schon* so weit?

Er ließ ihre Hände los. Sie zog sie augenblicklich nach vorne, schob sie sich unter die Brust.

„Du hast Sünde auf dich geladen", durchbrach er die Stille. Eine dunkle, rauchige Stimme, die leicht nachhallte, die Tiefe hatte.

Er trat einen Schritt zurück, sie blickte jetzt durch leicht geöffnete Augenschlitze auf seine Schuhe. Groß waren sie, schwarz und klobig.

„Aber Gott ist gnädig, gibt jedem eine zweite Chance." Ja, eine zweite Chance, das wollte sie hören. Es gab Hoffnung, es gab *eine zweite Chance*!

Er trat zurück in den Türrahmen, verdunkelte erneut den kompletten Raum.

„Du sollst in diesem Zimmer bleiben. Tust du es nicht, wirst du die gerechte Strafe erhalten."

Die Tür schlug ins Schloss.

Der Schlüssel wurde nicht umgedreht.

Er legte den Stift beiseite. Was sollte er auch schreiben? Dass er schon wieder enttäuscht worden war? Sicherlich hatte Rune sein Gejammer mittlerweile satt. Außerdem konnte er einfach nicht glauben, dass die Treffen mit ihm für Jenny nur Mittel zum Zweck gewesen waren. Hatten sie sich nicht auch über Themen unterhalten, die überhaupt nichts mit dem Fall zu tun hatten? Sicher, sie hatte seine Nähe gesucht, um Informationen über den Blütenstaubmörder aus ihm herauszuholen. Aber warum sollten sich die Gespräche nicht verselbstständigt haben? Warum sollte sich im Laufe ihrer Verabredungen nicht auch bei ihr eine Art Vorgefühl der Liebe eingestellt haben?

Obwohl Konrad Kister außer der Anrede nichts auf das Blatt geschrieben hatte, machte er jetzt zwei große Striche drauf, ein dickes Kreuz, als streiche er etwas durch. Auf irgendeine Weise befreite er sich hierdurch von den negativen Gefühlen, die ihn in Bezug auf Jenny beschlichen. Er löschte all die pessimistischen Gedanken aus, die er zu Papier hatte bringen wollen und besann sich auf das Positive. Er war plötzlich überzeugt davon, dass das Funkeln in ihren Augen nicht künstlich gewesen war, dass das Lächeln, mit dem sie ihm zumindest bei ihren späteren Verabredungen begegnet war, aus ihrer Seele kam. Sie war im Grunde ihres Herzens ein ehrlicher Mensch, dachte er und wusste: Wenn sie etwas für ihn empfand, könnte er ihr auch ihr Schauspiel verzeihen.

Doch was folgte daraus? Jenny befand sich in der Gewalt eines Serienmörders und die Polizei schien ziemlich ratlos zu sein. Sie wollten noch nicht einmal Schwarzer ins Gebet nehmen, obwohl dieser doch zu Gewalt Frauen gegenüber neigte. Das hatte Helen ihm erzählt. Er hielt inne. Ihm wurde klar, dass er diese Information gar nicht an den Hauptkommissar weitergegeben hatte. Er zückte das Handy, kramte die Karte hervor, die Plossila ihm gegeben hatte und gab die Nummer ein.

Noch bevor es das erste Mal geklingelt hatte, drückte er auf „Abbrechen".

Er legte das Mobiltelefon auf den Schreibtisch und verharrte einige Atemzüge. Dann nahm er den vor sich liegenden Zettel, zerknüllte ihn zu einer kleinen, festen Kugel. Er ließ sie über den Tisch rollen, bis sie von dort auf den Boden fiel. Vor seine Schuhe.

Er gab sich einen Ruck, zog sich Schuhe an. Dann schnappte er sich die Autoschlüssel und verließ den Raum.

Unterwegs ließ er sich von der Auskunft die Anschrift der Landschaftsgärtnerei geben. Es war eine Adresse in Kaufering, gleich neben dem ILTHIS-Gelände, einem Industrieunternehmen, dem größten Arbeitgeber der Region.

Er fuhr auf den Hof, parkte vor einem Blumenkübel mit buschigen Koniferen. Im Büro empfing ihn eine Dame mit einer breiten Lücke zwischen den Vorderzähnen und ungepflegter Haut. Sie sagte ihm, dass Hagen Schwarzer unterwegs sei.

„Wo ist er, ich müsste ihn kurz in einer privaten Angelegenheit sprechen?"

Sie tippte etwas in den Computer ein, pustete sich den zu langen rötlichen Pony aus der Stirn. „Er ist im Holz bei Igling. Soll ich ihn anrufen?"

„Nein, nicht nötig. Wo ist das genau?"

„Hinter der Welfen-Kaserne, er hat da einen Wald." Konrad Kister wusste, wo das war. Er hatte erst vor Kurzem eine Führung durch die Kaserne gemacht, beziehungsweise durch den alten Bunker darunter. Wie immer war es um eine Idee für sein neues Buch gegangen und er spielte nach wie vor mit dem Gedanken, die Geschichte irgendwie mit der Zeit des Nationalsozialismus zu verbinden. In dem Iglinger Wäldchen hatten die Nazis damals eine Bunkeranlage errichtet, um die Messerschmitt Me 262 zu produzieren, einen der ersten Düsenbomber. Heute brachte die Bundeswehr in dem Bunker Waffensysteme unter und nutze die Anlage als Lagerhalle.

Irgendwo zwischen Bunker, Kaserne und dem Landsberger Gefängnis wartete seine Geschichte auf ihn. Sobald er wieder den Kopf frei hatte, würde er einen neuen Anlauf starten.

Er fuhr durch das Neubaugebiet Kauferings am Bahnhof vorbei und bog vor der Welfen-Kaserne rechts auf einen Waldweg ab. Nach hundert Metern ging es steil bergauf und das letzte Stück bestand aus engen Serpentinen, wie man sie eher aus Italien kannte. Auf halber Höhe wurde die Straße wieder ebenerdig und ging dann in einen Waldweg über. Vor einer rot-weißen Schranke stellte er das Fahrzeug ab und ging zu Fuß weiter.

Schon von Ferne hörte er das dunkle Dröhnen der Motorsäge und folgte dem Geräusch. Es ging erst einen kleinen Pfad herauf, dann eine Senke hinab. Der Wald war dicht bewachsen, die Bäume hoch und alt. Zum Teil bestand das Gebiet aus Nutzwald, hauptsächlich aus Nadelhölzern, doch gab es auch immer wieder längere Abschnitte, die sich selbst überlassen waren, vor allem auf die Welfen-Kaserne zu.

Im Grunde wusste Konrad Kister gar nicht recht, was er eigentlich wollte. Schwarzer zur Rede stellen? Er würde schlechte Karten haben, wenn der sich auf ihn stürzte. Schwarzer war drahtig und durchtrainiert und daran gewöhnt, seinen Körper einzusetzen. Dass Konrad Kister im Kampf Mann gegen Mann eine Chance hatte, war nicht zu erwarten. Die paar Gewichte, die er stemmte, um seinen Körper fit für die Münchner Party-Szene zu halten, waren nicht der Rede wert. Wenn seine Annahme richtig war, war Schwarzer ein mehrfacher Mörder. Er würde keine Hemmungen haben, auch ihn mit bloßen Händen umzubringen. Doch welche Wahl hatte er? Sollte er warten, bis Schwarzer Jenny tötete, wie die anderen Frauen auch? Und hatte nicht er, Konrad, sogar Schuld an Jennys verschwinden? Er wusste nicht wieso, aber der Mörder hatte sich auf Frauen konzentriert, die sich in seinem Umfeld bewegten. Er hatte Jenny auf diese Weise in Gefahr gebracht, ohne es zu wissen. Und jetzt musste er auch dafür sorgen, dass man Jenny wieder den Klauen dieses Gewalttäters entriss.

Der Forstweg beschrieb eine leichte Kurve nach links, kurz dahinter wurde der Weg breiter, an der Seite lagen lange, schwarze Stämme, einige waren mit einem roten, leuchtenden „X" versehen. Auf dem Boden sah man deutlich die Spuren der Traktoren, die eingesetzt wurden, um das Holz aus dem Wald zu ziehen. Hinter den Stämmen, dort wo sich der Weg wieder verjüngte, verrostete ein alter Bauwagen mit Schornstein.

Die Motorsägen-Geräusche wurden lauter. Konrad Kister blickte in den dichten Nadelwald zu seiner Rechten. Irgendwo hier musste Schwarzer zugange sein. Er ging vom Weg ab und in den Wald hinein, ließ sich vom Geräusch der Motorsäge leiten. Er sprang über eine vom Wind herausgerissene Wurzel, durchquerte anschließend dichtes Gestrüpp. Dann wurde der Nadelwald plötzlich von Laubbäumen abgelöst und er schritt über den weichen, mit leuchtenden Blättern übersäten Boden. Der Wald roch gut, nach Harz und feuchter Erde; Rauch lag in der Luft. An den Stellen, an denen die Bäume weniger dicht gestaffelt standen, konnte man hinab auf die Felder blicken, die wie riesige grüne, braune und gelbe Teppiche zwischen Igling und Kaufering lagen. Hätte Konrad Kister nicht so eine Angst gehabt, hätte er die Landschaft um sich herum, die Schönheit der Natur, sicherlich genießen können. So aber konnte er nur daran denken, dass er sich in einem abgeschiedenen Waldstück befand, auf einer bergigen, einsamen Insel, umgeben nur von menschenleeren Feldern wie ein vergessenes Meer.

Niemand würde ihn hier hören, wenn er schrie. Niemand würde ihm zur Hilfe kommen. Er war allein.

Das Motorsägen-Geräusch erstarb. Konrad Kister blieb augenblicklich stehen. Er wusste: Solange er den Motor der Maschine hörte, war Schwarzer mit einer Sache beschäftigt, die seine ganze Konzentration erforderte. Er würde nicht bemerken, dass sich jemand an ihn heranschlich.

Konrad Kister hörte ein dunkles Knirschen, dann zerberstendes Holz. Er schaute zu den Gipfeln der Fichten, sah, wie sich dort in der Talsohle, die vor ihm lag, etwas bewegte, vielleicht dreihundert, vierhundert Meter von ihm entfernt. Der Baum wankte zuerst, dann, plötzlich fiel er zu Boden wie ein nach unten sausendes Fallbeil.

Er machte sich in die Richtung der umgestürzten Fichte auf den Weg, schritt im Schutz der Bäume auf eine Anhöhe zu, die eine Art Grenze zwischen Nadel- und Laubwald zu markieren schien. Er ging in die Hocke und kroch das letzte Stück auf allen vieren hinauf. Oben angelangt, schob er den Kopf vorsichtig über den Sattel der Böschung.

Tatsächlich, da war er: Schwarzer! Knapp hundert Meter trennten ihn von dem Mann, in dem Konrad Kister Jenny Bibers Entführer vermutete. Er brachte die Motorsäge am Stumpf des Baums in Stellung und schnitt herausstehende Späne ab, danach legte er das Sägeblatt an den Ästen der Fichte an. Konrad Kister bemerkte, dass bereits zwei weitere Bäume auf der entstehenden Lichtung lagen, seitlich davon stand ein orange-farbener Unimog.

Konrad Kister lag auf dem Bauch, beobachtete eine Weile, wie Schwarzer den Stamm freilegte. Zu seiner Enttäuschung deutete nichts auf Jenny hin. Er betrachtete den Unimog. Die Heckklappe schien geöffnet, aber er konnte von seiner Position nicht auf die Ladefläche blicken. Aus irgendeinem Grund hatte er das Gefühl, dass er wissen musste, was sich in dem Wagen befand. Er sah nach rechts, entlang des Grats. Ein Wust abgeschnittener Äste und eine Dornenhecke versperrten den Weg.

Hier würde er nicht weiterkommen. Er beschloss, unterhalb der Anhöhe um die Hecke herum zu gehen und die Observation von der anderen Seite des Buschwerks fortzusetzen. Der Grat war leicht nach Westen gebogen, sodass er annehmen konnte, von dort einen besseren Blick auf den Unimog und um diesen herum zu haben.

Er rutschte auf dem Bauch von der Anhöhe hinunter und bewegte sich unterhalb derselben an ihr vorbei, auf der Suche nach einer Lücke im Geäst. Plötzlich begann die Motorsäge auf der andern Seite zu stottern und verstummte dann ganz. Er hörte, wie Schwarzer einige Male versuchte, die Säge erneut anzuwerfen, doch gab der Motor nur noch ein schlappes Blubbern von sich.

Konrad Kister beeilte sich, denn er wollte keineswegs, dass Schwarzer die Säge in den Wagen packte und davonfuhr. Im leichten Trab lief er weiter, der Wall aus Geäst und Dornengesträuch war länger, als er erwartet hatte. Eine umgestürzte Ulme versperrte ihm den Weg, doch als er darüber klettern wollte, erkannte er, dass der absterbende Baum sich über die Dornen gelegt hatte. Er sprang darauf und robbte sich dann langsam nach vorne, bis in die Krone der gefallenen Ulme. Der Wall war hier etwas abgeflacht, die Dornen und das Gestrüpp weniger dicht, sodass er mühelos hinaufklettern konnte. Und tatsächlich hatte er von dort einen guten Blick über die Senke.

Doch wo war Schwarzer? Konrad Kister hielt den Atem an. Er war weit und breit nicht zu sehen. Die Motorsäge stand verlassen auf dem frischen, ockergelben Baumstumpf. Vielleicht war er im Unimog? Die Heckklappe des Fahrzeugs stand nach wie vor offen und Konrad Kister konnte wie erwartet von seiner neuen Position auf die Ladefläche blicken. Doch war es innerhalb des Wagens zu dunkel, er war nicht in der Lage, etwas zu erkennen. Rechts neben dem Unimog glimmte ein fast erloschenes Feuer, kleine Rauchwolken stoben in die Luft.

Keine Spur von Schwarzer.

Keine Spur von Jenny Biber.

Zwei, drei Minuten blieb er ungerührt liegen, dann überlegte er, welche Möglichkeiten er hatte. Sollte er runtergehen, dort auf Schwarzer warten und ihn zur Rede stellen? Wenn er etwas mit der Sache zu tun hatte, würde er ihn sicherlich lynchen. Wenn nicht, konnte er ihm auch nicht weiterhelfen. Diese Strategie würde also gar nichts bringen, entschied Konrad Kister.

Plötzlich knackte es hinter ihm. Doch noch bevor er sich umdrehen konnte, packte ihn etwas am Nacken und er spürte eine kalte Stahlklinge an seinem Hals.

Konrad Kister wagte nicht, sich zu bewegen, wagte kaum zu atmen. Doch hörte er das Keuchen des Anderen über ihm, der ihm jetzt auch noch das Knie zwischen die Schulterblätter stieß.

Konrad Kister schluckte, spürte dabei, wie die Spitze des Messers die Haut an seinem Hals leicht zum Bluten brachte. Ein dünner Blutfaden rann an seinem Hals herunter bis in den Kragen des Polohemdes.

Der über ihm keuchte weiter. Brachte sein Gesicht am Hinterkopf Konrad Kisters in Stellung. Er konnte den warmen Atem seines Peinigers fühlen, vernahm einen ekelerregenden Geruch, der ihn an Katzenfutter erinnerte. Konrad Kister hatte das erste Mal so etwas wie Todesangst, spürte, wie sein Puls in den Schläfen schlug, wie ihm zugleich heiß und kalt wurde.

Der Andere flüsterte mit seinem Katzenfutteratem: „Was machst du hier?"

Es war Schwarzer, ganz sicher, Konrad Kister erkannte die Stimme.

„Ich ... ich sage es dir, wenn du mich loslässt, wenn du das ... das Messer wegnimmst."

Schwarzer zog mit der Hand an Konrad Kisters Haar, stieß dabei die Messerspitze seitlich tiefer in den Hals.

Konrad Kister zuckte, als sich die Klinge etwa fingernageltief unter seine Haut bohrte. Er machte sich darauf gefasst, dass es gleich vorbei sein würde, dass Schwarzer ihm hier die Kehle durchschneiden und sein Leib anschließend an diesem Baum verrotten würde. Jeden Moment konnte er sterben. Jedes Wort konnte sein letztes sein.

„Ich beobachte dich", ächzte er.

Schwarzer stach tiefer zu.

„Ich ... ich wollte wissen, ob du etwas mit Jennys Entführung zu tun hast. Ich ... ich bin in sie verliebt."

Schwarzer schnaufte.

Konrad Kister bemerkte, dass der Druck erst zwischen seinen Schulterblättern nachließ, dann wurde die Klinge weggezogen und sein Kopf auf den Stamm gestoßen. Anschließend zog ihn Schwarzer am Hemd nach oben, stieß ihn von dort in die Dornen. Er riss ihn aus den Dornen hinaus und zerrte ihn wie einen Sack auf den Boden vor das Gebüsch.

Schwarzer stand breitbeinig vor ihm, die Adern an seinem Hals waren hervorgetreten. Er trug eine blaue Latzhose, doch hingen die Hosenträger herab. Er hielt ein Klappmesser mit großer Klinge auf Konrad Kister gerichtet. Konrad Kister blickte auf seine Oberarme, die aus einem khakifarbenen Muscle-Shirt hervorlugten. Schwarzers harter Bizeps war mit Schweiß, Dreck und Sägespänen beschmiert.

Schwarzer starrte ihn an, keuchte, als hätte er gerade einen Marathon hinter sich. Seine Augen fixierten ihn und er schien zu überlegen, was er mit Konrad Kister anfangen sollte, schien über Leben und Tot nachzudenken. Plötzlich machte er einen Schritt auf ihn zu, stellte seinen Militärstiefel auf Konrad Kisters Brust, beugte sich zu ihm hinunter und hielt ihm erneut das Messer an die Kehle.

„Das nächste Mal bist du tot, das verspreche ich dir." Konrad Kister nickte, zwinkerte mit den Augen. Eine Geste des Einverständnisses, der Unterwerfung. Er war damit einverstanden, das nächste Mal zu sterben, wenn er nur dieses Mal mit der Gnade seines Peinigers rechnen durfte.

Schwarzer erhob sich, sah einen Augenblick angewidert auf Konrad Kister hinab. Ein Mann, der kein Mann war. Einer, der den Kampf verweigerte. Kein Kerl. Eine Memme. Er klappte das Messer zu und ging achtlos an ihm vorbei, verschwand irgendwo im Wald, dessen Teil er zu sein schien.

19

Sie zuckte zusammen. Das Knirschen der Klinke. Wie auf Kommando sprang sie von der Matratze. Gebückt huschte sie um das Bett herum, kauerte sich auf den Boden und an die Wand, hinter das Fußende des Bettes. Mit einer Hand hielt sie sich an dem Metallrahmen fest, blickte durch die Streben hindurch zur Tür.

Er trat ein, wie immer mit langsamen Schritten. Er beugte sich vor, sodass seine Lederhose knarzte. Dann hörte sie das dumpfe Klimpern des Blechtellers, den er auf den Boden stellte, dann das Klirren des Glases daneben. Sah, wie er das benutzte Geschirr, das dort stand, aufhob. Eine Weile blieb er reglos im Raum stehen, schien sich umzusehen. Er stand im Gegenlicht und sie konnte sein Gesicht nicht erkennen, sah nur seine Silhouette. Sekunden später hatte sie das Gefühl, dass er sie erblickte, sie anstarrte, ihren Körper mit seinen Augen abtastete. Sie senkte den Blick, schaute auf ihre nackten, dreckigen und blutverschmierten Füße. Die Ferse ihres linken Fußes tat ihr immer noch weh und in den Schnitten auf ihrer Sohle hatte sich Eiter gebildet.

Er stieß einen dunklen Brummlaut aus, dann wandte er sich um, schloss die Tür von außen. Wieder wurde der Schlüssel nicht umgedreht.

Sie sprang auf, rannte zur Tür, legte ihr Ohr daran. Etwas tickte leicht von der anderen Seite dagegen, nicht auszumachen, was. Dann entfernten sich seine Schritte, verstummten. Es war wie gestern, dachte sie. Er kam rein, brachte ihr zu essen und ging davon, ohne sie anzurühren. *Er wartet auf etwas*, dachte sie. *Er wartet darauf, dass ich seine Regel breche, dass ich die Tür öffne, die er extra offen stehen lässt.*

Sie legte die Hand auf die Klinke. Er war nicht mehr in dem Raum jenseits der Tür, sie spürte es. Doch was verbarg sich dahinter? Was würde passieren, wenn sie die Klinke drückte und die Tür aufstoßen würde? Wäre sie in Freiheit? Oder wäre sie nur in einem anderen Trakt dieses Gefängnisses?

Sie nahm die Hand von der Klinke, trat einen Schritt zurück. Sie drehte sich um, nahm den Blechnapf. Ravioli, dachte sie. Ravioli aus der Dose, wie gestern und vorgestern. Sie war ein eingesperrtes Tier, dem man eine Dose aufmachte und einen Napf Wasser hinstellte.

Es blieb ihr nichts anderes übrig, sie musste etwas essen. Wenn sie die Ravioli nicht aß, würden sich die Ratten darüber hermachen. Und sie brauchte Kraft, sie konnte mit leerem Magen nicht denken.

Jenny Biber setzte sich wieder auf die Matratze. Eine ganze Zeit war ihr das unmöglich gewesen. Überall waren Blutspritzer und andere Flecken, gelbliche, weiße, auch schwarze Flecken. Sie mussten von Helen Bechmann und von Lisa Huber stammen, die er hier gequält, die er hier missbraucht hatte. Mein Gott, dachte sie, was hatten diese Frauen nur durchgemacht in diesem dunklen, lichtlosen Keller. Hier, auf dieser Matratze, mussten sie ihren Peiniger erdulden. Mussten sie mit der Angst leben, die sie nur zu gut kannte. Immer in der Erwartung, dass er wiederkam und ihnen das antat, was ihr noch bevorzustehen schien. Aber gut, dachte sie, sie hatte die Wahl. Sie konnte auf dem Boden sitzen, unten in der Ecke bei den Ratten, oder sie ertrug es, auf dieser ekelerregenden, muffigen Matratze dahinzuvegetieren.

Sie strich sich die Haare aus der Stirn, lehnte sich mit dem Rücken an die Wand und begann die lauwarmen Ravioli mit einem Würgegefühl in sich hinein zu schieben. Danach trank sie einen Schluck Wasser und spie es augenblicklich wieder aus. Es schmeckte nach Schwefel, nach faulem Ei. Es war einfach nur ekelhaft!

Sie wollte das Glas in die Ecke schleudern, doch hielt sie inne. Sie dachte an die Scherben, die anschließend im Raum liegen würden und an denen sie sich verletzen konnte. Immerhin, sagte sie sich, sie konnte nach wie vor die Folgen ihrer Handlungen abwägen, sie schien noch nicht verrückt zu sein. Es hatte schon Stunden hier unten gegeben, da war sie sich diesbezüglich gar nicht mehr so sicher gewesen.

Sie stellte das Glas auf den Boden, stand auf und ging zurück zur Tür, legte erneut ihr Ohr daran. Stille. Sie musste es riskieren. Sie würde hier zugrunde gehen, wenn sie nichts unternahm.

Sie platzierte ihre Hand auf der Türklinke. Wieder schlug ihr Herz bis an den Hals. *O.K.*, dachte sie, *O.K., ich mache es. Ich gehe raus, ich habe keine andere Wahl. O.K., O.K., O.K. ...*

Sie drückte die Klinke ein Stück hinab, langsam, Zentimeter, Millimeter. Ein Geräusch, leise nur, ganz leise und unmerklich. Ein Kratzen oder eine Art Gurgeln. Sie ließ die Klinke los. Das Geräusch verstummte.

Was war das für ein Geräusch?

Sie blickte auf die Tür. Eine gelbe, ausgeblichene Metalltür, die an ihren Ecken Rost angesetzt hatte. Dann legte sie ihr Ohr erneut daran, konzentrierte sich, versuchte zu hören, ob sich doch jemand auf der anderen Seite befand, ob *er* dort auf sie wartete.

Doch sie nahm keinen Laut wahr. Vielleicht lag es an der Türklinke, die alt war, wer konnte schon wissen, wie die Mechanik dieses verrotteten Schlosses von innen aussah? Aber vielleicht sollte sie es doch besser sein lassen, die Klinke nicht nach unten drücken und warten, bis ihre Kollegen sie hier fanden. Es konnte eine Falle sein, ihr Todesurteil.

Sie blickte über ihre Schulter, sah in das dunkle Ende des Raumes, das feucht war und in dem die Ratten hausten. Ihr wurde klar: Sie hatte keine Wahl, sie musste es riskieren.

Wieder drückte sie die Klinke herab, das Geräusch stellte sich augenblicklich wieder ein. Doch sie war diesmal entschlossener, drückte fester, bis es knackte und die Tür einen Spalt aufsprang. Genau in diesem Moment hörte sie, wie auf der anderen Seite etwas zersprang. Glas klirrte auf dem Boden, kein Zweifel.

Sie wich zurück, trat zwei, drei Schritte rückwärts in ihre Zelle hinein.

Was zum Teufel war das?

Sie starrte auf den offen stehenden Spalt, auf das künstliche Licht, das in den Raum flutete. Sie rechnete jede Sekunde damit, dass er eintreten, sie aufs Bett zerren und vergewaltigen würde.

Doch nichts geschah. Es blieb ruhig, die Tür bewegte sich nicht.

Sie ging wieder darauf zu, umfasste die Klinke, öffnete vorsichtig die Tür. Dann blickte sie in den Raum. Kahle Wände aus Beton, unverputzt. Zwei Leuchten an der Decke, die Glühbirnen geschützt mit einem Metallgitter. Ein Holztisch an der Stirnseite, die Tischplatte verstaubt, abgewetzt und gebogen.

Eine Tür auf der rechten Seite. Der Boden wie in ihrer Zelle aus Backsteinen.

Dann sah sie die Scherben.

Sie stieß die Tür auf, machte einen Schritt über Schwelle und Splitter. Ein Glas, dachte sie. Irgendwie musste sie es umgestoßen haben, als sie die Tür öffnete. Sie besann sich. Er musste es über die Klinke gelegt haben, sodass es herunterfiel, wenn sie öffnete. Auf diese Weise wusste er, wenn eine seiner Gefangenen den Raum verließ. Mein Gott, dachte sie, jetzt würde er es wissen. Er würde es wissen und dann würde er sie bestrafen. Sie hatte ihre *zweite Chance* verwirkt.

Sie legte die Hände an den Mund, blickte mit großen Augen auf die Scherben auf den Backsteinen zu ihren Füßen. Der Gedanke an Lisa Huber schoss ihr in den Kopf, an ihre Fußsohlen, die mit Wunden übersät gewesen waren. Dann richtete sie sich auf, drückte die Wirbelsäule durch. *O.K., abhaken*, dachte sie sich. *Ich bin Polizistin, ich lasse mich durch so etwas nicht einschüchtern.*

Sie sah sich erneut um. Der Raum war kahl, war ein nackter, schmuckloser Schuhkarton, schien keinen Zweck zu haben. Der sinnloseste Raum, den man sich vorstellen konnte. Links hatte es mal eine Tür gegeben, doch war diese zugemauert worden. Rechts war die Tür, die hinausführte. Eine Tür, wie die vor ihrer Zelle: verblichenes Gelb mit Rost.

Sie machte drei, vier Schritte darauf zu und legte ein Ohr daran, versuchte etwas zu hören. Nichts. Dann drückte sie die Klinke herunter. Abgeschlossen. Sie drückte erneut, zerrte daran, doch es war nichts zu machen.

Das war sein Trick. Genau darauf hatte er gewartet. *Ich bin ihm in die Falle getappt.*

Jenny Biber war den Tränen nahe, doch sie zwang sich zum Nachdenken. *Na gut, das Glas ist kaputt. Aber ich habe ja noch ein zweites, mein Trinkglas. Ich kann die Splitter zusammensuchen, sie in meiner Zelle verstecken und das andere Glas über die Klinke stülpen. Dann ziehe ich die Tür zu und habe Ruhe, bis er bemerkt, dass ein Glas fehlt.*

Das wäre bis morgen, bis er ihr wieder Wasser bringen würde, dachte sie. Wer weiß, wenn sie Glück hätte, würde man sie vielleicht bis dahin finden. Zwanzig Stunden hatten ihre Kollegen. Traute sie ihnen das zu?

Jenny Biber strich sich mit der Hand über ihren Hals, ihren verspannten Nacken. Sie wollte nicht mehr auf ihr Glück vertrauen. Sie wollte handeln. Sie betrachtete die Scherben, die offen stehende Tür und die Kammer, in der man sie und die anderen Frauen weggesperrt hatte. Und dann wurde ihr klar, dass es auch noch eine andere Möglichkeit gab. Auch hierzu wäre Glück vonnöten. Aber sie konnte es aus eigener Kraft schaffen. Immerhin das. Aus eigener Kraft!

Konrad Kister versuchte den Schmerz zu ignorieren. Den Schmerz der Schnittwunde an seinem Hals und den Schmerz der Demütigung, die ihm Schwarzer zugefügt hatte. Er saß an seinem Schreibtisch, versuchte seine Gedanken zu ordnen. Noch immer war er verschmiert mit Dreck, Schweiß und Blut. Er strich sich mit den Fingerspitzen über seinen Hals, spürte, wie sich dort ein krustiges Gerinnsel gebildet hatte. Er zuckte zurück, ein kurzer stechender Schmerz durchfuhr ihn.

Wie mechanisch nahm er den Stift in die Hand. Er konnte damit besser nachdenken, er wusste auch nicht warum. Doch diesmal sah er nur, wie der Federhalter in seiner Hand zitterte. Schwarzer hätte ihn umbringen können, doch er hatte es nicht getan. Warum? Wenn er tatsächlich der Mörder war, hätte er ihm doch das Messer in die Kehle rammen müssen, sagte er sich. Doch war das überhaupt logisch? Er hatte doch gar keine Beweise. Schwarzer wusste, dass Konrad Kister ihn verdächtigte, das hatte er ihm gegenüber zugegeben. Aber Schwarzer wusste auch, dass er, Konrad Kister, kein belastendes Material gegen ihn in der Hand hatte. Warum sollte er ihn also töten? Das hatte doch alles keinen Sinn.

Er schmiss den Stift auf die Arbeitsplatte und stand auf. Er kam einfach nicht weiter. Er ging ins Bad und streifte sich das blutverschmierte T-Shirt vom Leib, schlüpfte dann aus der Hose, die immer noch nach Harz und Erde roch. Er stellte die Brause an, wartete einen Augenblick, bis das Wasser heiß genug war, und stellte sich dann erst darunter. Es tat gut, das Wasser auf der Haut zu spüren, sich den Dreck abzuwaschen und das getrocknete Blut. Er rieb seinen ganzen Körper mit Seife ein, es war wie ein Ritual. Als er sauber war, hatte er das Gefühl, die Demütigung zumindest ein Stück weit abgeschüttelt zu haben, auch wenn er wusste, dass das nicht wahr war. Sie würde ihn noch einmal einholen, ihm noch einmal zu schaffen machen, das war wohl nicht zu vermeiden. Aber das war jetzt zweitrangig, er musste sich auf andere Dinge konzentrieren.

Er trat aus der Wanne und vor den Spiegel, betrachtete die Schnittwunde an seinem Hals. Wenn sie nicht genäht würde, bliebe sicherlich eine größere Narbe. Er zuckte mit den Schultern, klebte ein Pflaster darauf, sah sich in die Augen. Schwarzer. Er war nach wie vor überzeugt, dass er es gewesen sein musste. Doch er musste sich zwingen, auch Alternativen zu durchdenken. Welche andere Möglichkeit gab es also noch? Wer konnte außer Schwarzer von diesen drei Frauen wissen?

Er nahm ein Handtuch aus dem Schrank, wischte sich damit über das nasse Gesicht. Er konnte kaum einen klaren Gedanken fassen. Er würde Rune schreiben, um sich zu konzentrieren, vielleicht würde ihm währenddessen ein Einfall kommen. Er dachte an Heinrich von Kleist und an seine Idee von der „allmählichen Verfertigung der Gedanken beim Reden". Er würde seine Gedanken beim Schreiben verfertigen, beim Schreiben an Rune. Und schon während er daran dachte, fiel ihm etwas ein, was er bisher übersehen hatte. Oder vielleicht hatte er es nicht sehen wollen? Weil es einfach nicht sein konnte. Aber konnte *das* wirklich sein?

Plossila blätterte den Pressespiegel der vergangenen Tage durch und blickte dabei immer wieder mürrisch in die Runde. Er hatte kaum geschlafen diese Nacht, war immer wieder hochgeschreckt, hatte geträumt, dass seine Tochter Carla entführt worden war. Dann die Erleichterung, nachdem er aufgewacht war: Nur ein Traum, Carla ging es gut. Doch kurz darauf war die drückende Realität wieder da. Und die war auch nicht besser. Noch immer war seine Kollegin Jenny Biber in der Hand dieses Perversen. Seine Praktikantin, für die er doch irgendwie auch eine Verantwortung trug. Immer wieder war er diese Nacht die Fakten durchgegangen, doch war er auf keine neuen Anhaltspunkte gestoßen. Und jetzt musste er auch noch die Schlagzeilen der regionalen und überregionalen Presse über sich ergehen lassen. Er wusste schon, wer ihn deshalb alles nachher anrufen würde.

Er legte seinen Finger auf das Blatt, das vor ihm lag, murmelte erst Unverständliches vor sich hin und rief dann in Richtung seiner Kollegen. „Jetzt hört euch das mal an: Müssen wir jetzt Bürgerwehren aufstellen, um unsere Töchter vor dem Blütenstaubmörder zu schützen? Nur weil unsere Polizei versagt? Müssen wir zu den Waffen greifen, weil diejenigen, die das Gewaltmonopol im Staate innehaben, uns nicht schützen können?"

„Wo steht das jetzt wieder?", fragte Dollerschell genervt. „Kommentar im Bayernteil der *Süddeutschen*." Dollerschell nickte, blickte seinerseits auf das Konvolut von Blättern vor sich. „Ich kann mich nicht erinnern, dass wir jemals einen Fall hatten, der so viel Presseniederschlag zur Folge hatte. Hier, der *Fürstenfeldbrucker Merkur* hat sogar eine Umfrage gemacht: *Wie schützen Sie sich vor dem Blütenstaubmörder?*"

„Und?"

„Unterschiedliche Aussagen. Einer fordert eine Ausgangssperre ab acht Uhr für den kompletten Landkreis. Andere sagen, dass sie das Haus nicht mehr verlassen, wenn es dunkel wird. Hier, ein Gastwirt behauptet, dass die Umsätze in den letzten Tagen schon stark rückläufig seien, weil die Leute nicht mehr ausgehen und aus Sicherheitsgründen stattdessen lieber zu Hause bleiben."

„Aber der Blütenstaubmörder verschleppt seine Opfer doch vorzugsweise aus ihren Häusern …"

„Vielleicht sollten wir eine Hausaufenthaltssperre fordern?" Plossila gab ein müdes Lachen von sich. „Immerhin hat das *Landsberger*

Tagblatt Jennys Namen nicht veröffentlicht. Können wir uns wohl bei Cordula bedanken."

„*Ein schwacher Trost, ja. Aber auch wenn alles etwas überspitzt ist: Die Leute haben Angst. Und sie verlieren die Geduld. Hier, die Überschrift im Fürstenfeldbrucker Anzeiger: Versagt unsere Polizei? Oder hier, im Starnberger Merkur: Wer ist das nächste Opfer? Die Polizei hat noch immer keine konkrete Spur, Hauptkommissar Plossila und sein Team tappen im Dunkeln.*"

Plossila warf den Pressespiegel mit einem mürrischen Grunzen in den Mülleimer. Er lehnte sich in seinem Stuhl zurück, strich sich die Haare über den Hinterkopf und fuhr sich durch das müde Gesicht. Er musste sich rasieren, dachte er. Und er musste etwas essen. Vor allem musste er eine Strategie erarbeiten, wie er dem Mörder auf die Spur kommen könnte.

„Vielleicht sollten wir einen Profiler hinzuziehen", warf Olli Lieberknecht unter seiner Palme sitzend ein. „Nur so eine Idee ...", fügte er entschuldigend hinzu.

Dollerschell nickte und sah erwartungsvoll zu Plossila. „Habe ich schon drüber nachgedacht, aber bis der sich eingearbeitet hat in den Fall, ist Jenny schon tot. Ein Profiler zieht uns erst mal Energie ab, bevor er uns wirklich helfen kann. Lasst uns lieber noch mal alles zusammenwerfen, was wir haben, und wenn wir in zwei Tagen nicht weitergekommen sind, dann denken wir über die nächsten Schritte nach."

„Hört sich vernünftig an", sagte Dollerschell und schlug ebenfalls seinen Pressespiegel zu. Allerdings warf er ihn nicht in den Müll, sondern sortierte ihn zu den Akten, die er neuerdings so gerne mit nach Hause nahm.

„Was ergab denn die Telefonrecherche, Olli?"

Olli Lieberknecht begann auf seinem Stuhl herumzurutschen. Er schlug einen überdimensionierten Ordner auf und schob sich den Zeigefinger vor die Lippen, während er sprach. „Zuerst mal vorab, vielleicht: Wir haben die Aktion zu dritt durchgeführt, die Praktikanten vom Team Mäuser und vom Team Ebeling haben mich unterstützt. Trotzdem mussten wir eine erste Auswahl vornehmen, weil

Jenny fast hundertfünfzig Kontakte in ihrem Handy gespeichert hat. Sie ist ja sehr offen, das wundert also nicht ... Wir haben dann zweierlei gemacht: Erstens sind wir die Anrufliste durchgegangen und haben geschaut, mit welchen Personen sie zuletzt telefoniert hat. Zweitens haben wir mit nahen Verwandten versucht, herauszufinden, welche Personen zu ihrem engeren Freundeskreis gehören. Etwa fünfzig Leute haben wir bisher erreicht."

Olli Lieberknecht machte eine kurze Pause, schaute seine Kollegen erwartungsvoll an. Dollerschell behielt seinen eisernen Blick bei, Plossila nickte immerhin anerkennend und sagte: „Das hört sich doch schon mal gut an."

Olli Lieberknecht lächelte verschmitzt, konzentrierte sich dann wieder auf die Unterlagen. „Leider ist das Ergebnis aber nicht so vielversprechend. In der letzten Woche hatte sie lediglich Kontakt zu drei Personen. Mit ihrer Mutter Tessa Biber hat sie telefoniert. In dem Gespräch sei es hauptsächlich um den Auszug und die Trennung von ihrem Freund Tobias Baumeister gegangen. Sie sagte, dass es ihrer Tochter alles andere als gut damit ging, hat aber keinen Überblick, was sie konkret in den letzten Tagen gemacht hat. Jenny sei sehr im Stress gewesen und, irgendwie auf dem Sprung, wie sie sagte. Wir mussten das Gespräch dann abbrechen, die Frau war ziemlich aufgelöst, hat immer wieder vorgebracht, dass sie es ihr ja gesagt hätte, dass der Polizeidienst nichts für eine Frau sei, nun ja ... Herrn Baumeister hattest du ja schon interviewt, Dollar. Wenn ich das recht sehe, hat das kein Resultat ..."

„Nein, war nicht besonders zielführend", unterbrach Dollerschell.

„Hm ... mit einer Person hat sich Jenny noch vor vier Tagen zum Kaffee getroffen. Kathrin Hoffmann. Das ist ebenfalls eine Polizeianwärterin, derzeit in München stationiert, war wohl mit Jenny auf der Polizeihochschule. Jenny hat ihr gegenüber darüber geklagt, dass sie sich ein wenig ausgegrenzt fühlte in unserem Team und dass ihr Informationen vorenthalten blieben. Sie hat aber keine Andeutungen gemacht, dass sie auf eigene Faust vorgehen wollte ..."

„Das war's?", fragte Dollerschell.

Olli Lieberknecht nickte.

„Tja", sagte Plossila. Er fühlte sich betreten und sackte ein wenig in sich zusammen. Er war schon von Dollerschell über sein Gespräch mit Tobias Baumeister informiert worden. Auch der hatte über Jennys gemischte Gefühle im Team berichtet. Er wusste nicht recht, was er sagen sollte. „Wir sollten uns vielleicht einmal ..."

Das Klingeln seines Handys unterbrach ihn.

Jetzt geht es also los, dachte er und blickte auf das Display. Die Nummer war unbekannt. Er nahm ab. „Plossila."

„Ich bin's, Konrad Kister. Mir ist etwas eingefallen!" Plossila nahm Haltung an. „Erzählen Sie!"

„Sie hatten doch gesagt, ich sollte überlegen, wer alles davon wusste, mit wem ich mich getroffen habe. Also welche Frauen und so ..."

„Ganz genau. Und?" Plossila hörte ein eigenartiges Rauschen in der Leitung, als sei die Verbindung schlecht, aber es war wohl eher der Lärm der Umgebung.

„Es gibt nur eine Person, die ich von meinen Verabredungen unterrichtet habe. Ein Brieffreund, Rune Jorgensen. Er ist Däne, lebt aber in München und hat eine Krimibuchhandlung in der Baaderstraße. *Krimieck,* heißt die."

Plossila hörte die Aufregung in Kisters Stimme. „Und warum haben Sie diesem Rune davon erzählt?", fragte er.

„Ach, einfach so, weiß ich auch nicht genau. Er ist ein guter Freund von mir und wir reden halt über solche Dinge. Ich kann mir auch nicht wirklich vorstellen, dass er hinter der Sache steckt, aber er ist ... na ja ..."

„Was?"

„Er war schon mal im Gefängnis, hat 'ne ziemlich lange Strafe abgesessen."

„Um was ging's da?"

„Es war eine Art Racheakt. Er hat den Liebhaber seiner damaligen Frau verprügelt, der muss wohl gerade noch mit dem Leben davongekommen sein."

Plossila stockte der Atem. Ein Racheakt eines verprellten Geliebten. Das passte genau in ihr Profil. „Das ist ... das ist interessant. Passen Sie auf, wir fahren sofort los. Baaderstraße sagten Sie, ja?"

„Ja, Ecke Corneliusstraße. Ich bin grad schon unterwegs im Auto."

„*Sie?*" Plossila stand auf, die Lehne des Stuhls tickte mit Wucht an die Wand. „Verflucht noch mal, bleiben Sie, wo Sie sind ... warten Sie wenigstens auf uns, bevor Sie reingehen. Das kann doch gefährlich sein!"

„Ach so ... ja, verstehe. Hören Sie, Rune ist ein Freund, mein bester Freund, wenn ich ehrlich sein soll. Ich würde ihn nicht im Geringsten verdächtigen, wenn ich nicht total verzweifelt wäre. Ich wüsste auch nicht, was er für einen Grund hätte, diese Frauen zu entführen. Und was soll das alles mit dem Blütenstaub? Es macht keinen Sinn. Aber ich weiß auch, dass man sich in Menschen täuschen kann. Und da es um Leben und Tod geht, wollte ich ihn zur Rede stellen."

Er stockte. Plossila hörte Reifen quietschen, dann hupte einer. *„Arschloch!"*, rief Kister.

„Also, was schlagen Sie vor?", fragte Plossila.

„Was? Ach so, ja ... Ich verstehe, dass Sie ihn vernehmen wollen, aber bitte lassen Sie uns etwas vorsichtig vorgehen, wahrscheinlich ist ja alles nur ein Missverständnis."

„Wir werden ihn pfleglich behandeln."

„Also abgemacht, ich warte im Auto. Beeilen Sie sich. Wir haben keine Zeit zu verlieren."

Als ob er das nicht wüsste, dachte Plossila und legte auf. „Dollar, auf geht's. Wir haben da was."

Plossila stürmte aus dem Raum.

Plossila ließ das Fenster herunter, steckte das Blaulicht aufs Dach und gab Gas. Es ging bereits auf den Abend zu, wenn der Buchhändler früher Schluss machte, erwischten sie ihn vielleicht schon gar nicht mehr. Er lenkte den Wagen aus Fürstenfeldbruck hinaus und auf die Autobahn. In dreißig Minuten sollten sie da sein. Immer wieder musste er an Jenny Biber denken. Daran, was der Täter den anderen Opfern angetan hatte. Es war furchtbar. Immerhin: Er saß nicht tatenlos herum, hatte seine Lethargie zumindest im Griff. Er handelte.

„Was ist *das* denn?", riss ihn Dollerschell aus den Gedanken. Plossila blickte zu seinem Kollegen auf dem Beifahrersitz. Dieser hielt die hellblaue Dose mit dem Klosterpuder hoch.

„Das ist dieser Puder, von dem ich dir erzählt habe. Riech mal!"

Dollerschell puderte sich eine Messerspitze der Substanz auf den Handrücken und hielt seine fast dreieckige Nase daran. „Riecht tatsächlich wie das Puder-Blütenstaubgemisch, das wir gefunden haben."

„Erstaunlich, was?"

„Na ja, vielleicht ist es gar nicht erstaunlich. Du hast gesagt, dass nur der Orden über diesen Puder verfügt ..."

„Das sagt der Orden."

„Nehmen wir an, das stimmt. Wenn der Täter keinen Zugang zu dem Puder hat, hat er vielleicht versucht, diesen Geruch zu imitieren."

Plossila rutschte unruhig auf seinem Sitz umher. Die Beule unter seinem Sakko verfing sich ständig beim Lenken im Gurt. Scheiß Pistole, dachte er. Er sagte: „Warum sollte er so etwas tun?"

„Warum sollte einer Frauen umbringen und dann die Wundmale abpudern?"

„Sag du es mir, Dollar!"

„Ich meine Folgendes: Für den Mörder ist es wichtig, dieses Ritual durchzuführen, warum auch immer. Und es ist ihm wichtig, dazu einen bestimmten Puder zu nutzen, ein Puder, der genauso riecht wie der Klosterpuder. Er kann ihn nicht käuflich erwerben, also versucht er, ihn selber herzustellen. Und wenn dieser Puder so wichtig ist und er ihn nur aus dem Kloster kennen kann, dann war er vielleicht selbst einmal im Kloster. Sagtest du nicht, dass es da ein Internat gibt?"

„Ja, gibt es! Könnte was dran sein. Warum sagst du ..." Plossilas Telefon klingelte. Er ließ seinen Blick von der Tachonadel, die zweihundertvierzig Stundenkilometer anzeigte, zu seinem Handydisplay schweifen. „Scheiße, es ist Öttering!" Er wandte sich zu Dollerschell. „Bitte doch Olli, dass er recherchiert, ob Rune Jorgensen mal bei diesem Orden im Internat war. Muss ja nicht in Deutschland gewesen sein. Die benutzen alle diesen italienischen Puder."

Dollerschell nickte und legte sein Mobiltelefon ans Ohr. Plossila nahm seinerseits ab. „Plossila."

Öttering hielt sich nicht lange mit Begrüßungsfloskeln auf. „Herr Hauptkommissar, die Bürger im Landkreis sind besorgt, wegen dem Serienmörder, der nach wie vor frei rumläuft. Man erwartet auch von mir Antworten. Wie lange dauert es noch, bis Sie ihn endlich geschnappt haben?"

„Herr Landrat, wir sind gerade im Einsatz. Mit ein bisschen Glück können wir ihn in Kürze stellen. Sie werden der Erste sein, den ich dann informiere."

Die Stimme Ötterings hellte sich auf. „Das ist genau das, was ich hören wollte. Wir telefonieren dann also?!"

Er legte auf.

Dazu bin ich wirklich lang genug im Geschäft, dass ich weiß, was du hören willst.

Plossila fuhr an der Krimibuchhandlung vorbei und parkte exakt auf dem Parkplatz, auf dem er vor zwei Wochen schon einmal den Wagen abgestellt hatte, vor dem Atelier Max König/Lisa Lyotard.

Plossila und Dollerschell öffneten die Türen des BMW synchron. Ohne dass die beiden ein Wort darüber verloren hätten, gingen sie im Stechschritt Richtung Buchhandlung.

Plossila bemerkte Kister, der auf der anderen Straßenseite stand, den Rücken an ein Cabrio mit einem kohlegrauen geschlossenen Verdeck gelehnt. Als er die Polizisten sah, lief er im leichten Trab zu ihnen hinüber.

„Vielleicht sollte *ich* erst mit ihm reden …", sagte Kister, als er zu den Kommissaren aufgeschlossen hatte.

Plossila blickte ihn an, sein Schritttempo unvermindert beibehaltend. „Was haben Sie da an Ihrem Hals gemacht?"

Kister griff sich mit der Hand an das Pflaster, hastete den beiden Polizisten hinterher. „Nicht der Rede wert, nur eine kleine Unachtsamkeit …"

Plossila vergewisserte sich noch einmal, dass seine Waffe nach wie vor im Halfter steckte. Er hielt gar nichts davon, noch mehr Zeit dadurch zu verlieren, dass Kister zunächst mit dem Verdächtigen sprach. Alles was Rune Jorgensen zu sagen hatte, konnte er auch ihm mitteilen.

„Herr Plossila, nur fünf Minuten …"

Schon als sie am Schaufenster der Buchhandlung vorbeigingen, bemerkte Plossila, dass es im Laden eine plötzliche Bewegung gab. Er begann zu rennen. Als er die Tür aufstieß, sah er nur noch einen wehenden Vorhang, der die Tür hinter der Kasse bedeckte.

„Jorgensen, bleiben Sie stehen!", rief er und stürzte voraus. Er hielt inne, wandte sich Dollerschell zu, der ebenfalls in das Geschäft gesprungen war. „Hinten rum!", rief er.

„Alles klar", sagte Dollerschell und drehte sich auf dem Absatz um.

„Und Sie bleiben hier!", bellte Plossila Kister an, der nach den beiden Kommissaren den Laden betreten hatte.

Während Kister noch verdutzt schaute, machte Plossila einen Satz hinter die Kasse und riss den Vorhang beiseite. Er trat in einen kleinen schmucklosen Flur, in dem es nach einem schweren Mittagessen mit einer mehligen Soße roch. Rechts eine geschlossene Tür.

Plossila zog die P7 heraus und entsicherte sie. Dann drückte er die Klinke herunter, stieß die Tür auf und hielt die Pistole in den Raum. Die Toilette. Sie war leer.

Er wandte sich um, schritt den Flur entlang. Eine offen stehende Tür führte in ein unordentliches Arbeitszimmer. Ein überladener Schreibtisch, an den Wänden Schränke mit Akten. Ein großes Poster an der Wand, das einen Mann mit schwunghafter Nase zeigte. „Voltaire" stand groß darunter. Dann bemerkte Plossila die Tür, die hinaus in einen Innenhof führte. Er ging darauf zu, fand sich auf einer verwitterten Außentreppe wieder, die von einem Geländer mit grünem Handlauf flankiert wurde. Er sah auf einen leeren Hof mit vier

Garagen an der Stirnseite. Seitlich standen Mülltonnen, oben in einem Mietshaus wurde eine Gardine zur Seite gezogen.

Dollerschell trat durch die Toreinfahrt, schien außer Atem zu sein, war offenbar gesprintet.

„Ist er da durch?", fragte Plossila und zeigte mit dem Kinn auf die Einfahrt.

„Nein, hier ist keiner rausgekommen." Dollerschell blickte auf die Waffe des Hauptkommissars. „Du bist offenbar besser vorbereitet als ich."

Plossila brummte. „Wenn er da nicht raus ist, muss er in einer der Garagen sein", sagte er und ging langsam die Stufen hinab, die Waffe mit zwei Händen haltend.

Dollerschell nickte, blickte auf die vier geschlossenen Tore, die alle mit einer rostroten Farbe lackiert waren.

Ohne etwas zu sagen, platzierte sich Plossila vor der ersten Garage, hielt die Waffe im Anschlag. Er gab Dollerschell ein Zeichen, sodass dieser vor das Tor trat und den Knauf in die Hand nahm. Er blickte sich ein letztes Mal fragend zu Plossila um, dieser nickte. Dollerschell drehte den Knauf, riss diesen nach vorne. Während die Garagentür nach oben sauste, sprang Dollerschell zur Seite, sodass Plossila freie Sicht hatte.

Die Garage war ein dunkles Loch. Plossila kniff die Augen zusammen und trat ein Stück näher heran. Eine leere Fläche, der Boden verschmiert mit Öl, an den Wänden Regale mit Kruscht. Keine Spur von Jorgensen.

Ohne ein Wort platzierte sich Plossila vor der nächsten Garage, brachte die P7 in Stellung. Er musste vorsichtig sein, wollte nur im Notfall schießen. Nicht auszudenken, wenn er auch noch Unschuldige traf. Zudem konnte er nicht ausschließen, dass sich hinter einem der Tore sogar der Ort befand, an dem Jenny Biber versteckt gehalten wurde.

Dollerschell trat seitlich vor das Tor. Seine Haare standen ihm noch wirrer vom Kopf ab als sonst, seine Brille war ihm fast bis auf die Nasenspitze gerutscht. Er legte die Hand an den Knauf, sein

Hemd war ihm vorne fast komplett aus der Hose gerutscht. Er sah zu Plossila.

Plossila nickte.

Dollerschell drehte den Knauf, ließ das Tor hochschwingen. Etwas Gelbes. Ein gelber Porsche 911, daneben vier Felgen, übereinander gestapelt und mit einer Plastiktüte überzogen. Plossila ging darauf zu, die Waffe im Anschlag. Er blickte über die Felgen in den Rückraum der Garage, konnte nichts Verdächtiges im Dunkeln ausmachen. Doch was war unter dem Wagen? Konnte es sein, dass Jorgensen sich darunter versteckt hatte?

Plossila ging in die Hocke, legte die Waffe auf den Boden. Er gab einen mürrischen Brummton von sich und stützte sich auf den Unterarm. Sein Bauch war ihm etwas im Weg, doch konnte er unter den Wagen linsen. Nichts. Er nahm die Waffe wieder auf, rappelte sich hoch. Sein Rücken schmerzte.

Oben beim Mietshaus wurde ein Fenster geöffnet. Eine stark geschminkte Frau mit Hündchen auf dem Arm streckte den Kopf heraus. Mit geschlossenen Lippen zeigte sie auf die letzte der vier Garagen, die ganz rechte.

Um sicherzugehen, zeigte Plossila auch noch einmal mit dem Lauf der Waffe drauf. Die Frau nickte und schloss das Fenster.

Plossila platzierte sich breitbeinig vor der vierten Garage. Er strich sich die zu langen Haare aus der Stirn, atmete tief ein. Dann sah er streng zu seinem Kollegen.

Dollerschell schritt hinüber zum Tor, legte wie gehabt seine Hand an den Knauf, schloss die Faust darum. Plossila beobachtete, wie er schluckte, sein Kehlkopf kurz nach unten ausschlug. Dann riss Dollerschell den Knauf herum, zog daran und machte eine hölzerne Bewegung zur Seite. Das Tor sprang auf.

Plossila wurde von einem Scheinwerfer geblendet. Ein Motor jaulte auf. Dann quietschende Reifen auf Beton. Ein blitzendes Ungetüm aus Chrom und Lack und rauchenden Abgasen schoss aus der Garage. Plossila sprang zur Seite, eine massive Felge zog nur Zentimeter an ihm vorbei, während er sich auf dem Boden abrollte.

Plossila blickte auf. Eine Harley-Davidson fuhr im Kreis. Es musste Jorgensen sein, der im Sattel saß. Er hatte lange, flachs-blonde Haare, die im Wind flatterten, die Oberarme lugten aus einer abgeschnittenen Jeansjacke heraus und waren mit Tattoos übersät. Die Maschine war ein brüllendes Tier, der Asphalt dampfte. Den rechten Fuß nach innen abgewinkelt, um nicht umzufallen, kurvte der Däne über den Hof. Ließ den Motor aufjaulen. Dann fuhr er auf Dollerschell zu, der im Hofeingang stand. Doch der Kommissar wich nicht zur Seite, versperrte den Weg. Brüllend wie ein wildes, wütendes Tier wich die Harley aus und drehte eine weitere Runde durch den Innenhof. Dann stoppte Jorgensen die Maschine, ließ den Motor erneut aufheulen. Er fixierte Dollerschell, der im Eingang stand. Er legte den Gang ein. Die Harley heulte auf und hielt auf Dollerschell zu. Jorgensen biss die Zähne zusammen.

„Aus dem Weg!", rief Plossila, der davon überzeugt war, dass Jorgensen die Maschine diesmal nicht im letzten Augenblick zur Seite ziehen würde.

Erst Sekunden vor dem Aufprall tauchte Dollar ab, hechtete neben das Hoftor, dorthin, wo die Mülltonnen standen.

Die Maschine sauste auf den Bürgersteig. Der Motor heulte erneut auf, wie im Triumph.

Plötzlich kam Konrad Kister in seinem Cabriolet angeschossen, versperrte den Weg. Für Jorgensen war es zu spät. Er versuchte noch, die Maschine zur Seite zu reißen, prallte dann aber seitlich in den Wagen. Er wurde kurz nach oben geschleudert und fiel in den Sattel zurück.

Plossila schaltete blitzschnell und rannte aus dem Hof und auf die Straße. Jorgensen war von der Maschine gesprungen und begann Richtung Gärtnerplatz zu laufen. Er humpelte leicht, offenbar hatte er sich das Bein zwischen Harley und Auto eingeklemmt. Plossila machte einen Sprung nach vorn, packte den Blonden an der Schulter, riss ihn zu Boden. Er kniete mit gezogener Waffe auf ihm.

Er sah erstmals in das Gesicht des Dänen. Ein blonder Bart, feste hellgrüne Augen und eine Knollennase. Plossila sagte: „Wo ist Jenny?"

„Ich habe keine Ahnung, von was du redest!"

Plossila hielt ihm den Lauf an die Wange, doch der Däne sagte kein weiteres Wort.

Kister sprang aus dem Wagen, der Jorgensen den Weg versperrt hatte, lief zu den beiden am Boden liegenden Männern hinüber.

Jorgensens Pupillen nahmen Kister in den Blick, vorsichtig, unsicher fast, als könnten sie nicht glauben, was sie dort sahen. „Konrad?"

Kister beugte sich zu den beiden hinab, Sorgenfalten hatten sich auf seine Stirn gelegt. „Es tut mir leid, Rune, ich wollte das alles nicht. Aber wir müssen wissen, ob du etwas mit den Morden zu tun hast. Wir müssen jeden Verdächtigen ausschließen und du bist einer der Wenigen, die wussten, dass ich mich mit den drei Frauen getroffen habe, die entführt wurden."

Plossila lag immer noch auf Jorgensen, hörte sich an, was Kister zu sagen hatte. Warum sollte er ihn nicht gewähren lassen? Vielleicht würden sie so ja tatsächlich schneller zu ihren Informationen kommen.

Jorgensen begann ironisch zu lachen, unterdrückt nur, weil Plossila nach wie vor auf seinem Brustkorb lag. „Und da verdächtigst du mich? Natürlich, so etwas traut man als Erstes einem alten Knastbruder zu, nicht wahr?"

Plossila schaltete sich ein. „Hören Sie, Jorgensen, wir können das jetzt ganz schnell beenden, wenn Sie es nicht waren. Sagen Sie uns einfach, was Sie in der Nacht von Donnerstag auf Freitag gemacht haben?!"

„Von Donnerstag auf Freitag?" Jorgensen lachte erneut, stieß dann einige tiefe, verschleimte Huster aus. Er ließ seine hell-grünen Pupillen auf die andere Seite gleiten, blickte in Richtung seines Ladens. „Da war die Krimilesenacht bei mir im Laden. Ich habe bis drei Uhr mit Autoren, Freunden und Kunden zusammengesessen. Rund fünfzig Zeugen können das bestätigen." Er zog die feinen, weißen Augenbrauen hoch, zeigte mit dem Kinn zu seinem Schaufenster.

Plossila blickte sich über die Schulter, sah sofort das Plakat, das dort immer noch hing. „Fünfte Münchner Krimilesenacht", stand da, dann das Datum darunter. Es war tatsächlich der Abend, an dem Jenny Biber entführt worden war. Er wandte sich wieder Jorgensen zu. „Warum zum Teufel sind Sie dann aus dem Laden geflüchtet?"

Jorgensen hustete, blickte dann wieder fest in die Augen des Hauptkommissars. „Was würden Sie tun, wenn plötzlich zwei Männer mit wutentbrannten Gesichtern in Ihr Büro stürmten?"

Plossila atmete aus, nahm den Lauf der P7 von Jorgensens Wange und verlagerte sein Gewicht auf sein rechtes Knie, mit dem er sich auf dem Asphalt abstützte. Er konnte es nicht glauben: Wieder hatten sie in die falsche Richtung ermittelt, zumindest, wenn das Alibi stimmte. Langsam lief ihnen die Zeit davon, wenn sie Jenny Biber noch einmal lebend wiedersehen wollten.

Dollerschell trat hinzu, blickte auf den Hauptkommissar und den am Boden liegenden Verdächtigen. Dollerschell war kreidebleich, noch immer sah man die Angst in seinen Augen. Hastig zog er an einer Zigarette. Sein Sakko war an einer Schulter aufgerissen, das Hemd hing ihm aus der Hose und der Schweiß lief ihm über das Gesicht. In der linken Hand hielt er sein Handy.

Plossila sah zu ihm auf. „Alles in Ordnung?"

Dollerschell nickte.

„Ollis Recherche? Das Internat?"

„Negativ."

„Scheiße", sagte Plossila und stand auf. Damit war auch diese These gestorben. Er war sich jetzt sicher, dass Jorgensen es nicht war. Darauf deuteten die Fakten hin und das sagte ihm auch sein Gefühl. Er blickte den Dänen an, der immer noch mit dem Rücken auf dem Boden lag und nach Luft schnappte. „Kommen Sie, ich will die Briefe sehen!"

Jorgensen folgte humpelnd, aber ohne Murren. Fast hatte man das Gefühl, als nehme er den Polizisten den Überfall auf ihn gar nicht übel, als hätte er ähnliche Situationen nicht das erste Mal erlebt. Nur als sie an seinem Motorrad vorbei kamen, dessen Vorderrad verbeult war und das durch den Aufprall auf den Asphalt arg verkratzt schien, stieß er einen leichten Seufzer aus.

Als sie an der Treppe mit dem grünen Handlauf angekommen waren, ging er ohne ein Wort voraus ins Arbeitszimmer. Dort zog er die Schublade des mit Papieren und Büchern überladenen Schreibtischs auf und nahm zu Plossilas Verwunderung zielsicher ein kleines Bündel von Briefen heraus. Er reichte es dem Hauptkommissar.

Plossila setzte sich unaufgefordert auf einen Stuhl, dessen Sitzpolster mit rotem Samt überzogen war, und blätterte die Briefe durch. Sie steckten alle noch in den Couverts, die an der Oberseite ordentlich mit einem Brieföffner aufgeschlitzt worden waren. Wie von Kister beschrieben, waren die drei entführten Frauen erwähnt. Plossila verglich die Daten der Briefe mit den Daten der Verschleppungen. In jedem Fall folgte auf die namentliche Erwähnung der Frauen ihre unmittelbare Entführung. Plossila konnte nicht an einen Zufall glauben. Es musste einen Zusammenhang geben. Nur welchen?

Nachdem er mit den Briefen fertig war, reichte er sie an Dollerschell weiter, er behielt lediglich die Couverts in der Hand. Da es keinen weiteren freien Stuhl gab, stand er auf und überließ seinem Kollegen den Platz zum Lesen.

Plossila ging nach draußen, stellte sich auf den Treppenabsatz und blickte auf die drei geöffneten Garagen im Hof. Mit seinen Fingern fuhr er dabei wie mechanisch über die zugeklebte Lasche des zuoberst in seiner Hand liegenden Briefes. Sie fühlte sich rau an und wellig. Er wandte den Blick von den Garagen ab und betrachtete die Umschläge in seiner Hand. Alle Briefe hatten diese welligen Muster an der Lasche, Muster, die sich auf Papier abzeichneten, wenn es feucht wurde. Plossila begann, an den vorstehenden Papierrändern der Verschlussstelle zu nesteln. Die Laschen ließen sich ganz leicht öffnen. Ungewöhnlich, dachte Plossila. Fast schien es, als seien die Briefe nach dem Verkleben noch einmal aufgemacht worden. Hier und da wirkten die Verschlussstellen sogar wie aufgerissen. Dabei waren die Briefe von Jorgensen doch alle sorgfältig mit einem Brieföffner aufgeschlitzt worden.

Plossila ging zurück in das Büro, fand Kister im Gespräch mit dem Dänen. Dieser hatte die Arme vor der Brust gefaltet und hörte sich grimmig an, was sein Freund ihm zu sagen hatte.

„Herr Kister?"

„Ja?", sagte er und fuhr fast erschreckt herum.

„Die Briefumschläge hier ..." Plossila hielt sie Kister unter die Nase. „Kann es sein, dass sie einmal nass geworden sind? Oder dass Sie sie nach dem Verschließen noch einmal geöffnet haben?"

Kister nahm die Umschläge in die Hand, betrachtete sie aufmerksam. Er zog die Mundwinkel nach unten, schüttelte den Kopf. „Nein, kann ich mir nicht erklären, wieso die so aussehen. Damals, als Kind, haben wir oft Detektiv gespielt, da haben wir Umschläge unter Wasserdampf gehalten, um sie zu öffnen. Wenn man sie wieder zugeklebt hatte, sahen sie in etwa so aus wie diese hier."

Plossila sah Kister streng in die Augen.

Kister schluckte. „Ich ... ich habe die Briefe nach dem Schreiben in ein Kästchen an der Rezeption des *Alten Hasen* gesteckt. Die Mitarbeiter waren dann so freundlich und haben sie für mich zur Post gebracht. Sie ... Sie wollten nicht, dass ich durch irgendetwas von der Arbeit abgelenkt werde ..."

Plossilas Augen verengten sich. Er sagte: „Esch!"

20

Langsam bekam sie es mit der Angst zu tun. Das heißt, Angst hatte sie ja die ganze Zeit gehabt. Angst, dass er sie vergewaltigen würde, dass er sie umbringen würde. Doch jetzt gab es eine ganz neue Form der Angst. Die Angst, er würde nicht mehr wiederkommen. Die Angst, hier unten, in diesem Verlies, vergessen zu werden. Zu verhungern, zu verdursten.

Jenny Biber zwang sich, Ruhe zu bewahren. Sie sagte sich, dass alles wie immer war, seit sie eingesperrt worden war. Nur dass sie ihr Zeitgefühl verloren hatte. Es kam ihr vor, als sei er schon Tage nicht mehr aufgetaucht. Aber vielleicht waren es auch nur Stunden gewesen. Sie wusste gar nicht: War es hell draußen? War es dunkel? Müde war sie, das wusste sie, unendlich müde. Hatte sie überhaupt geschlafen, seit sie hier war? Gedöst vielleicht, aber Schlaf, daran war nicht zu denken gewesen. Oder hatte sie geschlafen und wusste es nur nicht mehr? *Mein Gott, ich weiß gar nichts mehr!* „Gar nichts mehr!", rief sie und sprang von dem Holztisch, auf dem sie die letzten Stunden gesessen hatte.

Sie ging erneut auf und ab, sieben Schritte in die eine Richtung, fünf in die andere. Kilometer musste sie in den letzten Stunden auf dieser Strecke in dem Vorraum ihrer ursprünglichen Zelle zurückgelegt haben. Immer wieder war sie von einer Wand zur anderen gelaufen, um ihre Unruhe loszuwerden. Um nicht durchzudrehen. Im Kampf gegen ihre Angst.

Sie blieb vor der Tür stehen, betrachtete das Glas, das sie über die Klinke gestülpt hatte. Die Scherben hatte sie zuvor sorgsam zusammengesucht und in dem Rattenloch versteckt. Er würde denken, dass sie sich nach wie vor in ihrer Zelle befand, wenn er wiederkam. Jenny Biber würde hinter der Eingangstür auf ihn warten. Die Tür öffnete sich nach innen und wenn er eintreten würde und in den Raum hineinging, würde sie um die Tür herum huschen und nach draußen flüchten. Es war riskant, sie wusste es, aber es war die einzige Möglichkeit, ihrem Peiniger zu entfliehen.

Seit er weg war, hatte sie die meiste Zeit damit verbracht, an der Ausgangstür zu lauschen, darauf zu warten, dass er wiederkam. Doch war es fast die ganze Zeit ruhig geblieben. Einmal hatte sie etwas gehört, wie Schritte, die eine Treppe hinuntergehen, hatte es sich angehört, danach ein eigenartiges Knirschen oder Knarzen. Vielleicht eine Tür, die geschlossen worden war? Ein Stuhl der verrückt wurde? Sie wusste es nicht.

Danach war es plötzlich wieder ruhig gewesen, als wäre nichts passiert. Totale Stille. Eine Stunde musste das her gewesen sein. Oder waren es fünf Stunden gewesen? Zwanzig Minuten? Sie legte sich die Hände vor das Gesicht, stand kurz davor, einfach loszuheulen. Doch sie zwang sich, ihre Verzweiflung zu unterdrücken, sie durfte ihre Gefühle jetzt nicht zulassen. Sie dachte daran zurück, wie sie in Helen Bechmanns Haus die Nerven verloren hatte. Das würde ihr nicht ein zweites Mal passieren. Stark musste sie sein, stärker als das alles hier. Stärker als die nackten, seelenlosen Wände, das künstliche Licht, das unerträgliche Sirren der Lampe, die stickige, staubige Luft. Immerhin waren in diesem Vorraum zu ihrer Zelle, diesem Vorraum zur Hölle, keine Ratten, sagte sie sich.

Sie ging zurück zu dem einzigen Möbelstück, das sich im Raum befand, dem Holztischchen, das in einer Nische kauerte, neben einer Art Kamin, oder einem Luftschacht. Erst jetzt betrachtete sie den Tisch eingehender. Er war mit einer dunkelbraunen, verkratzten Lackierung überzogen und die Tischplatte war krumm, von den Jahren gebeugt, wie der Rücken einer alten Frau. Sie fuhr mit der Handfläche darüber, fuhr über Staub, kalkige Krümel und kleine Holzspäne. Dort, wo sie gesessen hatte, in der Mitte, war der Tisch sauber. Sie hatte die Dreckschicht offenbar mit ihrem Po beseitigt.

Erst jetzt sah sie, dass die Lackschicht nicht nur einfach verkratzt war. Zwischen den Schrammen, die die Jahre hinterlassen hatten, entdeckte sie Buchstaben, die zittrig in das Holz hineingeritzt worden waren. Sie waren kaum zu entziffern, so zart und dünn waren sie. Aber sie waren ganz hell, fast gelb. Sie mussten erst vor Kurzem in den Lack gekratzt worden sein.

Jenny Biber fuhr die undeutlichen Buchstaben mit dem Zeigefinger nach. Und langsam entschlüsselte sie die knappe Botschaft. Sie spürte einen Kloß im Hals, als sie die Worte leise vor sich hin sprach: „Lukas verzeih! Ich liebe dich."

Der Österreicher, durchfuhr es Jenny Biber, Lukas Bender, Lisa Hubers ehemaliger Freund. Auch Lisa Huber war aus der Zelle getreten und hatte gewusst, dass es bald aus sein würde, dass sie ihre *zweite* Chance vertan hatte. Im Angesicht des Todes musste sie die Botschaft mit dem zerbrochenen Glas in das Holz gekratzt haben. Eine letzte Bitte um Verzeihung, der Versuch, etwas ins Reine zu bringen, bevor man seinem Schöpfer entgegentreten würde.

Jenny Biber begann zu schluchzen, merkte, dass die eigene Verzweiflung größer wurde, so groß, dass sie sie nicht mehr zurückhalten konnte. Sie schien auf einmal stärker zu sein als sie, als ihr Wille. Tränen brachen sich Bahn, rannen ihr über die ausgetrocknete Haut ihrer Wangen, über die Schrammen, die ihr die Maisblätter beigebracht hatten. Ein kalter Schauer durchfuhr sie und sie hatte auf einmal das Gefühl, die Schreie der hier ermordeten Frauen zu hören. Lisas und Helen Bechmanns Angst zu spüren, ihren Schmerz. Sie war hier unten mit den Seelen der Toten eingesperrt, wie in einem dunklen Grab.

Plötzlich hörte sie ein Poltern von der anderen Seite der Tür. Sie erschrak, war mit einem Mal hellwach. Sie wischte sich mit dem Unterarm die Tränen aus dem Gesicht und sprang zur Tür. Die Seelen der Toten waren plötzlich vergessen. Jetzt ging es um sie, um Jenny Biber. Sie würde nicht sein nächstes Opfer werden, beschloss sie. Stattdessen würde sie ihn besiegen, ihm entkommen und ihn anschließend seiner gerechten Strafe zuführen, so, wie sie es sich und den anderen geschworen hatte.

Es krachte, dann eine Art Bellen. Oder waren es Stimmen? Es hallte alles so dumpf wider von der anderen Seite, die Stahltür schluckte zudem einen Großteil der Geräusche komplett. Wieder schepperte es, jemand schrie, sie war sich jetzt ganz sicher. Es mussten zwei Personen sein, dachte sie, auch wenn sie keinen Unterschied in den Stimmen ausmachen konnte. Oder war er es allein?

Rastete er einfach aus und schrie vor sich hin, warum auch immer? Er war ein Irrer, das stand fest. Vielleicht war er schizophren und rang lautstark mit sich selber. Mein Gott, dachte sie, gleich würde er die Tür aufstoßen und wutentbrannt in den Raum stürzen. Sie musste sich bereithalten und zwang sich, direkt in das Licht der Deckenlampe zu blicken. Sie durfte keine Sekunde verlieren, wenn die Tür geöffnet würde. Und sie wusste, dass das plötzliche Tageslicht dort draußen auf ihrer Netzhaut brennen würde, sie rote und gelbe Punkte sehen würde, wenn sie sich nicht dazu zwang, sich an helleres Licht zu gewöhnen. Falls es Tag sein sollte, dort draußen.

Plötzlich ein Knall. Lauter als alles zuvor. Eine mit Wucht ins Schloss schlagende Tür, dachte Jenny Biber. Oder ein Schuss? Danach war Stille. Sie war nicht sicher, ob es noch weitere Geräusche gegeben hatte, nach dem Knall, ein leises Schlurfen vielleicht, ein Ächzen. Jenny Biber konzentrierte sich, presste ihr Ohr gegen die Tür, formte einen Trichter mit zwei Händen, um besser hören zu können. Doch nichts, es blieb ruhig.

Sie wusste nicht, wie lange sie dort hinter der Tür stand und wartete. Hin und wieder legte sie ihr Ohr an das Metall, doch sie hörte nichts mehr, es blieb still auf der anderen Seite. Die meiste Zeit stand sie einfach da, bereit zu entwischen, wenn die Tür geöffnet würde. Sie dachte an nichts, ihr Kopf sirrte nur wie die Lampe an der Decke. Schon Sekunden nach dem Lärm auf der anderen Seite wusste sie nicht mehr, ob sie erst Minuten wartete oder Stunden.

Sie begann sich zu verlieren.

Esch schrie, als sie den *Alten Hasen* betraten. Er stand hinter der Theke und schrie in Richtung des Mädchens, das Plossila schon einmal gesehen hatte. Er konnte nicht verstehen, um was es ging, doch Esch schien außer sich zu sein. Das Mädchen gab ihm dennoch ein Zeichen, unmerklich nur, ein Blick, eine gehobene Augenbraue.

Esch drehte sich um, sah, dass die beiden Polizisten auf ihn zu stürmten. Von einem Moment auf den anderen legte er wieder seine undurchsichtige, schicksalsergebene Miene auf. Die zarte, gerade Linie seiner schmalen Lippen strahlte Unschuld und Gleichgültigkeit aus. Nur seine Augenlider flatterten ein wenig. Na also, sagte sich Plossila, jeder hat eine Schwachstelle, an der man die Maske erkennt.

Plossila redete nicht um den heißen Brei herum, als er an der Theke angekommen war, die Ludwig Esch umschloss wie eine Festung: „Herr Esch, wo waren Sie am Freitagmorgen zwischen null und ein Uhr?"

Die Mundwinkel des Gastwirts zuckten leicht nach oben, sodass seine Gesichtszüge eine leichte mondgesichtige Note bekamen. Er legte den Kopf schräg und sagte: „Ich war hier, wenn ich mich recht erinnere …" Er machte eine kurze Pause, klimperte mit den Lidern. „Doch, doch ganz sicher, ich war hier bis mindestens zwei Uhr nachts."

„Sicherlich haben Sie Zeugen, Herr Esch."

Er brachte den Kopf wieder in die Senkrechte, blickte an den Polizisten vorbei in Richtung der hufeisenförmigen Bar. „He Götz, komm doch mal rüber!"

Plossila drehte sich um und sah, wie sich jenseits der Bar etwas bewegte. Ein dicker Rothaariger setzte sich in Bewegung, zündete sich dabei eine Zigarette an. Er schritt langsam und breitbeinig auf sie zu, schob seinen Bauch vor sich her, als sei er eine seltene Kostbarkeit. „Die Herren Kommissäre", sagte er mit überdeutlich nickendem Kopf, als er bei ihnen ankam. Und Richtung Dollerschell gewandt: „Wir kennen uns doch. Wie war noch mal Ihr Name?" Er hielt ihm die Hand hin und grinste Dollerschell mit der Zigarette im Mundwinkel an. Seine Augen strahlten hämische Freude aus.

Dollerschell ließ seine Hände in den Hosentaschen, betrachtete ihn irritiert durch seine eckigen Brillengläser.

Der Rote steckte seine Hand wieder ein. „Sie machen's auch nicht mit jedem, was?"

„Götz", sagte Esch, „die Herren wollen wissen, was wir in der Nacht auf Freitag gemacht haben?"

Götz Lauderts Stirn legte sich in Falten, er platzierte eine Hand auf den Bauch. „In der Nacht auf Freitag?" Er stieß einen Rülpser aus und blies seinen Bieratem in die Runde. „Ach, Donnerstagabend!" Sein Grinsen kehrte zurück. „Da haben wir doch den Jahrestag meiner Entjungferung gefeiert!" Er lachte über das ganze Gesicht, die Kippe weiterhin im Mundwinkel. „Fünfundzwanzig Jahre Sex!" Er griff sich mit einer Hand in den Schritt. „Ich war fünfzehn damals und es war in Hamburg. Herbertstraße. Bin zur See gefahren damals. Hab mein Alter etwas nach oben ... *korrigiert.*" Er nahm die Zigarette aus dem Mundwinkel, blickte für einen Wimpernschlag auf die Glut und schritt dann zwischen Plossila und Dollerschell hindurch. Sorgfältig drückte er die Zigarette im Aschenbecher aus, der vor Ludwig Esch auf der Bar stand. Anschließend drehte er sich um, wandte sich Plossila zu. Er schob den rechten Ärmel seines T-Shirts hoch und präsentierte einen tätowierten Anker auf seinem Oberarm. „'ne schnelle Nummer ist das damals gewesen, war in dreißig Sekunden fertig. Hat aber trotzdem hundert Mark gekostet." Er lachte.

Dollerschell sah dem Roten direkt in die Augen. „Hören Sie, Herr Laudert, wir haben kein Interesse daran, uns ihre schmierigen Sex-Geschichten aus Ihrer Teeny-Zeit anzuhören. Wir wollen lediglich wissen, bis wie viel Uhr Sie am Freitagmorgen hier waren und bis wie viel Uhr Sie die Anwesenheit von Herrn Esch im Restaurant bezeugen können."

Götz Laudert trat einen Schritt zurück, wäre fast auf Plossila Füße getreten. Seine Finger tasteten auf seinem T-Shirt umher, als suche er eine Brusttasche oder Ähnliches. Dann besann er sich und schob die Hand in die Gesäßtasche. Er zog eine Schachtel Camel heraus und hielt sie Dollerschell unter die Nase. „Zigarette?"

„Danke."

„Ah, Sie rauchen nur, wenn es nicht erwünscht ist. Sie lieben das Verbotene ..."

„Götz!", ermahnte Esch.

„Freitagmorgen. Ja, wir waren im *Hasen*. Bis zwei Uhr würde ich sagen. Ich kann bezeugen, dass Ludwig die komplette Zeit hier war. Ununterbrochen. Immer. Hier, an diesem Tresen. Noch Fragen?"

Die Tür öffnete sich.

„Ah, unser Herr Autor!", rief Götz Laudert euphorisch und öffnete die Arme.

Das hatte ihm gerade noch gefehlt, dass Kister auch noch kam, dachte Plossila. Sie hatten auch so schon genug Zuschauer. Er wandte sich an Esch. „Ich will etwas über die Briefe wissen, die Ihre Gäste schreiben."

Ludwig Esch sah ihn mit einem ausdruckslosen Gesicht an, sicherlich sollte es ein fragendes Gesicht sein, doch es schien ihm nicht richtig zu gelingen. Seine Lider flatterten jetzt nicht mehr.

„Wie ist der Ablauf? Wer bringt sie zur Post?"

„Die Briefe werden hier ..." Esch drehte sich um, zeigte auf ein kleines Holzkästchen zwischen Bar und Treppe. „Werden hier hineingelegt und wenn welche da sind, bringt Monika sie zur Post, immer um zwölf Uhr."

Die Blicke richteten sich auf Monika Schwab, die die ganze Zeit wortlos hinter Ludwig Esch gestanden hatte. Als sie merkte, dass sie plötzlich im Mittelpunkt der Diskussion stand, errötete sie, das Dekolleté bebte leicht. Ihre Augen fixierten Konrad Kister, der gerade hinzugetreten war.

„Monika", sagte Kister, „wir müssen wissen, ob irgendjemand Zugang zu den Briefen hatte, bevor du sie zur Post gebracht hast. Bitte, das ist wichtig, es geht um die Entführung der drei Frauen."

Esch hob die Hand, um einer Antwort seiner Stieftochter zuvorzukommen. „Sie sehen ja das Holzkästchen. Jeder kann rein theoretisch den Deckel heben und die Briefe an sich nehmen. Wir haben das auch nicht die ganze Zeit im Blick, sind ja in der Gaststätte unterwegs oder hinten in der Küche. Jeder der Gäste könnte es gewesen sein."

Kister ließ sich nicht beirren. „Monika?"

Doch Monika Schwab sagte kein Wort, blieb reglos stehen, mit roten Ohren und einem Gesicht voller Angst. Sie machte auf Plossila einen gestörten Eindruck. Irgendetwas blockierte sie und er wusste nicht, was es war.

Dollerschell fixierte sie durch die Brillengläser, wie er es eben bei Götz Laudert getan hatte. Streng sagte er: „Frau Schwab, es geht um

Leben und Tod. Eine Frau wird noch vermisst, wenn wir sie nicht bald finden, wird auch sie sterben. Die Briefe spielen bei unserer Suche eine wichtige Rolle. Wir müssen wissen, wer sie gelesen hat! Wir müssen es *jetzt* wissen!"

Doch Monika Schwab blieb stumm, die Hände vor ihrem Schoß ineinander verkrallt. Mit ihrem abwesenden Blick, sah sie aus wie in Trance.

Plossila dachte an das Gespräch, dass er vor einiger Zeit mit Ludwig Esch geführt hatte. Er hatte ihm erzählt, dass Monika Schwabs Mutter krank sei. „Wie geht es eigentlich Ihrer Mutter?", fragte er plötzlich. Plossila spürte die unverständlichen, abschätzigen Blicke Dollerschells und Kisters. Sie waren beim Verhör, stellten die richtigen Fragen, zielorientiert und bestimmt, wie es sich gehörte, und er wechselte das Thema.

Monika Schwab schien aus ihrer Starre zu erwachen. Ihr Blick wandte sich plötzlich wieder nach außen. Sie löste ihre verkrampften Hände, fuhr sich durch die Haare. „Meine Mutter …?" Sie blickte sich um, als könne sie hinter ihr stehen, wandte sich dann wieder Plossila zu. „Sie … im Moment geht es ihr gut, sie redet viel, das ist ein gutes Zeichen. Manchmal schweigt sie wochenlang, dann erkennt sie mich nicht, weiß nicht, wer ich bin. Aber jetzt … jetzt gerade erkennt sie mich. Wir können reden, auch wenn es nicht viel Sinn macht, was sie sagt."

„Hm, ich habe meine Mutter schon vor fünf Jahren verloren. Es war ganz plötzlich, sie hatte einen Badeunfall am Ammersee. Wurde einfach aus dem Leben gerissen …"

„Das muss schrecklich sein, ich bin so froh, dass ich sie habe und dass es ihr einigermaßen gut geht. Natürlich macht sie viel Arbeit, sie kann ja nichts mehr machen, noch nicht mal auf Toilette gehen. Sie ist auch nicht immer klar, doch selbst wenn sie woanders ist, im Kopf meine ich, auch dann hat sie keine Schmerzen. Es geht ihr gut. Glaube ich."

Plossila nickte, blickte in die Runde. Er sah auf erstaunte Mienen. Offenbar wunderten sich die anderen, dass er das Gespräch auf eine andere, private Schiene geführt hatte. „Kommen Sie, lassen Sie uns einen Augenblick alleine reden", sagte er.

Monika Schwab schaute ängstlich in die Gesichter der anderen. Sie sagte nichts, zog sich die Schürze zurecht und ging dann um die Bar herum.

„Wollen wir kurz vor die Tür gehen? Das ist glaube ich eine gute Idee. Was meinen Sie?", sagte Plossila und schritt voraus, ohne eine Antwort abzuwarten.

Das Letzte, was er von der Gruppe an der Bar sah, war die verzückte Miene Götz Lauderts, der den beiden nachsah wie einem Liebespaar, das sich zurückzieht. Er grinste wie kurz vor der Weihnachtsbescherung.

Draußen war es kalt, ein eisiger Wind wehte den Hauptplatz hinab, ein leichter Nieselregen benetzte ihre Gesichter. Die Lichter der Straßenbeleuchtung und der Schaufenster spiegelten sich auf den Pflastersteinen der Straße und die vorbeifahrenden Autos zogen mit ihren Rücklichtern lange, rote Streifen auf die Fahrbahn.

Sie setzten sich in den Dienst-BMW und Plossila schaltete den Motor und erstmals in diesem Jahr die Heizung ein. Im Grunde war ihm nicht kalt, aber er sah, wie es Monika Schwab in ihrer leichten Bluse fröstelte.

„Warum haben Sie die Briefe geöffnet?", fragte er, als sich der Wagen ein wenig aufgewärmt hatte.

Monika Schwab blickte zuerst starr durch die Windschutzscheibe in Richtung Hauptplatz. Der Brunnen war bereits mit Holzbohlen für den Winter zugedeckt, in wenigen Wochen würden sie mit den Aufbauten für die Weihnachtsbeleuchtung beginnen.

Monika Schwab begann leise zu schluchzen. „Ich ... Ich war einfach neugierig, wollte wissen, was er so schreibt. Ich habe sein Buch gelesen, ein Krimi, aber eigentlich war es viel mehr als das. Es geht um eine Frau ... ein Mädchen, eine Asiatin, die abgelehnt wird, wegen ihrer Herkunft. Dabei ist sie so ein guter Mensch. Ich habe die ganze Zeit gedacht, er erzählt aus *meinem* Leben. Er war mir so nah und als er dann plötzlich bei uns war, sich hier einquartiert hat ...

Ich war einfach neugierig, wollte mehr über ihn wissen. Und ich würde ihn am liebsten ..." Sie schluchzte lauter, beruhigte sich dann wieder. „Ich fühle mich ihm so nah, wissen Sie, so verbunden. Ich weiß natürlich, dass ich keine Frau für ihn bin, obwohl ich einiges versucht habe, aber ..."

Sie zog ein Taschentuch hervor, schnäuzte sich, wischte sich dann unter den Augen umher.

„Sie haben also den ersten Brief geöffnet. Wie ging es dann weiter?"

Sie schluckte, legte die Hand mit dem zerknautschten Taschentuch in den Schoß. Wieder sah sie ihn nicht an, blickte nach draußen durch die verregnete Scheibe. „Er hat von dieser Frau geschrieben, dieser Lisa. Dass er sie so geliebt hat und dass er sie nicht vergessen kann. Er hat geschrieben, dass er sich ihren Tod wünscht. Das war schon ... war schon heftig. Er wollte sie vergessen, aber es ging nicht, sie folgte ihm hierher, hat sich mit ihm getroffen und er konnte sich nicht auf das Schreiben konzentrieren. Aber das sollte er doch hier bei uns: schreiben, eine neue Geschichte erschaffen. Eine neue Welt. Ich wollte einfach nur, dass diese Frau ihn in Ruhe lässt, dass ihn alle in Ruhe lassen. Ich wollte natürlich nicht, dass ihnen etwas zustößt. Etwas Ernstes. Aber ..."

Sie begann wieder zu weinen.

Plossila wartete eine Weile, bis sie sich beruhigt hatte, hörte zu, wie die winzigen Regentropfen auf die Scheibe niedergingen. Dann fragte er: „Und dann? Was haben Sie dann gemacht?"

Sie fasste sich wieder. „Ich hab's dem Eugen gesagt, was diese Lisa für ein schlechter Mensch ist, dass sie ihn nur ausgenutzt und mit seinen Gefühlen gespielt hat."

„Wer ist das, dieser Eugen?", unterbrach Plossila. „Eugen Fischer, unser Bierlieferant. Ich kenne ihn schon ewig, ein lieber Kerl eigentlich. Wollte immer mit mir weggehen und ich hab ihm schon mal den Gefallen getan. Hab ihm auch ein paar andere Gefallen getan, wenn Sie wissen, was ich meine. Er sagt, er liebt mich, aber der weiß doch gar nicht, was das ist, der Eugen. Liebe. Er hat einen Knacks weg, war in Sankt Otten damals, da ist er irgendwie versaut worden.

Wie der Hagen Schwarzer, daher kennen die sich auch. Der Hagen hat auch 'nen Knacks, aber nicht so wie der Eugen, da ist es schlimmer."

„Was meinen Sie? Was für einen Knacks?"

Monika Schwab weinte jetzt nicht mehr, sie war ganz auf den Gegenstand des Gesprächs konzentriert. „Ja, was für ein Knacks? Ich weiß nicht, er ist einfach komisch, er hat auch keine Freunde. Lebt ganz für sich allein da draußen in Igling, auf dem alten Hof seiner Eltern. Und die sind auch schon vor Jahren gestorben. Alles ist alt, aber ganz sauber. Auch er ist immer sauber, macht sogar Maniküre und alles. Als Bierlieferant, müssen Sie sich mal vorstellen! Aber es ist bei ihm wie eine Sucht, immer wäscht er sich die Hände, dabei arbeitet er doch körperlich. Er ist nicht dumm, der Eugen, aber er kann sich kaum ausdrücken, vor allem bei anderen nicht. Als wir zusammen waren, also die paar wenigen Male halt, da erzählt er dann schon was. Aber komische Sachen. Er fühlt sich immer schuldig an tausend Dingen, das ist ganz eigenartig bei ihm. Und wenn wir dann mal … also, wenn wir halt zusammen geschlafen hatten, dann war er danach immer ganz betrübt, war Ewigkeiten im Badezimmer. Hat sich schlecht gefühlt danach, dabei wollte er es vorher immer unbedingt …"

Sie sah Plossila kurz in die Augen, schlug dann die Lider nieder.

„Was haben Sie zu Eugen Fischer gesagt?"

„Nur das, was ich Ihnen gesagt habe. Dass sie ein schlechter Mensch ist. Und dass sie andere Menschen quält."

„Und Eugen? Was hat er gesagt?"

Sie lachte kurz und spöttisch auf. „Was soll der gesagt haben? Nichts! Aber ich wusste, dass er etwas tun würde, dass er sich drum kümmern würde. Er würde alles für mich tun, verstehen Sie? Das ist seine Form von Liebe: Wenn ich das Stöckchen werfe, holt er es. *Ich muss nichts sagen. Er muss nichts sagen.*"

„Und bei den anderen Frauen?"

„Dasselbe …" Sie begann wieder zu schluchzen. „Ich wusste ja nicht, dass er sie umbringt, ich dachte, er jagt ihnen nur einen Schrecken ein."

„Aber Sie wussten doch, dass Lisa Huber und Helen Bechmann tot aufgefunden wurden – wieso haben Sie Jenny Biber auch noch ..." Er wollte sagen *ans Messer geliefert*, aber er musste vorsichtig sein, er brauchte noch weitere Informationen, wollte sie nicht verschrecken, also sagte er: „Warum haben Sie ihren Namen an Eugen weitergegeben?"

Sie ließ ihre Tränen jetzt einfach herunterlaufen, da das Taschentuch bereits klatschnass war, machte keine Anstalten mehr, sie zu stoppen. Sie zog die Nase hoch, schluckte. „Ich weiß auch nicht. Ich hatte das Gefühl, es ist jetzt eh schon egal, wir müssen einfach weitermachen. Es wäre ja alles umsonst gewesen. Diese Frauen waren schlecht für Konrad, verstehen Sie? Sie haben sein Werk zerstört, es erst gar nicht zugelassen. Und ... und außerdem ... er hat es nicht gesehen, aber ich liebe ihn mehr als all die anderen zusammen. Ich habe ihm das Essen gekocht, sein Zimmer aufgeräumt, seine Socken gestopft. Ich habe seine Unterlagen sortiert, ich lese alles, was er geschrieben hat. Ich kenne ihn besser als alle diese anderen ... *Flittchen*. Und ich liebe ihn auch am meisten. Er wird das irgendwann erkennen. Ich weiß es!"

Meine Güte, dachte Plossila, er hatte in ein Wespennest von Fanatikern gestochen. Waren denn alle verrückt um ihn herum? Aber gut, es ging um Jenny Biber, er musste wissen, wo sie war, wo Eugen Fischer sie versteckt hielt.

„Wohin hat er die Frauen gebracht?"

„Ich weiß es nicht."

„Er wird doch mal etwas darüber gesagt haben?"

„Nein, nie. Wir haben nie darüber gesprochen."

„Und Sie haben keine Ahnung? Bitte, Frau Schwab, ich muss das wissen!"

Sie schüttelte den Kopf. „Ich habe Ihnen doch gesagt, er redet nicht viel. Ich habe keine Ahnung, wo das ist. Ich wollte auch nichts wissen, wenn ich ehrlich bin."

„Sie wissen nichts?"

„Nichts."

Das Gehöft lag im Dunkeln. Plossila hatte den Wagen auf der Landstraße geparkt, in einer kleinen Einbuchtung vor einer brachliegenden Wiese. Dollerschell hatte seinen Mazda gleich hinter ihm abgestellt. Sie waren den Rest des Weges zu Fuß gegangen, um sich nicht durch die Scheinwerfer der Autos anzukündigen. Jetzt, als sie vor dem alten Bauernhaus standen, schien diese Vorsichtsmaßnahme übertrieben: Das Haus wirkte verlassen. Alle Lichter waren gelöscht, das Anwesen schmiegte sich in die sternenlose Nacht. Nur der Widerschein der weißen Außenfassade schimmerte matt.

„Es scheint niemand da zu sein", flüsterte Dollerschell. „Vielleicht hat er uns erwartet und versteckt sich im Haus", antwortete Plossila.

„Unwahrscheinlich. Komm, lass uns morgen mit einem Einsatzkommando wiederkommen."

„Dollar, wir verlieren zu viel Zeit!"

„Was willst du machen? Klingeln?"

„Warum nicht?"

Dollerschell verstummte. Zwar konnte Plossila sein Gesicht wegen der Dunkelheit nicht sehen, doch war ihm bewusst, dass sein Kollege nicht mit der Vorgehensweise einverstanden war. Im Prinzip hatte er recht. Sie waren zu zweit und nur er, Plossila, war bewaffnet. Es bedeutete ein hohes Risiko, auf diese Weise einen gewaltbereiten Mörder zu stellen. Sie könnten morgen in der früh ein Spezialkommando zusammentrommeln, sich eine Genehmigung vom Staatsanwalt besorgen und das Anwesen stürmen. Aber jede Stunde, die sie verloren, war eine Gefahr für Jenny Biber. Sie war bereits seit drei Tagen verschollen. Der Mörder hatte seine bisherigen Opfer immer am vierten Tag ihrer Gefangenschaft getötet – und nichts deutete darauf hin, dass er vorhatte, von seinem bewährten Muster abzurücken.

Sie schritten über einen asphaltierten Hof auf die Haustür zu. Das Anwesen wirkte schmucklos und alt, schien aber einigermaßen gepflegt zu sein. Die Außenwände waren tatsächlich blütenweiß, offenbar waren sie frisch gestrichen. Eine Esche ließ ihre kahlen Äste von der Straße aus auf den Hof hängen, verbreitete eine morbide Atmosphäre. Der Stall, der seitlich des Hauses stand, wirkte wie vor

Jahren aufgegeben. Es gab weder einen Garten noch das geringste Zierelement.

Plossila drückte die Klingel und trat einen Schritt zurück. Sie hörten den monotonen Rington bis nach draußen, doch tat sich nichts im Inneren.

„Hallo? Ist da wer?", rief Plossila und hämmerte gegen die Tür. „Fischer? Sind Sie da?" Er wartete einige Augenblicke, klopfte dann erneut. „Jenny? Hörst du mich?"

Dollerschell zuckte mit den Schultern und klingelte dann ebenfalls, auch er ohne Glück.

Plossila schritt einige Meter über den Hof, bis er vor einem der Fenster stand. Es waren alte Fenster, wie die am Haus Lisa Hubers. Plossila legte eine Hand daran, doch das Glas war mit den Jahren milchig geworden, er konnte nicht hindurch sehen.

„Keiner da, Plossila!"

„Moment noch!"

Plossila ging am Stall vorbei, schritt um das Haus herum. Er entdeckte zwei Paletten mit roten Ziegeln, die mit Plastikfolien eingeschweißt waren. Offenbar plante Fischer eine Renovierung des Dachs. In einem Umkreis von zwei Metern um die Paletten herum war es matschig, überall hatten sich kleine Pfützen gebildet. Es nieselte nach wie vor. Plossila sprang so gut es ging über die Wasserlachen, ging dann weiter am Hinterhaus entlang. Er trat auf eine kleine Terrasse, auf der zwei Plastikstühle und ein runder Plastiktisch standen. Die Terrasse war nicht gefliest, die Stühle standen auf grauem Beton. Er schritt auf eine alte Holztür zu, in die ein rautenförmiges Fenster eingelassen war. Auch hier hatte er kein Glück: Das Glas war zu dick, als dass Plossila hierdurch ins Innere hätte lugen können. Das Fenster neben der Tür war identisch mit dem auf der Vorderseite. Nur zwei Fenster gab es auf jeder Seite, zudem waren sie sehr klein, es musste ein dunkles Haus sein, dachte Plossila.

Er schlug mit der Faust gegen die Tür. „Jenny?"

Er horchte durch das alte Holz in das Haus hinein, doch er vernahm keine Reaktion.

„Jenny? Hörst du mich?"

Stille.

„Und?", fragte Dollerschell, als Plossila wieder auf dem Hof angekommen war.

„Nichts. Scheint verlassen. Alles sehr zweckrational, nichts Persönliches. Kein Hinweis auf Jenny."

„Die Fensterläden", sagte Dollerschell.

„Was ist damit?"

„Sind geöffnet. Meinst du nicht, er schließt sie nachts?" „Wenn er da wäre, meinst du? Könnte sein."

„Und noch was: Es gibt kein Auto. Oder stand eins hinter dem Haus?"

„Nein."

„Wer hier lebt, braucht ein Auto. Er ist nicht da. Komm, lass uns fahren!"

„Er mag nicht da sein, aber vielleicht ist *sie* da."

„Sag nicht, du willst um diese Uhrzeit noch den Staatsanwalt aus dem Bett klingeln?"

Plossila atmete tief ein und zuckte mit den Schultern. Dann blickte er in Dollerschells ernstes Gesicht. Natürlich wollte er nicht den Staatsanwalt anrufen. Er wollte die Sache auf eigene Faust lösen.

Doch noch bevor Plossila etwas erwidern konnte, ergriff sein Kollege erneut das Wort: „Plossila, ein langer Tag geht zu Ende. Es ist besser, jetzt Schluss zu machen und morgen mit frischem Kopf zurückzukehren. Ich kümmere mich in aller Frühe als Erstes darum. Morgen werden wir spätestens um acht Uhr mit einem Einsatzkommando und Jo Berger im Schlepptau wieder hier sein." Dollerschell nickte in die Richtung der Türe. „Ich tippe auf unter dreißig Sekunden – von der ersten Berührung des Schlosses durch Jo bis zur Öffnung der Tür."

Das war ihr kleines, geheimes Spielchen, ging es Plossila durch den Kopf. Sie tippten darauf, wie lange Jo brauchte, um ein Schloss zu knacken. Meistens gewann der, der auf die kürzere Zeitspanne setzte. Natürlich ging es nur um die Ehre. Dollar hatte Prinzipien, er wettete nicht um Geld. Und natürlich kam es für ihn nicht in Frage, ohne Genehmigung in das Haus eines Verdächtigen einzusteigen. Und schon gar nicht ohne Verstärkung.

Plossila brummte nur und ging voraus zu den Autos. Dort angekommen, gab er Dollerschell missmutig einen Klaps auf die Schulter. „Bis morgen", sagte er knapp und ließ sich in den BWM fallen.

„Ja. Bis morgen", erwiderte Dollerschell.

Plossila startete den Wagen und wartete, bis sein Kollege weggefahren war. Er blieb noch einige Atemzüge bei laufendem Motor im Auto sitzen, blickte den im Dunkel verglühenden Rückleuchte des Mazdas hinterher. Dann stellte er den Motor wieder ab.

Er hatte einfach ein schlechtes Gefühl. Bis sie morgen wieder hier wären, konnte es zu spät sein. Sie würden einfach zu viel Zeit verlieren.

Plossila stieg aus dem Wagen und ging die Landstraße zurück zum Haus. Obwohl er wusste, dass sie da war, berührte er noch einmal die ausgebeulte Stelle, die die Heckler & Koch in seiner Innentasche hinterließ. Es war ein gutes Gefühl.

Er ging zurück zur Terrasse und schaute auf das Fenster neben der Tür. Davor war eine Wiese und es dauerte nicht lange, bis Plossila einen faustgroßen Findling entdeckt hatte.

Er postierte sich vor dem Fenster und warf den Stein in Richtung Scheibe. Den Bruchteil einer Sekunde war er erstaunt: Es klirrte so gut wie gar nicht. Der Stein flog fast lautlos durch das dünne Glas. Doch dann gab es plötzlich einen lauten, dumpfen Stoß aus dem Inneren des Hauses. Er musste dort irgendetwas getroffen haben.

Plossila hob einen kleinen, glitschigen Ast auf und ging zum Fenster. Mit dem Ast stieß er hervorstehendes Glas heraus und vergrößerte das Loch. Danach schob er seinen Arm hindurch. Er ergriff den Metallknauf an der Innenseite des Rahmens, drehte ihn um. Das Fenster öffnete sich.

Plossila zog die beiden Fensterflügel auf und blickte von außen in den dunklen Raum hinein. Er konnte nur schwarze Schemen erkennen. Das Fenster auf der Frontseite des Hauses warf einen gedämpften Lichtstrahl in das Innere. Irgendetwas spiegelte auf der linken

Seite. Rechts wurde das Licht von etwas Großem, Klobigen verschluckt.

Plossila wuchtete sich hoch, stemmte den Bauch gegen die Fensterbank. Er spürte, wie sich einige Scherben durch sein Hemd in seinen Bauch hineinfraßen, doch er ignorierte den Schmerz. Er zog stattdessen sein linkes Knie nach oben und ließ sich dann auf der anderen Seite der Wand herunterfallen.

Einen Atemzug lang war er orientierungslos, sein Kreislauf meldete sich, ihm wurde schwindlig. Dann beruhigte er sich. Mit den Händen spürte er die harten Fasern eines Teppichs, anschließend spürte er einen stechenden Schmerz in der Schulter.

Er rappelte sich auf, lehnte sich kurz an das geöffnete Fenster. Wieder der Schwindel. Er war zu schnell aufgestanden. Mein Gott, er war wirklich ein alter Mann. Und das mit Mitte vierzig. Er atmete tief ein. Es roch nach Putzmittel, Bier und Kerzenwachs.

Er zog die P7 aus dem Halfter, versuchte sich zu orientieren. Links war eine Tür, daneben musste ein … ja, da war er: der Lichtschalter!

Ein bläuliches Licht erhellte den Raum. Es kam aus einem violetten Lampenschirm an der Decke, der aussah wie ein runder Lampion. Plossila blickte sich um. Er stand im Wohnzimmer. Das klobige Teil, das er schon von außen gesehen hatte, war eine Couch, davor ein Tisch und ein Fernseher. Es sah aus wie in den Sechzigerjahren: Blümchentapete, Vorhänge mit Muster, ein blauer Teppich. Der Stein hatte ein Bild von der Wand gerissen, das jetzt mit gebrochenem Rahmen und zersplittertem Glas auf dem Boden lag. Es zeigte die Jungfrau Maria.

Plossila ließ die Waffe sinken. Fischer musste so alt sein wie er, ging es ihm durch den Kopf. Aber er schien nach dem Tod seiner Eltern nicht viel verändert zu haben. Er hatte keinen eigenen Stil entwickelt, lebte offenbar in ihren altbackenen Möbeln weiter. Alles war sauber, alles war ordentlich, alles war alt. Wie draußen.

Plossila wandte sich um, öffnete eine der beiden Türen, die aus dem Wohnzimmer führten. Er schritt in einen kalten, kahlen Gang mit rotweißen Bodenfliesen. Eine weitere Tür leitete ihn in die Küche. Auch hier waren die Armaturen, die Möbel und die Kacheln mindestens zwanzig, dreißig Jahre alt. Er zog die Schranktüren auf, blickte auf altes Besteck, alte Teller, alte Tassen, die von grauen Adern durchzogen waren. Alles sauber, alles ordentlich gestapelt. Er öffnete mehrere bauchige Dosen, fand Zucker, fand Salz, fand Mehl. Eine kleinere Dose stand etwas abseits, hinter einem halben Dutzend Verpackungen mit Gebäckstangen. Sie schien neuer zu sein und zeigte ein japanisches Blumenmuster. Als Plossila sie öffnete, dachte er zuerst, sie sei leer, doch dann sah er die feine Puderschicht auf dem Boden. Er feuchtete seinen Zeigefinger an, tippte hinein und hielt sich den Finger anschließend unter die Nase. Der Duft des Robinien-Puder-Gemischs entfaltete sich.

Plossila durchsuchte jeden Winkel des Hauses, doch er fand keine Spur von Jenny Biber. Als Letztes blieb der Raum, der an die andere Seite des Wohnzimmers grenzte.

Scherben knirschten unter seiner Sohle, als er zurück über den blauen Teppich schritt. Er bemerkte, dass der Regen mittlerweile stärker geworden war. Durch das zersplitterte Fenster hörte er deutlich das Prasseln der Tropfen auf den Plastikfolien, die die Dachziegel schützten.

Er stellte sich vor die Zimmertür, atmete tief ein und blähte die Backen. Dann drückte er die Klinke hinunter und schob die Tür langsam mit der Schuhspitze auf, die Waffe im Anschlag. Er blickte auf ein Doppelbett, darüber an der Wand ein Relief der gefalteten Dürerhände. Neben dem Bett standen mehrere alte Obstkisten. Plossila wunderte sich. Die Kisten waren das Einzige, das in diesem Haus unordentlich wirkte. Und von allen Räumen schienen sie am wenigsten ins Schlafzimmer zu passen, es sei denn, ihr Inhalt hatte eine fundamental wichtige Bedeutung für Fischer.

Er ging auf die Kisten zu, blickte hinein. Nazi-Devotionalien: alte Orden und Abzeichen, Hakenkreuzbinden, kleine Hitler-Büsten, Stempel aller Art, Briefbeschwerer mit Reichsadler, Briefmarken und dergleichen. Sogar eine Schreibmaschine mit Hakenkreuz lag in einer der Kisten. Vor allem aber befanden sich darin Akten und ein Wust von Unterlagen.

Plossila war ratlos. Die heilige Maria im Wohnzimmer und Adolf im Schlafzimmer, das passte für ihn nicht zusammen. Vor allem hatte er nicht das Gefühl, dass ihn dieser Fund irgendwie weiterbrachte. Vielleicht müsste man die Unterlagen auswerten, dachte er, aber das würde Wochen dauern.

Er steckte die Pistole ins Halfter, fuhr sich mit Daumen und Zeigefinger über die Augen. Die Müdigkeit meldete sich wieder, die alte Lethargie. Er durfte sie nicht zulassen, sagte er sich, er musste ankämpfen dagegen. Er war es Jenny Biber schuldig.

Als er sich umdrehte, stutzte er. An der Wand neben der Tür hing eine topographische Karte, auch sie mit Swastika und Reichsadler versehen. Ein roter Stempel an einer Seite der Karte markierte diese als „Geheimsache Ringeltaube". Er trat näher heran, versuchte die Karte zu entschlüsseln. Er fand Landsberg, er fand Kaufering. Und er fand etwas, das als „Weingut II" gekennzeichnet war, es war ganz in der Nähe von Igling, ganz in der Nähe von hier, neben einer Art Berg, wenn er das richtig deutete.

Er legte den Finger auf Kaufering und fuhr damit die Strecke bis zum „Weingut II" nach. „Das ist da, wo heute die Welfen-Kaserne ist", flüsterte er vor sich hin. Nicht weit davon entfernt, gleich am Rande der Anhöhe, war eine weitere, deutlich kleinere Anlage eingezeichnet, sie war mit „BA1" beschriftet. Und am Rand der Anlage fand Plossila ein kleines, mit Hand nachträglich eingezeichnetes Kreuz. Es sah ganz frisch aus, als sei es erst wenige Wochen alt.

Ein kleines, mit rotem Filzstift eingetragenes „X".

21

Er hatte den Wecker auf sechs Uhr gestellt. Doch als er jetzt auf die roten Ziffern der Digitaluhr sah, war es gerade einmal vier Uhr zweiundfünfzig. Er konnte nicht mehr als drei Stunden geschlafen haben. Und wenn er jetzt noch einmal einschlief und der Wecker ihn dann eine Stunde später wecken würde, wäre er vielleicht noch müder, als er es jetzt schon war. Obwohl: Er fühlte sich so dermaßen ausgelaugt, schlimmer konnte es eigentlich nicht werden.

Er wälzte sich noch einmal auf die andere Seite, zog die Decke über die Schulter, bis hoch zum Kinn. Kalt war es geworden in den letzten Tagen. Er hatte die Socken angelassen, als er gestern ins Bett ging. Seine Füße froren in letzter Zeit immer als Erstes.

Kaum hatte Plossila die Augen zugemacht, begann es erneut in ihm zu arbeiten. Das „Weingut II" ging ihm nicht aus dem Kopf. Er hatte sich gestern Nacht, nachdem er zurück in seine Wohnung gekommen war, noch einmal an den Computer gesetzt. Es war ein Tarnname für eine gewaltige Bunkeranlage, welche die Nazis errichtet hatten. Sie wollten damit die Produktionsstätte des weltweit ersten Düsenbombers, der Messerschmitt Me 262, vor Angriffen der Alliierten aus der Luft schützen. Zweihunderttausend Kubikmeter Beton und fast achttausend Tonnen Stahl hatten sie damals dafür verbaut. Jetzt wusste Plossila auch, warum es überall im Landkreis jüdische Friedhöfe gab: Die Nazis hatten vor allem jüdische KZ-Insassen schuften lassen. Fast fünfzehntausend sollen bei der Errichtung der Anlage gestorben sein, hatte im Internet gestanden. Die Anlage firmierte seitdem unter dem Titel „Kaltes Krematorium".

Plossila erschauderte und zog die Decke noch ein wenig höher, bis über die Nasenspitze. Seine Augen schauten heraus, blickten auf zugezogene Vorhänge, durch die das kalte Dunkelgrau des anbrechenden Morgens in sein Schlafzimmer sickerte. Ein Bunker wäre natürlich das perfekte Versteck für eine Entführte, dachte er. Doch Eugen Fischer konnte Jenny wohl kaum im „Weingut II" untergebracht haben. Es war heute Teil der Welfen-Kaserne, die Bundeswehr nutzte die Anlage für irgendetwas anderes. Allerdings war „Weingut II" nur ein Teilbereich des Projekts „Ringeltaube" gewesen. Überall sollten damals Bunker gebaut werden, um Produktionsstätten zu schützen. Vielleicht gab es also in dem Gebiet noch weitere Schutzräume, die nicht entdeckt worden waren.

Plossila wälzte sich wieder herum, auf die andere Seite. Fünf Uhr zwanzig. Es hatte keinen Sinn mehr, entschied er und schaltete die Nachttischlampe ein. Seine Augen brannten, seine Zunge klebte trocken und pelzig am Gaumen, als hätte er die Nacht durchgezecht. Er brauchte dringend eine Kopfschmerztablette.

Er blickte auf den Boden, zog die Karte zu sich heran, die vor dem Bett lag. Das Kreuz. Es war nur wenige Kilometer von „Weingut II" eingezeichnet worden, auf einer Anhöhe, einem Berg in der Nähe des Iglinger Schlosses, auf einem dunkelgrauen Viereck. Im Vergleich zu dem schwarzen Quadrat, das die Anlage für die Produktion der Me 262 kennzeichnete, war das graue Viereck eher klein, es bedeckte höchstens ein Zehntel der Fläche. Er konnte sich nicht vorstellen, dass man dort etwas Industrielles produzieren konnte, das Gebäude musste einem anderen Zweck gedient haben. Er dachte an die Gegenstände, die in Eugen Fischers Schlafzimmer in den Obstkisten lagen. Eine Schreibmaschine, Akten, Briefpapier. Es könnte eine Verwaltungseinheit gewesen sein. Wie dem auch sei, dachte Plossila und faltete die Karte zusammen – er würde es herausfinden.

Er fuhr zwei Mal an der Welfen-Kaserne vorbei, bis er die Sackgasse fand, die sich den Berg hinaufschlängelte. Es war eine kleine unbefestigte Straße, eher geeignet für Forstfahrzeuge und dergleichen. An den Seiten wuchsen wilde Brombeersträucher und Holunderbüsche, weiter oben wurde es felsig und dort, wo die engen Kurven sich hinaufschraubten, ging es an den Straßenrändern teilweise steil bergab. An einigen Stellen, war die Straße so schmal, dass keine zwei Fahrzeuge aneinander vorbei passen würden. Doch war um diese Zeit wohl ohnehin nicht mit Gegenverkehr zu rechnen.

Plossila lenkte den Wagen eine steile Anhöhe hinauf, dann wurde die Straße wieder eben. Nach fünfhundert Metern endete die Schotterpiste plötzlich und ging in eine Art Waldweg über. Der BMW rumpelte über Wurzeln, Schlaglöcher, durchfuhr Pfützen und glitt über glitschiges Laub. Nach einer Biegung versperrte ein LKW die weitere Durchfahrt und zwang Plossila den Wagen abzustellen.

Er stieg aus, schritt um den Kleinlaster herum. Er hatte vor einer Schranke geparkt, die an der weiteren Durchfahrt hinderte. Plossila warf einen Blick durch das Seitenfenster: Die Fahrerkabine war leer. Es war ein alter Mercedes-Benz mit einer kurzen, klobigen Motorhaube. Plossila legte die Hand darauf, stellte fest, dass sie kalt war. Der LKW musste hier also schon eine Weile gestanden haben. Der Wagen schien gut in Schuss, nur das rechte Vorderlicht war beschädigt und an den Seiten mit einem schwarzen Plastikstreifen abgeklebt.

Plossila ging einen Schritt zurück, warf einen Blick auf die Ladefläche. Das Chassis war mit einer grauen Plane bedeckt, auf der das Wappen einer Brauerei gedruckt war. Er schlug die Plane zurück, warf einen Blick auf die Ladefläche. Es standen lediglich zwei silberne Metallfässer darauf, an der Seite lehnte ein Werkzeugkasten. Plossila wollte die Plane schon wieder zuziehen, da entdeckte er direkt an der Außenklappe einen länglichen Kasten. Er hob ihn an einer Seite an und betrachtete ihn eingehend. Es war eine längliche, unterarmlange Sperrholzkiste, deren Rückwand ein Metallgitter mit kleinen Löchern bildete. Unterhalb der Vorrichtung war eine Schublade aus Plastik eingelassen. Die Pollenfalle, durchfuhr es Plossila. Es musste Eugen Fischers Dienst-LKW sein. Plossila war auf der richtigen Fährte.

Er ging an der Schranke vorbei über einen dunklen Forstweg und in den Wald hinein. Der Boden war lehmig und da es in der vergangenen Nacht stark geregnet hatte, hatten sich Pfützen und zum Teil meterlange Wasserlachen auf ihm gesammelt. Plossila musste immer wieder querfeldein gehen, um nicht mit den Schuhen in Matsch und Wasser zu versinken. Nach fünf Minuten Fußmarsch führte der Forstweg in einer langen Kurve nach links, danach wurde er breiter und trockener. An der Seite lagen lange, schwarze Stämme. Es roch süßlich nach feuchter Rinde.

Hinter den gefällten Bäumen kroch dichter Nebel aus dem Wald heraus. Vor einer Graskuppe, an die braune, abgestorbene Farne grenzten, bemerkte Plossila eine Krähe. Sie saß auf einem toten Hasen und stocherte mit ihrem schwarzen Schnabel in den Eingeweiden des verwesenden Tiers. Als er darauf zuschritt, stob die Krähe auf und mit ihr ein Schwarm schwarzvioletter Fliegen. Während die Krähe im Nebel verschwand, setzten sich die Fliegen schon wenige Sekunden später wieder auf die hervorquellenden Gedärme.

Er legte einen kurzen Stopp an einem verlassenen Bauwagen ein und warf einen Blick auf die Karte. Er musste auf dem richtigen Weg sein: Die Straße war mitsamt der Serpentinen eingezeichnet, dann zeigte ein dünner Streifen den Trampelpfad an, auf dem er sich befand. Wenn er es richtig interpretierte, musste er sich jetzt rechts halten und noch ein Stück hinauf gehen. Der Weg führte aber weiter geradeaus und legte sich in eine lange von Nadelbäumen gesäumte Senke. Von Ferne hörte Plossila den Schrei einer Motorsäge.

Plossila blickte nach rechts. Es ging einen Abhang hinauf, genauso, wie es in der Karte eingezeichnet war, doch gab es nicht den ebenfalls in der Skizze markierten Weg. Er konnte mit den Jahren verschwunden sein oder er lag unter dem dichten Herbstlaub.

Ihm blieb nichts anderes übrig: Er musste den Weg verlassen und durch den Wald weitergehen, auch wenn ihm dieser Gedanke nicht behagte. Er atmete noch einmal tief ein, strich sich die Haare aus der Stirn. Dann hielt er sich mit der rechten Hand an einer jungen Buche fest und zog sich hinauf. Besonders steil war der Anstieg nicht, doch begann Plossila schon nach wenigen Schritten zu schnaufen und ihm brach der Schweiß aus. Er zog seine Jacke aus, legte sie sich über den Arm. Auch den Pistolengurt hätte er am liebsten abgelegt, er hatte das Gefühl, er schnüre ihm die Luft ab. Doch sagte er sich, dass er sich das nur einbilde.

Immer wieder rutschte er mit seinen Ledersohlen auf dem rutschigen Laub aus, mehrmals sackte er dabei auf den Boden. An einer Stelle musste er eine herausgerissene Wurzel überqueren, beziehungsweise den gewaltigen Krater, den diese in der Böschung hinterlassen hatte. Er brach an einer Stelle ein, schlug sich das Knie an und schlitzte sich dabei die Hose auf. „Verdammte Scheiße!", rief er und schleuderte die Jacke in hohem Bogen davon.

Er kämpfte sich aus dem Erdloch heraus und stapfte voller Wut über sein Ungeschick herüber zu seiner Jacke. Er nahm sie vom Boden auf und erst als er den Matsch und das Laub von ihr abklopfte, beruhigte er sich etwas. Er spürte ein unangenehmes Brennen am Knie, beschloss aber, sich jetzt nicht weiter darum zu kümmern. Stattdessen versuchte er sich erneut zu orientieren. Laut Karte musste es irgendwo eine Art Vorsprung geben, einen herausragenden Punkt und direkt dort musste es die Senke zu den Nadelbäumen hinabgehen, durch die auch der Waldweg führte. Irgendwo dort befand sich das, was er suchte – was immer es auch war.

Plossila blickte sich um, doch er konnte nicht besonders weit sehen. Es war diesig und auf dem Boden kauerte nach wie vor der Nebel. Er hörte den Ruf eines Käuzchens und war für einen Moment verwirrt. Musste er nach links? Musste er nach rechts? Es war absurd: Das Waldstück konnte gar nicht so groß sein, er musste schon x-mal an dem Berg vorbeigefahren sein, ohne ihn überhaupt zu registrieren. Das Problem war die Sicht. Drei, vier Meter weit konnte man blicken, dann verlor sich die Welt im Dunst.

Er drehte sich um die eigene Achse und besann sich. Er war die Böschung hinauf gekommen und musste nach seinen Berechnungen jeden Moment auf die gesuchte Stelle stoßen. Er ging noch ein paar Meter geradeaus, der Boden war jetzt wieder eben, er hatte das Gefühl, über ein Plateau zu gehen. Dann tauchte auf der linken Seite ein länglicher Hügel auf, der fast komplett mit Dornen bewachsen war. *Das muss es sein*, dachte Plossila.

Der Hügel hatte eine eigenartige Form, wie eine Welle, die, kurz bevor sie brechen wollte, versteinert worden war. Ein umgestürzter Baum ragte über den Grat hinaus und versperrte ihm den Weg. Er kletterte über den Stamm und schritt hinter den Dornenbüschen entlang. Dann kam er an eine freie Stelle, an der er über die Böschung blicken konnte. Tatsächlich, es ging ziemlich steil bergab, das musste die Stelle sein! In die Senke hineinblicken konnte er aber aufgrund der schlechten Witterungsverhältnisse nicht. Stattdessen vergewisserte er sich noch einmal mithilfe der Karte: Er war genau dort, wo das Kreuz eingezeichnet war.

Er ging einige Schritte vor, einige Schritte zurück, konnte aber nichts Ungewöhnliches finden. Nichts sah nach dem Eingang zu einem Bunker aus oder erinnerte an ein Versteck.

Er begann zu rufen: „Jenny …? Jenny, wo bist du? Hörst du mich?"

Er horchte in den Wald hinein, hörte aber nichts als sein Echo.

„Jenny? Hey Jenny, komm, melde dich …! Jenny?"

Er sah erneut auf die Karte. Das Kreuz war nicht genau auf dem Erdwall eingezeichnet, sondern ein Stück dahinter, es konnte eine Ungenauigkeit sein, aber vielleicht … Er versuchte das Gebiet systematisch abzusuchen, doch war das aufgrund des unzugänglichen Geländes mehr als schwierig. Er sollte ins Präsidium fahren, dachte er, eine Hundestaffel organisieren.

Er stockte. Ein kleiner Hügel zu seiner Rechten, darüber eine krumme, verwachsene Eiche. Die Wurzeln ragten aus dem Erdreich heraus, anstatt sich in dieses hineinzubohren. Die Eiche sah aus, als müsse sie jeden Moment umkippen. Er schritt darauf zu. Tatsächlich: Beton. Die Eiche konnte ihre Wurzeln deshalb nicht ins Erdreich graben, weil es dort gar keins gab. Er trat vor den Hügel. Verdorrte Sträucher, abgeschnittenes Geäst. Er zerrte daran, warf es zur Seite.

Eine Tür! Ein Türrahmen, der halb mit Backsteinen zugemauert war! Er hatte gefunden, wonach er suchte.

Die Backsteinmauer reichte ihm etwa bis zur Hüfte, dahinter ging es eine Treppe hinab in ein dunkles, schwarzes Loch. Einige der Backsteine lagen vor ihm auf dem Boden und an der Seite im Gebüsch. Irgendjemand musste die Mauer eingerissen haben. Er beugte sich darüber, versuchte etwas zu erkennen, versuchte, auf den Grund der Gruft zu blicken, doch es war aussichtslos.

Plossila stützte sich mit den Händen auf der Mauer ab, atmete noch einmal tief ein. Sollte er wirklich über die Mauer steigen und die Treppe ins Ungewisse hinuntergehen? Er blickte nach links. An der Seitenwand entdeckte er einen grauen Falter mit einem Körper wie aus Asche – er schien nichts Gutes zu verheißen. Dann dachte er an Jenny Biber, die vielleicht irgendwo dort unten war und auf Hilfe wartete, die auf ihn wartete, die auf ihn zählte. *Mein Gott*, dachte er, *wenn ich mich nur nicht so kraftlos fühlen würde, wenn ich besser geschlafen hätte und in letzter Zeit nicht so erschöpft wäre*. Er wischte sich den Schweiß von der Stirn und wurde sich bewusst, dass er Ausreden suchte. Seine Lethargie war ihm zur Entschuldigung geworden. Doch dieses Mal konnte er sich das nicht durchgehen lassen. Dieses Mal gab es keine Entschuldigungen.

Er blickte hinab. Dann legte er das rechte Bein über die Mauer und schwang sich auf die andere Seite.

Ein mulmiges Gefühl beschlich ihn, als er auf dem Treppenabsatz stand. Er legte eine Hand an eine der Seitenwände. Sie war feucht, wirkte porös, hoffentlich brach die Anlage nicht ein, wenn er dort unten war.

Er zog den Kopf ein, um nicht an die Decke zu stoßen, und ging hinab. Fünf Stufen, sechs Stufen, sieben Stufen. Sein Gesicht verfing sich in Spinnweben, unter seinem Fuß wischte etwas entlang, eine Maus wahrscheinlich. Oder eine große Spinne – Plossila wollte es gar nicht genauer wissen.

Das Licht reichte etwa bis zur vierten Stufe, dann stand Plossila im Dunkeln. *Ich bin ein Idiot*, dachte er, *ich hätte eine Taschenlampe mitnehmen müssen*.

Er kramte sein Handy heraus, drückte darauf herum. Gab es nicht eine Leuchtfunktion? Nachdem er sich durch das halbe Menü geklickt hatte, fand er sie endlich. Er schaltete sie ein. Ein dünner, zerbrechlicher Lichtstrahl schoss hervor, erhellte die Decke. Der Lichtkegel tanzte über rußgeschwärztes Moos, überall tropfte es, Kellerasseln wurden von dem Licht aufgescheucht, liefen umher, zwängten sich in die Ecken und unter kleine Vorsprünge.

Er richtete den Strahl auf die Stufen, die andere Hand hielt er auf Kopfhöhe, um einen möglichen Aufprall abzufedern. Vorsichtig setzte er einen Schritt vor den anderen, immer darauf gefasst, dass plötzlich etwas unter oder über ihm zusammenbrechen könnte. Es ging tiefer treppab, als er vermutet hatte, sicherlich zwanzig Stufen. Schließlich erreichte er eine Metalltür.

Er zog die P7 aus dem Halfter, nahm das Handy in den Mund und drückte die Klinke langsam nach unten. Die Tür öffnete sich mit einem quälenden Quieken. Er nahm die Handyleuchte wieder in die linke Hand, hielt den zittrigen Strahl ins Dunkel, doch fand das Licht keinen Gegenstand, an dem es sich brechen konnte. Staubfäden tanzten darin, ansonsten verglomm der Strahl im Nichts.

Er leuchtete nach unten. Der Boden bestand aus den gleichen Backsteinen wie die Mauer, die oben am Eingang die Tür blockierte. Plossila atmete tief ein, die Luft war abgestanden, erschien sauerstoffarm, modrig. Irgendwo im Dunkel rauschten kleine Wasserrinnsale und es tropfte überall wie in einer Höhle. Er setzte den Fuß über die Schwelle, schob sich durch den Türspalt ins Innere. Er fühlte sich wie in einem alten Pharaonengrab, hatte das Gefühl, dass ihn jederzeit etwas anspringen könnte. Ein Tier, ein Mensch, ein Wesen der Unterwelt. Er leuchtete den Eingangsbereich aus, bis der Strahl auf einen Lichtschalter fiel, abgedeckt von einer Gummiisolierung.

Mit einem mulmigen Gefühl schaltete er ein.

Ein langer schmuckloser Gang erschien, an dessen Decke alle drei, vier Meter eine Lampe in einem Drahtgehäuse hing. Einige der Lampen flackerten, die Birnen sirrten. Vom Gang gingen Räume in beide Richtungen ab. Es sah aus wie in einem Gefängnis.

Plossila schaltete die Leuchte des Handys aus, steckte das Mobiltelefon zurück in die Hosentasche. Langsam schritt er den Gang hinunter. Sollte sich Eugen Fischer in der Bunkeranlage aufhalten, war er spätestens nach dem Einschalten des Lichts gewarnt, dass jemand kam. Fischers Wagen hatte vor der Schranke gestanden. Wo sollte er sein, wenn nicht hier?

Anderseits: Warum sollte er im Dunklen sitzen? Erwartete er ihn vielleicht? Plossila war eine halbe Ewigkeit oberhalb der Anlage herumgerannt. Er musste also damit rechnen, dass sein Kommen nicht unentdeckt geblieben war.

Er ging weiter, ganz vorsichtig, Schritt für Schritt, er musste auf alles gefasst sein. Links und rechts waren die Türen, sie waren direkt vis-à-vis voneinander in die Wand eingelassen. Und in jedem Türrahmen konnte Fischer auf ihn warten. Wenn er die Waffe in den linken Türrahmen hielt und Fischer im rechten stand, hatte er verloren. Fischer würde ihn von hinten an der Kehle packen und fertig machen.

Das erste Türenpaar näherte sich. Plossila spürte, wie ihm die Schweißtropfen von der Stirn liefen, ihm wurde heiß, dabei war es eiskalt hier unten. Er zitterte. Er schwitzte und zitterte zugleich.

Er presse sich an die rechte Wand, hielt die Pistole schräg in Richtung der linken Tür. Der Gang war eng, gerade mal eine Armlänge breit, es war ein beklemmendes Gefühl.

Plossila blickte sich um, sah in Richtung Eingangstür zurück. Sollte er es wirklich wagen? Oder sollte er Verstärkung rufen? Wenn Fischer ihn überwältigen würde, wäre auch Jenny verloren, durchfuhr es ihn. Er sollte zumindest Dollerschell anrufen und ihm sagen, wo er war. Er hatte die Umgebungskarte bei sich, niemand würde ihn hier finden. Diese Bunkeranlage schien die letzten sechzig Jahre unentdeckt geblieben zu sein, sie würde auch die nächsten sechzig Jahre nicht gefunden werden.

Er ging einen Schritt zurück, senkte die Waffe und zog das Handy heraus. Er klickte Dollars Nummer an, hielt sich das Gerät ans Ohr.

Die Leitung blieb stumm. Natürlich, dachte Plossila und blickte auf das Gerät. Ich bin in einem Bunker. In der Münchner S-Bahn hat man keinen Empfang, in einem abgelegenen Nazi-Bunker sollte man erst recht nicht damit rechnen. Er sah auf die Signalstärke-Balken – es wurde keiner angezeigt.

Plossila steckte das Handy ein und nahm die Waffe wieder in den Anschlag. Er war nicht in bester körperlicher Verfassung, wusste er. Zudem war er an so etwas nicht mehr gewöhnt, war unkonzentriert. Aber egal, er würde es schaffen. Keine Ausreden mehr. Er würde seine ihm anvertraute Kollegin hier herausholen. Er war immer noch mit Leib und Seele Polizist, sagte er sich. Mit Leib und Seele.

Er sprang vor die erste Tür, die Waffe nach links gerichtet. Nichts, ein dunkler, leerer Raum. Er drehte sich auf dem Absatz um, hielt die Waffe auf die rechte Tür. Sein Knie sackte weg, er verlor das Gleichgewicht, presste sich mit dem Rücken an die Flurwand, rutschte diese hinunter. Die Waffe auf die Türöffnung gerichtet. Nichts, auch hier nicht.

Er blieb einige Atemzüge lang auf dem Boden sitzen, betrachtete sein blutendes Knie, seine aufgerissene Hose. Dann richtete er sich wieder auf, inspizierte die beiden Räume. In jedem ein alter, verstaubter Sperrholzschreibtisch. Ebenso verstaubte Aktenschränke an der Wand. Viel erkennen konnte Plossila nicht, da beide Glühbirnen in den Räumen zertrümmert waren. In einem der beiden Zimmer gab es eine weitere, schmalere Tür. An ihr hing ein gelbes Schild mit einem Blitz und einem Totenkopf und es drang ein dunkles Summen nach draußen. Plossila entschied, diesen Raum erst einmal auszulassen.

Plossila trat wieder in den Gang, blickte auf die vier verbliebenen Türen. Es war eine Fünfzig-Prozent-Chance, sagte er sich. Das erste Mal hatte er Glück, aber Fischer konnte schon in dem Rahmen der nächsten Türe auf ihn warten und ihn mit seinen Würgehänden packen. Was hatte Isenbarth gesagt? „Ihr sucht einen starken Mann." *Also gut, starker Mann, dann wollen wir mal sehen, was du hierzu sagst.* Er hielt die Hecker & Koch mit zwei Händen an ausgestreckten Armen und näherte sich der nächsten Kreuzung. Wieder setzte er auf links, hielt sich an der rechten Wand.

Er sprang vor die Tür. Backsteine. Eine Mauer. Er riss die Waffe herum. Etwas blitzte auf. Ein Gesicht, schemenhaft, im Dunkeln. Er blickte ihm in die Augen. Die Glühbirne über Plossila flackerte. *Was zum Teufel …?* Plossila schoss. Ein ohrenbetäubender Knall. Etwas zersprang. Das Projektil wurde abgelenkt, zischte durch den Raum, wie eine Billardkugel über die Banden. Dreimal, viermal. Stille.

Plossila hielt die P7 weiterhin ausgestreckt am Arm, ein Schweißtropfen lief ihm über die Stirn bis auf die Nase, tropfte von dort herunter. Langsam ging er vor, über die Schwelle, betrat den Raum. Er hörte etwas zerbröseln, dann ein Klirren, immer wieder ein Klirren, in unregelmäßigen Abständen, leise nur.

Er tastete mit einer Hand an der Wand entlang, fühlte erst ein Kabel, dann das Gummi über einem Lichtschalter. Es roch nach Robinien-Pollen. Er drückte den Knopf.

Das Licht erhellte ein Badezimmer. Vor ihm ein zerschossener Spiegel, aus dem sich immer noch einzelne Scherben lösten und auf die Bodenfliesen fielen. Er hatte auf sein eigenes Spiegelbild geschossen. Er schüttelte den Kopf und sah sich weiter im Raum um: Es gab eine alte verkalkte Wanne mit historisch anmutenden Armaturen. Links dahinter zwei Duschen, auch sie alt und verkalkt, aber nicht staubig und dreckig. Sie mussten erst vor Kurzem geputzt worden sein. Mit der Schuhspitze schob er eine angelehnte Holztür auf. Das Klosett.

Plossila wandte sich um. Hinter ihm stand eine Pritsche, bezogen mit einem weißen Laken. Deutlich erkannte er Blutflecken, dunkelrot die einen, hellrot die anderen. Auch schwarze und rostrote Flecken sah er und hier und da ein Glitzern, das der Puder hinterlassen haben musste. Es musste hier gewesen sein, hier musste Fischer seine Opfer erst gereinigt, dann abgepudert haben. Hier, auf dieser Pritsche, dieser alten, verlausten Matratze.

Er blickte auf die Regalbretter, die oberhalb des Bettes angebracht worden waren. Eine Batterie hellgrüner Kernseifen lag darauf, ordentlich neben- und übereinander gestapelt. Daneben ein geöffnetes, in Leder gebundenes Maniküre-Set. Seitlich davon Plastik-Puderfläschen der Marke Piu-Piu, deren Etikett ein gelbes Küken schmückte. Zudem zwei der länglichen Dosen mit dem japanischen Blumenmuster, wie er sie schon im Haus Fischers gefunden hatte. Plossila musste sie gar nicht öffnen, er wusste, was sich darin befand.

Noch einmal senkte sich sein Blick auf die Matratze, auf das Laken. Er dachte an Lisa Huber, an Helen Bechmann, die hier vor Kurzem tot gelegen haben mussten. Er dachte an Jenny und hoffte, dass er noch rechtzeitig kommen würde. Dass es noch nicht zu spät war. Dass er wenigstens das Schlimmste noch verhindern konnte.

Er ging in den Gang zurück, die letzten beiden Türen warteten auf ihn. Er wusste nicht, warum, aber diesmal hielt er sich an der linken Wand, richtete die Pistole nach rechts. Doch auch hier wartete Fischer nicht versteckt in einem Rahmen auf ihn. Er trat in den Raum zu seiner Rechten, fand erneut die Glühbirne zerstört. Schemenhaft erkannte er einen Herd mit mehreren Kochplatten, an den Wänden waren lange Hängeschränke angebracht, darunter Tische und Stühle. Eine Art Küche.

Er betrat den Raum auf der linken Seite, auch er lag im Dunkeln. Es roch eigenartig süßlich, leicht nach Fäkalien. Direkt neben der Tür flackerte eine winzige orange-rote Diode, zeigte den Lichtschalter an. Plossila presste den Daumen auf die Schutzisolierung, das Licht sprang an.

Er erschrak. Auf einer Eckbank saß ein Mann, sein Oberkörper lag auf einem niedrigen Tisch, ein Arm war auf der Tischplatte neben dem Kopf platziert, der andere baumelte schlapp am Körper hinab. Alles war voller Blut: der Tisch, die Bank, der Boden.

Plossila näherte sich langsam, betrachtete den in einer eingetrockneten Blutlache liegenden Kopf des Mannes. Er tippte ihn leicht mit dem Finger an, sodass der Kopf ein Stück zur Seite rollte und er in sein Gesicht sehen konnte. Er erschrak über das kindliche, pausbackige Gesicht, das keine Falte verunstaltete und das nicht zu dem großen, grobschlächtigen Mann passen wollte. Obwohl er Fischer nur einmal kurz gesehen hatte, war er sicher, dass es sich bei der Leiche um ihn handeln musste. Und daran, dass der Mann tot war, konnte kein Zweifel bestehen: Deutlich sah Plossila das schwarze Loch in seinem Schädel, auf der Stirn oberhalb des rechten Auges. Ein kleiner dunkler Krater, umschlossen von einer braunen Kruste und roten und violetten Kreisen.

Er sah an ihm hinab, blickte auf einen ausgewaschenen, blau-weiß gestreiften Pullover über einer braunen Lederhose. An den Füßen trug er klobige Schuhe. Plossila ging in die Knie, erkannte deutlich das David-Diabolo-Logo, von dem Skibinski gesprochen hatte. Kein Zweifel, es war der Täter. Was war passiert? Wer hatte ihn erschossen? Oder war es Selbstmord? Dann musste irgendwo eine Pistole liegen. Doch Plossila konnte keine finden, auch nicht unter dem Tisch, unter der Bank, auf der der Tote saß.

Plossila richtete sich wieder auf, sah sich erneut im Raum um. Er war lang und wirkte eher wie ein breiter Flur. An seiner Stirnseite gab es eine weitere Tür. Sie war verschlossen.

Der Schlüssel steckte.

Jenny Biber saß auf dem Boden, hielt die Beine mit ihren Armen umklammert. Es war kälter in diesem Raum als in ihrer Ursprungszelle und sie trug nach wie vor nur ihr Shirt und ihre kurze Schlafanzughose. Außerdem zog es seit einiger Zeit unter der Tür hindurch, eine zarte, aber scharfe, kalte Brise, die gegen ihre nackten Füße wehte und von dort hinauf zu ihren Oberschenkeln. Sie würde sich gerne woanders hinsetzen, dachte sie, auf die Tischplatte vielleicht, auf die Lisa Huber ihre letzte Botschaft gekratzt hatte, oder auf die blutverschmierte Pritsche in ihrem Rattenloch. Doch sie war zu schwach, hatte nicht die Kraft, sich zu bewegen, sich aufzuraffen. Es würde weniger Energie kosten, einfach den kalten Zug zu ertragen, als ihre Position zu ändern. Vielleicht würde er ja sogar ein bisschen Sauerstoff in den Raum hinein wehen.

Vor allem hatte sie Durst. Sie hatte das letzte Glas, das ihr Peiniger auf den Boden gestellt hatte, angewidert ausgeschüttet. Und jetzt hatte sie das Gefühl, schon Ewigkeiten nichts mehr getrunken zu haben. Ihr Mund war so trocken, wie sie es noch nie erlebt hatte, die Zunge wirkte rau und pelzig, lag leblos in ihrer Mundhöhle wie ein eingeschlafenes Körperteil. Sie hatte sich vor Verzweiflung ihre Lippen aufgebissen, kaute mit den Zähnen an den Hautfetzen, die von den Wunden abstanden.

Sie fühlte sich wirr und schwindelig, ihre Gedanken flogen ziellos von einem Erlebnis zum anderen. Immer wieder kehrten sie zu ihrer Kindheit zurück und sie dachte an die Zeit, in der sie noch mit ihren Eltern zusammen gelebt hatte. Wie sie als Sechsjährige von der Küche ins Esszimmer gelaufen war, von dort in den Flur und dann wieder in die Küche. Immer wieder war sie im Kreis gelaufen, sah ihre Mutter, wie sie mit einer gestreiften Schürze in Rosa und Weiß das Essen zubereitete, und ihren Vater, der mit der Zeitung im Esszimmer saß und auf Juliane, ihre kleine Schwester, aufpasste. Jenny Biber war so lange im Kreis gelaufen, bis ihr schwindlig geworden war, schwindlig wie jetzt, manchmal gefolgt von Charly, ihrem Hund. Irgendwann war sie von ihrer Mutter gestoppt worden, die ihr die Hand auf den Kopf gelegt und sie an ihr Bein gepresst hatte. Plötzlich hatte sie sich nicht mehr um die Räume gedreht, sondern alles, die ganze Welt, drehte sich um sie. Und wenn sie nicht diesen Halt gehabt hätte, das Bein ihrer Mutter, wäre sie umgefallen.

Genau das wollte sie jetzt: sich an das Bein ihrer Mutter klammern und die Hand der Mutter auf ihrem Kopf spüren.

Jenny Biber ballte die Faust und unterdrückte die aufkommenden Tränen. Sie legte ihre Stirn auf ihre Knie, strich sich mit der Hand über die Schrammen an ihren Unterschenkeln. Das Sirren der Lampe machte sie wahnsinnig und sie dachte einen Moment daran, die Glühbirne einfach einzuschlagen. Doch der Gedanke an die Dunkelheit ließ sie erschaudern.

Plötzlich hörte sie etwas. Einen Knall. Wie vor Stunden, nur leiser. Auf einmal war sie wieder hellwach, fand zu sich selbst zurück. Ihr Atem stockte und sie schärfte alle Sinne, wollte ergründen, was sich jenseits ihrer Kerkertür abspielte. Er kam wieder. Erst war da dieser Knall gewesen, eigenartig langgezogen, und dann war etwas zersplittert. Sie schob sich langsam die Wand hinauf, legte eine Hand und dann das linke Ohr gegen die Tür.

Stille. Sie konnte nichts hören außer dem Summen der Glühbirne in ihrem Raum. Sie hielt sich das rechte Ohr zu, sehnte sich danach, mehr zu hören, wollte Schritte hören, die sich der Tür näherten, wollte ihre Chance nutzen, ihren Plan umsetzen, der Hölle entfliehen.

Na, komm schon, komm zurück, du Schwein! Komm her und bring mir das verfluchte Hundefutter!

Sie fühlte, wie der Gedanke an ihre Flucht ihre Kraft zurückkehren ließ, wie ihr das Blut wieder in den Adern pulsierte, fühlte, dass sie die Konzentration wiederfand. Das Warten war das Schlimmste gewesen, die Angst, er könnte gar nicht mehr kommen, würde sie hier zurücklassen, warum auch immer. Es war schlimmer gewesen als die Sorge, sie könne scheitern, schlimmer als die Furcht, dass er sie schnappen würde, bevor sie ihm entwischen konnte.

Aber ich werde es schaffen, sagte sie sich, sobald du mit dem Essen vor dem Rattenloch stehst, werde ich lautlos um die Tür herum schleichen und abhauen, ehe du dich versiehst. So schnell werde ich sein, dass du gar nicht gucken kannst!

Sie fühlte ihr Herz schlagen, ein schneller unerbittlicher Rhythmus, der alles andere zu übertönen schien. Von draußen hörte sie nichts mehr. *Na komm schon*, sagte sie sich, *na komm schon!* Doch da war nichts, es blieb still.

Sie verstand es nicht. Er musste doch da sein. Wer sonst sollte diesen Lärm gemacht haben? Er war da und hatte eine Tür zugeschlagen und irgendetwas fallen lassen. Ihr Essen vielleicht? Ja, er hatte ihr Essen zubereitet und dann hatte er es fallen lassen, redete sie sich ein. Das Glas, das Wasserglas, das er ihr bringen wollte, war auf dem Boden zerplatzt. So hatte es sich doch angehört, genau so! Und jetzt musste er ein neues Glas füllen, vielleicht die Scherben zusammenklauben. Das konnte dauern, natürlich, aber er würde kommen, ganz sicher.

Bitte! Bitte komm! Komm und bring mir das verfluchte Wasser! Auf einmal hörte sie wieder etwas, ganz leise nur, aber in der Nähe der Tür, sie war sicher. Etwas Metallisches klickte, dann schlurfende Schritte. Sie versuchte sich zu konzentrieren, hielt sich erneut das eine Ohr zu. Ein Schnaufen, ein dunkles Schnaufen. Anschließend wieder nichts.

Etwas polterte gegen die Tür, das Schloss klirrte. Jenny Biber erbebte, ihr Atem ging schnell, schnell und kurz. Alle Sehnen ihres Körpers spannten sich an. Gleich war es so weit, er würde diese Tür öffnen und eintreten. Sie wich zurück, presste sich gegen die Wand. Ihre Hände und ihr Rücken waren klatschnass, ihr Herz trommelte gegen ihre Brust.

Der Schlüssel drehte sich, die Klinke bewegte sich. Ganz langsam drückte er sie von der anderen Seite nach unten. In Zeitlupe. Jenny Biber presste sich an die Wand, er durfte nicht merken, dass sie hinter der Tür auf ihn wartete, durfte keinen Widerstand spüren, wenn er öffnete. Sie versuchte den Atem zu unterdrücken, versuchte die Luft durch die Nase fluten zu lassen. *Ein, aus, ein, aus, ganz langsam.*

Die Tür öffnete sich, erst nur einen Spalt, dann noch ein Stück weiter. Sie hörte Schritte, Knirschen auf dem Backsteinboden. Er versuchte leise zu sein, warum auch immer. Dennoch würde er sie nicht hören, wenn sie um die Tür wischte, sie war barfuß, würde keinen Laut von sich geben. *Komm schon*, dachte sie. *Komm, geh weiter, geh in den Raum, geh zur Tür!*

Sie sah seinen Rücken, er war jetzt eine Armlänge von ihr entfernt, schlich unsicher in den Raum, einen Fuß vor den anderen setzend, als balanciere er auf irgendetwas. Er blieb stehen. Blickte sich um und inspizierte den Raum. Sie zog den Kopf zurück, presste sich wieder an die Wand. Warum war er so misstrauisch? Hatte er etwas bemerkt, war irgendetwas anders als sonst? Vielleicht hatte sie etwas übersehen, irgendetwas verändert, das ihm jetzt auffiel. Nicht auszuschließen, dass er sie roch, ihren Angstschweiß.

Er ging weiter, Gott sei Dank, sie hörte das Knirschen seiner Sohlen auf dem rauen Backstein. Sie schob den Kopf ein Stück vor, lugte vorsichtig um die Tür, sah ihn. Er bewegte sich weiter auf ihr Rattenloch zu, blieb davor stehen, betrachtete das Wasserglas, das über der Klinke hing, schien sich ganz darauf zu konzentrieren.

Jetzt oder nie!

Sie trat einen Schritt zur Seite, noch immer an der Wand entlang, dann schlich sie um die Tür herum und rückwärts aus dem Raum, ihn im Blick haltend. Erst als sie über die Schwelle getreten war, drehte sie sich um. Sie sah eine offene Tür und rannte los. Aus den Augenwinkeln sah sie etwas auf einem Tisch liegen, konnte es erst nicht zuordnen. Doch jetzt verdichtete sich das Bild, da hatte ein Mann gelegen. Er musste tot gewesen sein. Da war Blut, ganz sicher und es hatte eigenartig süßlich gerochen. Eine männliche Leiche! Sie würde sich später Gedanken darüber machen, jetzt war keine Zeit dafür, jetzt ging es um sie, um ihre Flucht!

Jenny Biber lief in einen Gang hinein, die Glühbirnen an der Decke flackerten, warfen unheimliche Schatten an die nackten Betonwände, von denen das Wasser rann. Sie spürte ihre Füße auf dem rauen Untergrund, ihre Wunden brannten. Da waren Türen, überall Türen. Doch welche führte nach draußen?

Da, in einem der Räume brannte Licht! Sie lief darauf zu. Als sie um die Ecke blickte, hörte sie ihn rufen. *„Jenny? Jenny, bist du das? Jenny, bleib stehen! Komm zurück!"*

Eine Badewanne, ein Waschbecken, Duschen. Ein Badezimmer. Das konnte nicht richtig sein. Sie sprang zurück in den Gang. Sie musste weiter, weiter geradeaus! Die anderen Räume waren dunkel, waren schwarz. Aber da hinten, an der Stirnseite war die Tür angelehnt, es musste der Ausgang sein. Sie rannte darauf zu, alles um sie herum drehte sich, wie damals im Haus der Eltern. Ihr Hund Charly war ihr auf den Fersen, aber er würde sie nicht kriegen, sie war immer schneller gewesen als er.

„Jenny! Warte! Ich bin's doch, ich, Plossila!"

Sie riss die Tür auf, blickte auf eine schwarze Wand. Egal, sie musste weiter, er war ihr auf den Fersen, wenn sie umkehrte, würde sie ihm in die Arme laufen. Sie rannte los, prallte schon nach einem Schritt mit dem rechten Fuß gegen etwas Hartes. *Mein Gott, mein Zeh!* Ein stechender Schmerz durchfuhr sie. Rote und weiße Spiralen drehten sich vor ihrem inneren Auge, sie hörte einen grellen Laut aus ihrem Inneren.

Dann stürzte sie mit dem Oberkörper nach vorne. Fühlte Beton unter ihren Händen. Eine Treppe! Stufen! Oben ein Licht! Es brannte in ihren Augen. Dahin musste sie, da hoch, dann hatte sie es geschafft. Zum Licht! Hoch zum Licht!

Sie hörte ihn rufen, er kam immer näher. Jetzt nur nicht durchdrehen, sagte sie sich. Sie begann auf allen vieren die Treppen hochzuklettern, verdrängte den Schmerz an ihrem Zeh. Etwas Pelziges zischte an ihr vorbei, aber das kümmerte sie nicht, sie hatte mit Ratten übernachtet, sie würde sich jetzt nicht von ihnen aufhalten lassen. Höher musste sie, immer höher und schneller, vor allem schneller.

Sie blickte sich um, sah ihn schemenhaft am Treppenabsatz, er folgte ihr, rannte die Treppe nach oben. Sie hörte den Schlag der Tür. Ledersohlen auf Beton.

„Jenny! Warte, verflucht!"

Eine Backsteinmauer, dahinter die Freiheit. Jenny Biber richtete sich auf, ihre Fingernägel bohrten sich wie Krallen in das poröse Gestein. Sie warf das Bein auf die Mauer, ohne Rücksicht darauf, sich an der rauen Oberfläche verletzen zu können. Ohne nachzudenken, stemmte sie sich mit den Armen nach oben, mit aller Kraft, wollte nur irgendwie auf die andere Seite.

Dann umklammerte er sie, riss sie an sich.

Jenny Biber schrie, versuchte sich loszureißen. Sie hatte es fast geschafft. Doch er hielt sie fest, sagte „Jenny ... Jenny ... Ich bin's, ganz ruhig, ich tue dir nichts. Du bist in Sicherheit. Ganz ruhig. Es ist vorbei."

Endlich erkannte sie ihn. Das fleischige, flächige Gesicht, die langen blonden Haare, die ihm in die Stirn fielen, der selbstbewusste, fast stechende Blick. Plossila!

„Warum ...? Warum ...?"

„Ich erkläre dir alles, wenn wir im Wagen sind." Sie nickte.

Er nahm sie in den Arm, legte ihr die Hand auf den Kopf und presste sie an sich. Sie ließ ihre Tränen einfach nur laufen.

22

Plossila konnte sich nicht daran erinnern, wann er jemals so fertig gewesen war. Das erste Stück bis hinunter zum Waldweg hatte er Jenny getragen, die letzte Wegstrecke hatte er sie mit ihrem Arm auf seiner Schulter gestützt. Jenny Biber konnte ihren rechten Fuß nicht mehr belasten. Sie hatte sich den Zeh verletzt, möglicherweise war er gebrochen.

Sie sah nicht gut aus. Ihr Gesicht war fahl und ausgemergelt, die Haare spröde und fettig. Ihre Augen waren rot umrandet und an ihrem ganzen Körper hatte sie Schrammen und Wunden. Sie hatte zwei Tage nichts mehr getrunken, musste vollkommen dehydriert sein. Und obwohl sie kaum etwas gegessen hatte, musste sie sich auf dem Weg zurück zum Wagen mehrfach übergeben. Als sie durch die Wasserlachen des lehmigen Waldbodens gewatet waren, hatte sie zudem phasenweise wirr vor sich hingefaselt.

Auch wenn sie körperlich stark mitgenommen war, die seelischen Wunden konnten sehr viel ernster sein, wusste Plossila. Sie war mehrere Tage von einem Serienmörder in Gefangenschaft gehalten worden, es konnte Monate, vielleicht Jahre dauern, bis sie dieses Trauma verarbeitet hatte. Plossila war klar, dass er sich die Angst und die Verzweiflung, die sie ertragen haben musste, gar nicht vorstellen konnte. Er hoffte, dass sie den Polizeidienst fortsetzen konnte, dass die seelischen Schäden nicht so stark waren, dass sie ihren Beruf schon in jungen Jahren an den Nagel hängen musste. Er kannte mehrere Kollegen, die ähnliche Traumata nicht hatten überwinden können.

Immerhin schien Fischer sie nicht vergewaltigt zu haben.

Zumindest versuchte Jenny Biber ihm das zu verstehen zu geben. Allerdings konnte man kurz nach einem solchen Ereignis keinesfalls sicher sein, dass sie das Erlebte richtig erinnerte. Es war sehr wohl vorstellbar, dass sie die schlimmsten Episoden aus Selbstschutz einfach verdrängte. Später, wenn sie aus dem Wald heraus waren, würden die Ärzte sie eingehend untersuchen, danach würden sie Klarheit haben.

Sie war drei Tage in seiner Gewalt gewesen. Die anderen Opfer waren alle in dieser Zeit misshandelt worden und er konnte sich keinen Reim darauf machen, warum bei Jenny alles anders gelaufen sein sollte. Aber vielleicht war Fischer einfach schon zu lange tot gewesen.

„Hast du irgendetwas mitbekommen davon, dass man Fischer erschossen hatte?", fragte er.

Sie waren gerade oben auf dem Plateau angekommen, sahen schon den LKW auf der kleinen Lichtung stehen. Jenny Biber musterte ihn mit glasigen Augen, als er mit ihr unter dem Arm um die Schranke herum ging. Er bereute sofort, die Frage gestellt zu haben, es war einfach noch zu früh, um darüber zu sprechen.

„Nein ... ja, da war etwas, ein lauter Knall. Wahrscheinlich war es ein Schuss. Wenn du mich nicht gefunden hättest ..."

„Schon gut, Jenny, wir reden später, jetzt bringe ich dich erst mal ins Krankenhaus."

Jenny Biber nickte.

Sie schritten um Fischers LKW herum, Plossila begann, mit der freien Hand nach dem Fahrzeugschlüssel in seiner Hosentasche zu suchen, konnte ihn aber nicht finden.

Als sie hinter die Ladefläche traten, war der BMW verschwunden.

Plossila konnte es nicht glauben. Er sah sich verzweifelt um, als könne er sich irren, aber es war eindeutig. „*Verdammte* ... Ich weiß doch genau, dass ich ihn hier abgestellt habe."

Jenny Biber wurde wieder klarer. „Der Wagen?"

„Ja. Ich habe ihn *hier* abgestellt."

„Abgeschlossen?"

Plossila war kurz davor, ernsthaft wütend zu werden, er schluckte seinen Ärger aber herunter. Ihm wurde klar, dass er den Schlüssel hatte stecken lassen. „Ja ... na ja, keine Ahnung!"

Das fehlte ihm noch, dachte er, dass sie ihm den Wagen geklaut hatten. Er wusste, dass er oft vergaß, den Schlüssel mitzunehmen, aber wer sollte denn hier ein Auto stehlen? Es war einfach nicht zu fassen, dass ihm das ausgerechnet jetzt in dieser Situation passieren musste. Er blickte auf den Boden, sah die Reifenspuren im langsam trocknenden Matsch. Er konnte deutlich erkennen, dass der BMW zurückgesetzt und dann in Richtung Schotterpiste gefahren worden war. Es war einfach nicht zu fassen.

Jenny Biber löste sich von ihm und setzte sich ins feuchte Gras vor einen Baumstumpf. Sie legte zuerst ihren Ellenbogen darauf, dann vergrub sie den Kopf in ihrer Armbeuge.

Plossila schickte ihr einen entschuldigenden Blick, tastete dann an seinem Körper umher. Er zog sein Handy aus der Jackentasche und überlegte, wen er kontaktieren sollte. Er würde Dollerschell anrufen, er wohnte nicht weit von hier entfernt. Doch als er auf die Knöpfe für die Tastensperre drückte, tat sich nichts, das Display blieb schwarz.

„Das kann doch einfach nicht wahr sein."

„Was ist los?", fragte Jenny Biber und sah ihn von unten aus kleinen, müden Augen an.

„Der Akku ist leer. Ich hatte die Leuchte benutzt, das wird viel Energie gefressen haben. Die Leuchte für den Bunker – ich hatte keine Taschenlampe."

Jenny Biber nickte verständnisvoll, kämpfte weiter damit, die Augenlider offen zu halten.

Plossila fühlte sich mies. Alles, was Jenny brauchte, war ein Arzt und dann ein Bett. Nur durch seine Schusseligkeit stand ihnen jetzt weder ein Auto noch ein Telefon zur Verfügung. Er stützte die Hände in die Hüften und blähte die Backen.

„Vielleicht haben wir ja Glück und es gibt noch andere Leute, die so doof sind wie ich", sagte er in erster Linie zu sich selbst. Er schritt um den LKW herum und legte die Hand an die Türklinke des Fahrerhäuschens. Er war überrascht, dass die Tür sich tatsächlich öffnen ließ. Anschließend kletterte er in den Wagen hinein und konnte seinen Augen nicht trauen: Der Schlüssel steckte. Er drehte ihn um, der Motor sprang an. Er trat aufs Gas, ließ ihn laut aufheulen.

„Na also!", sagte er und machte einen Satz von der Kabine auf den Waldweg.

Jenny Biber lächelte. „Pass auf, dass du dir nicht auch noch was brichst – ich brauche dich noch."

Plossila lachte und half ihr vorsichtig auf die Beine. Dann legte er sich ihren Arm um die Schulter und führte sie um das Chassis herum auf die andere Seite. Er öffnete die Tür und wollte ihr beim Einsteigen helfen. Doch sie wehrte ihn ab und zog sich ganz alleine nach oben auf den Beifahrersitz.

Zurück am Steuer rührte er zunächst etwas hilflos mit dem langen Knüppel der Gangschaltung herum. Er seufzte, riss sich dann mit einem genervten Blick den Pistolengurt vom Oberkörper und steckte ihn mitsamt der P7 in das Handschuhfach. Das Ding hatte ihn schon die ganze Zeit genervt und um den Laster zu bedienen, brauchte er jetzt größtmögliche Bewegungsfreiheit.

Als er endlich den Rückwärtsgang erwischte, setzte er den LKW vorsichtig nach hinten, fuhr mit dem Heck leicht in den Wald hinein, um zu drehen. Er kannte die Ausmaße des Wagens nicht und musste vorsichtig sein. Er wollte sich jetzt nicht auch noch im Matsch festfahren.

Vorsichtig fuhr er den Laster aus dem Wald hinaus und über das Plateau. Seine Laune hellte sich erst auf, als sie vom Waldweg in die besser befahrbare Schotterpiste einbogen. Er schaltete in den dritten Gang und wandte sich Jenny Biber zu. „Ich habe dir noch gar nicht das Du angeboten."

„Ja, komisch, kam plötzlich von ganz alleine, nicht wahr? Ich bin jedenfalls Jenny." Sie hielt ihm die Hand entgegen und lächelte müde.

„Heiko", sagte er und ergriff ihre Hand. Sie fühlte sich schlapp an, auch wenn Plossila merkte, dass Jenny durchaus zuzudrücken versuchte. „Aber so nennt mich eigentlich nur meine Exfrau. Am besten, du sagst einfach Plossila, da höre ich am besten drauf."

Sie nickte, sah ihn einen Moment fast zärtlich an. Dann schloss sie die Augen, lehnte sich mit dem Kopf an die Tür. Sie lächelte sanft.

Das wird ihr gut tun, dachte Plossila, auch wenn er nicht glauben konnte, dass man bei diesem Geruckel und dem Lärm, den der Motor verbreitete, wirklich schlafen konnte.

Obwohl er selbst diese Nacht kaum zur Ruhe gekommen war, fühlte er sich einigermaßen entspannt. Er hatte seit Langem einmal wieder das Adrenalin gespürt, das sein Job mit sich brachte, die Leidenschaft für seinen Beruf war zurückgekehrt. Vielleicht hatte er sich ja doch nicht verloren, vielleicht hatte ihm dieser Fall geholfen, seine Lethargie und seine berufliche Emotionslosigkeit zu überwinden. Vielleicht hatte ihn Jennys Elan mitgerissen.

Er dachte an damals, an die Zeit, als er in ihrem Alter gewesen war. Auch er hatte es mit den Regeln nicht so genau genommen, war ein richtiger Heißsporn gewesen. Sein Vater hatte ihm gesagt, dass es gut war, diese Phase hinter sich zu lassen, der Rationalität zu vertrauen, auf Routine zu setzen. Doch er hatte diesen Fall mit den Methoden seiner Jugend gelöst: mit Herz und Verstand. Das heißt, wirklich gelöst war der Fall noch nicht, ein paar Fragezeichen gab es ja noch. Wenn der Tote dort unten wirklich Eugen Fischer war – wer hatte ihn dann umgebracht? Na ja, darum würden sie sich später kümmern …

Plossila schaltete in den zweiten Gang zurück, ließ die Motorbremse für sich arbeiten. Gleich würde es die Serpentinen bergab gehen, er musste hier ganz vorsichtig fahren. Jenny Biber schlief und er wollte sie keinesfalls durch unüberlegte Manöver aufwecken. Außerdem fuhr er auch nicht jeden Tag LKW, wusste also nicht, wie der Wagen in den Kurven reagieren würde.

Er lenkte den Mercedes nach rechts, ließ ihn dann langsam den Berg hinabrollen und so wieder an Fahrt gewinnen. Mittlerweile war der Tag angebrochen, die Sonne stand klar und golden am Firmament. Vom Regen der letzten Nacht gab es kaum mehr eine Spur. Keine Wolke trübte den Himmel. Es war so klar, dass Plossila bis zu den Alpen blicken konnte, die blau und majestätisch in der Sonne protzten. Wenn er aus dem Seitenfenster den steilen Abhang hinabsah, über das Geröll, die Büsche und den Wald hinweg, tauchten gelbe Rapsfelder auf, grüne Wiesen und hier und da eine kleine

Siedlung. Alles in allem eine wohlgeordnete Welt. Kaum zu glauben, dass sie sich in dieser Gegend mit einem Serienmörder beschäftigen mussten.

Es ging in eine weitere Kurve, ein Warnschild zeigte an, dass die Straße hier ein starkes Gefälle aufwies. Plossila trat auf die Bremse. Doch nichts geschah, der Wagen nahm nach wie vor an Fahrt auf. Plossila drückte erneut, diesmal fester, bis er mit der Pedale den Boden berührte. Nichts, keine Reaktion. Er stieß mit dem Fuß so fest zu, wie er konnte, hörte nur das Klappern der schlappen Pedale auf dem Metallfuß darunter.

„*Verdammte Scheiße!*", stieß er hervor. Der Wagen wurde schneller und schneller, hielt auf die enge Kurve zu, hinter der es einen Abhang von gut hundert Metern hinunterging. Zwar gab es eine Leitplanke aus Blech, doch wenn er mit dieser Geschwindigkeit dagegen rauschen würde, würde die ihm auch nicht helfen können.

Er riss die Handbremse nach oben. Es gab einen lauten Quietschlaut, dann zerbrach irgendetwas und er hatte den Hebel in der Hand. Der Wagen raste weiterhin mit steigender Geschwindigkeit auf die Leitplanke zu.

Plossilas Puls erhöhte sich, ein leichter Schwindel erfasste ihn. Dann besann er sich, versuchte sich zu konzentrieren. Einem Impuls folgend trat er auf die Kupplung und schaltete in den ersten Gang zurück. Der Motor jaulte auf, bremste die Geschwindigkeit ganz leicht ab, doch waren sie immer noch zu schnell für die enge Kurve.

Plossila blickte aus dem Seitenfenster: Büsche, Bäume, Felsformationen sausten nur so an ihm vorbei. Zum Rausspringen war es zu spät, sie mussten es mit dem Wagen schaffen. Sie musste durch diese verfluchte Kurve, es gab keine andere Möglichkeit.

Er fuhr so weit nach rechts wie es nur ging, er musste die Kurve in dem größtmöglichen Bogen umfahren, sich vielleicht sogar leicht von der Leitplanke bremsen lassen. Äste prallten gegen die rechte Seite der Fahrerkabine, der Wagen begann zu ruckeln, weil die Räder auf der Beifahrerseite bereits neben der Piste fuhren.

Er hielt auf die Kurve zu, die Tachonadel zeigte siebzig Stundenkilometer. Plossila brach der Schweiß aus, er hätte den Wagen auf dreißig Stundenkilometer abgebremst, wenn er die Wahl gehabt hätte.

Kurz vor der Biegung riss er das Steuer nach links, der LKW rauschte gegen die Leitplanke, hob auf der Fahrerseite mit den Reifen von der Straße ab und rutschte an der Planke durch die Kurve. Sie war stabiler, als Plossila vermutet hatte.

Plötzlich ein Schrei. Jenny! Sie war mitten in der Kurve aufgewacht, riss die Augen auf. Sie schrie erneut, begann auf Plossila einzuschlagen. *„Was tust du?! Was um Himmels willen tust du?!"*

Die Reifen auf der linken Seite sackten zurück auf die Straße. Plossila versuchte den Wagen unter Kontrolle zu bringen, der erst in die eine, dann in die andere Richtung geschleudert wurde.

„Ich versuche, unsere Leben zu retten", rief er Jenny Biber zu, als er den Mercedes wieder einigermaßen im Griff hatte.

„Was ist passiert?"

„Die Bremsen funktionieren nicht. Das ist passiert" Jenny Biber schlug die Hände vor das Gesicht, fixierte die nächste Kurve. Der Wagen war jetzt noch schneller, ging auf die achtzig Stundenkilometer zu. „Das schaffen wir nie", schrie sie.

Sie mussten irgendwie von der Geschwindigkeit runter, und sie hatten höchstens zwei Sekunden Zeit, sich eine Lösung einfallen zu lassen. Plossila pumpte immer wieder die Backen auf, die Straße und die Kurve, die auf sie zukam, fest im Visier. Und den Abhang dahinter.

Er stieß die Tür auf, presste sie mit dem Fuß gegen die Felswand auf der linken Seite. Es gab drei vier feste Stöße, der Wind fegte in die Fahrerkabine hinein, Blätter stoben auf. Dann riss die Tür aus der Verankerung und sie hörten nur noch, wie das Blech hinter ihnen auf die Straße geschleudert wurde.

„Fünfundsiebzig Stundenkilometer, immerhin", sagte Plossila.

„Zu schnell!", schrie Jenny Biber

„Ja." Plossila schnaufte, seine Pupillen sprangen zur Seite, in Richtung Felswand, dann wieder auf die Straße. Er schnaufte, er pumpte, Schweiß lief ihm in Rinnsalen über Brust und Rücken. Dann riss er das Lenkrad nach links.

Ein lauter Schlag – der Wagen krachte mit der Seite gegen den festen Granit. Das Fahrerhaus vibrierte, Jenny Biber schrie, wurde von ihrem Sitz geschleudert und stieß mit dem Kopf an die Decke. Der Wagen titschte zurück auf die Straße. Plossila bekam ihn unter Kontrolle, blickte geradeaus. Die Kurve war noch enger als die vorherige. Siebzig Stundenkilometer. Er schluckte, blickte zur Seite, riss erneut das Steuer herum.

Das Blech quiekte, die Felsen trommelten auf das Fahrerhaus ein. Dann stieß der Wagen gegen einen Vorsprung, die linke obere Ecke der Karosserie wurde eingedrückt, über die Windschutzscheibe legte sich erst ein diagonaler Riss, dann platzte sie komplett. Plossila sah plötzlich nur noch einzelne Glaspuzzlestücke.

Er lenkte den Wagen wieder zurück auf die Straße und schlug die Scheibe mit der Faust ein. Es ging in die Kurve, die Plossila nur durch das kleine Loch in der Windschutzscheibe erkennen konnte. Er riss das Steuer nach links, wieder hoben die Räder ab, ein bisschen höher noch als eben. Plossila blickte in die Augen seiner Kollegin, die weit aufgerissen waren, auch ihr Mund stand offen. Die Fliehkräfte zogen den LKW nach rechts, in Richtung Abhang, Plossila hatte keine Kontrolle mehr. Einen Augenblick stand ihr Leben auf Messers Schneide, dann, plötzlich, sackten die Räder wieder zurück auf die Straße.

„*Mein Gott!*", schrie Jenny Biber.

„Bist du in Ordnung?"

„Ja … Ja, ich glaube schon."

„Die Scheibe", sagte Plossila.

Jenny Biber begriff sofort, schnappte sich die abgerissene Handbremse und schlug die Splitter heraus, sodass Plossila besser sehen konnte.

„Wir sind fast unten", sagte er, als er wieder freie Sicht hatte. „Das Problem ist die Hauptstraße. Es ist Berufsverkehr, wenn wir jetzt auf die Straße donnern, haben wir keine Chance."

Jenny Biber nickte.

Die Straße tauchte auf, tatsächlich zog ein Auto nach dem anderen auf ihr vorbei. Plötzlich stieg schwarzer, rußiger Rauch aus der Motorhaube, zog zu ihnen in die Fahrerkabine.

„Was jetzt?", fragte Jenny Biber panisch und zeigte auf die Straße.

Plossila blickte nach rechts. An der Straßenseite plätscherte ein kleiner Bach, dahinter war es waldig. Sie würden sich erst überschlagen und dann an den Bäumen zerschellen, wenn sie in diese Richtung fuhren. Er blickte auf die andere Seite. Dort wuchsen wilde, haushohe Brombeerhecken, die Dornen wirkten spitz und scharf wie Rasierklingen.

Die Straße kam näher, zweihundert Meter, einhundertfünfzig Meter. *„Was jetzt? Mein Gott!"*, schrie Jenny Biber.

„Halt dich fest!"

Plossila riss das Steuer nach links. Der Mercedes hob ab, der Motor jaulte auf, sie flogen. Es gab einen gewaltigen Schlag, sie setzten wieder auf, wurden hin und her gerissen. Plossila krallte sich am Lenkrad fest, versuchte es gerade zu halten und nicht aus dem Auto geschleudert zu werden. Die restlichen Glassplitter der Windschutzscheibe flogen in alle Richtungen, Dornenschlingen schlugen in den Wagen, wurden zerfetzt und abgerissen, wickelten sich um die Karosserie, die Reifen. Plossila hatte für einen Moment das Gefühl, das Bewusstsein zu verlieren, ihm wurde schlecht, aber er musste sich zusammenreißen. Er riskierte einen kurzen Blick zu Jenny Biber. Sie hielt den Handgriff seitlich der Tür umklammert, presste sich mit den nackten Füßen gegen Armaturen, um nicht aus dem Auto geschleudert zu werden. Ihre Haare flogen hin und her, ihr Körper wurde immer wieder aus dem Sitz gehoben und fiel auf diesen zurück.

Sie wurden langsamer, hörten, wie die Reifen platzten, erst vorne, dann hinten. Das Geruckel nahm noch einmal zu, Plossila spürte einen plötzlichen Schlag im Genick. Dann gab es einen letzten Aufprall, der sie nach vorne stieß und dann wieder in die Sitze zurückschleuderte. Der Motor erstarb. Sie standen.

Der Mercedes war mit geplatzten Reifen vor einem großen, verrotteten Baumstamm zum Stehen gekommen. Plossila trug Jenny Biber mit letzter Kraft auf einen sandigen Weg jenseits des Brombeerfelds. Er setzte sie auf dem Weg ab und ließ sich dann neben sie fallen. Er hatte irgendetwas gegen den Nacken bekommen, konnte seinen Kopf nicht mehr drehen. Seine rechte Hand blutete, offenbar hatte er sich verletzt, als er das Fenster damit eingeschlagen hatte. Auch sein linker Fuß tat weh, sein Knöchel musste zumindest verstaucht sein.

Er blickte zu Jenny Biber. „Bist du einigermaßen in Ordnung?"

Sie nickte. „Es ... es geht schon, ja."

Sie schien immer noch geschockt zu sein. Das war einfach zu viel, Plossila konnte selbst noch gar nicht glauben, was eben passiert war. Dass sie diesen Höllenritt überlebt hatten, und das relativ unbeschadet, schien ihm fast ein kleines Wunder zu sein. Es tat gut, die warmen Strahlen der Sonne zu spüren.

Jenny Biber stützte sich mit ihren Unterarmen auf dem Boden auf, blickte ihn an. „Und jetzt?"

Plossila verstand die Frage zuerst nicht, dann wurde ihm klar, was Jenny meinte. Plossila blickte sich um, musste dabei aufgrund seines steifen Nackens den ganzen Oberkörper bewegen. Sie saßen mitten auf einem staubigen Weg, links überragte sie ein Maisfeld, auf der anderen Seite befanden sich die wilden Brombeerhecken. Der zerstörte Mercedes sah aus, als stünde er dort schon Jahrzehnte und wäre allmählich von der Natur vereinnahmt worden. Nur dass nach wie vor Rauch unter der Motorhaube hervorquoll. Dann hörte Plossila den Lärm der Straße, die jenseits des Feldes entlangführte.

„Wir müssen ein Auto anhalten", sagte er.

Jenny Biber nickte und ließ sich zurück auf den Feldweg sinken. Sie legte den Ellenbogen auf die Stirn, um ihre Augen vor der Sonne zu schützen.

Plossila wollte schon aufstehen, als er plötzlich das Geräusch eines Autos hörte. Es schien ganz langsam über die sandige Straße auf sie zuzufahren. Deutlich hörte er, wie die Reifen die kleinen Steinchen mit einem dumpfen Ploppen vom Weg schossen. Dann sah er die

Motorhaube eines BMW im Schritttempo auf sie zurollen. Er berührte Jenny Biber an der Schulter. Sie richtete sich mit dem Oberkörper auf, blieb aber wie Plossila auf der Straße sitzen. Der Fahrer hatte sie bereits gesehen und stoppte den Wagen. Erst jetzt erkannte Plossila, dass es sein Dienst-BMW war.

Die Tür öffnete sich, zwei Füße in braunen Socken und braunen Sandalen erschienen. Die Sonne spiegelte sich in der Windschutzscheibe, Plossila konnte nur schemenhaft die Umrisse der Person im Wagen erkennen.

Dann legte sich eine weiße Hand auf die Tür, die Finger röteten sich leicht. Ein Seufzer wurde zu ihnen hinüber geweht und Pater Thomas hievte sich aus dem Auto.

Plossila hatte Mühe, auf die Beine zu kommen, aber die Überraschung, den Pfarrer zu sehen, und das auch noch in seinem Wagen, ließ ihn den Schmerz für einen Augenblick vergessen.

Der Pater schloss die Wagentür und schritt langsam auf Plossila und Jenny Biber zu. Er konnte offenbar die Verwunderung in Plossilas Augen sehen, doch noch bevor dieser etwas sagen konnte, zog der Pater eine Pistole unter seinem Habit hervor und richtete sie auf den Hauptkommissar.

Plossila blieb wie erstarrt stehen. Plötzlich begann sich wieder alles um ihn herum zu drehen und er spürte einen stechenden Schmerz, der vom Nacken bis in den Rücken zog. Er fuhr sich mit Daumen und Zeigefinger über die Augen, versuchte seinen Schwindel zu vertreiben, ihn zu besiegen, doch gelang es ihm nicht vollständig. Er musste eine Gehirnerschütterung haben und spürte, dass ihm schlecht wurde. Wieder fixierte er die Waffe.

Der Pater trat bis auf drei Meter an sie heran, legte seine linke Hand unter seinen rechten Ellenbogen, offenbar, um damit den Arm mit der schweren, klobigen Pistole zu stützen. Es musste eine ältere Waffe sein, schätzte Plossila, vielleicht eine alte Wehrmachtspistole.

Pater Thomas lächelte. „Ich hätte nicht gedacht, dass Sie es lebend bis hier unten schaffen, das muss ich zugeben."

Plossila versuchte erneut seinen Schwindel zu unterdrücken, doch es kam ihm alles so absurd, so unwirklich vor. Er fuhr sich mit der Hand über den Nacken, blickte Thomas in die Augen. Dann sah er plötzlich klarer. „Warum haben Sie die Bremskabel durchgeschnitten?"

Pater Thomas zog die Augenbrauen hoch, lächelte wissend. „Sagen wir, ich hatte ein Interesse daran, dass Sie nicht mehr lebend zurückkehren." Er lachte kurz auf. „Ich hätte allerdings nicht gedacht, dass Sie es mir so leicht machen und die Schlüssel Ihres BMW steckenlassen. Leider kenne ich mich mit der Technik moderner Autos nicht besonders gut aus, ich war also darauf angewiesen, dass Sie mit dem alten Mercedes zurückfahren. So konnte ich den BMW nehmen und dem Mercedes die Bremskabel durchschneiden. Wirklich sehr nett das mit den Schlüsseln, Herr Plossila, das muss ich sagen."

Plossila blickte hinab zu Jenny Biber, die immer noch auf dem Boden saß. Sie schien zu schwach, um aufzustehen, folgte dem Gespräch aber mit wachem Blick. Er sah wieder in Richtung des Paters. „Dann haben Sie also auch Eugen Fischer getötet."

„Na, was denken Sie denn, wer es sonst war! Der Heilige Geist? Sie haben ja noch weniger Ahnung, als ich vermutet hatte, Plossila. Ja, ich habe diesen kleinen Irren umgebracht. Er hatte es verdient, nach allem, was er angerichtet hat, dass man ihn endlich zum Schweigen bringt."

„Seit wann entscheiden denn die Menschen darüber, wer es verdient hat zu sterben und wer nicht, Pater?", presste Plossila hervor.

Thomas begann auf eine zynische Art zu lachen. „Wir Männer Gottes sind das Werkzeug unseres Schöpfers auf Erden, wussten Sie das nicht?"

Plossila biss die Zähne zusammen. „Warum haben Sie uns nicht unterrichtet, dass Eugen Fischer hinter der Sache steckt. Wir hätten ihn zur Rechenschaft gezogen."

„Na, warum wohl? Weil er mich belastet hätte, darum!" „Ich verstehe nicht ganz. Warum hätte er *Sie* belastet? Ich dachte, er war es, der ..."

„Das muss Sie jetzt nicht mehr interessieren, Herr Plossila! Sie werden ohnehin keine Gelegenheit mehr bekommen, den Fall aufzuklären."

„Was wollen Sie machen? Uns erschießen?"

Pater Thomas sagte nichts, doch sein kalter, durchdringender Blick war Antwort genug.

Plossila schluckte, spürte, wie sich Jenny Biber an seinem Bein festhielt. „Seien Sie vernünftig, Pater, legen Sie die Waffe weg und reden Sie mit uns. Man wird uns hier neben der Straße finden, man wird den Wagen finden und dann wird man Sie finden. Machen Sie es nicht noch schlimmer, als es ist!"

„Niemand wird Sie finden, mein lieber Herr Plossila. Natürlich wäre es mir lieber gewesen, Sie wären mit dem LKW den Abhang hinuntergestürzt. Ein vollkommen logischer Unfall, der nicht weiter hinterfragt worden wäre. Tragisch wäre das gewesen, nicht wahr? Erst retten Sie wagemutig Ihre junge Kollegin und dann, als Sie sich bereits in Sicherheit wähnen, sterben Sie beide bei einem lächerlichen Autounfall. Gut, daraus wird nichts. Aber es gibt auch noch einen Plan B. Ich werde Sie zu Eugen in den Bunker legen und den Eingang mit Erde und Ästen aufschütten. Man hat den alten Bunker nach dem Krieg vollkommen aus den Augen verloren, hat sich nur auf Weingut II konzentriert, das jetzt Teil der Welfen-Kaserne ist. In dem kleineren Bunker war wohl die administrative Einheit des Projekts untergebracht. Man hat diesen Aspekt völlig vergessen, sucht auch nicht danach. Nur ein Irrer wie Eugen Fischer konnte diesen Bunker aufspüren. Und ich habe ihn auch nur gefunden, weil ich ihm gefolgt bin. Ja, ich bin ihm gefolgt und gestern bin ich vor ihm dort gewesen und habe auf ihn gewartet. Mir aber wird niemand folgen. Ihr Verschwinden wird als eines der großen ungelösten Rätsel in die Kriminalgeschichte eingehen."

Plossila musste Zeit gewinnen. „Dann kam der Blütenstaub doch aus Ihren Bienenstöcken?"

„Frater Albertus hätte sich fast verplappert damals, gut, dass ihn seine Blasenschwäche zwang, andere Prioritäten zu setzen. Ja, die Pollen müssen aus unserem Volk stammen, Eugen muss die Fallen ohne unser Wissen montiert haben, dieser kranke Geist. Als hätten wir damals jemals Blütenstaub benutzt, für unser kleines ... aber lassen wir das, um die Psychose dieses Irren hätte man sich früher kümmern sollen, dann wäre das alles nicht passiert."

„Vater, *was* ist passiert?"

„Nennen Sie mich nicht *Vater*! Denken Sie ich durchschaue Ihr Spiel nicht?"

Er ließ den Arm mit der Waffe nach vorne schnellen, legte die linke Stützhand an seinen Körper. „Ich denke nicht, dass Sie noch auf die Sterbesakramente bestehen?" Er lächelte zynisch. Dann nahm er sie über Kimme und Korn ins Visier.

Plossila schrie: „Pater Thomas, nein!"

Er hörte einen Schuss und erstarrte. Die Kugel konnte nicht ihn getroffen haben, er spürte nichts, schien unverletzt. Panisch sah er zu Jenny Biber hinab, die immer noch zu seinen Füßen saß.

„Jenny?" Er beugte sich nach unten. „Hat er ... bist du ...?"
„Nein ... ich dachte, du ..."

Sie hörten, wie vor ihnen etwas auf den Schotterweg sackte. Es war Pater Thomas. Er war seitlich auf den Boden gekippt, über die kleine Grasnarbe hinweg, die die von Traktoren hinterlassene Fahrspur teilte. Mit seinem braunen Gewand und seinen ausgebreiteten Armen sah er aus wie ein großer, abgestürzter Vogel. Die Pistole war in den Graben vor dem Maisfeld gefallen, aus seinem Kopf sickerte schwarzes Blut auf den Boden.

„Es war Missbrauch. Sexueller Missbrauch."

Plossila wandte sich um, die Stimme kam aus Richtung der Brombeerfelder. Ein stechender Schmerz durchzog seinen Nacken.

„Schwarzer!", entfuhr es Jenny Biber.

Er stand nur unweit des Mercedes-LKW in einem gerippten Unterhemd und langen blauen Hosen. In der Hand hielt er die Heckler & Koch P7. Er blickte wie entrückt auf Pater Thomas, ließ erst jetzt langsam den Arm mit der Waffe sinken.

„Einige haben es weggesteckt, hatten in ihrem späteren Leben keine Probleme damit. Mein Bruder hat immer gesagt, *was soll's, es ist vorbei, so schlimm war es nicht.* Aber manche haben gelitten, ihr

Leben lang. Es verfolgt dich im Schlaf, es verfolgt dich während der Arbeit. Es ist plötzlich da, wenn du diesen Geruch riechst, diesen Puder, oder wenn die Robinien-Pollen fliegen. Die Angst kann dich lähmen, macht aus Männern Schwächlinge. Und das willst du dann einfach nicht wahrhaben, dass du schwach bist. Von dir wird doch Stärke erwartet. Du musst der Mann sein, das ist deine Rolle in der Gesellschaft."

Er stockte.

„Was … Was genau ist passiert damals?", fragte Plossila, noch immer fassungslos über den Todesschuss vor seinen Augen.

Schwarzer wandte sich ihnen zu, doch Plossila hatte das Gefühl, er blicke durch sie hindurch, so abwesend und gleichzeitig konzentriert war sein Blick. „Pater Thomas hat uns eingeredet, dass wir Sünder sind, dass wir unreine Gedanken haben. Sex, er meinte Sex, aber welcher pubertierende Junge denkt nicht daran. Und dafür mussten wir büßen, bei ihm in seiner Hütte bei den Bienen unten. Auf dieser alten verwichsten Pritsche. Danach der Puder, er hat gerochen wie Blütenstaub. Nur der *Duft der Königinnen* könne unsere Schuld vor Gott lindern. Ja, das sagte er immer: der *Duft der Königinnen*. Ein Reinigungsritual, nachdem er mit uns …" Er verstummte, blickte kurz auf, sah in ihre fragenden Gesichter. „Ja, das geile Schwein hat mit uns gemacht, was es wollte, seine unterdrückten Triebe ausgelebt. Er stand auf Knaben, deshalb ist er dem Orden beigetreten. Dort, im Internat, hatte er alle Möglichkeiten …"

„Das ist ja schrecklich!", rief Jenny Biber und hatte ihr eigenes Leid offenbar total vergessen. „Warum haben Sie nichts gesagt?"

Er ballte die Faust um den Griff der P7. *„Nichts gesagt.* Ja, warum? Das verstehen Sie nicht. Wir haben es geglaubt damals. Haben geglaubt, dass der Satan in uns steckte, wenn wir unsere so genannten *schmutzigen Gedanken* hatten. Und wir haben geglaubt, dass wir Buße tun mussten in seiner Hütte, um nicht in der Hölle zu schmoren. Wir haben geglaubt, dass man unsere Schuld abwaschen kann. Erst waschen und dann Puder, so hat er es mit uns gemacht. Natürlich erst nach der sexuellen Strafe – ich habe immer noch sein geiles Keuchen im Ohr, wenn er …" Er machte eine wegwerfende

Handbewegung. „Es ist verrückt, aber so schlimm es war, manchmal hat man sich danach besser gefühlt. Im Kopf meine ich. Man hat sich nicht mehr schuldig gefühlt."

„Und später?", unterbrach Jenny Biber.

„Wir wollten nicht … nicht dastehen wie Opfer, das ist das Schlimmste. Opfer sind schwach, sind Weichlinge. Das kann doch für einen Mann nicht in Frage kommen. Manche dachten vielleicht auch, sie hätten selbst etwas falsch gemacht, weil sie es zuließen. Und es war alles so lange her. Sie lesen es ja in der Zeitung heute: Wir sind keine Einzelfälle. Und manche wollten einfach nichts mehr damit zu tun haben. Manche haben es abgehakt und die, die es nicht konnten, haben sich gefragt: Warum nicht? Warum kann ich es … kann ich es nicht einfach vergessen? Die anderen können es doch auch! Warum stelle ich mich so an?"

Er kämpfte jetzt mit den Tränen. Es war ein eigenartiges Bild. Dieser muskulöse Mann, der alles umhauen konnte, was ihm im Weg stand, beugte sich vor und schluchzte vor sich hin, ließ vielleicht erstmals in Gedanken an das an ihm verübte Verbrechen die Tränen ungehemmt laufen.

Plossila spürte einen Kloß im Hals, wollte aber mehr wissen. „Und Eugen?"

Schwarzer fing sich wieder etwas. „Auf Eugen stand er besonders. Er ist mein Jahrgang, wissen Sie? Ich habe das alles mitbekommen. Er musste andauernd in die Hütte. Und dann war er gerade da und schon am nächsten Tag merkte ich, dass er schon wieder nach Puder roch. Und am nächsten Tag auch wieder." Er wischte sich die Tränen aus den Augen. „Es hat ihn nie in Ruhe gelassen. Er hat in einer Welt aus Schuld und Sühne gelebt, ich weiß auch nichts Genaues. Er hat halt einfach einen Schaden davon behalten, kam da nicht mehr raus. Er war mal ein ganz normaler Junge, wissen Sie, ein ganz normaler Junge und dann hat ihn dieser Pater versaut."

Wieder musste er weinen und während sich Jenny Biber aufraffte und trotz ihrer starken Verletzungen zu Schwarzer herüberging, musste Plossila erneut an seinen Vater denken. Dass Verbrechen Verbrechen zeugt, hatte er neulich gesagt, und dass man bei genauer Betrachtung gar nicht mehr wusste, wer wirklich die Hauptlast der Schuld trug. Ein ungesühntes Verbrechen bildete seine Metastasen wie ein schwelendes Krebsgeschwür. Zumindest in diesem Fall hatte sein alter Herr wohl recht behalten.

Er ging hinüber zu Pater Thomas, beugte sich hinab, stützte sich mit seinem unversehrten Knie auf dem Boden ab. Er blickte auf das kleine schwarze Loch an Thomas' Kopf, aus dem längst kein Blut mehr tropfte. Obwohl ihm klar war, dass sein Herz aufgehört hatte, zu schlagen, nahm er dennoch die kalte Hand des Paters in die seine und fühlte seinen Puls. „Er ist tot."

Als er aufgestanden war, reichte ihm Jenny Biber wortlos seine Pistole. Sie gingen schweigend zum BMW, er öffnete die Türen. Schwarzer und Jenny Biber setzten sich auf die Rückbank, er nahm auf dem Fahrersitz Platz. Der Schlüssel steckte.

23

Lieber Rune,

Jenny ist gerettet! Und sie ist unversehrt, er hat sie nicht vergewaltigt, wie all die anderen Frauen. Es wäre zu kompliziert, dir jetzt in einem handgeschriebenen Brief die genauen Umstände ihrer Rettung zu erklären. Aber letztlich konnte die Polizei Jenny finden, bevor Schlimmeres passierte.

Du kannst dir gar nicht vorstellen, welche Last von meinem Herzen gefallen ist. Die vergangenen Tage und Stunden waren die schlimmsten meines Lebens. Vergangene Nacht konnte ich kein Auge schließen, bin Stunden über Stunden in der einsamen Stadt umhergelaufen. Schon als die Dunkelheit einbrach, war es menschenleer, kaum einer hat sich mehr nach draußen gewagt, aus Angst vor dem Blütenstaubmörder. Jetzt atmen die Bürger im Landkreis endlich auf, haben sich aus dem Klammergriff der letzten Wochen gelöst. Du kannst förmlich spüren, wie befreit alle sind, wie die Normalität wieder Einzug hält ins Leben.

Und Jenny frei. Ich kann es immer noch nicht glauben. Sie war in einem alten Bunker eingesperrt und hat nur einen gebrochenen Zeh und ein paar Schrammen davongetragen. Dennoch wird sie noch einige Tage im Krankenhaus verbringen, offenbar wollen die Ärzte auch die möglichen psychischen Auswirkungen beobachten, die durch die lange Gefangenschaft entstanden sein könnten. Doch sind die Experten optimistisch, dass ihr starker Wille sie schnell über diese furchtbaren Ereignisse hinwegkommen lässt.

Ich habe sie schon heute besucht und ich hatte das Gefühl, dass es ihr gut geht und sie darüber hinaus erfreut war, mich zu sehen. Sie hat sich entschuldigt, dass sie mich verdächtigt und dass sie mich mit ihrer Identität getäuscht hat. Ich habe ihr versichert, dass das nun erst mal zweitrangig sei und dass es das Wichtigste sei, dass sie bald wieder gesund würde und man sie aus dem Krankenhaus ent-

lasse. Über uns, also über das, was zwischen uns passiert ist (ob überhaupt etwas auf ihrer Seite passiert ist ...), haben wir noch nicht gesprochen. Ich denke, wir müssen uns mehr Zeit geben, vielleicht noch einmal von vorne anfangen. Ich wäre jedenfalls bereit dazu.

Jenny hat in erster Linie von ihrer Zeit im Bunker erzählt, nur so weit sie es durfte natürlich, dann kam dieser Plossila in ihr Krankenzimmer. Du weißt schon, dieser etwas beleibtere Hauptkommissar, der dich kürzlich kurz vor dem Gärtnerplatz auf's Pflaster gezwungen hat. Er hat ihr versichert, dass die Kollegen „dichthalten" werden, was Jennys Kompetenzüberschreitung angeht. Das sehe auch Dollerschell so, das ist der Kollege mit der Brille, den du auch kennst. Du kannst dir ihre Freude gar nicht vorstellen, als sie das gehört hat. Rune, ihr Lachen ist so unglaublich, kommt einfach aus tiefstem Herzen. Selbst der fette Kommissar musste mitlachen, als er es hörte.

Plossila hat die ganz Sache auch nicht unbeschadet überstanden, trug eine Halskrause und einen Verband an der Hand. Ansonsten war er guter Stimmung. Er hatte sein Töchterchen dabei, ein blondes Mädchen mit Grübchen in den Wangen. Die beiden wollten nach dem Besuch im Krankenhaus noch auf irgendein Volksfest in der Region. Er hat mir aufgetragen, dass ich mich noch mal in seinem Namen bei dir entschuldigen solle. Falls Schäden am Motorrad entstanden sein sollten, sollst du dich bitte bei seiner Dienststelle melden. Was den Schaden an meinem Auto betrifft, muss ich einmal schauen, wo ich bleibe, aber ich kann an so etwas derzeit gar nicht denken.

Rune, es tut mir schrecklich leid, dass ich dich mit in diese Sache hineingezogen und dass ich dich sogar eines Verbrechens verdächtigt habe. Ich hoffe, du wirst mir einmal verzeihen können und gibst unserer Freundschaft noch eine Chance. Es hatte wirklich alles nur mit meiner schrecklichen Situation zu tun, der Sorge um die Frau, in die ich mich verliebt und der Schuld, die ich auf mich geladen hatte. Ich wusste ja, dass der Mörder seine Opfer unter den Frauen sucht, mit denen ich ausgehe. Wie konnte ich mich unter diesen Umständen überhaupt noch mit Jenny treffen? Es war unverantwortlich, einfach unverantwortlich!

Doch wie konnte ich auch ahnen, dass eine Hotelbedienstete meine Post öffnet? Ich habe dich deshalb nicht wirklich verdächtigt, Rune. Dass ich dich mit in die Sache hineingezogen habe, war eher ein panischer Reflex. Und so bitter es auch klingt: Hätten wir dich nicht verdächtigt, die Briefe nicht untersucht, wäre Jenny jetzt nicht mehr am Leben.

Natürlich wohne ich jetzt nicht mehr im Alten Hasen, das Vertrauen ist ja zerstört und ich kann nicht mehr an einem Ort leben, mit dem ich so viele negative Erinnerungen verknüpfe. Ich bin in ein anderes Hotel hinter der Stadtmauer umgezogen, es ist nicht mehr so zentral, aber die Zimmer sind größer und moderner. Und natürlich bringe ich meine Briefe jetzt selbst zur Post ...

Das Gute an der ganzen Sache – wenn man denn davon sprechen darf, dass dieses Grauen auch sein Gutes hatte –, das Gute ist, dass ich durch die schrecklichen Ereignisse zu meiner Geschichte gekommen bin. Genau das wollte ich ja: einen Krimi mit aktuellem Bezug, der in irgendeiner Form bis in das Nazi-Erbe der Gegend hineinreicht. Natürlich werde ich einige Elemente austauschen, andere Ereignisse mit einflechten, die Realität hier und da ein wenig weiterdrehen, aber im Großen und Ganzen werde ich in meinem neuen Krimi die Geschichte des Blütenstaubmörders erzählen. Ich denke, ich werde mit einem Brief an dich in die Story einsteigen.

In diesem Sinne alles Gute und bis hoffentlich bald
Dein Konrad

WEITERE TITEL VON MARKUS RIDDER

Das Messias-Projekt

Nach einem wahren Erlebnis.

Craig erwacht mit einem schrecklichen Kater. Der 40-Jährige ist vollkommen orientierungslos, weiß noch nicht mal, wo er ist. Doch langsam dämmert es ihm: Er ist in Zürich, und es sind nur noch wenige Minuten, bis ein wichtiger Vortrag beginnt. Ein Vortrag, den er selbst halten muss. In aller Windeseile zieht er sich an und hastet zum Veranstaltungsort. Dort angekommen wundern sich die Leute: Craig kommt fast auf den Tag genau ein Jahr zu spät. Und keiner weiß, was er in diesem einen Jahr gemacht hat. Auch Craig nicht. Er setzt alles daran, herauszufinden was passiert ist. Doch nicht alle haben ein Interesse an der Wahrheit.

Über vier Monate in der Tolino-Bestsellerliste!

Das Eisenzimmer
Jenny Bibers und Heiko Plossilas 2. Fall

Ein brutaler Serienmörder hält das bayerische Fünfseeenland in Atem. Hauptkommissar Plossila und seine junge Kollegin Jenny Biber von der Kripo Fürstenfeldbruck nehmen die Ermittlungen auf. Der Fall führt sie zu einem längst vergessenen Verbrechen rund um das legendäre Eisenzimmer aus dem Dritten Reich. Schon bald geraten die Polizisten selbst in tödliche Gefahr. Wird Jenny ihre Kollegen, ihre neue Liebe und sich selbst retten können.

Die Rückkehr des Sandmanns
Der Täter kommt, wenn man ihn nicht erwartet. Und er schlägt an Orten zu, die so weit voneinander entfernt liegen, dass die Polizei keinen Zusammenhang herstellen kann. Seine Opfer: Junge Frauen, die spurlos verschwinden. Nur die junge, leicht eigenartige Sybs

ahnt, was vor sich geht. Denn sie verbindet ein Geheimnis mit den verschwundenen Frauen. Und Sybs ahnt: Sie wird die Nächste sein, die ins Fadenkreuz des Täters gerät.

Die Krabbe. Krimi Noir - ab Frühjahr 2017

Gerade als er Vater wird, steht Privatdetektiv Max Baum beruflich kurz vor dem Scheitern. Um das nötige Kleingeld für sich und seine Familie zu bekommen, beschließt er, selbst ein kleines Ding zu drehen. Doch die Polizei ist ihm schneller auf den Fersen als er denkt. Max tut alles, um den Kopf aus der Schlinge zu ziehen, doch er verstrickt sich in einer Spirale aus Lügen und Gewalt. Für sein Ziel überschreitet er Grenze um Grenze – und steht schon bald bis zu den Knien im Blut. Max Baums Geschichte ist die Geschichte eines Mörders.

Spannender und blutiger Krimi Noir, nichts für schwache Nerven.